UN TALENT MORTEL

LAURIE R. KING

UN TALENT MORTEL

ALBIN MICHEL

Titre original :
A GRAVE TALENT

Traduit de l'américain par
Dominique PETERS

Première édition :
St. Martin's Press, New York. Tous droits réservés.
Publiée avec l'accord
de Linda Michaels Literary Agency

Traduction française :

ISBN 2-266-07805-4

à Noël

Les autres péchés parlent
le meurtre crie.

JOHN WEBSTER, *La Duchesse de Malfi*

Les hommes ont peur de la mort
comme les enfants ont peur du noir ;
et de même que cette peur naturelle chez les enfants
est augmentée par les contes,
de même l'autre.

FRANCIS BACON, « De la mort »

Prologue

C'EST Tommy Chesler qui trouva le premier petit corps par un après-midi froid et humide, deux semaines avant Noël.

Avant l'aube, ce matin-là, Tommy avait quitté sa cabane, avec, sous le bras, son vénérable fusil de chasse à la précision approximative et dans la poche une poignée de cartouches, bien décidé à se fournir en gibier prohibé. Il n'avait pas de permis, ce n'était pas la saison, et il était rigoureusement interdit de chasser à l'endroit où il avait l'intention de se rendre. Mais cela n'inquiétait pas Tommy. Pas trop, en tout cas. Il prit seulement quelques précautions, afin d'éviter qu'un garde du parc ne lui tombe dessus, et se limita à des zones où personne, probablement, ne se rendrait en cette saison, surtout par temps de pluie.

Malheureusement, les daims non plus.

À une heure, trempé, affamé et de mauvaise humeur comme il savait l'être, Tommy prit le chemin du retour. Deux heures plus tard, à quatre pattes sur la pente glissante et presque verticale qu'avaient empruntée des générations de sabots agiles, il se hissait vers la route, au sommet de la colline, dont l'espacement des arbres trahissait la présence. Il hocha la tête, dégoûté par la vue des empreintes et des déjections fraîches, et décida qu'il ne lui restait plus qu'à aller trouver les Newborn et leur demander un morceau du cochon qu'ils avaient tué la semaine précédente. Il l'échangerait contre du bois, peut-être des bûches fendues, pour faire le compte. À vrai dire, il préférait le porc au gibier. Le gibier, on pouvait le rôtir ou le cuire en ragoût, mais on en perdait la plus grande part, et on se lassait vite de ce qui restait. Tandis que le porc, ah, le porc ! On pouvait le rôtir ou le cuire en ragoût, lui aussi, mais on pouvait en outre le saisir à la poêle avec des pommes de terre et des œufs, en faire du bacon, et...

Tommy en eut l'eau à la bouche. Il pensa à la couenne en train de rissoler, à la sauce rouge et grasse, et quand il entendit un frottement rapide et entraperçut quelque chose à cinq ou six mètres de la route, son esprit était occupé au point qu'il lui fallut quelques secondes pour que ses yeux et ses oreilles se mobilisent.

Tommy s'arrêta net, le pied droit déjà engagé dans le tas de cailloux qu'avait repoussés le bulldozer la dernière fois qu'il avait nivelé la route, et une expression pensive se peignit peu à peu sur son visage d'ordinaire apathique. Même dans ses meilleurs jours, Tommy n'était pas de ceux pour qui réfléchir est chose facile, et à cet instant, fatigué et distrait, il retira son chapeau et passa la main dans ses cheveux comme pour stimuler son cerveau. Il n'était pas stupide ; Tyler l'avait rassuré sur ce point. Il était seulement... précautionneux. Posé. Cela pourrait expliquer pourquoi il ne se tourna pas immédiatement vers l'objet qui avait attiré son regard, mais resta un long moment les yeux fixés sur la route. Il y avait peut-être une autre raison. Mais il se retourna, posément. Il y eut un autre frottement (une fouine, se dit Tommy sans réfléchir) qui s'éloigna rapidement dans les buissons ; avec précaution, Tommy contourna une touffe de petits chênes vénéneux, et devant lui il vit un pied, un petit pied froid, gris, nu.

Ses yeux se fixèrent avec une grande concentration sur l'ongle, délicat et rond, du plus petit orteil, pour ne pas avoir à regarder à quel ensemble appartenait l'ongle, et une idée s'ancra fermement dans son esprit : si seulement il était resté chez lui, ce matin-là, pour travailler à son toit, au lieu de sortir braconner le daim ! Et quand cette idée en entraîna, inexorablement, une autre, celle du bacon, Tommy Chesler se sentit soudain très, très malade.

Il lui fallut un certain temps, mais son estomac renonça finalement à lui sortir par la gorge. Il se rinça la bouche avec l'eau froide de la petite gourde qu'il emportait toujours et tenta de réfléchir à ce qu'il allait faire. Tommy n'avait jamais été d'une grande intelligence, mais il était gentil, et il aimait les enfants. Sans bien savoir pourquoi, il ne voulait pas quitter cet endroit pour quérir de l'aide — à cause de la fraîcheur des traces (belettes, oui, et renard, et...) —, il se pourrait qu'à son retour il n'y ait plus rien. Un autre aurait peut-être haussé les épaules et passé son chemin, peu désireux que tout un chacun voie son fusil, mais pas Tommy. Comme si elle (ou il ?) avait parlé, Tommy savait qu'il était responsable de cet enfant, ou de ce qui restait d'elle (elle, décida-t-il, à cause de ses longs cheveux). Il n'arrivait pas souvent à Tommy d'être responsable d'un autre être humain, et il n'avait pas l'intention de trahir celui-ci, même mort.

Il lui fallait lancer un signal. Les maisons les plus proches étaient à plus de trois kilomètres, il faudrait donc que ce soit un signal puissant. Il réfléchit intensément, oubliant la morsure du vent et la puanteur, jusqu'à ce qu'une idée parvienne à son cerveau, le souvenir d'un vieux western qu'il avait vu sur le téléviseur noir et blanc de Tyler. Il regarda son fusil, tâta la poignée de cartouches dans sa poche. Dix cartouches, plus une dans le fusil. Il faudrait que ça suffise. Il pointa le lourd fusil vers le haut et tira. Rechargea et tira. Puis un troisième coup. Deux minutes plus tard, il tira de nouveau trois cartouches en se demandant, légèrement inquiet, où les balles allaient retomber. Il attendit un peu et recommença, puis, toujours ordonné, il ramassa les douilles et se demanda quoi faire, maintenant. Il n'était peut-être pas indispensable de rester aussi près. Il se hissa en haut de la colline, jusqu'à la route, et entendit la réponse : trois coups tirés au loin. Il chargea une de ses deux dernières cartouches et tira. Un coup lui répondit. Heureux, il s'accroupit contre un tronc d'arbre d'où il pouvait surveiller la pente en contrebas et attendit.

Les événements qui suivirent étaient prévisibles, même s'ils se déroulaient pour la première fois. Les frères Riddle arrivèrent, et, bien que leur réaction à la découverte de Tommy n'ait pas été aussi spectaculaire que la sienne (ils s'attendaient à un grave problème et n'avaient sans doute pas rêvé de bacon), ils remontèrent jusqu'à la route, silencieux et avalant convulsivement leur salive. Ben Riddle et Tommy gagnèrent la ferme des Dodson, à huit kilomètres de là, et Amy Dodson, ses cheveux coiffés en couettes, partit immédiatement sur son petit poney au pied sûr, Matilda, vers la Grange de Tyler où se trouvait un téléphone, six kilomètres plus loin. Il était presque minuit quand la police arriva près des restes de Tina Merrill, non sans avoir perdu un quatre-quatre et son chauffeur (évacué par hélicoptère avec une jambe cassée) au passage du ruisseau de Tyler. Au début, bien sûr, ils ne connaissaient pas le nom de l'enfant. Il fallut deux jours pour comparer les radios des dents et retrouver les traces d'une ancienne fracture au bras droit de la petite fille édentée qui souriait sur des centaines de panneaux d'affichage et autant de pylônes de lignes téléphoniques dans toute la baie de San Francisco ; mais son identité fut établie.

Ce ne fut pas un bon Noël pour la famille Merrill.

Comme le corps de Tina était resté très longtemps sur la colline, il fut difficile aux médecins légistes d'avoir des certitudes, mais il ne semblait pas qu'on ait abusé d'elle avant de l'étrangler. Elle avait disparu à San Francisco en rentrant de l'école, le mercredi suivant Thanksgiving, et on avait dû l'abandonner dans les bois vers la mi-novembre. Il semblait que le meurtrier avait transporté son corps nu jusqu'à cet endroit, à huit cents mètres du point où la route coupe-feu pénétrait dans le parc national, là où Tommy

Chesler l'avait trouvé dix jours plus tard. L'officier de police débordé de travail à qui on confia l'enquête n'avait que peu d'espoir de parvenir rapidement à une arrestation. Il s'appelait Alonzo Hawkin.

La deuxième enfant fut trouvée six semaines plus tard, en bien meilleur état, à vingt-cinq kilomètres à vol d'oiseau. Le couple qui la découvrit n'avait rien de commun avec Tommy Chesler, en dehors du fait que ces gens-là aussi auraient préféré avoir organisé leur journée différemment. C'était un matin splendide, le soleil brillait, après une semaine de pluie, et ils s'étaient réveillés avec une envie irrépressible de ne pas aller travailler ce jour-là. Ils avaient entassé du brie, du pain au levain et une bouteille de riesling dans un sac isolant et étaient partis en voiture vers la côte. Ils avaient alors eu l'idée de s'arrêter à l'endroit où le ruisseau de Tyler se jetait dans l'océan et, après leur pique-nique, ils avaient décidé de chercher un endroit plus intime sur la piste longeant le ruisseau. Au lieu de cela, ils trouvèrent Amanda Bloom.

Amanda, comme Tina, venait de la région, mais elle habitait de l'autre côté de la Baie. On releva plusieurs similitudes entre les deux petites filles : elles étaient en maternelle, elles avaient les cheveux châtains, elles appartenaient à des familles blanches plutôt aisées et rentraient à pied de l'école.

Ce fut la troisième petite morte qui déclencha le feu d'artifice, avant même que le corps soit retrouvé. Un beau dimanche de février, Samantha Donaldson disparut du jardin clôturé et bien tenu qui entourait sa maison d'environ trois millions de dollars dans les collines dominant Palo Alto. Elle reparut quelques heures plus tard, morte, sur la route de Tyler. Samantha avait cinq ans et des cheveux châtains soyeux. Avec sa disparition, la peur rampante des parents de la région, en particulier de ceux qui avaient une petite fille aux cheveux châtains en maternelle, se transforma en véritable panique. De Napa à Salinas, ils firent le siège des écoles, envoyèrent des délégations aux postes de police, organisèrent des ramassages en voiture, et engagèrent avec leur progéniture effrayée des centaines de conversations sérieuses sur le danger de parler à des étrangers, conversations qui suscitèrent en eux le ressentiment profond et fruste d'avoir dû ainsi effrayer les enfants afin d'assurer leur sécurité.

Les Donaldson, à San Francisco depuis trois générations, étaient des gens importants dans la péninsule. Mme Donaldson était la force motrice de bon nombre de programmes artistiques et comptait le maire parmi ses amis personnels. On ne fut donc pas surpris que, moins de deux heures après la disparition de Samantha, Alonzo Hawkin se voie retirer tous ses autres dossiers et confier la direction de l'enquête sur les quatre comtés. On lui donna aussi une assistante, et il ne fut pas content quand il entendit son nom.

— Qui ?

Son visage épuisé grimaça comme s'il humait une odeur de pourriture — ce qui n'était pas loin de la réalité.

— Katharina Cecilia Martinelli, qu'on appelle K.C., ou Casey, si vous préférez.

— Dieu tout-puissant, Ted ! il y a un cinglé qui tue des petites filles, j'ai la moitié de la Californie du Nord sur le dos et tu me refiles je ne sais quelle Madonna en uniforme qui, la semaine dernière, distribuait probablement encore des contraventions pour stationnement interdit.

— Elle a été nommée inspecteur il y a un an, expliqua patiemment le lieutenant Patterson. Elle est nouvelle ici, mais elle a fait des études des plus brillantes et, à San José, elle a eu droit à une citation reconnaissant officiellement sa très grande compétence.

— « Compétence ! » Ça veut dire qu'elle est soit invivable dans le travail, soit tellement nerveuse qu'elle est capable de se tirer une balle dans le pied.

— C'est une bleue, je sais, Al, et chez nous, on ne lui

aurait probablement pas accordé cette promotion aussi rapidement, mais je crois qu'elle s'en sortira. Bon sang ! on a tous été jeunes, et en travaillant avec toi, elle grandira vite.

Ted avait essayé la camaraderie, mais, vu le manque de réaction de Hawkin, il soupira et se rabattit sur l'autorité :

— Ecoute, Al, il nous faut une femme sur ce coup, et les meilleures actuellement sont indisponibles — sur une enquête ou en congé de maternité. Prends-la.

— Je préférerais encore une des secrétaires.

— Al, tu prends Martinelli ou je confie l'enquête à Kitagawa. Ecoute, je veux que ce soit toi. J'ai lu les rapports sur ces affaires de Los Angeles, les deux enlèvements, et j'ai apprécié la façon dont tu les as traitées. Mais il me faut une femme sur ce coup-là — je suis sûr que tu t'en rends compte — et je n'en ai aucune autre sous la main. Je te donnerais une femme plus expérimentée si je pouvais, mais pour le moment, je n'en ai pas. Crois-moi, Al, je veux que ce salaud soit pris, et vite, et je ne te ferais pas ça si je pensais qu'elle risquait de te gêner. Bon, alors, tu l'acceptes ou j'appelle Kitagawa ?

— Non. J'accepte. Je la prends. Mais tu me revaudras ça.

— Je te le revaudrai. Voilà son dossier. Je lui ai dit que tu voudrais la voir à six heures.

I

La Route

Je suis allé dans les bois
parce que je souhaitais vivre délibérément,
n'affronter que les faits essentiels de la vie,
voir ce qu'elle avait à m'apprendre
et non découvrir, quand le moment de mourir serait venu,
que je n'avais pas vécu.

HENRY DAVID THOREAU, *Walden*

— *Seigneur, m'écriai-je, qui associerait le crime*
à ces bonnes vieilles fermes ?
— *Elles me causent toujours une certaine horreur.*
J'ai la conviction, Watson,
d'après mon expérience,
que les ruelles les plus sordides
et les plus dépravées de Londres
ne parviendront jamais
à une plus horrible accumulation de péchés
que la belle campagne souriante.

ARTHUR CONAN DOYLE,
L'Aventure des hêtres pourpres

1

Il faisait encore nuit à San Francisco quand le téléphone sonna, à trente centimètres de l'oreille de Katharina Cecilia Martinelli, Casey pour ses collègues, Kate pour quelques amis. Elle décrocha avant la fin de la première sonnerie.

— Oui ?

— Inspecteur Martinelli ?

— Oui.

— L'inspecteur Hawkin voudrait que vous passiez le prendre dans un quart d'heure. Il a dit de vous prévenir qu'on a retrouvé Samantha Donaldson.

— Pas vivante ?

— Non.

— Dites à l'inspecteur que ce sera plutôt vingt minutes, à moins qu'il ne m'accepte en pyjama.

Elle raccrocha sans même attendre une réponse, rejeta l'amoncellement de couvertures et resta un instant allongée à regarder la pièce sombre. Elle ne portait pas de pyjama.

Une voix pâteuse émergea de l'autre oreiller.

— Est-ce que ça va devenir une habitude ?

— Tu as épousé les ennuis en m'épousant, lança joyeusement Kate.

— Je ne t'ai pas épousée.

— Il faudra bien que ça te suffise.

— Oh, Seigneur ! et il va falloir qu'on sorte du lit à — quelle heure est-il ? — cinq heures ? Je savais que cette promotion était une erreur.

— Rendors-toi.

— Je vais te faire à déjeuner.

— Pas le temps.

— Juste des toasts pendant que tu te douches.

Kate pêcha des vêtements dans divers tiroirs et dans son placard, puis s'arrêta un instant devant la fenêtre.

De toutes les vues du pont depuis ce côté de la ville, c'était celle-là qu'elle préférait — encore plongée dans l'obscurité, mais avec les premières voitures, phares allumés, qui semblaient passer à portée de main. Le Bay Bridge était de construction plus artisanale que le plus célèbre Golden Gate, mais cela le rendait d'autant plus beau. Alcatraz, juste en face de la maison, restait visible du pignon, quand on se collait au montant de la fenêtre. Kate en approcha sa joue et vérifia si l'ancienne île-prison ne s'était pas départie de cet aspect irréel qu'elle avait toujours la nuit, puis elle resta appuyée à la fenêtre, le nez touchant presque la vieille vitre inégale. Elle ressentit soudain une violente passion pour cette maison, pour le bois sous sa main droite — du bois que cette main avait décapé, poncé et verni dix-huit mois plus tôt — et pour les lattes de chêne sous ses pieds nus, découvertes sous une moquette fleurie et qu'elle avait poncées, cirées et vernies. En moins de trente ans, elle avait vécu dans dix-huit maisons différentes, et jamais auparavant elle n'avait compris qu'on puisse éprouver un sentiment de possessivité pour un simple assemblage de murs. Maintenant, si. Peut-être devait-on mettre de la sueur dans une maison avant de s'y sentir chez soi, se dit-elle en regardant les voitures tourner devant elle. Ou peut-être était-ce qu'elle n'avait jamais connu auparavant que du béton. Il semblait difficile de se passionner pour une maison en contreplaqué et grillage à poulailler.

Cette maison était aussi vieille qu'il est possible à San Francisco, où même la Mission est une reconstitution. En

1906, ses murs avaient senti le feu qui avait détruit presque tout ce que le tremblement de terre avait laissé debout. La maison avait connu six naissances et deux décès, souffert sous l'outrage de la peinture et subi la domination d'immeubles trop hauts remplis d'appartements ridiculement chers qui avaient dévoré avidement l'incomparable vue de Russian Hill. Cette maison élaborée et digne, hautement civilisée et discrètement protégée des excentricités des voisins, c'était le San Francisco authentique. Elle disposait de plusieurs balcons, de beaucoup de bois sculpté, de lourdes poutres, de planchers onduleux et d'une pelouse grande comme un mouchoir, toujours à l'ombre à cause des immeubles et de l'arbre des voisins. Kate espérait que la maison l'appréciait autant qu'elle-même appréciait la maison.

— Je devrais allumer la lumière, annonça Lee. Leur donner le grand frisson.

Kate laissa tomber une chaussure en se rendant compte, avec une bouffée de panique, qu'elle était restée là deux bonnes minutes, fascinée par les lumières. Elle ramassa la chaussure et courut jusqu'à la salle de bains.

Les toasts l'attendaient en bas, ainsi qu'une grande Thermos de café fort et des sandwiches. Vingt et une minutes après le coup de téléphone, elle s'arrêtait devant le palais de justice. Hawkin attendait sur le trottoir, un imperméable sur le bras. Il monta dans la voiture et lança négligemment son chapeau sur la banquette arrière.

— Tu sais où on va? demanda-t-il en guise de bonjour.

— Route de Tyler?

— Exactement. Réveille-moi dix minutes avant qu'on arrive.

Il roula alors son imperméable en boule contre la portière et y posa la tête; il dormait avant qu'ils aient atteint l'autoroute.

Kate conduisait vite et avec assurance dans les rues vides menant à l'autoroute; négociant impeccablement les tournants, elle se fondit sans incident dans la circulation en direction du sud. Elle était contente d'échapper à toute conversation, car bien que son visage rond fût calme dans la lumière grise et ses mains courtes et fortes posées sans crispation sur le volant, elle avait les doigts gelés, tandis que le reste de son corps transpirait.

Elle quitta l'autoroute 280 et prit à l'ouest à travers les terres côtières. Dans la lumière tamisée du petit matin, elle fit un effort pour se détendre, assouplissant une à une les articulations de ses mains, se calant plus confortablement dans son siège, tentant de se mettre en condition pour une longue journée. Calme-toi, Kate, se dit-elle. Il n'y a rien qui dépasse tes compétences, il ne s'agit que d'un barreau de plus à grimper sur l'échelle. Hawkin n'est pas un ogre, tu vas beaucoup apprendre de lui. L'appréhension est une chose normale : les caméras, tous les yeux fixés sur toi — mais ils ne verront rien sous la surface, personne ne s'intéresse à toi.

À dire vrai, il ne lui était d'aucune aide de savoir qu'elle était là pour un certain nombre de raisons qu'elle n'approuvait pas, et elle ne s'en sentait pas particulièrement fière. Cela l'amusait de penser qu'elle représentait une minorité à qui on avait prématurément accordé de l'avancement (mais d'un échelon seulement) à cause de vacances de postes inattendues et d'un de ces bouleversements périodiques où la police se préoccupe de son image, des minorités et du redouté mouvement des femmes ; mais il était moins amusant de songer que si on lui avait confié cette affaire en particulier, c'était parce qu'elle était plutôt photogénique et apte au travail en équipe, et surtout de se dire que la police de San Francisco l'utilisait comme alibi à l'intention des groupes féministes toujours critiques ; et le pire, c'était qu'on lui avait confié cette tâche en référence à une notion incroyablement désuète et absurde qui voulait que les femmes, même non mères, soient « meilleures avec les enfants ». Raisons humiliantes, mais elle n'allait pas se trancher la gorge en refusant cet honneur douteux. Elle espérait seulement que les gens avec qui elle allait travailler ne lui en voudraient pas pour ça. Elle avait des doutes concernant

Alonzo Hawkin. Il lui avait semblé assez brusque, la veille, mais...

Kate s'était présentée dans son bureau à six heures précises, souffrant des mêmes symptômes nerveux qui ne l'avaient pas quittée ce matin : mains glacées, corps en sueur, bouche sèche. Un homme puissant, grisonnant, en chemise bleu clair dont il avait roulé les manches sur des avant-bras poilus, sans cravate, le col déboutonné, mal rasé, avait levé les yeux de son bureau encombré de papiers. Il avait retiré ses lunettes et l'avait regardée de ses yeux gris-bleu patients et indifférents, au point qu'elle s'était demandé si elle ne s'était pas trompée de pièce. Il ne semblait guère à la hauteur de sa réputation de « terreur ».

— Lieutenant Hawkin ?

— Plus maintenant. Juste inspecteur. Et tu es...

— Inspecteur Martinelli, monsieur. Le lieutenant Patterson m'a dit de venir ici à six heures, annonça-t-elle d'une voix qu'elle entendit monter comme une interrogation.

Elle se ressaisit. Pas question d'apparaître comme une femme insipide et falote, s'ordonna-t-elle avec rage.

— Oui. Tu conduis ?

— Si je conduis ? s'étonna-t-elle. Oui, je sais conduire.

— Bien. Je déteste ça. Prends une voiture banalisée, si tu veux, à moins que tu ne préfères utiliser ta propre voiture et facturer ça à la brigade. Pourvu que tu aies une radio, cela m'est tout à fait indifférent. Tout ce que je te demande, c'est de ne jamais laisser le réservoir moins qu'à moitié plein. C'est insupportable, de tomber en panne sèche à trente kilomètres de nulle part.

— Bien. Alors je prendrai ma propre voiture. Merci. J'y ai le téléphone, inspecteur.

— Je m'appelle Al, et on se tutoie.

— D'accord, Al.

— Tu vas emporter chez toi cette pile de dossiers, à lire avant demain. À demain matin.

Sur ce, il avait remis ses lunettes et pris un dossier.

Congédiée de cette manière, elle avait eu du mal à garder sa dignité, mais elle avait pris sa brassée de dossiers et était rentrée chez elle pour les lire jusque tard dans la nuit, non sans avoir fait le plein et vérifié le niveau d'huile de sa voiture.

Dix bonnes minutes avant qu'ils arrivent, Kate avait prononcé timidement son nom, et il s'était réveillé d'un coup, regardant autour de lui. Quelques gouttes s'étaient écrasées sur le pare-brise. Kate mit les essuie-glaces et le regarda.

— On dirait que les imperméables ne seront pas de trop, fit-elle.

Rien n'indiqua qu'il eût entendu et elle rougit légèrement. Bon sang, est-ce qu'il allait être un de ces types...

En fait, Alonzo Hawkin n'était pas un de ces types. Alonzo Hawkin était simplement l'exemple même d'un esprit qui ne peut se concentrer que sur une chose à la fois, et à cet instant précis, son esprit était à cent lieues du temps qu'il faisait. Il ratait peu de choses, réagissait moins encore et ne pensait qu'à son travail. Sa femme, découvrant que sa compagnie était des plus ennuyeuses, s'était reportée sur leurs deux enfants — école, cours de danse, équipe de football. Six mois après le départ du plus jeune à l'université, la présence d'un mari continuellement distrait, aux horaires de travail absurdes et aux heures de sommeil plus étranges encore, s'était révélée insupportable, et elle était partie. C'était un an plus tôt. Il avait gardé son emploi à Los Angeles, mais quand il avait appris qu'un poste s'offrait à San Francisco, il s'était dit qu'il serait agréable de pouvoir respirer en été, et il avait demandé et obtenu sa mutation. En s'étonnant de quitter sans plus de regret une ville où il avait passé toute sa vie d'adulte, il avait empaqueté ses livres et ses aquariums et il était parti.

Comme toujours lorsqu'il se réveillait hors de son lit, Hawkin ne fut pas désorienté le moins du monde ; il reprit le fil de ses pensées où il les avait laissées. En l'occurrence, elles progressaient sur une piste étroitement parallèle à celles de Kate. Hawkin soupçonnait fortement qu'on l'avait mis sur ce coup, lui, le nouveau, pour sauver la tête des huiles. Il était un étranger qu'on pourrait facilement sacrifier, en cas d'échec, sur l'autel de l'opinion publique. S'il échouait, on dirait qu'il avait été chaudement recommandé par ses anciens collègues, mais qu'on avait trop demandé à un type qui ne connaissait pas la région. S'il réussissait, il ne doutait pas qu'on s'arrangerait pour louer le discernement de ceux qui l'avaient choisi. Peut-être était-il injuste de mettre ainsi en doute leurs motivations. Après tout, le département manquait d'hommes, ces temps-ci, et Al avait à son actif quelques très belles réussites en matière d'enlèvements. Il était donc logique qu'il s'occupe de ceux-ci. Mais il savait qu'on essayait de gagner du temps et qu'on l'avait jeté en pâture à une population proche de l'hystérie et à une très puissante Mme Donaldson pour que ses supérieurs aient le temps de décider de ce qu'il y avait lieu de faire. C'était gênant, mais à leur place il en aurait sans doute fait autant. Non, il ne l'aurait pas fait. Al Hawkin aimait se trouver au cœur de l'action. Il lui restait à tout mettre en œuvre pour réussir.

Il se demanda si cette jeune inspectrice de police réservée, presque jolie et d'une jeunesse inquiétante, assise à côté de lui, allait s'avérer aussi compétente que son dossier et sa façon de conduire le laissaient présager. Il espéra que oui, pour son bien à elle autant que pour le sien. Hawkin regarda le ciel chargé et soupira, regrettant soudain Los Angeles.

— On dirait que tu as raison, dit-il, sans voir l'expression surprise de sa collègue parce qu'il s'était retourné pour prendre son chapeau. Est-ce du café ? demanda-t-il en remarquant la Thermos par terre.

— Oui, sers-toi. Il y a un gobelet dans la boîte à gants.

— Pas de sucre ?

— Désolée.

— Oh, c'est sans importance, dit-il avant d'avaler une gorgée avec précaution. Il est bon. Comment as-tu eu le temps d'en faire ?

— Ce n'est pas moi qui l'ai fait. Je ne vis pas seule.

— Ce doit être quelqu'un de très attentionné, pour te faire du café à cinq heures et demie du matin.

— Mmmh.

— Bon. Le café est excellent, mais la prochaine fois, dis-lui d'y ajouter du sucre pour moi.

Kate ouvrit la bouche puis la referma. Cette conversation avait assez duré. Un autre jour. Il y avait plus urgent.

— À propos du corps... Qui l'a trouvé ? demanda-t-elle.

— Une femme qui habite sur la route de Tyler, Terry quelque chose. Allen, je crois. Une infirmière qui travaille les jours impairs en ville, toujours à des heures bizarres. En partant, elle laisse ses deux chiens chez Tyler, en bas de la route, et au retour, elle les récupère et rentre à pied. À deux heures du matin, tu te rends compte ? En tout cas, au bout de trois kilomètres, les chiens ont été attirés par quelque chose en contrebas sur la colline, et, au début, elle a cru que c'était un putois, ou un raton laveur, mais elle a vu à la lumière de sa torche électrique que c'était une gamine. Elle a réveillé un voisin et l'a envoyé téléphoner chez Tyler pendant qu'elle restait près du corps. C'est tout ce que je sais. On l'interrogera plus tard. J'ai dit à Trujillo — le type de la police locale qui est sur le coup — de rassembler tous ceux qui vivent le long de la route et de les faire descendre. Il nous faudrait une semaine pour les joindre en faisant du porte-à-porte.

— La route est mauvaise ? C'est pour ça que la jeune femme rentre à pied ?

— Ça n'était pas dans les trucs que je t'ai donnés hier ? Peut-être que je n'ai pas pensé à le signaler dans mes notes. En tout cas, toute la région appartient à un certain John Tyler. Un gentil garçon, mais un peu excentrique, même pour la Californie. Il se considère comme une sorte de seigneur des temps modernes vivant sur ses terres, avec des relents de jardin d'Eden écologique. Pas d'électricité dans la zone, pas de téléphone, sauf chez lui, et l'autorisation d'emprunter la route en voiture deux jours par semaine seulement. Plus de soixante-dix personnes vivent là-haut, certaines à quinze kilomètres d'un téléphone, le long d'une vieille route coupe-feu effacée de la carte un an sur trois.

— C'est amusant, dit Kate en se demandant comment sa voiture était censée affronter le problème.

— N'est-ce pas ? Tous les inconvénients de la vie moderne, sans aucun avantage. Mais au moins, ça limite considérablement le champ des recherches. La route est fermée à chaque extrémité par des portes cadenassées — avec des cadenas qu'on change tous les quelques mois et dont seuls les résidents ont la clé — et le corps a été trouvé à environ quatre kilomètres du bas.

— Est-ce qu'hier était un des jours où les voitures sont autorisées ?

— Trujillo dit que oui, que les gens qui travaillent en ville vont généralement faire leurs courses ces jours-là et rentrent à la nuit, si bien que personne ne fait attention aux voitures le lundi soir.

— Génial ! Enfin, sur une route de terre, il devrait rester des traces.

— Tout dépend de l'heure à laquelle elles ont été faites. Ici, il a plu après minuit. Oui, dit-il en voyant qu'elle faisait la moue. Il arrive que les choses se passent comme ça, parfois.

— Peut-être qu'on aura de la chance. Est-ce que tu sais s'il s'agit du même Tyler qui donne chaque année une grande fête médiévale, pendant tout un week-end ? Il me semble que ça se passe dans un endroit qu'on appelle la Grange de Tyler. Tout le monde est déguisé, il y a des tournois, ce genre de choses.

— Certainement. Chez lui, c'est plein de lances, d'épées, un vrai musée. Nous y voilà. Et quelqu'un a prévenu la presse.

2

C'ÉTAIT un spectacle impressionnant, malgré les véhicules de la presse de plus en plus nombreux alignés du côté de l'océan sur la route pavée. Il y avait là de véritables épaves, mais aussi des camions luisants qui arboraient le logo de leur chaîne de télévision et dont les antennes mobiles argentées jaillissaient vers le ciel bas. La Grange de Tyler était construite en bordure d'une clairière de dix hectares qui, à cette époque de l'année, était assez verte pour mériter le nom de prairie. Deux énormes chevaux à robe claire montraient leur croupe à ce chaos humain et broutaient ; les collines couvertes de séquoias formaient une spectaculaire toile de fond. Il y avait bien une grange, même si, de la route, elle était à demi cachée derrière une grande maison de bois — on avait envie de dire un chalet — et un vaste hangar ouvert d'un côté, avec un toit de métal rouillé couvert d'une vigne vierge privée de ses feuilles. Le hangar semblait plein d'automobiles et de machines agricoles, mais de la route, il était presque dissimulé par la haute clôture où les plantes grimpantes avaient tissé comme un rideau entre les fils de fer, clôture qui longeait la route sur plusieurs kilomètres et continuait après le tournant, interrompue seulement, Kate le voyait maintenant, par trois portails.

Le premier était une simple porte de métal assez large pour laisser passer un camion et d'où partait une route de terre qui traversait la prairie et disparaissait dans les arbres. Elle semblait fixée à des sortes de poteaux téléphoniques entre lesquels une enseigne en bois fatiguée proclamait encore: ROUTE DE TYLER. Une lourde chaîne et un cadenas maintenaient la porte fermée. Un homme en uniforme et imperméable réglementaires, assis dans une voiture de police, veillait à ce que tout reste en l'état.

Cinq cents mètres plus loin s'ouvrait le deuxième portail, simple et bas cette fois, en bois, orné de plantes grimpantes avec quelques feuilles — était-ce un rosier ? De nouveau, un uniforme sous un imperméable. Le troisième portail, en métal comme le premier mais deux fois plus large, ouvrait sur la cour devant la grange. Sur les indications de Hawkin, Kate s'y engagea et montra sa plaque au gardien, qui leur fit signe de passer. Ils arrivèrent sur un triangle caillouteux bordé par l'abri ouvert, la maison — plus grande qu'elle n'avait semblé de la route —, et l'énorme grange à laquelle s'étaient agglutinés, comme des bernacles sur leur hôte, appentis et remises de toutes formes, tailles et surfaces. Kate s'arrêta devant la maison, et un jeune homme mince, vêtu d'un très beau costume gris, sortit d'une des annexes de la grange et traversa la cour pour les saluer.

— Bonjour, inspecteur Hawkin. Et vous devez être l'inspecteur Martinelli ? Je m'appelle Paul, Paul Trujillo.

— Casey, rectifia Kate pour le mettre à l'aise.

Il avait une poignée de main nette, comme toute sa personne, des mains impeccables, des yeux noirs amicaux sous des cheveux noirs soigneusement peignés. Pour l'instant, l'effet « n'avez-vous pas envie de passer vos doigts dans mes cheveux ? » était un peu atténué par les milliers de petites perles de bruine, mais Kate saisit l'intention.

— Alors, Trujillo, qu'avons-nous jusqu'ici ? demanda Hawkin.

Tous trois gagnèrent l'espace isolé et protégé du hangar pour que Trujillo fasse son rapport. Kate s'amusa de le voir redresser les épaules, comme si Hawkin était son supérieur plutôt que son égal.

— Je ne suis revenu que depuis dix minutes, mais Tyler semble contrôler la situation. Il nous propose trois pièces au rez-de-chaussée pour recevoir les dépositions, et les résidents commencent à arriver. Il nous prépare même à déjeuner.

— Qu'avez-vous trouvé là-haut ? demanda Hawkin, que ces considérations domestiques impatientaient.

— On est en train de dactylographier mes conclusions préliminaires. Vous les aurez avant de partir, et j'ai dit aux policiers sur place de ne rien toucher avant que vous ayez vu. En résumé, le médecin légiste estime que la mort est survenue entre treize et dix-sept heures hier. Etranglée, comme les autres, par une forte main droite de taille moyenne. Aucune mutilation, aucun signe de violences sex... Aucun signe qu'elle ait été molestée. Le médecin a dû partir, mais elle a dit qu'elle serait disponible cet après-midi si vous vouliez lui parler. Elle va également essayer d'avancer l'autopsie ; demain matin, peut-être. Elle a dit de ne pas s'attendre à des révélations extraordinaires.

— Avons-nous quelqu'un pour relever les empreintes sur le corps ?

— C'est ce que nous avons fait en premier. Les cartes Kromekote n'ont rien donné, mais le test à la brosse Magna a révélé une empreinte partielle de l'index droit, juste sous l'oreille.

— C'est plus que sur les deux autres. Le labo aura peut-être la chance de trouver des fibres. A-t-on prévenu les parents ?

— Oui. Ils viendront à la morgue pour l'identification, et ils ont dit qu'alors ils aimeraient vous parler.

— Bien sûr. Dites-leur que je suis occupé ici. Non, pas ça. Ils viendraient et on aurait tout un cirque sur les bras. Dites plutôt à Mme Donaldson que je l'appellerai chez elle ce soir.

Trujillo sortit un calepin en cuir bordeaux de sa poche de pantalon et un stylo en or de la poche intérieure de sa veste et nota les consignes.

— Le substitut Harris sera aussi à la morgue..., commença-t-il.

— Qui ?

— Harris, le magistrat chargé de l'enquête pour le comté de Santa Clara. Si elle est morte là-bas, ce que le légiste croit probable, il y a une question de juridiction...

— Seigneur, j'aurais pensé qu'ils voudraient tous s'en débarrasser, et voilà que quatre comtés se battent pour l'avoir ! Je m'étonne que le FBI ne nous ait pas encore enlevé l'enquête.

— Eh bien, l'agent Pickard a...

— Oh, bon Dieu, Picktête en personne est sur le coup, c'est ça ? D'accord, voyons un peu.

Hawkin glissa ses pouces dans sa ceinture et inspira profondément un air qui transportait à parts égales l'odeur du sel, des résineux, de la rouille humide et de la fumée des groupes électrogènes. Chacun des camions en avait un, de l'autre côté de la route.

— Bon. On va organiser une rencontre entre vous, Martinelli et moi, et Alameda, Santa Clara, le FBI, Oncle Tom Cobbleig et les autres, déclara-t-il à Trujillo qui prit note. Espérons seulement que nous pourrons garder Mme Donaldson hors du coup. Dites-leur à tous que je veux qu'ils arrivent avec des rapports complets, pour qu'on ne fasse pas que remuer de l'air. Nous aurons besoin des conclusions *post mortem*, de ce qu'on a découvert sur les lieux et de tout ce que le labo pourra nous fournir. Il faudra aussi l'intégralité des interrogatoires des familles et des voisins des trois filles, la carte précise des lieux des enlèvements et le profil psychologique des trois victimes.

— Mais il y en a pour plusieurs jours ! protesta Trujillo.

— Tant mieux. Maintenant, que pouvons-nous donner à Picktête pour qu'il ne soit pas dans nos pattes ? Ah, le VICAP ! Dites-lui que je veux une liste de tous les enfants morts ou enlevés dans le pays qui cadrent avec la description des trois nôtres. Qu'il remonte dix ans en arrière. Je veux aussi un profil détaillé du meurtrier. T'es-tu déjà adressée au VICAP, Casey ?

— Je leur ai soumis un cas l'année dernière.

Il s'agissait du programme d'arrestation des criminels violents. Avec une moue de mépris, Al se mit à marmonner :

— Remplir le Formulaire pour notre Coordinateur local des Types de criminels, qui l'envoie à l'Unité de soutien pour les enquêtes concernant les Sciences du comportement, qui le fait passer dans la Toute-Puissante Machine à calculer. Et vous savez quel profil on nous sort ? « Homme blanc, milieu moyen, intelligence supérieure à la normale, a grandi dans une famille éclatée, petits délits à l'adolescence dont incendies et cruautés envers les animaux, peut ou non être marié, tous ses voisins le trouvent aimable mais discret », fin de citation.

Kate se demanda s'il attendait qu'elle dise quelque chose du genre : « Remarquable, Sherlock Holmes ! » Il était un peu trop facile de se moquer du système du FBI qui, il fallait le reconnaître, aboutissait parfois à de véritables révélations. Hawkin sembla s'en rendre compte, car il s'ébroua et se racla la gorge.

— Comme je le disais : réunion de toute la troupe dès que le dossier sera constitué. Utilisez le mot *brainstorming*, Trujillo, ordonna-t-il. Ils aiment bien ça. Et puis après, une conférence de presse pour prouver au contribuable que nous nous démenons. Evaluez le temps que ça leur prendra pour rassembler les documents, et je me charge du reste. Jeudi ou vendredi en début d'après-midi.

— Parfait, dit Trujillo en refermant son calepin. Est-ce que vous voulez voir Tyler maintenant, ou monter directement sur les lieux ?

— Il vaut mieux le voir d'abord. Il y en a pour une minute.

— Il est dans son atelier, derrière la grange.

— Je connais, dit Hawkin en traversant la cour.

Kate et Trujillo le suivirent dans le petit bâtiment, où deux hommes levèrent les yeux, cessant de contempler l'objet posé sur l'établi devant eux. Pendant un fol instant, Kate crut qu'il s'agissait d'un bras arraché, jusqu'à ce que ses yeux identifient un reflet métallique : il s'agissait bien d'un bras détaché, mais d'une armure qui attendait dans un coin. Le Japonais resta assis, mais l'autre homme, plus âgé, se leva et, s'essuyant les mains à un chiffon blanc, s'approcha pour les accueillir. Il était petit — à peine plus grand que Kate —, âgé d'une quarantaine d'années et affligé d'une forte claudication. Ses cheveux, qui lui tombaient jusqu'aux épaules, bruns striés de mèches grises, étaient rassemblés en queue-de-cheval, et sa barbe était coupée court autour de la mâchoire. Il portait une ample chemise tissée à la main, une blouse plutôt, rentrée dans un jean délavé mais repassé. Il avait chaussé ses petits pieds de boots en cuir souple.

— Salut, inspecteur Hawkin, dit-il. Je ne peux pas dire que je sois vraiment heureux de vous revoir, quand on sait pour quelle raison vous êtes ici, mais vous êtes le bienvenu.

— Merci, monsieur Tyler. Je vous présente mon assistante, l'inspecteur Casey Martinelli. J'apprécierais que vous nous permettiez de faire venir la moitié du comté dans votre maison.

— La maison y est habituée, répondit Tyler avec un geste vague de la main. Certains des résidents sont en train de s'occuper des installations demandées par Paul. Je les ai laissés s'en charger ; transporter des meubles n'est pas ma spécialité, et il fallait que je vienne ici pour mettre Toshiro au travail. Je lui aurais bien demandé de venir à un autre moment, expliqua Tyler d'un air ennuyé, mais nous avions organisé sa venue depuis des mois, et je ne pouvais pas le joindre ce matin pour tout annuler. J'espère que ça ne...

— Non, bien sûr que non, dit calmement Hawkin, il n'y a aucune raison pour que tout s'arrête. Continuez. Il faut que j'aille sur les lieux, maintenant, mais je reviendrai vous parler plus tard.

Tyler sembla soulagé de cette attitude indulgente, et Kate se demanda si Hawkin essayait de l'amadouer. Ils laissèrent les deux hommes et retournèrent affronter la bruine. Ils n'avaient pas encore passé la porte que Tyler avait repris sa conversation avec l'armurier Toshiro.

— C'est le canon d'avant-bras, vous voyez, qui se plie quand je lève mon épée...

Mais Hawkin était déjà passé à l'étape suivante, et c'est sans cérémonie qu'il demanda à Trujillo :

— Qu'avez-vous prévu pour nous emmener là-haut ?

Kate fut soulagée qu'il n'envisage pas d'attaquer la piste glissante avec sa voiture, et le vit regarder par-delà les voitures, à l'évidence inadaptées, garées près de la maison et s'arrêter à celles du hangar, qui s'alignaient pare-chocs contre pare-chocs en un ahurissant catalogue de bosses et de rouille — des voitures à deux, quatre et six roues motrices, aux carrosseries arrondies ou anguleuses, des autobus de ramassage scolaire, des camping-cars, des camionnettes à ridelles, des fourgonnettes Volkswagen et des Coccinelles — et une demi-douzaine de masses informes recouvertes de housses poussiéreuses.

— Les voitures du comté sont toutes prises, mais Tyler nous prête son camion. Il passerait n'importe où.

Il montrait un objet si grand, si vieux et si immobile que Kate avait pensé qu'il était là en exposition, pour distraire les enfants, comme ces carlingues d'avion ou ces wagons de chemin de fer qui trônent parfois sur les terrains de jeux. Il semblait définitivement ancré dans le sol, reposant sur des pneus fendillés qui arrivaient à la taille de Kate ; les portes béaient et les vitres étaient rayées par les ans. Il avait dû être rouge.

— Ça ? s'étonna Hawkin.

— Oui, c'est formidable, s'enthousiasma Trujillo. C'est une voiture de pompiers des années trente et Tyler l'entretient magnifiquement. Bien sûr, il a du mal à trouver les pièces de rechange, et à plus de soixante à l'heure les portes s'ouvrent toutes seules, mais pour monter la colline, il n'y a rien de mieux.

— Je ne savais pas que vous le connaissiez si bien, remarqua Hawkin en fixant soudain toute son attention sur l'homme.

— Tyler ? Je le connais depuis des années.

— Alors, on aurait peut-être dû mettre quelqu'un d'autre sur cette affaire.

— Inspecteur, expliqua Trujillo avec un gentil sourire, on aurait du mal à trouver un seul flic dans le comté qui ne connaisse pas Tyler et ne le considère pas comme un ami. C'est un petit monde.

— Je vois. D'accord, allons-y. C'est vous qui allez conduire ce truc ?

— Seigneur, non ! Jamais Tyler ne me confierait son bébé. Mark Detweiler est seul autorisé à le toucher. C'est lui qui va conduire. Mark ? appela-t-il à la porte. Mark ! Quelqu'un a vu Mark ?

Au bout de quelques minutes de confusion, une lente montagne d'homme aux tresses grises descendant jusqu'à la ceinture de son vieux jean, une barbe presque aussi longue tombant sur sa chemise écossaise, sortit, arrêta ses lourdes bottes sur les marches de bois et regarda la cour à travers une paire de lunettes sales, à la monture de corne rafistolée avec un bout de fil de fer et du ruban adhésif tout aussi sale. À travers toute cette végétation brillait une boucle d'oreille en or.

— J'arrive, grogna-t-il. Ne vous emballez pas. Je voulais juste aller aux toilettes. C'est plutôt marrant de pouvoir tirer une chasse d'eau.

Il leur fit un grand sourire de ses dents grises, dont une manquait sur le devant, et s'installa derrière le volant. Bouche bée, Hawkin regarda l'homme fermer la porte à l'aide d'une ficelle, remonter la vitre avec une pince et la coincer, presque fermée, avec une brindille. Mark fouilla parmi les pièces de son jean reprisé, trouva une poche et en sortit une clé.

— Qu'est-ce qu'il y a, Al ? murmura Kate en grimpant dans le véhicule. Tu n'avais pas de chauffeur aussi chic à Los Angeles ?

Il hocha la tête et la suivit sur la banquette arrière. Trujillo monta devant. Dans un rugissement et un nuage de fumée bleue, le moteur démarra et ils s'engagèrent sur la route, Léviathan parmi un banc de sardines.

Les journalistes auraient quelques belles images pour les récompenser d'être venus de si bonne heure, se dit Kate en les regardant se précipiter pour immortaliser le passage du monstre, du break haut sur pattes du coroner et des quelques véhicules plus modestes qui formaient la queue du défilé.

Trujillo se retourna alors qu'ils passaient la porte et s'inquiéta en voyant l'expression de Hawkin.

— Nous avons bien des quatre-quatre, mais ils sont tous les deux là-haut. J'ai pensé que ça vous serait égal de circuler là-dedans, et on avait besoin des autres pour monter l'équipe et passer dire aux gens de se réunir chez Tyler. J'espère que vous ne m'en voulez pas, ajouta-t-il d'une voix hésitante.

— Oh, non ! cela confère à l'enquête une sorte de dignité, avec ces lourdes roues de la justice qui tournent vers le but qu'elles se sont fixé. N'oublie pas de me rappeler d'utiliser ça devant les caméras, Casey, au cas où ils n'auraient pas compris le symbole. C'est parfait, Trujillo, comme ça je ne risque pas d'oublier le soutien inébranlable que nous apportent nos supérieurs. C'est tellement encourageant !

Trujillo ne semblait pas vraiment encouragé par cette déclaration, se dit Kate, mais toute réponse fut empêchée par l'arrivée brutale du véhicule qui prit un tournant abrupt et s'arrêta d'un coup, projetant ses passagers hors de leur siège.

— Les freins sont bons, commenta Detweiler avec flegme.

Pleine de passagers aux visages livides, la voiture qui venait en face et s'était retrouvée contre leur pare-chocs recula jusqu'à un endroit plus large, à une centaine de mètres en amont. C'était le tout nouveau quatre-quatre du comté, et il transportait trois femmes, deux hommes et un groupes d'enfants surexcités qui tous regardèrent le cortège hétéroclite avec des yeux émerveillés. L'uniforme de l'homme qui conduisait ne semblait plus très frais, remarqua Kate, et elle eut le sentiment déplaisant que son propre pantalon kaki aurait bientôt le même aspect.

— C'est sans doute le deuxième groupe qui descend, dit Trujillo. Comme je vous l'ai dit au téléphone, je ne sais pas combien d'entre eux on persuadera de se rendre chez Tyler, mais on en amènera autant qu'on pourra. Ce troisième corps va les secouer, surtout ceux qui ont des enfants, et ils coopéreront davantage qu'ils ne l'auraient fait dans d'autres circonstances. Il y en a certains, pourtant, qu'il faudra aller voir, dont six ou huit véritables ermites. Il vous faudra même un mandat pour les approcher, à condition qu'ils ne partent pas dans les bois pour une ou deux semaines.

— Une belle enquête toute simple, je vois.

— C'est un peu différent de San Francisco.

— C'est un peu différent de n'importe où ailleurs.

— C'est l'idée de base de Tyler.

— Eh bien, c'est réussi !

3

SAMANTHA DONALDSON était petite pour son âge, vingt-deux kilos à sa dernière visite médicale, mais elle semblait plus petite encore maintenant, le corps pelotonné dans le tronc creux qui l'avait empêchée de rouler jusqu'au ruisseau qui, à cet endroit, coulait à environ vingt mètres en contrebas de la route de Tyler. Les mains de Kate auraient voulu se tendre et retirer les feuilles sèches des cheveux emmêlés, essuyer la terre de la petite bouche surprise, fermer les yeux étonnés, mais elle sortit un calepin pour noter les remarques de Hawkin, ce qui permit à ses yeux d'éviter le cou de l'enfant.

Deux heures plus tard, ils regardèrent le petit objet sans vie qui avait été Samantha Donaldson — les mains emprisonnées dans des sacs afin d'y conserver toutes les preuves que ses ongles pouvaient dissimuler —, couvert de terre et de feuilles, qu'on enfermait dans l'anonymat d'un sac après l'avoir examiné et photographié comme jamais de son vivant. Les hommes emportant le petit fardeau sur le brancard étaient habitués à la mort, mais aucun ne se livra aux habituelles manifestations d'humour noir.

— Ça va? demanda Hawkin au passage du paquet d'une troublante petitesse.

— Je ne vais pas m'évanouir, Al, répondit-elle d'un ton sec. J'ai déjà vu des morts.

— Oui, répondit-il sur un ton tout différent. Mais un enfant mort est une chose terrible.

— Oui, avoua Kate maintenant qu'elle avait senti le franc mépris que trahissait le visage de Hawkin. Oui, c'est terrible. J'en serais malade si je n'étais pas si en colère.

— Tu ne serais pas la seule. La première fois que j'ai vu un enfant mort, je n'ai rien pu garder pendant deux jours. Il vaut mieux rester en colère. Maintenant, dis-moi un peu d'où le meurtrier l'a jetée, à ton avis.

Ils trouvèrent une vague crête de boue qui aurait pu ou non avoir été formée par le côté d'une chaussure prenant appui pour jeter vingt kilos en l'air. Le terrain était si détrempé par la pluie qu'il était impossible de l'affirmer ; un sabot de cheval aurait tout aussi bien pu laisser une telle marque quelques jours plus tôt. En dehors de cela, la similitude avec les sites où les deux autres corps avaient été trouvés était déprimante, et quand l'équipe, épuisée et trempée, eut terminé l'examen éreintant du flanc de la colline, elle avait collecté un certain nombre de boîtes de conserve rouillées, une bouteille cassée de Coca ancien modèle, deux boutons, dont un très vieux, une poignée de pièces de machines diverses, un pneu de voiture à demi enterré, quelques maillons d'une vieille chaîne encore accrochée au bout de cuir d'un collier de chien, un stylo à bille bon marché presque neuf et un assortiment de bouts de papier, plus une boîte d'allumettes trempée d'un bar de San José.

Mais tout ça, c'était bien plus tard. Une portière claqua sur le sac si peu rempli qui contenait ce qui avait été une petite fille, et les membres de l'équipe, stoïques, descendirent la colline avec leurs propres petits sacs de preuves. Kate et Hawkin passèrent sous les bandes de plastique jaune qui interdisaient l'approche du site et remontèrent dans leur véhicule.

— On rentre à la base ? demanda Detweiler.

— Non, ça ne servirait à rien pour le moment, répondit Hawkin.

Il regarda un couple avec un bébé, un enfant et un chien passer près d'eux, en ponchos de nylon de couleurs vives. La femme arborait un timide sourire et l'enfant les dévisageait, accroché au dos de son père.

— Il va en descendre pendant encore une heure ou plus, reprit-il. Je préfère revoir la route, jusqu'au sommet, si cette chose le veut bien.

— Pas de problème, assura le chauffeur, un peu vexé. Elle est peut-être lente, mais elle est sûre.

— Lente, en tout cas. Casey, tu as la carte ? Je voudrais que tu notes les maisons qu'on voit au passage. Ça simplifiera les choses quand on redescendra chez Tyler. Bon, qui habite ici ? demanda Hawkin en montrant près de la route une cahute que Kate se prépara à marquer sur la carte.

— Ce n'est pas une maison, c'est l'abri à chèvres de Jenny Cadena. Mais il n'y a plus que Harry Gustavson qui l'utilise ; il y entrepose les vitres pour sa maison. Sauf que... À y repenser, Bob Riddle y est resté un temps, quand son frère Ben l'a jeté dehors. Je me demande s'il y est toujours, s'interrogea-t-il sans curiosité alors qu'ils passaient devant le mur aveugle.

— Quelqu'un aurait un crayon et une gomme ? demanda Kate qui avait noté à l'encre sur sa carte le premier nom, puis l'avait biffé pour noter le deuxième, qu'il lui fallait maintenant rayer pour noter le troisième.

Ils continuèrent péniblement sur la voie boueuse, s'arrêtant deux fois pour laisser descendre des voitures pleines de résidents, et une fois pour aider à changer le pneu à plat d'une des voitures du comté. Arrivés en haut de la route, cadenassée et gardée, ils repartirent lentement. Au bout d'une centaine de mètres, Hawkin se pencha et toucha l'épaule de Detweiler.

— Arrêtez-vous ici une minute, vous voulez bien ? Viens avec moi, Casey.

Tous deux rebroussèrent chemin sur trente mètres, les cailloux déformant les semelles de leurs chaussures de ville, et regardèrent en contrebas l'amoncellement de pierres et de buissons.

— C'est ici qu'on a trouvé Tina Merrill. Son père a eu une crise cardiaque le mois dernier, tu le savais ? Sa mère a perdu dix kilos à force de se nourrir de tranquillisants, et son frère, qui était un brillant élève, est en train de rater sa dernière année de lycée. Le meurtrier l'a lancée d'ici, sur la route, comme un sac d'ordures, et au bout de quelques jours, elle a été entraînée en contrebas.

La colline était presque complètement silencieuse ; seuls quelques oiseaux chantaient, le moteur ronronnait ; ils entendaient leur respiration. Le soleil se montra et Kate se sentit réchauffée. Hawkin ne bougeait pas.

— Qu'est-ce qu'il cherche ? murmura-t-il en fixant la route.

On aurait dit qu'il essayait de voir trois mois plus tôt, de voir ce jour de fin d'automne où une silhouette avait transporté son macabre fardeau sur la route.

— Qu'est-ce qu'il fait ? continua-t-il.

— Je suis désolée, je ne comprends pas.

— Moi non plus. Moi non plus, dit-il en la regardant soudain comme s'il venait de remarquer sa présence. Les victimes n'ont pas été molestées, expliqua-t-il. Il ne s'agit donc pas d'un cas évident de pédophilie. Il ne s'agit pas non plus d'argent, puisque jamais aucun rançon n'a été demandée. Il les enlève avec tant de précautions que jusqu'ici il est resté invisible, il les étrangle, après quoi il leur retire leurs vêtements et les abandonne sur la route de Tyler, ou tout près. Pourquoi ici, à cent cinquante kilomètres de l'endroit où il les a enlevées ? Pourquoi fait-il ça ?

Il leva un sourcil interrogateur, puis repartit vers le mastodonte qui les transportait. Bien qu'elle sût qu'il n'attendait pas de réponse, elle aurait aimé pouvoir lui en fournir une. Une seule chose lui vint à l'esprit : « Peut-être qu'il s'agit d'un fou. » Mais c'était à l'évidence tellement insuffisant qu'elle ne dit rien et le suivit sagement sur la surface inégale qui prétendait être une route.

Cinq minutes plus tard, Detweiler s'arrêta sur un plateau dégagé où se dressait, insolite, une table de pique-nique. Un soleil intermittent mais enthousiaste illuminait par endroits la route en dessous d'eux et révélait un bout de mer houleuse, au loin. Eparpillés, des toits et des champs labourés interrompaient les étendues sombres de séquoias. À l'occasion, les reflets de panneaux solaires et quelques éoliennes rappelaient qu'on était au vingtième siècle.

— Chouette, hein ? grogna Detweiler. Tyler dit qu'il va se construire quelque chose ici quand il sera vieux et chenu. J'en doute. Il aime être au milieu de l'action. Il ne changera pas, conclut-il en reprenant la descente, le moteur geignant, à présent, dans son effort pour empêcher l'ancienne voiture de pompiers de filer droit dans la mer.

« Ah, oui ! reprit-il, j'ai oublié la maison du vieux Peterson ! C'est là-haut. Vous voyez le drapeau ? demanda-t-il en montrant un morceau de drap déchiré. C'est au bout de ce chemin, mais on ne peut pas y aller en voiture. Quand il a construit son truc, il a tout apporté à pied.

Kate inscrivit le nom de Peterson et se dit qu'un inspecteur de l'urbanisme pourrait s'en donner à cœur joie, avec toutes les violations de lois et de règlements accumulées sur cette colline. Elle en toucha un mot à Detweiler, prenant soin d'éviter de lui donner l'impression qu'elle pût avoir le moindre lien avec ce genre de petits bureaucrates.

— Oh, ce qu'ils ne savent pas ne peut pas les gêner ! En fait, il y a bien eu une bataille entre Tyler et le comté sur les réglementations en matière de construction. Au début, ils ont dit que toutes les maisons devaient avoir l'électricité, même s'il n'y avait pas de ligne électrique à des kilomètres. Alors une douzaine de maisons ont des prises électriques et des douilles qui pendent du plafond. En ce moment, Tyler essaie de contourner le problème en faisant classer toute la route « secteur expérimental sans but lucratif ». Il a un sénateur dans sa manche. Il peut y arriver. Là, c'est chez Riddle, vous l'avez noté ? demanda-t-il à Kate.

— Oui, Ben Riddle, dont le frère Bob est soit là, soit

dans la cabane-chèvrerie-entrepôt de vitres Cadena-Gustavson.

— Clair comme du jus de chique, hein ? dit-il en riant.

Kate se demanda s'il lui arrivait jamais de se trouver à court de clichés. La litanie reprit pendant toute la descente.

— Ici, c'est chez frère Luke. Maggie et lui sont arrivés dès que Tyler a eu cette idée. Il a été moine quelque part. Mais il ne l'est plus. Ils ont cinq gosses. Les Dodson vivent ici ; un drôle d'endroit, vraiment sombre, mais ils ont un joli pré derrière la maison pour les poneys. La petite Angie adore son poney. Ici, les Newborn, qui élèvent des cochons dans ces petites cahutes. Et vous connaissez Tommy Chesler. Je vous ai parlé de Vaun, là-haut ? C'est une artiste, une véritable artiste.

Des visions de châteaux, de jeunes filles et de licornes aux grands yeux dansèrent dans la tête de Kate.

À un moment, ils durent s'arrêter pour sortir une voiture du comté du ruisseau où ses quatre roues motrices l'avaient entraînée, et tandis qu'ils continuaient leur descente, ils prirent à bord plusieurs habitants de la colline qui bavardaient comme s'ils se rendaient à une fête de village plutôt qu'à un interrogatoire de police. Kate se retrouva coincée entre Hawkin et un très gros jeune homme trempé qui sentait le chien, un bébé plus trempé et plus odorant encore sur les genoux. Au bout de dix minutes, une voix haut perchée, à l'avant, demanda si quelqu'un avait Ivanhoe.

— C'est quoi, une maladie ? demanda Kate.

— C'est mon bébé, répondit la voix.

— Il n'a pas de cheveux et il est mouillé ?

— Probablement.

— Alors, il est là.

— Bien. Je voulais juste m'assurer qu'il était monté. Vous pouvez le garder jusqu'à ce qu'on arrive chez Tyler.

— Merci, c'est très gentil, répondit Kate avec gravité.

Elle se demanda alors si toutes les secousses provenaient de la route ou en partie aussi d'un fou rire qui aurait pris Hawkin et, dans ce dernier cas, ce qu'elle devait faire. Finalement elle ne fit rien.

4

La foule bigarrée qui tourbillonnait dans la maison de Tyler semblait sortie d'un autre monde, ou peut-être de plusieurs mondes — celui des Amish, celui de Woodstock, celui des pionniers. Des enfants couraient en criant entre les jambes des adultes et les meubles, des chiens entraient et se faisaient jeter dehors sous la pluie, les odeurs de pain, de sauce tomate et de feu de bois se mêlaient à celle des vêtements mouillés sur des corps mal lavés et aux relents de marijuana. Tyler avait abandonné aux policiers trois pièces du rez-de-chaussée, meublées d'une collection hétéroclite de tables et de bureaux où l'on se préparait à recueillir les témoignages. Kate se tenait dans la pièce principale, l'entrée, de la taille d'une maison moyenne, sous cinq mètres de plafond, et se demandait comment Hawkin avait l'intention d'enquêter sur un meurtre dans un tel chaos. Pour la première fois elle se sentit soulagée que ce soit à lui et non à elle d'assumer la responsabilité de cette affaire.

Comme s'il avait lu dans ses pensées, Hawkin s'approcha.

— Je le répète : une belle enquête toute simple. Je vais leur parler, et je veux que tu sois avec moi, près de la cheminée.

Il disparut, et Kate dut fendre la foule pour le suivre, regrettant que sa mère n'ait pas épousé un homme plus grand. Arrivés à la massive cheminée de pierre surmontée d'un ensemble d'épées disposées en éventail, pareilles à un lever de soleil, ils montèrent sur la marche du foyer et tentèrent de dominer l'océan de têtes.

— Pouvez-vous m'accorder votre attention, s'il vous plaît ? S'il vous plaît, pouvez-vous écouter ! J'ai quelques petites choses à vous dire.

Il ne criait pas, mais il avait donné à sa voix grave un ton percutant qui remplit la pièce et passa les portes, si bien que, peu à peu, les visages se tournèrent dans leur direction et que le brouhaha se calma. On fit taire les enfants, on cessa de cogner les casseroles, et les résidents de la route de Tyler s'intéressèrent à ce mal nécessaire, à ce représentant de l'oppression qui allait leur dire ce qu'il attendait d'eux.

— Bonjour, mesdames et messieurs. Je m'appelle Alonzo Hawkin, et voici Casey Martinelli. Je suis sûr que vous savez tous maintenant que nous venons de San Francisco pour coordonner l'enquête sur les meurtres de trois petites filles dont les corps ont été retrouvés dans cette région. Je tiens à vous remercier tous d'être descendus chez Tyler. Je sais — j'ai pu constater — combien il est malcommode pour certains d'entre vous d'arriver jusqu'ici, mais cela va nous faire gagner beaucoup de temps, et il faut savoir que du temps gagné peut signifier une vie sauvée.

Ils l'écoutaient tous avec attention, maintenant. Un bébé se mit à pleurer, et sa mère lui donna le sein, sans quitter Hawkin des yeux.

— Nous sommes ici pour enregistrer vos déclarations, dans l'espoir que les informations que vous nous donnerez pourront former un ensemble qui nous conduira au meurtrier. Je n'ai pas besoin de vous dire que celui-ci a un lien avec votre route. Vous le savez tous, et j'imagine que c'est pourquoi beaucoup d'entre vous sont ici. Il n'est pas agréable de penser qu'un voisin pourrait avoir un rapport avec le meurtre de trois enfants. Qu'il pourrait même être le meurtrier.

Beaucoup baissèrent les yeux, des lèvres se tordirent en un sourire nerveux et la peur fit que, dans la pièce bondée, les gens tentèrent de s'écarter les uns des autres.

— Je préfère vous dire tout de suite que nous ne sommes pas ici pour nous préoccuper de drogue ou de violation des lois sur l'habitat, ni pour savoir qui couche dans quel lit, à moins bien sûr que cela puisse avoir un rapport avec les meurtres. Il se peut que nous vous posions des questions sur la drogue ou d'autres délits, mais ce n'est pas ce qui nous intéresse. Vous êtes libres de choisir l'officier de police à qui vous souhaitez confier votre témoignage. Comme vous êtes très nombreux, nous voudrions prendre une photo de vous avec un Polaroïd et joindre cette photo à votre déclaration. Cela, uniquement pour que tout soit plus simple. On va vous poser une série de questions. Certaines vous sembleront futiles, exagérées ou tout simplement idiotes. Je vous demande d'y répondre. Aucun d'entre nous n'est ici pour s'amuser, et nous sommes tout aussi anxieux d'en terminer que vous... Je dirais même plus, ajouta-t-il avec un sourire.

Dans un coin, une petite voix résonna alors :

— Il a dit qu'on allait s'amuser, maman ? C'est ça qu'il a dit ?

Des rires nerveux soulagèrent les poitrines angoissées et le sourire de Hawkin s'élargit.

— Justement, vous voyez ce petit monsieur dans le coin, là-bas ? demanda-t-il à ses auditeurs, qui tournèrent la tête vers l'homme énorme, à la peau très noire et à l'uniforme un peu étriqué qui leva la main pour qu'on le reconnaisse, ce qui déclencha d'autres rires. Il s'agit du sergent Fischer. Bob Fischer n'a pas vu ses propres gosses depuis deux jours, et si vous voulez lui envoyer vos enfants pendant que vous témoignez, il se fera un plaisir de leur montrer son walkie-talkie et ses menottes. Mais, hé, Bob ! essaie de ne pas perdre les clés, cette fois, d'accord ? Une dernière chose, annonça Hawkin au milieu de rires plus détendus. Je sais qu'il est un peu tard pour vous le dire, mais j'aimerais que vous ne parliez pas entre vous de ce que vous pouvez avoir vu, ou de ce que quelqu'un d'autre croit avoir vu. Votre déclaration doit être la vôtre, et la vôtre seulement. Nous ferons les recoupements, et si nous avons besoin d'informations complémentaires sur un point, nous irons vous trouver. Nous sommes sept ici pour enregistrer vos déclarations. Si vous voulez bien passer dans ce coin prendre un formulaire pour chaque adulte, nous allons commencer. Merci de votre aide, ajouta-t-il après un instant de silence. Il y a un salaud qui tue des gamines. Je crois que vous pouvez nous aider à trouver qui. Merci.

— Tu as déjà entraîné une équipe de football, Al ? murmura Kate à son oreille tandis que les gens se mettaient en mouvement.

— Et que crois-tu que je vienne de faire ? Prends un bureau. Je t'appellerai quand j'en serai à Tyler.

La matinée passa, pénible, à noter noms et numéros, à photographier les gens, à situer les lieux sur la carte et à poser des questions : Où travaillez-vous ? Avez-vous déjà été arrêté ? Où étiez-vous le mercredi suivant Thanksgiving, le 24 janvier, hier après-midi ? Avez-vous vu quelqu'un hier après-midi ? Quelqu'un vous a-t-il vu hier après-midi ? Avez-vous vu ou entendu une voiture sur la route hier soir ? Fumez-vous ? Utilisez-vous des allumettes ? Fréquentez-vous des bars ? Possédez-vous une voiture ? Conduisez-vous ? Détenez-vous des informations qui pourraient avoir un lien avec l'affaire ? Etc.

On enregistra les réponses, on nota les réactions à certaines questions ; des voix murmuraient, d'autres s'énervaient. Hawkin passait d'une pièce à l'autre, bavardant, encourageant, apaisant les tensions, disparaissant dehors dans la boue pour parler aux journalistes. On but des litres de café et de thé, on coucha les enfants pour la sieste, une femme à la grossesse très avancée commença à pâlir et on l'envoya se reposer dans une chambre à l'étage. À un moment, une assiette de spaghettis sauce végétarienne et du pain chaud firent leur apparition devant Kate, et, tout comme elle, la personne qu'elle interrogeait se mit à manger goulûment, éclaboussant les formulaires de gouttelettes de tomate.

À treize heures, Kate menait un des entretiens les plus difficiles de la journée. Non que Flower Underwood fût réticente, elle coopérait gentiment, et même avec intelligence. C'était son enfant qui posait des problèmes.

C'était un garçon, ou du moins Kate le pensait, car la femme ne l'avait pas corrigée quand elle lui avait demandé quel âge *il* avait. Un gamin de deux ans absolument intenable qui démonta les stylos, mangea un formulaire, renversa trois fois le sac de Casey (elle mit son portefeuille et ses clés en sécurité dans sa poche après les avoir arrachés aux petits doigts inquisiteurs) et monta cinq fois sur les genoux de sa mère pour téter, projetant la dernière fois une giclée de lait sur Kate. C'est peu après que Hawkin arriva et lui posa la main sur l'épaule alors qu'elle était en train d'écrire.

— Excuse-moi, Casey, mais quand tu en auras fini, pourrais-tu me rejoindre à l'étage ? Je vais parler à Tyler, tout en haut, troisième porte à gauche.

Kate approuva de la tête et leva les yeux à temps pour saisir sur le visage de la jeune femme une très curieuse expression.

— Qu'y a-t-il ?

— Oh, rien ! répondit Flower en retenant un sourire.

— C'est à propos des étages ?

Flower renonça à se mordre les lèvres et éclata de rire. Son fils s'arrêta de téter et la regarda, la bouche ouverte pleine de lait.

— Eh bien, vous savez, le rez-de-chaussée est un endroit tout à fait public. Tous ceux de la Route l'utilisent un peu comme leur salon.

— Et les étages, l'étage supérieur, ce n'est pas public, c'est ça que vous voulez dire ? Tout à fait privé, en fait ? déduisit-elle devant les yeux brillants de Flower qui endormait son fils en lui caressant le dos. Sur invitation seulement, ce genre de chose ?

— Ce genre de chose.
— Etes-vous allée là-haut, au dernier étage ?
— Pas depuis longtemps, mais je ne pense pas qu'il ait beaucoup changé. Ni Tyler, d'ailleurs, dit-elle avec l'air de se remémorer un bon souvenir.
— Diriez-vous que beaucoup de femmes de la Route sont montées « là-haut » ?
— Un bon nombre. Probablement presque toutes les célibataires, un jour ou l'autre, et, disons, oh… un tiers des femmes en couple.
— Et ça ne crée pas d'ennuis ?
— Pas ici. Dans une petite ville, peut-être, mais pas ici. Et Tyler fait bien attention à ne pas trop s'approcher si un autre homme peut en prendre ombrage. Il est gentil, très attentionné, très généreux.
— Avec l'argent ?
— Avec tout ! affirma-t-elle, un sourire amusé sur le visage.
— Il n'invite que des femmes, là-haut ?
— Oh, non! Des hommes aussi. Pas au lit, bien sûr ! rectifia-t-elle en riant de l'absurdité d'une telle idée, tandis que Kate restait muette devant cet aveu de conformisme soudain. Il emmène les gars là-haut pour jouer aux échecs, je crois, ou juste pour boire et fumer s'il se passe quelque chose en bas et qu'il veut être au calme.
— Mais vous êtes certaine qu'il n'y a rien de plus ?
Kate s'amusa de voir Flower Underwood aussi troublée par cette idée, alors que les débordements hétérosexuels de Tyler ne l'avaient pas du tout émue.
— Non, il invite beaucoup de gens dans ces chambres, et pas seulement pour coucher avec eux. Je n'ai jamais entendu dire qu'il ait couché avec un homme. Je suis sûre que je l'aurais su. Rien ne reste longtemps secret sur la Route. Non, je suis sûre que Tyler est normal.
— « Normal » ?
— Enfin, comme tout le monde. En tout cas, il est très gentil. Au lit, je veux dire.
Kate se rendit compte que l'interrogatoire lui échappait et tenta de revenir à son sujet :

— A-t-il des enfants?

— Deux au moins. Il a une femme, je crois. Une ex-femme. Elle vit à Los Angeles avec leur fille, qui doit avoir dix ou onze ans. Il y a aussi un petit garçon, ici, sur la Route, qui est probablement de lui, bien qu'il soit difficile d'en être certain parce qu'il n'a que trois ans. Et il y a quelques autres cas douteux — les mères ne sont pas sûres.

Le regard de Kate se posa involontairement sur la tête blonde de la terreur endormie et les yeux de la mère en firent autant.

— Non, pas celle-là. Si vous voyiez mon mec, vous n'en douteriez pas. Elle lui ressemble comme deux gouttes d'eau. Mais si vous voulez savoir ce que les hommes font..., commença-t-elle — tandis que, visiblement, elle tentait de repousser une idée qui lui traversait la tête —, si vous voulez qu'un homme vous parle des chambres de Tyler, vous pouvez interroger Charlie. Charlie Waters, mon homme. Il passe son temps ici, à jouer aux échecs avec Tyler.

Sa voix s'éteignit et elle leva les yeux pour examiner la pièce. Kate se dit qu'il était temps d'arrêter l'interrogatoire.

— Merci beaucoup, madame Underwood. J'apprécie beaucoup que vous ayez pris le temps de descendre aujourd'hui.

Mais la jeune femme s'était déjà levée, son fardeau somnolent dans les bras, et se dirigeait vers l'entrée.

Kate signa la déposition, déposa les papiers sur la table suivante — où Bob Fischer parlait à un homme, trois enfants paisibles répartis sur leurs genoux — et partit en courant vers l'escalier.

5

L'ESCALIER était orné d'armes anciennes, d'une petite tapisserie, d'une cape déployée afin d'exposer la richesse de ses broderies, de plusieurs photographies encadrées montrant des châteaux et des gens en costumes médiévaux, et de quelques autres rappels de la passion qui animait Tyler. Sur le palier, une armure complète, bras et casque en place, montait la garde devant une vitrine fermée contenant quelques petits objets tels que flacons et peignes, que Kate ne prit pas le temps d'examiner. Des voix lui parvenaient du deuxième étage, sur sa gauche, et elle frappa légèrement avant d'ouvrir la porte.

— ... tablé sur un maximum de cent cinquante. Ah, entrez, inspecteur Martinelli. Nous commencions juste. Que voulez-vous boire ?

Tyler se leva, s'approcha d'un haut meuble luisant en marqueterie, et Kate se laissa servir un verre d'eau gazeuse. Tyler le lui tendit en s'inclinant avec cérémonie et alla se placer devant la cheminée au foyer de pierres noircies et au lourd linteau. Son air de bonne volonté joviale semblait un peu forcé, et Kate identifia très vite ce qui causait sa nervosité : Hawkin, assis confortablement dans un fauteuil en cuir, l'expression somnolente, un verre de liquide ambré sur le genou. Les yeux de Tyler se détournaient sans cesse de la silhouette détendue, évitant tout contact visuel comme on éviterait un coup. Kate avait maintes fois remarqué ce genre de réaction mais elle fut un peu surprise de la retrouver chez Tyler.

Hawkin reprit la conversation où elle avait été interrompue, et Kate, d'une oreille distraite, écouta Tyler parler de ses projets pour sa propriété, de ses idées sur une donation et sur un statut qui permettrait d'échapper aux impôts locaux, de l'équilibre à trouver entre le confort moderne et la liberté. En l'écoutant, elle étudiait l'environnement de cet homme, cette chambre, tout en haut de la maison.

C'était une pièce magnifique, ceinturée de trois parois de verre révélant d'un côté les collines, de l'autre la prairie qui descendait vers la mer, par-delà la route, tandis que la baie vitrée du milieu, donnant sur le triangle de gravier devant la maison, permettait au propriétaire de surveiller les allées et venues de ses locataires. Au milieu du quatrième mur s'ouvrait la cheminée au foyer de granite. C'était là un donjon seigneurial, et même si Flower Underwood ne l'avait pas dit, Kate aurait immédiatement su que c'était là que vivait Tyler, et non dans le désordre bonhomme du rez-de-chaussée, ni même dans l'espace plutôt impersonnel dont Kate avait eu un aperçu au premier. Ici, Tyler n'avait plus besoin de cadenasser ses armes anciennes par crainte d'un accident ou d'un vol, plus besoin de limiter l'ameublement à de lourdes chaises noires qui ne risquaient ni d'intimider les résidents, ni de souffrir des chaussures de leurs enfants. Ici, John Tyler pouvait être ce qu'il était : l'unique héritier de trois générations d'argent. En Californie, trois générations, cela renvoie à des temps très anciens.

La pièce n'affichait pas l'opulence : murs lambrissés de séquoia, parquet de chêne ciré incrusté d'un bois plus sombre pour marquer le pourtour et tapis aux motifs élaborés, mais en laine, pas en soie ; le cuir crème des fauteuils et du canapé gardait les traces d'une longue utilisation ; les montants et le manteau de la cheminée étaient aussi en séquoia, sans ornements. À gauche de Kate, ce côté du mur rassemblait plusieurs aquarelles. L'autre côté lui était caché par la cheminée, mais elle devina un autre groupe de fauteuils autour d'une table basse sur laquelle était posé un échiquier. Un changement dans la voix de Tyler attira son attention.

— Un verre, inspecteur Martinelli ? Non ? C'est très méritoire. Inspecteur Hawkin ? Cela ne vous ennuie pas si je me sers ?

Il boita jusqu'au meuble verni et rajouta un peu du liquide ambré dans son verre massif avant de replacer sur une étagère la bouteille au nom imprononçable. Une sorte de vapeur s'élevait du verre et Tyler retourna se placer devant la cheminée avant d'en boire une gorgée. Aux abois, se dit Kate, bien que Hawkin eût moins l'air d'un chien de chasse que d'un vieux bâtard somnolant devant le feu. C'était une curieuse façon d'interroger les gens, songea-t-elle, attendant avec impatience qu'il entre dans le vif du sujet. Des voix assourdies montaient du rez-de-chaussée, des ustensiles de cuisine s'entrechoquaient, un enfant cria. Les voix fortes provenant du dehors lui rappelèrent les journalistes rassemblés sur la route. Elle n'y tint plus.

— Quand vous dites : « Nous avons décidé », monsieur Tyler, qui entendez-vous exactement par là ?

Tyler parut soulagé de cette question, et Hawkin lança un rapide coup d'œil à Kate.

— Moi, tel que vous me voyez. J'ai l'habitude de dire « nous » parce que je consulte les gens qui vivent ici, ainsi que mes divers conseillers financiers. Mais en dernier ressort, c'est moi qui décide. Je trouve toujours tant soit peu ridicule qu'une personne puisse « posséder » une forêt, mais elle est à moi aux yeux de la loi. Je préfère me considérer comme le maître des lieux, qui les garde des indésirables et entretient une route, mais j'ai plutôt l'impression que c'est la terre qui me possède, et non le contraire.

— Vous semblez considérer vos terres comme une sorte de fief, dit Hawkin.

Cette accusation détournée sembla détendre Tyler, comme si on s'installait dans une vieille discussion familière.

— Il n'y a rien à reprocher au système féodal, commença-t-il, s'il comporte l'élément clé de la responsabilité. On a tendance à considérer le seigneur d'un domaine comme un parasite qui extorquait à ses paysans des produits durement récoltés et passait tout son temps à boire et à chasser.

— Et à baiser les filles, ajouta Kate.

Tyler la regarda avec inquiétude jusqu'à ce qu'il décide qu'elle n'avait rien voulu insinuer de particulier. Hawkin leva un sourcil.

— Oui, ça aussi. Mais il avait la responsabilité de protéger ses gens des envahisseurs, de juger en cas de dispute, de veiller à ce que les vieillards, les veuves et les orphelins n'aient pas faim. La chasse à courre, la meute, ce n'était pas seulement un sport : les cerfs mangeaient les récoltes et les renards tuaient les poules, si on ne les contenait pas. Toute l'idée de hiérarchie et d'autorité est liée, dans le système féodal, à celle de responsabilité. Le paysan a peu de droits et peu de privilèges, mais il n'a pour obligation que de produire un peu au-delà des besoins de sa famille. Plus élevé le rang, plus grande la responsabilité. Pourquoi donc, au temps jadis, demanda-t-il, d'une voix qu'échauffait la discussion autant que le whiskey, le roi était-il considéré comme responsable de la vie même de sa terre ? On l'acclamait et on lui donnait sa part de bon cœur quand la nourriture était abondante et les gens en bonne santé, mais si les récoltes étaient mauvaises, si la sécheresse ou la peste sévissaient, on le considérait comme la cause de ces malheurs, et le peuple lui coupait la gorge pour redonner à la terre une nouvelle vie. Telle est l'origine véritable de l'expression : « Le roi est mort, vive le roi ! »

Il se délectait visiblement à la pensée de cette menace anachronique pesant sur lui. Sans détourner les yeux de la contemplation de son verre, Hawkin posa tout doucement une question qui résonna dans la pièce :

— Et que pensez-vous des sacrifices humains, monsieur Tyler ?

Kate eut la chair de poule et tourna brutalement la tête,

mais Tyler n'avait pas encore compris que le vieux chien avait terminé sa sieste.

— Les sacrifices humains — tous les sacrifices, en fait — sont un moyen de sentir que l'on contrôle son destin en offrant aux dieux ce qu'ils veulent avant qu'ils ne puissent le prendre. En leur offrant le meilleur, le plus pur, le plus nouveau...

Les mots s'étranglèrent dans sa gorge quand il se rendit compte de ce qu'on l'avait amené à dire. Ses yeux se portèrent vivement sur Hawkin, qui le regarda en retour de cet air patient du chasseur qui attend de voir sa proie saisie de panique, qui attend, sans triomphe ni joie, qui attend, certain de l'issue. Le visage de Tyler se vida de son sang au-dessus de la frange sombre de sa barbe, ses articulations blanchirent autour de son verre. Le seul mouvement perceptible dans la pièce était la lente oscillation du whiskey dans le verre de Hawkin, qui le faisait tourner et tourner, en attendant.

— Je... Vous ne... Vous n'imaginez pas...

Kate se dit que l'homme n'aurait pas eu la mine plus défaite si on lui avait planté une de ses précieuses dagues dans le ventre.

— Oui ? croassa Hawkin.

— Vous ne pensez pas que j'aie quoi que ce soit à voir avec ça ? demanda-t-il dans un murmure rauque.

— Et pourquoi pas ?

— Vous ne parlez pas sérieusement.

— Non ?

— Et pourquoi ferais-je une chose pareille ?

— Pourquoi quiconque ferait-il une chose pareille, monsieur Tyler ? Vous venez de me donner ce qu'on pourrait considérer comme un mobile, n'est-ce pas ? Vous en seriez physiquement capable, n'est-ce pas ? C'est votre terre, vous connaissez toutes les allées et venues des gens mieux que personne, n'est-ce pas ? Alors, pouvez-vous me dire, monsieur Tyler, pourquoi je ne devrais pas envisager la possibilité que, comme vous dites, vous ayez quelque chose à voir avec ça ?

Tyler regardait fixement Hawkin, scrutant son visage sans y trouver autre chose qu'une curiosité polie — et un reflet d'acier brillait maintenant dans ses yeux. Il regarda Kate, qui ne lui fut d'aucun secours. Il se retourna alors vers son feu de bois. Une minute passa, puis deux, tandis que les deux policiers assis regardaient le dos de l'homme.

Soudain il lança son verre, qui explosa dans le feu avec un jaillissement de flammes bleues. D'une voix grave et rageuse, hachant ses mots, il commença :

— Pourquoi a-t-il fallu qu'il vienne ici avec sa crasse ? C'est ma terre. Ma terre ! Apporter sa maladie ici et nous souiller ainsi ! Jamais plus je ne pourrai monter la route sans voir cette dernière petite, jamais je n'arriverai au sommet sans penser à la première, à l'odeur...

Il s'interrompit, une main agrippée au manteau de la cheminée. Ils attendirent. Des pas se firent entendre dans le couloir, et on frappa à la porte. Le visage de Hawkin trahit soudain de la colère, et Tyler se retourna, le visage rouge, mais sa rage était retombée ; il semblait à la fois agacé et soulagé par cette interruption.

— Oui ?

— John ?

La porte s'ouvrit et une grande femme au visage doux encadré par des nattes couleur de blé mûr, celle qui avait apporté son déjeuner à Kate, passa la tête dans la pièce.

— Je suis désolée de vous interrompre, mais Jenny Cadena va avoir son bébé. Elle a perdu les eaux, alors on n'a plus le temps de la remonter chez elle. Dans quelle chambre peut-on la mettre ?

— Mais elle n'est pas encore à terme, si ?

— Deux semaines trop tôt, seulement.

— La chambre verte ?

— Le lit est trop mou. J'avais pensé à la chambre aux patchworks ou à la chambre d'Alice.

— Il vaut mieux la chambre aux patchworks ; il n'y a personne de ce côté de la maison. Mais enlève celui qui est sur le lit, s'il te plaît. Tu as appelé la sage-femme ?

— Elle sera ici dans une heure, et Terry ne la quitte pas. Désolée de vous avoir dérangés.

— Ce n'est rien, chérie. J'irai jeter un coup d'œil pour voir comment ça se passe dès que nous en aurons terminé ici. C'est bien qu'un autre bébé naisse dans cette maison — ça faisait longtemps.

Elle lui adressa un sourire affectueux et eut un petit signe de tête à l'intention de Hawkin et de Kate avant de refermer la porte.

— Ne devrait-on pas la conduire à l'hôpital ? demanda Hawkin.

— Oh, non ! Tout se passera bien. C'est son quatrième, et elle n'a jamais eu de problème. Beaucoup de femmes viennent accoucher ici. Les sages-femmes n'ont pas à monter la route, et on peut toujours recourir au téléphone et utiliser l'autoroute si ça se passe mal. Ça n'est jamais arrivé — je touche du bois, dit-il en effleurant du doigt le manteau de la cheminée —, mais tout est plus facile quand on sait qu'on peut avoir de l'aide.

Il avait retrouvé son calme, maintenant, et il put croiser le regard de Hawkin sans flancher. Cette interruption lui avait rendu son statut de maître des lieux, et Hawkin reconnut à contrecœur qu'il ne tirerait rien de plus de cet homme ce jour-là. D'ailleurs, il avait atteint son but principal; il faudrait qu'il s'en contente. Il reprit dans une direction différente :

— Pouvez-vous me dire qui n'est pas descendu ici aujourd'hui ?

— Il me vient une demi-douzaine de noms à l'esprit : le vieux Peterson, bien sûr. Il ne sort de la forêt qu'une fois par an, à Noël, pour rendre visite à sa mère, à Santa Barbara, et y reste jusqu'à fin janvier. Il ne dévie jamais de ce principe.

— Son nom complet ? demanda Kate, le crayon à la main.

— Quelque chose comme Bernie. À dire la vérité, il faudrait que je recherche.

— Ce serait bien. Qui d'autre ?

— Vaun Adams. Tommy a dû la prévenir, mais elle est probablement trop occupée à peindre. Ben Riddle est à San Francisco pour quelques jours. Je crois que Tony Dodson travaille quelque part, mais il devrait rentrer ce soir ou demain. Susanna Canani est en Floride avec ses gosses. Je n'ai pas vu Hari Bensen, ni sa dame, Ursula... Il y en a peut-être un ou deux autres, dit-il avec un haussement d'épaules. Si ça me revient, je vous le dirai.

— Tenez-vous un registre de ceux qui résident sur la colline ? demanda Kate.

— Vous plaisantez ! dit-il en éclatant de rire. La moitié des gosses n'ont même pas de certificat de naissance et certains adultes non plus. La plupart d'entre eux tiennent beaucoup à ne pas avoir de compte en banque, ni de numéro de Sécurité sociale, ni de permis de conduire, ni de carte d'électeur. Pas tous, loin de là, mais une poignée de résidents sont de plus grands puristes — fanatiques, si vous préférez — que je ne le suis moi-même.

— Il me semble évident que vous ouvrez grande la porte à des gens pas très recommandables.

— Je n'ai jamais remarqué qu'en sachant tout du passé des gens on se prémunisse contre les problèmes de l'avenir. Nous ne laissons pas n'importe qui venir ici, vous savez. C'est un lieu où toute personne de plus de douze ans a son mot à dire, comme les autres, et c'est ce qu'on fait pour tout nouvel arrivant au bout d'une période d'essai de quatre mois. Il faut que les trois quarts des résidents approuvent la demande, sinon l'intéressé repart. Je peux user de mon droit de veto contre quelqu'un, mais je ne peux aller à l'encontre d'une décision négative. Jusqu'à présent, le système a très bien fonctionné. En fait, une fois, on a refusé un couple, et quelques semaines après, j'ai découvert que l'homme avait été arrêté pour une bagarre au couteau, un an plus tôt, en Arizona. Il y avait quelque chose qui n'allait pas, chez eux, et au bout de quatre mois, nous en avons été persuadés.

— Vous n'avez jamais de problèmes avec le comté, les impôts, et tout ça ? demanda Kate.

— Je paie deux avocats à plein temps pour régler mes affaires. Je leur dis ce que je veux faire, et ils me disent comment le faire.

— Leurs noms, s'il vous plaît, demanda Kate, pour les ajouter à sa liste de plus en plus longue.

Hawkin regarda un moment son verre.

— Il reste à prouver que votre méthode d'écrémage des tordus est efficace à cent pour cent, monsieur Tyler. Dites-moi, pourquoi pensez-vous qu'on ait apporté les corps ici, sur votre route ? Qui est, à votre avis, cette personne qui est « venue ici avec sa crasse » ?

— J'aimerais bien le savoir. Il me semble... J'ai l'impression que quelqu'un est en train de me faire ça à moi, personnellement. Je sais que c'est ridicule, et je ne dirais jamais une chose pareille aux parents de ces petites filles, mais c'est ce que je ressens. Comme si quelqu'un me cherchait, en déposant ces gamines sur mon seuil. Eh oui, je sais combien c'est absurde et égocentrique, mais je ne peux m'en empêcher. Non, je ne peux pas imaginer qui voudrait me faire ça. Et Dieu sait combien j'y ai réfléchi.

— Monsieur Tyler, il y a autre chose qui me tracasse, et peut-être pourrez-vous m'éclairer. Si le meurtrier ne voulait pas qu'on retrouve les corps, il aurait pu choisir mille lieux plus adéquats entre ici et la Baie. S'il voulait qu'on les retrouve, sa méthode semble un peu hasardeuse. Une idée ?

— Pas vraiment hasardeuse. Il ne fait aucun doute qu'on ne pouvait pas ne pas retrouver la dernière en un ou deux jours. Cette portion de route est assez construite, et l'endroit précis est à découvert. Celle qui était près du ruisseau, on l'aurait retrouvée de toute façon un jour ou l'autre, elle aussi. C'est un sentier public qui monte de la plage, et même en cette saison, des gens l'empruntent régulièrement. Il a d'ailleurs fallu que je pose une clôture le long du ruisseau pour que l'on n'y aille pas. J'imagine que, par mauvais temps, elle aurait pu rester plus longtemps, ajouta-t-il avec un rire sec et désespéré. Seigneur, quelle conversation macabre !

— Oui. Vous teniez une réunion, le soir où Amanda Bloom a été déposée ici, n'est-ce pas ?

— Oui, de vingt heures jusque vers une heure du matin. C'était une réunion impromptue, ou du moins elle n'était pas censée se dérouler ici, mais dans la maison où elle était prévue, un gosse a eu la varicelle, alors nous nous sommes retrouvés ici.

— Une réunion politique, n'est-ce pas ?

— En quelque sorte. Nous sommes plusieurs propriétaires, le long de la côte, à nous opposer aux forages pétroliers au large. J'ai donné les noms à Trujillo, à l'époque.

— Et personne n'a rien vu.

— Il doit être invisible. Personne ne le voit nulle part.

Kate avait déjà entendu exprimer cette opinion.

— Et la première ? Tina Merrill ? Il a fallu un certain temps pour que Tommy Chesler tombe dessus.

Tyler s'écarta brusquement de la cheminée et alla se servir un autre verre. Kate et Hawkin le regardaient patiemment. Il but deux gorgées et fit le tour de la pièce avant de parler :

— Je l'aurais trouvée le 1er décembre si j'avais été là. Je monte toujours à cheval jusqu'en haut de la Route, le 1er décembre, et je redescends pour la fête que j'organise à l'intention des résidents. Mais je n'étais pas là. J'avais dû prendre l'avion pour Seattle le 30 novembre ; mon oncle avait eu un accident. Je ne suis revenu que le 3.

— Vous me l'avez dit, oui, approuva Hawkin. Et vous êtes monté en voiture le lendemain, c'est ça ?

Kate vit que Tyler était troublé et se demanda pourquoi cette question le désarçonnait ainsi.

— J'y suis allé à cheval, le 4. Et elle n'y était pas. Pas sur la Route, en tout cas. Elle devait être juste en contrebas. Elle ne... Il avait fait froid.

Il se tut et but une autre gorgée. Hawkin prit un air d'incrédulité polie, et au bout d'un moment Kate se rendit compte qu'en dépit de semaines de preuves accumulées, en dépit des paroles tout à fait explicites de Hawkin aux personnes assemblées en bas, Tyler ne s'avouait que maintenant l'inévitable conclusion : quelqu'un sur sa route portait la responsabilité de la mort des trois fillettes.

— Et tout le monde ici savait que vous aviez pour habitude d'emprunter la Route le 1er décembre. Il y a donc une bonne chance pour que celui qui l'a déposée là ait voulu que vous la trouviez.

— Je... Je crois. Ce qui veut dire que celui qui a fait ça n'a pas seulement choisi la Route sur une carte.

— Non, monsieur Tyler, je crois que c'est une conclusion assez évidente.

Hawkin but les dernières gouttes de son verre, qu'il reposa doucement sur la table. Il ne lui fallut que quelques minutes pour mettre un terme à l'interrogatoire, organiser la remise des clés de la propriété, demander une chambre pour que Trujillo et un autre homme passent la nuit sur place et établir, à partir des notes prises par Kate, la liste des informations dont ils avaient besoin. Ils redescendirent ensemble, et Tyler les quitta au premier pour aller superviser l'accouchement. Hawkin s'appuya au mur et alluma une cigarette.

— Dis-moi ce que tu en penses.

— De Tyler ?

— De tout.

— As-tu remarqué, dit Kate après un moment de silence, que la seule personne qui porte une montre est l'amie de Tyler, la blonde aux nattes de bonne ménagère allemande ?

Hawkin montra sa surprise, puis se mit à rire doucement, le visage transformé, l'air beaucoup plus jeune.

— Très bien, Casey. Non, je ne l'avais pas noté. La châtelaine avec la montre et les clés du garde-manger, c'est ça ?

— Je l'ai remarqué parce que j'ai cru que ma montre retardait. Quand j'ai voulu vérifier l'heure, je n'ai trouvé personne pour me renseigner. Après ça, je me suis mise à regarder les poignets. À moins qu'ils n'aient tous des montres de gousset, ils n'ont pas de montre.

— Intéressant.

— Au sujet de Tyler. Il était vraiment horrifié que tu l'associes aux meurtres, mais il n'avait l'air ni coupable ni effrayé. Sa colère était sincère aussi. J'aurais aimé voir son visage.

— Mmmh, fit Hawkin en guise de réponse.

Au bout d'une minute, ils descendirent les dernières marches et rejoignirent la foule.

6

TROIS HEURES plus tard, Kate repoussa son siège et se frotta le visage des deux mains avant d'aller rejoindre la file d'attente devant les toilettes. Alors qu'elle revenait à son bureau, une main jaillit de la cuisine pour lui tendre une tasse fumante. Elle enfouit délicieusement son nez dans l'odeur du café brûlant et emporta son bien par-delà le salon surpeuplé, jusqu'au porche, où l'air frais sentait le sel, les arbres et la pluie qui crépitait sur le toit. Plusieurs chiens mouillés agitèrent leur queue en la voyant arriver, et comme elle les ignorait, ils enfouirent de nouveau leur museau dans les flancs les uns des autres.

Une personne attentionnée avait tendu un tissu au-dessus de la tonnelle, et le garde, entendant la porte se refermer, se tourna vers elle et leva sa propre tasse fumante en geste de bienvenue avant de retourner à l'abri. Au-delà de ce dais improvisé, Kate vit que les journalistes avaient dressé une série de tentes et d'auvents plus élaborés, certains de couleurs vives, au point que l'autre côté de la Route commençait à ressembler à un campement de Tziganes de luxe. Elle entendait le murmure des voix, et au bout d'un moment elle réussit à s'extraire de sa léthargie assez longtemps pour gagner l'extrémité de la véranda d'où s'offrait une vue complète de la ville de toile.

Hawkin était là-bas, parlant aux journalistes. Il avait l'apparence du parfait enquêteur de police, sanglé dans sa gabardine, l'inévitable feutre mou à la main. Il lui tournait le dos, mais elle vit ses jambes fermement plantées dans le sol, son dos droit, ses gestes rares et contrôlés. Il tourna légèrement la tête pour écouter une question et Kate le vit répondre d'un signe net, sa bouche formant un « non » catégorique, avant de se détourner pour affronter la question suivante. Ses épaules s'affaissèrent légèrement pour suivre le mouvement de mains invisibles. Quelques secondes plus tard, le chapeau enfoncé sur la tête, il revenait vers la maison, l'air de retourner au travail. Les journalistes restèrent en place jusqu'à ce qu'il passe le portail, puis commencèrent à se disperser.

L'affaissement des épaules était plus prononcé quand il arriva sur le gravier. Il atteignit l'abri du porche, défit ceinture et boutons et réussit à extraire d'une poche un grand mouchoir souple dont il entreprit de s'essuyer le visage et les mains comme avec une serviette. Il le remit dans sa poche et retirait sa gabardine mouillée quand il vit Kate dans son coin, silencieuse. Il lui sourit.

— J'ose espérer que c'est du café, et non quelque décoction au goût de paille sale, dit-il.

— Du café, tout frais, et assez fort pour réveiller un mort. Tu veux que j'aille t'en chercher une tasse ?

— Non, il fait trop froid dehors pour y rester dans des chaussures mouillées. Merci. Comment ça va ? demanda-t-il tout de même avant d'entrer.

— Rien, si c'est ta question.

— Il est encore tôt.

— Je peux te demander quelque chose, Al ?

— Bien sûr.

— Quelle est la part de calcul dans ta façon de parler à la presse ?

— De calcul ? De comédie, tu veux dire ? Oh ! c'est complètement fabriqué. Ils veulent la vérité, mais ils veulent surtout une bonne histoire ; nous, nous voulons qu'ils dégagent, mais pas complètement — ils peuvent nous être utiles. Et ils ne sont pas si mauvais, pour la plupart. Ils font leur boulot. Si on les nourrit régulièrement, s'ils ont l'impression qu'on tient compte d'eux, qu'on leur fournit du spectacle de temps à autre, ils ne causent pas trop d'ennuis. Surtout par ce temps. Je sors toutes les heures ou toutes les deux heures, je leur livre un florilège de bêtises très excitantes pour qu'ils puissent fabriquer leurs reportages et ils sont heureux. Ils s'amusent comme des fous, avec Mme Cadena et son bébé. L'un d'entre eux m'a demandé de lui dire que, si elle pouvait conclure avant l'heure de clôture de son journal, il lui donnerait cent dollars.

— Et qu'as-tu répondu ?

— Je lui ai dit qu'elle faisait de son mieux. J'ai dit également que tu irais leur parler dans un moment. Ça donnera à mes chaussures une chance de sécher.

— Tu me jettes aux loups ?

— Pour apaiser les dieux, dirait Tyler.

— Cette affaire, comment la sens-tu, vraiment ?

— Il est trop tôt pour sentir quoi que ce soit, mais je ne sens rien de bon. Et j'ai les pieds glacés. Au boulot, Martinelli.

À quatre heures trente-sept, la sage-femme guida l'entrée dans ce monde de la petite Amanda Samantha Christina Cadena-Panopoulos, et tous les oncles, tantes et cousins honoraires du rez-de-chaussée lui firent une ovation et s'embrassèrent quand le petit cri indigné parvint à leurs oreilles. À quatre heures cinquante, Kate et Bob Fischer sortirent apporter une photo un peu floue de la mère et de la fille aux journalistes impatients (et ramasser ainsi le chèque de cent dollars pour la jeune maman), et deux couples de grands-parents purent ainsi voir le visage humide et fripé de leur dernière petite-fille aux nouvelles de six heures. À six heures trente, on posa la dernière question au dernier résident. À neuf heures trente, Kate déposa Hawkin au commissariat et fila jusqu'à la piscine pour vingt minutes de nage forcée. À dix heures trente, elle retourna au bureau, la tête claire, et ils travaillèrent deux heures au tri d'une montagne de papiers. À une heure, Kate tomba enfin dans son lit, où elle dormit jusqu'à ce que le téléphone sonne, à six heures moins le quart.

Elle lança la main vers le récepteur, le rata et le fit tomber, puis le ramassa et cligna des yeux pour lire l'heure sur son réveil. Il lui fallut s'éclaircir la gorge avant qu'un son intelligible puisse en sortir.

— Oui ?

— Casey, achète des beignets en chemin, tu veux bien ? dit Hawkin. J'ai le café, mais les viennoiseries n'étaient pas prêtes quand je suis passé.

— Des beignets...

— Glacés au chocolat, s'ils en ont.

— Seigneur !

— Quoi ?

— Des beignets glacés au chocolat ?

— Oui. Ou quelque chose qui aurait une bonne tête. À bientôt, ajouta-t-il d'un ton enjoué avant de raccrocher.

Kate reposa le combiné avec une application digne d'un lendemain de cuite, se tourna vers l'œil unique qui s'était ouvert pour la regarder sur l'oreiller voisin et répéta : « Des beignets glacés au chocolat. »

L'œil se plissa, se referma et se cacha sous la couverture. Kate fit ses toasts elle-même, ce matin-là.

Ce fut une journée consacrée aux ordinateurs, ces corps électroniques affairés qui retiennent dans leurs serres impersonnelles des parcelles de la vie des criminels, des victimes et de tout un chacun.

Les pas de Kate résonnèrent dans les couloirs encore silencieux, et un épais nuage de fumée de cigarette transportant une odeur de café aigre l'accueillit quand elle pénétra dans le bureau de Hawkin. Elle déposa le sac blanc et gras près de lui, ouvrit une fenêtre et alla inspecter la cafetière. Elle contenait un liquide curieusement verdâtre qui n'avait rien d'un heureux présage pour la journée à venir, si bien qu'elle refit du café frais, refusa poliment l'offre d'un beignet et s'assit devant son clavier. Quand elle contempla la pile de papiers récoltés la veille, son cerveau lui fit penser aux ronds froids et gras de pâte cuite qu'elle venait d'acheter.

— Par où veux-tu que je commence ?

— À toi de voir, répondit une bouche pleine. Ordres alphabétique, géographique, pifométrique. Ils sont tous aussi mauvais.

— Dans ce cas, je vais démarrer chez Tyler et remonter la Route.

— Pourquoi pas dans l'autre sens ?

— De haut en bas ? Pourquoi ?

— Pour aller chercher le plus grand désaxé au point le plus éloigné de la civilisation ?

Kate le regarda hausser les épaules, mais elle ne put dire s'il plaisantait.

— Je vais faire un compromis. Cinq en partant du haut, cinq en partant du bas.

Pendant toute une longue journée, Kate travailla à rassembler les informations du réseau électronique concernant les cinquante-sept adultes et les dix-neuf (maintenant vingt) mineurs qui vivaient sur la route de Tyler.

Hawkin passa cette même journée le téléphone presque coincé sous le menton, et quand il n'arrivait à rien il fourrageait dans les rapports et autres informations sorties de l'ordinateur avec une furieuse concentration, prenait des notes et se tournait vers la fenêtre, les yeux dans le vide. Il disparut en début d'après-midi et revint trois heures plus tard l'air reposé, rasé, avec une chemise propre.

À cinq heures et demie, Trujillo appela pour transmettre les déclarations de trois des résidents qui n'étaient pas descendus chez Tyler et les noms des huit autres. Hawkin hurla.

— Mais qu'est-ce que vous avez foutu là-bas ? Vous auriez dû avoir les onze déclarations avant midi, même si ça supposait de monter à pied pour les obtenir ! Vous m'entendez ? Oh, Seigneur, oui ! J'en ai entendu parler, mais je n'ai jamais pensé qu'ils vous mettraient sur l'affaire. D'accord, désolé d'avoir crié. Oui, donnez-les-moi maintenant, en gros.

Pendant dix minutes, Hawkin grogna et gribouilla des notes. Quand il eut reposé le combiné, il se carra dans son fauteuil.

— La moitié des hommes de Trujillo sont à San Benito avec le forcené qui veut ses gosses.

Un père furieux, muni d'un fusil, s'était retranché dans un immeuble de bureaux et exigeait que son ex-femme lui donne leurs deux fils — le genre de situation qui dévore les heures comme les hommes.

— Au moins, ça a l'avantage de remettre à plus tard cette foutue réunion avec le FBI et la moitié des flics de Californie du Nord. Balance ces noms dans la machine et rentre chez toi, dit-il en rassemblant une pile de papiers autour de sa dix-neuvième tasse de café de la journée. Rentre chez toi, Martinelli. Nous irons nous-mêmes demain.

Le jeudi matin, le téléphone lui permit de dormir au-delà de six heures avant de l'arracher à un rêve délicieux où, assise sur le pont d'un bateau de croisière, elle mangeait des spaghettis en regardant un enfant jouer avec un moulin. Soudain, l'enfant se mit à pleurer, et il fallut un long moment à Kate pour se rendre compte que ses cris étaient la sonnerie du téléphone.

— Oui !

— Martinelli, j'ai besoin de toi ici. Sur-le-champ !

— Va te faire..., grogna-t-elle.

Mais il avait déjà raccroché.

— Je savais bien qu'on aurait dû se coucher au lieu de regarder le ciné-club, grommela une voix, qui ce matin n'était même pas accompagnée d'un œil ouvert — elle sortait simplement d'une masse informe sous les couvertures.

— On se reverra à la télé, dit Kate.

— Tu étais si mignonne !

— Terrorisée.
— Si adorable, quand tu as montré la photo de ce bébé.
— Ta gueule.

— Qu'est-ce qu'il y a, Al ? Qu'est-il arrivé ? demanda-t-elle en entrant dans son bureau.

— Rien. Je pars pour deux heures, et il faut monter la garde près du téléphone au cas où il se passerait quelque chose. Si Trujillo appelle, dis-lui qu'on sera sur place à midi.

Il se leva et prit sa veste. C'est pour ça que tu m'as réveillée et que tu m'as fait courir jusqu'ici ? eut-elle envie de lui dire. Pourquoi ne peux-tu dormir en même temps que tout le monde ? Tu n'as jamais entendu parler des transferts d'appels, nom de Dieu ? Mais elle serra les dents et demanda simplement :

— Tu ne rentres donc jamais chez toi ?

— En d'autres circonstances, si.

Kate, qui avait dormi six grandes heures, réprima son sentiment de culpabilité et se tourna vers son clavier. Elle travailla pendant environ une heure et quart avant qu'une série de mots s'affichent sur l'écran, qui la firent se redresser, le cœur battant. Elle regarda le téléphone et ne put réprimer un sourire sarcastique. À la cinquième sonnerie, on décrocha. De longues secondes passèrent avant qu'une respiration lourde lui fasse comprendre qu'il avait hissé le combiné jusqu'à son oreille. Au son de la voix rauque de sommeil, Kate ressentit une nouvelle bouffée de culpabilité.

— Hawkin à l'appareil.

— Al ? J'ai trouvé quelque chose que tu dois voir immédiatement.

Elle raccrocha lentement. Comme la revanche était douce !

Elle était au téléphone quand il entra. Il s'était rasé, remarqua-t-elle. Elle lui tendit la liasse sortie de l'ordinateur. Du coin de l'œil, elle le vit se servir une tasse de café et s'absorber dans l'accordéon des pages, les parcourant rapidement des yeux. Elle raccrocha et pivota sur sa chaise.

— Désolée de t'avoir réveillé.

— C'est rien. Un beau ramassis de déjantés, hein ? Possession et usage de marijuana, LSD, mescaline, arrestation à Diablo Canyon, dégradation de bâtiments publics, déserteurs, réformés, séjour en hôpital psychiatrique. Tu parles d'une colline !

— Très peu de violences, cependant. Le numéro treize a pris six mois pour avoir agressé un de ses professeurs quand il était adolescent, et le vingt-sept a déchargé un flingue sous l'emprise de la drogue. Mais c'est à cause du vingt-quatre que je t'ai appelé.

Il tourna les pages pour arriver à Siobhan Adams, blanche, célibataire. Il parcourut les quelques premières lignes puis son regard s'immobilisa. Kate vit ses lèvres articuler quelques mots. Il ferma les yeux.

— Dieu du ciel ! Pourquoi est-ce qu'on n'a pas eu ça plus tôt ?

— C'est un des noms que Trujillo nous a donnés hier soir. Il n'était pas exact et l'avocat de Tyler m'a donné la bonne information il y a seulement une heure. Tout le monde l'appelle Vaun.

— Vaun, Vaun Adams. Detweiler a fait allusion à elle. Une artiste, a-t-il dit... des jeunes filles dans des châteaux et des arbres métaphysiques. Comment on arrive à Vaun à partir de Siobhan ?

— Ça se prononce Ji-von, c'est un ancien nom irlandais. J'ai dit à Trujillo que ses hommes l'empêchent de partir si elle essayait mais de ne pas se montrer, c'est bon ?

— Parfait. Filons d'ici.

Il jeta la liasse sur son bureau et Kate prit son arme et sa veste avant de se précipiter dans le couloir derrière lui. La page qu'il venait de parcourir était là, bien visible. On pouvait y lire qu'une certaine Siobhan Adams, trente-six ans, blanche, célibataire, avait été arrêtée à dix-huit ans sous l'accusation de meurtre par étranglement d'une fillette de six ans, Jemima Brand. Condamnée, elle avait passé neuf ans et demi en prison, et avait été libérée sous contrôle judiciaire sept ans plus tôt. Sa maison se trouvait à moins de trois kilomètres de l'endroit où l'on avait retrouvé Samantha Donaldson.

7

VAUN ADAMS vivait dans une des rares maisons de la Route qui ressemblât à un lieu de vie plutôt qu'à une expérience ou une lubie, en dépit du reflet des panneaux photovoltaïques sur le toit et de son aspect très simple, presque irréel. Elle était située à huit cents mètres de la Route, au sommet d'une colline. Un sentier serpentait entre les séquoias et s'ouvrait sur un demi-hectare de potager et de verger entouré d'une haute clôture grillagée. Il restait quelques laitues, quelques betteraves et quelques brocolis dans les sillons, une poignée de points blancs ornaient les branches d'un arbre précoce, mais le reste était soigneusement calfeutré pour le repos hivernal.

La maison semblait plus à l'aise en ces lieux que le jardin, comme si elle avait poussé du sol sous la surveillance des grands arbres sages. Simple, longue, de bois et de verre, l'arrière enfoncé dans la terre de telle sorte que ses deux niveaux semblaient bas, c'était un bâtiment à la fois original et tout à fait discret. Kate se demanda où la jeune femme avait trouvé un architecte assez modeste pour ne pas exiger sa signature en grosses lettres et également si, pour les maisons comme pour les robes, les plus simples et les mieux faites étaient aussi les plus chères.

Un visage les observait depuis une fenêtre à l'étage.

— Elle nous a vus, remarqua Hawkin.

— Il lui aurait été difficile d'ignorer le bruit de ce camion.

— Elle a presque l'air japonaise, non ?

— La maison ? Oui, c'est vrai. Je me disais qu'elle semblait d'une simplicité trompeuse.

— Du solide. Elle n'a sûrement pas été construite par le type qui a conçu ce dôme qui prend l'eau ou cette maison à tourelles et gargouilles.

L'entrée était dissimulée sous le balcon de l'étage. Tout près, des poissons aux couleurs exotiques nageaient dans une petite pièce d'eau protégée par un filet. Hawkin cherchait encore la sonnette quand la porte s'ouvrit.

Mon Dieu, qu'elle est belle ! Telle fut la première pensée de Kate en voyant Vaun Adams. Et la seconde immédiatement après : On dirait un de ces morts-vivants qui regardaient sans les voir les objectifs des caméras, à Dachau ou à Buchenwald. Ses boucles noires et soyeuses un peu trop longues lui tombaient sur les épaules et entouraient des yeux bleu glacier qui ne trahissaient rien de ses pensées. Elle avait les pommettes hautes et bien dessinées, la peau pâle, la bouche un peu trop large pour le reste du visage. Un gros pull brun informe, dont des fils de couleur égayaient le tissage et taché de peinture bleue à une manche, soulignait la maigreur du corps qu'il couvrait et laissait dépasser des mains fines aux ongles coupés court. Ses longues jambes étaient dissimulées par un vieux pantalon de velours côtelé brun et elle portait des chaussures de toile.

— Je me demandais quand vous viendriez, dit-elle d'une voix profonde et égale en s'effaçant pour leur laisser le passage.

— Mademoiselle Adams ? demanda Hawkin, qui semblait aussi surpris par son aspect que par ses paroles.

— Oui. Entrez.

— Alors, vous nous attendiez ?

Elle referma la porte et se tourna vers lui. Elle avait certes le regard aussi calme et insondable que celui d'une morte, mais un léger sourire relevait les commissures de ses lèvres.

— Voyons, inspecteur Hawkin. Trois petites filles sont retrouvées mortes à quelques kilomètres de chez une femme qui a été condamnée pour l'assassinat d'une fillette. Il aurait fallu que je sois complètement folle pour m'imaginer que la police ne s'intéresserait pas à moi. Je vous attends depuis des semaines.

— Vous connaissez mon nom ?

— Et celui de l'inspecteur Martinelli. Tommy Chesler est venu hier soir et m'a tout raconté à votre propos. J'allais faire du feu et du café, mais quand je vous ai entendus arriver, je me suis dit qu'il valait mieux que j'attende de voir si vous aviez l'intention de m'embarquer, « pour interrogatoire », comme on dit. Je n'aime pas laisser le feu sans surveillance dans la maison.

— Non, allez-y, dit Hawkin, à moins, naturellement, que vous n'ayez l'intention de confesser ces meurtres.

Kate se dit que c'était là une plaisanterie de mauvais goût, si c'était bien une plaisanterie. Vaun Adams ne réagit pas. Elle garda son petit sourire et se détourna pour les précéder dans le couloir sombre jusqu'à un spacieux salon.

— Il y a peu de chances. J'imagine que vous ne voulez pas de mon café ?

— Si, ce serait gentil, merci.

— Vous êtes prêts à rompre le pain avec une meurtrière ?

Elle eut un sourire amer et s'agenouilla pour déposer deux bûches fendues dans le grand poêle central en fonte. Une bouilloire y chauffait.

— Vous avez payé votre dette, mademoiselle Adams.

Elle s'interrompit et le regarda à travers ses cheveux, une bûche à la main.

— « Payé ma dette ». Je n'avais pas entendu cette expression depuis des années. Presque dix ans de ma vie partis pour le privilège de réintégrer une société qui ne veut pas plus de moi qu'elle ne me fait confiance. C'est cher payé.

On aurait dit que sa voix amusée discourait sur une

légère invraisemblance dans l'intrigue d'une pièce de théâtre.

— Cher, comparé au prix payé par Jemima Brand ?

Hawkin souriait, mais il avait les yeux durs. Vaun Adams regarda la bûche dans sa main et termina son travail, puis se leva et s'essuya les mains à son pull.

— Non, je ne considérerais pas que c'est cher payé si c'était moi qui l'avais tuée. Mais je sais très bien que presque tous les criminels prétendent qu'ils ont été accusés à tort, et je ne vous ennuierai pas avec ça. Il n'y en a que pour quelques minutes, dit-elle en montrant la bouilloire, et je suis certaine que vous souhaitez fureter dans mes affaires. Je vous y autorise. Je ne vous demanderai même pas si vous avez un mandat. Evitez seulement de toucher à la peinture fraîche sur les toiles à l'étage ainsi qu'aux fusains. Il reste quelques dessins que je n'ai pas encore fixés.

Elle disparut derrière une porte battante qui laissa entrevoir un évier et des placards avant de se refermer. Kate et Hawkin se regardèrent et haussèrent les épaules.

— Tu veux « fureter » ? lui demanda Kate.

— Je n'en vois pas vraiment l'intérêt. Mais j'aimerais visiter la maison.

Elle en valait la peine, en dehors de toute preuve qu'elle aurait pu receler. Sous les poutres du toit, deux étages au-dessus de leurs têtes, la pièce où ils se trouvaient dégageait une impression de calme et de simplicité, avec ses lambris de séquoia bien lisses habillant les murs et ses grandes dalles inégales au sol. Un des murs, à la gauche de Kate, était en verre. À l'opposé, derrière le poêle qui irradiait, antidote confortable au temps gris du dehors, le mur de sept mètres de haut, tout en bois, n'était interrompu que par la porte de la cuisine et un grand tableau. Tout l'ameublement se résumait à deux tapis d'Orient aux couleurs subtiles, à un ensemble de fauteuils moelleux assortis à un canapé, à deux tables basses et à une petite armoire, mais le mur du fond était entièrement constitué de placards jusqu'à une porte menant à une réserve de bois. Kate fit quelques pas dans la pièce et se retourna pour regarder au-dessus de la porte par laquelle ils étaient entrés. À sa grande surprise, elle découvrit que tout l'étage n'était qu'une vaste mezzanine, séparée du salon, en bas, par une simple rambarde. On distinguait deux lourds chevalets. Certains habitants de la route de Tyler avaient dit que Vaun Adams peignait, mais Kate ne s'attendait pas que son atelier occupât autant d'espace, même dans une maison de si belles dimensions.

Alors qu'elle se retournait vers Hawkin, son regard fut à nouveau attiré par la toile accrochée au mur, au-delà du poêle. C'était en fait un triptyque, trois panneaux dépeignant un lit de cours d'eau moussu. Avec un minimum de coups de pinceau et une palette réduite de gris et de verts, l'artiste avait réussi à traduire tout le mystère et toute la richesse du lieu.

— Rien à voir avec des licornes et des vierges effarouchées. Si c'est d'elle, c'est très bon, dit Kate à Hawkin.

Il y avait trois autres pièces au rez-de-chaussée. À droite du couloir qui menait à la porte d'entrée se trouvait la chambre à coucher de Vaun. Un patchwork aux couleurs subtiles composé de centaines de petits carrés couvrait le grand lit soigneusement fait. Sur la table de nuit, une lampe et un réveil, et, sur l'étroite commode, un petit vase gris s'ornait de fleurs et d'herbes séchées. Tout le reste, même les murs, n'était que bois nu et poli, à l'exception d'une toute petite peinture, qui semblait ancienne, au-dessus du lit, une Vierge à l'Enfant. Kate se força à ouvrir tiroirs et placards, ce qu'elle n'aimait jamais faire, mais à l'intérieur les choses étaient tout aussi nettes, et pas de la netteté récente de la femme d'intérieur nerveuse qui attend un invité indésirable et critique. Kate savait repérer les magazines trop vite rangés, l'époussetage approximatif des surfaces visibles. Mais là, il s'agissait de l'ordre compulsif, de la netteté obsessionnelle d'une femme qui ne pouvait se coucher le soir en sachant sa maison en désordre, de crainte d'être emportée dans la nuit et que d'autres yeux ne découvrent les preuves de sa vie de débauche. En regardant la rangée de chaussures tirée au cordeau dans le placard, Kate aurait parié que Vaun Adams ne fermait jamais son soutien-gorge avec une épingle de nourrice. Avait-elle toujours été ainsi, ou bien était-ce récent ? Depuis décembre ? Kate ferma la porte du placard et traversa le couloir jusqu'à la salle de bains.

Après la chambre austère, cette pièce lui sembla franchement flamboyante, avec son carrelage dans les oranges et les bruns, son rideau de douche en batik assorti au tapis de bain. Ici aussi, les objets étaient réduits au minimum : deux serviettes et un gant de toilette, une brosse à cheveux, un peigne, une brosse à dents, un tube de dentifrice, un savon, une bouteille de shampooing, une brosse à ongles, le tout soigneusement aligné. Aucune trace d'eau ni de rouille dans la baignoire; aucune traînée de savon sur les robinets ou le lavabo. Le seul débordement concernait un placard bourré de médicaments, sur ordonnance ou non : les flacons en haut, trois sortes d'antibiotiques, aspirine, Tylénol, Bufferin et un mélange de codéine et de Tylénol; des sirops contre la toux, une demi-douzaine d'antihistaminiques avec leurs étiquettes fluorescentes de mise en garde — ne pas conduire de machines, ne pas prendre avec de l'alcool —, un assortiment de pulvérisateurs et de gouttes pour le nez, des médicaments pour l'estomac à boire ou à croquer, un laxatif liquide, neuf boîtes de diverses vitamines, une trousse d'urgence contre les morsures de serpent, des gouttes contre les verrues, trois petits flacons de charbon liquide et un de sirop d'ipéca en cas d'empoisonnement accidentel; sur l'étagère du bas, des tubes de crèmes antiseptiques et des pommades pour contractures, brûlures, piqûres, éraflures, coups de soleil, mycoses. Il y avait aussi une préparation à la cortisone. Rien d'illégal. Aucun narcotique plus fort que le flacon de codéine vieux de six mois et encore à moitié plein. Kate referma le placard avec un sourire. Le fait que Vaun Adams soit tant soit peu hypocondriaque était le côté le plus humain qu'ait jusqu'à présent dévoilé l'artiste.

Elle ouvrit les portes sous le lavabo, fourragea dans la

pharmacopée qui s'y trouvait (pour l'essentiel des boîtes dont la date de péremption était dépassée) et haussa les sourcils à la vue de deux seringues hypodermiques jetables encore empaquetées, une ampoule en verre attachée sur chacune par du ruban adhésif. Kate lut l'inscription sur les ampoules et les reposa, l'air songeur.

Elle passa quelques minutes à recopier les noms de divers médecins et pharmaciens et referma tiroirs et portes avant de retourner dans le couloir. Un bruit lui parvint de la chambre à sa gauche, à l'opposé du salon. Elle alla y retrouver Hawkin, qui jouait avec des pièces de monnaie au fond de ses poches en parcourant des yeux les murs de ce bureau-bibliothèque.

Un coin de la pièce était mangé par l'escalier et, en dessous par une fenêtre à la forme curieuse. Elle laissait sans doute brièvement entrer le soleil au petit matin, mais à cette heure, l'autre fenêtre étant étroite, tout en longueur, à hauteur de poitrine, à peine au-dessus du niveau des herbes qui poussaient au flanc de la colline derrière la maison, la pièce ne recevait pas assez de lumière pour qu'on puisse y lire. Les murs étaient néanmoins recouverts de bibliothèques qui ne s'interrompaient que pour laisser place à la porte, aux fenêtres, à un petit bureau en chêne et à un meuble de rangement assorti.

Hawkin fit signe à Kate de fermer la porte et lui demanda ce qu'elle avait trouvé.

— C'est une femme très ordonnée ; pas même un cheveu sur son peigne. Mais nerveuse. Elle a une véritable pharmacie dans sa salle de bains, tout ce qu'il faut pour se soigner, des maux de tête aux ongles incarnés, avec une concentration sur les sinus et les poumons. Rien de fort, rien d'illégal. Deux seringues, mais il semble qu'elles soient là pour parer à une réaction allergique aux piqûres d'abeilles. Et toi ?

— Des goûts très précis en musique. Des chansons, de la musique folk des années soixante et le genre de rock civilisé qu'on entend à la radio — de la musak pour yuppies —, de la musique instrumentale très structurée,

Vivaldi, un peu de Haydn, tous les concertos pour piano de Mozart, les deux enregistrements des *Variations Goldberg* par Glenn Gould, ce genre de choses. Et puis de la musique envahissante, avec d'énormes sonorités rythmées qui ne te laissent pas la place de respirer. Quatre versions différentes du *Requiem* de Verdi, pas moins, et trois grandes œuvres de Mozart pour sublimer une dépression et éviter de penser au suicide. Trois étagères bien distinctes, toutes rangées par ordre alphabétique. Voyons les livres.

Kate se demanda quelle part des derniers commentaires de Hawkin s'appuyait sur une expérience personnelle. Elle se tourna vers les étagères. Là aussi, l'ordre régnait : ici les ouvrages d'histoire de l'art, puis les volumes concernant des artistes précis (classés alphabétiquement), là les ouvrages de psychologie et, plus loin, les romans. Le monde de l'art occupait au moins deux tiers des étagères et représentait un gros investissement en argent. Les somptueux livres de reproductions allaient de l'Egypte à l'école de Frankenthal et de Kooning en passant par les primitifs italiens, avec un fort bataillon de maîtres européens des seizième et dix-septième siècles. De beaux livres chers et sérieux, très différents de ce que Kate s'attendait à trouver sur la route de Tyler. Elle en feuilleta quelques-uns et en trouva deux avec une inscription sur la page de garde : un livre sur Rembrandt était signé « de Gerry, avec tout son amour », et un très vieil exemplaire de l'ouvrage de Robert Henri sur l'esprit de l'art portait : « Pour ma chère nièce, à l'occasion de son dix-septième anniversaire, ton oncle Red qui t'aime tendrement. »

Les ouvrages de psychologie étaient assez nombreux, des manuels universitaires (dont deux que Kate possédait aussi) aux ouvrages de vulgarisation pseudo-psychologique, et même aux volumes savants abstrus à longs titres latins qui semblaient traiter de variétés de folies en plus obscures encore. Enfin, relégué derrière la porte, venait le rayon des ouvrages de fiction, plutôt éclectiques : Doris Lessing et Dorothy L. Sayers, Elie Wiesel et Isak Dinesen, quelques Updike, quelques Steinbeck, deux des premiers

Stephen King. Certains étaient de vieux amis pour Kate, mais il y en avait d'autres dont elle n'avait jamais entendu parler et elle ne discerna aucun mode de sélection particulier.

Elle avait fait le tour de la pièce et rejoint Hawkin, qui regardait une collection usagée de livres de droit. À côté, une étagère portant de petits volumes délicats aux titres élaborés — des livres de poésie contemporaine, apparemment écrits par des femmes, domaine dans lequel Kate ne s'était jamais aventurée.

Sur la table, devant un des confortables fauteuils, une pile d'albums sur Titien, Poussin, Bellini et Michel-Ange, ainsi que trois volumes sur le symbolisme chrétien hérissés de marque-pages en papier signalant les reproductions de tableaux de femmes et d'enfants, certains classiques, pour la plupart des Madones à l'Enfant ou des pietà. Étant donné les circonstances, Kate pensa que c'était là un étrange domaine de recherche, et elle le dit à Hawkin.

Il jeta un coup d'œil, reposa le livre de droit qu'il consultait et s'approcha du bureau. Une fouille des tiroirs et des niches ne révéla rien qui fût d'un intérêt immédiat, et il passa aux deux tiroirs du meuble de rangement, qui n'étaient pas fermés. Mais il n'avait pas même eu le temps de sortir les chemises en carton coloré qu'ils contenaient qu'il entendit un doux tintement de cuillers sur des soucoupes devant la porte.

— J'emporte le café à l'étage, déclara la voix de Vaun. Il fait plus chaud là-haut.

— On reviendra, dit Hawkin à Kate en refermant les tiroirs. Inutile de laisser le café refroidir.

Ils suivirent Vaun dans l'immense atelier. Même par cette journée grise, les trois murs vitrés et une ouverture ménagée dans le toit inondaient la pièce de lumière. Tout autour et au milieu, de hautes tables à dessin ne parvenaient pas à annuler l'impression première d'un vaste espace entièrement ouvert aux éléments — à l'exception d'une pièce, dans un coin, au-dessus de la cuisine. La porte en était entrebâillée et Hawkin s'en approcha pour regarder à l'intérieur avec curiosité. Elle était destinée au rangement des toiles terminées, avec des casiers de tailles diverses le long du mur. À première vue, l'artiste était productive. Il referma la porte et regarda par la fenêtre la colline qui s'enfonçait au-delà de la maison en une gorge abrupte pleine de chênes et de buissons, les séquoias gardant cette fois leurs distances. Plusieurs chevalets attendaient dans un angle, et les deux sur lesquels étaient posées des toiles en cours, adossés à la rambarde donnant sur le salon en contrebas, semblaient un peu réprobateurs, sous leurs bâches maculées de peinture.

Vaun avait posé le plateau sur une vieille table entre deux fauteuils défoncés et un canapé éclaboussé de couleurs. Elle versa le café dans trois tasses épaisses.

— D'ordinaire, il y a beaucoup plus de choses qui traînent, dit-elle. J'ai pour habitude de travailler à plusieurs œuvres à la fois, mais j'ai tout rangé jusqu'à ce que vous en ayez terminé avec... avec moi, continua-t-elle après avoir éternué dans son mouchoir. Je suis désolée, mais j'ai un rhume. Du miel ? Je regrette, je n'ai pas de sucre.

— Juste du lait, merci, dit Hawkin d'un air résigné.

— C'est du lait de chèvre, à cette époque de l'année. Inspecteur Martinelli ?

— Noir, merci, dit précipitamment Kate.

— Je ne savais pas si vous auriez faim, mais je n'ai pas mangé, alors si vous voulez m'accompagner...

Hawkin prit un petit pain garni de jambon et se dirigea lentement vers le plan de travail, sous la fenêtre.

— Vous n'avez pas encore tout à fait terminé, à ce que je vois, dit-il la bouche pleine.

Kate le rejoignit pour voir ce qui avait retenu son attention.

Il s'agissait d'une simple esquisse au fusain de la colline vue de cette fenêtre quelque temps plus tôt, des lignes noires sur l'épais papier blanc d'un bloc à spirale. Les arbres qui s'élevaient de chaque côté de la page auraient dû paraître insignifiants comparés aux deux personnages centraux qui montaient le sentier, mais ce n'était pas le cas. Ils dominaient les deux silhouettes, oui, mais en même temps ils semblaient se tordre légèrement pour s'en écarter, comme s'ils fuyaient une source de puissance, une menace, et on avait l'impression que les deux humains s'encadraient, impressionnants, au bout d'un tunnel ou au centre d'un tourbillon d'eau. La femme était légèrement tournée vers son compagnon, comme si elle lui parlait. Lui, en revanche, regardait droit devant lui, et les traits rapides représentant les yeux de Hawkin semblaient fixer ceux du spectateur. Kate se pencha, fascinée, et vit le dessin se dissoudre en un simple tourbillon de lignes et de points.

— Il y a quelque chose qui ne va pas dans la perspective, dit Vaun derrière eux.

— Je ne le pense pas, déclara Hawkin. Non, je crois que la perspective de l'artiste est tout à fait claire.

— Je parlais de technique.

— Moi aussi, dit-il en posant sa tasse pour se retourner brusquement. Mademoiselle Adams, où étiez-vous lundi après-midi et lundi soir ?

— Ainsi, remarqua-t-elle avec le même sourire amer, qui pour la première fois gagna ses yeux, la trêve ne durera même pas le temps du repas. Vous savez, il reste encore quelques personnes sur cette terre qui considèrent que lorsqu'on a partagé le pain avec une autre, cette personne ne peut être un ennemi. Vous rendez-vous compte du bouleversement que cela serait pour notre société ? Oui, oui, inspecteur Hawkin, je répondrai à vos questions.

Elle posa doucement sa tasse et se pencha en avant, étudiant ses mains aux longs doigts.

— Quand je me suis installée ici, il y a cinq ans, c'était essentiellement pour la solitude. En prison, il n'y a pas d'intimité, jamais. C'est... J'ai trouvé cela presque intolérable. Quand ma maison a été terminée, j'ai accroché à l'entrée de mon chemin une pancarte demandant aux gens de ne pas entrer. Et je n'ai vu personne, pas un seul être humain pendant un mois entier. J'ai fini par retirer la pancarte, mais il m'arrive encore de passer trois ou quatre jours sans voir âme qui vive. Depuis la découverte du deuxième corps, cependant, tout est différent. Ce n'est pas seulement de mon fait, naturellement. Toute l'atmosphère de la Route a changé : il semble que tout le monde s'écarte de son chemin pour vous dire bonjour quand vous passez, ou aille chez les voisins pour bavarder ou emprunter quelque chose. C'est la peur, inspecteur, je n'ai pas à vous le dire. Et j'ai une raison spéciale d'être effrayée, n'est-ce pas ? Depuis qu'on a trouvé cette deuxième enfant, je me promène sur la Route, plutôt qu'en dehors. Je salue ceux que j'aperçois au loin. Je fais du feu même lorsque ce n'est pas absolument nécessaire, pour que les gens voient ma fumée. Au début, je ne me suis pas rendu compte de ce que je faisais, mais après, j'en ai fait une règle consciente. Je ne savais pas si on trouverait un autre corps, mais dans ce cas, je voulais avoir un alibi, quel qu'il fût. Un innocent ne pense pas aux alibis, je sais, mais j'ai perdu mon innocence il y a des années. Comme je vous l'ai déjà dit, je ne suis pas idiote. Le lundi après-midi, je travaillais ici, comme d'ordinaire. Le matin, j'avais esquissé une toile, et j'ai commencé la peinture dans l'après-midi. J'ai également terminé une autre toile. Elles sont là, dit-elle en désignant les deux chevalets sous leurs bâches.

— Puis-je les voir, s'il vous plaît, mademoiselle Adams ? demanda Hawkin.

— Bien sûr. Il y a de la poussière ici, même en hiver, c'est pourquoi je les recouvre. Et aussi parce que je ne veux pas que mes voisins les voient.

Elle s'approcha du chevalet de droite et plia le tissu, révélant une toile couverte d'une légère couche de bleu intense et de quelques plaques de couleur étalées à grands traits. L'esquisse de base semblait être une personne sur une chaise, sous un arbre, mais à cette étape, les lignes ne faisaient que suggérer. Pourtant, cela éveilla chez Kate le sentiment de quelque chose de connu.

Vaun alla rouler soigneusement le tissu recouvrant la plus grande toile, à gauche.

— C'est encore humide, dit-elle en s'écartant.

Kate cessa de respirer. Une femme aux cheveux bruns, vêtue d'une robe bleue, tenait une enfant nue sur sa poitrine. L'enfant était morte. La femme, la mère, venait juste de se rendre compte que le teint bleu, les muscles détendus de sa fille étaient un état définitif, figé à jamais. Les finitions étaient parfaites, l'arrière-plan plein de détails, la texture des cheveux et du tissu palpable, et le spectateur prenait un coup de couteau dans le cœur.

— Mais c'est... Mon Dieu, vous êtes Eva Vaughn !

Vaun se retourna, montrant sa surprise, sa première véritable émotion depuis leur arrivée.

— Vous ne le saviez pas ?

— J'ai vu votre exposition à New York l'an dernier. Al, tu sais...

— Oui, je sais qui est Eva Vaughn. En fait, j'ai participé à l'enquête quand une toile a été volée à Los Angeles il y a deux ans. Je me souviens du tableau.

— Alors je vous dois des remerciements, inspecteur, dit Vaun en levant un sourcil amusé devant la tournure prise par les événements. Il ne m'appartenait plus, mais son propriétaire l'aimait beaucoup.

— Et nous qui pensions que vous étiez un peintre hippie qui vendait des licornes magiques au marché aux puces ! dit Hawkin en tournant les yeux vers la porte de la réserve. Cela ne vous inquiète pas, d'avoir toutes ces toiles ici ?

Vaun éclata d'un rire chaleureux et vraiment détendu.

— Très peu de mes toiles valent autant que celle de Los Angeles, surtout si on les vole, et elles sont probablement plus en sécurité ici avec les portes ouvertes que dans une galerie de New York truffée d'alarmes. De plus, jusqu'à présent — je touche du bois —, aucun de mes voisins ne sait que je suis Eva Vaughn. C'est la raison principale qui me fait recouvrir mes toiles jusqu'à ce que je les expédie.

Elle replaça les bâches et se tourna vers les deux inspecteurs. Il y eut une gêne, qu'elle brisa :

— Mais tout cela est bien loin de votre enquête, n'est-ce pas ? dit-elle en allant se rasseoir sur le canapé pour se verser d'une main ferme une autre tasse de café. En fait, étant donné le genre de choses pour lesquelles Eva Vaughn est connue, cela risque de rendre vos questions d'autant plus précises et nécessaires. Vous m'interrogiez à propos de lundi, je crois, il y a trois jours. Amy Dodson est venue sur son poney juste avant le déjeuner m'apporter du pain que sa mère venait de cuire. Angie fait généralement ses fournées le lundi et le jeudi, et elle m'envoie toujours un peu de ce qu'elle a préparé. Je la laisse utiliser un morceau de ma colline pour son jardin et elle considère qu'elle doit m'exprimer sa reconnaissance.

Cela expliquait le contraste entre la pâleur du visage, la finesse des mains, et le travail considérable que devait nécessiter le jardin potager.

— Je pense qu'elle ne me doit rien, mais quand il s'agit de son pain, je ne proteste pas. Avez-vous déjà parlé à Amy ?

— Non, pas encore.

— C'est une petite fille très intelligente et raisonnable. Elle a reçu son instruction à la maison, comme la plupart des enfants d'ici, depuis l'âge de sept ans, et elle est au niveau du lycée, d'après les tests. Bref, elle est passée un peu avant une heure. J'ai également vu son père, plus tard, vers six heures. Je le sais parce que la lumière avait trop changé pour que je continue à peindre et que j'étais allée me promener. Il va en ville presque tous les lundis et il...

Elle éternua à nouveau, se moucha, toussa, puis reprit :

— Il rentrait. Je l'ai arrêté pour lui demander s'il pourrait emporter quelques toiles pour moi à San Francisco la semaine prochaine, ce qu'il a déjà fait une demi-douzaine de fois.

— Avez-vous vu quelqu'un d'autre ?

— Vous voulez savoir si quelqu'un d'autre m'a vue ? Je ne crois pas. Il a commencé à pleuvoir, alors j'ai pris un raccourci pour rentrer. Quelqu'un est passé quelques minutes plus tard, mais j'étais déjà loin de la Route, si bien que je n'ai pas vu qui c'était. Au bruit, je dirais que c'était le camion de Bob Riddle, mais je n'en suis pas sûre.

— Qu'avez-vous fait ensuite ?

— Ce que je fais chaque soir. J'ai attisé le feu, bu un verre, lu un moment, mangé de la soupe et du pain. Après le dîner, en général, j'écris et je dessine. Mes dessins étaient mauvais, alors je les ai utilisés pour allumer mon feu le lendemain matin. Tommy Chesler a descendu mes lettres chez Tyler le mardi matin pour qu'Anna les timbre et les poste. J'ai pris un bain, je me suis séché les cheveux et je me suis couchée vers dix heures trente. J'ai dormi jusqu'à environ cinq heures le lendemain matin.

— Seule ?

Elle eut un sourire ironique et lui reconnut le droit de se montrer aussi indiscret envers elle.

— Oui.

— Tous les soirs ?

Il y eut un temps d'arrêt pendant lequel elle l'observa, souriant de plus en plus.

— Non.

— Qui ?

— Je crois, inspecteur Hawkin, que je vais devoir vous demander de donner à cet interrogatoire un caractère plus officiel.

— Tyler ?

Kate se dit qu'elle ne répondrait pas, mais finalement, si.

— Parfois.

— Pourquoi n'êtes-vous pas descendue chez Tyler mardi matin ?

Elle devait s'attendre à cette question, parce qu'elle répondit sans hésiter.

— Ces gens sont mes amis, dit-elle en insistant sur ce dernier mot. Je n'ai jamais eu d'amis auparavant, et j'étais réticente à l'idée que vous pourriez m'accuser et décortiquer ma vie devant eux. Personne ici ne sait qui je suis. Pour eux, je suis Vaun, le peintre. Il n'y a ni Eva Vaughn ni repris de justice sur la route de Tyler. Juste Vaun.

— Personne ne sait ?

— Tyler sait que j'ai fait de la prison, mais je ne suis pas sûre qu'il en connaisse la raison. J'ai proposé de le lui dire, mais il a répondu qu'il ne voulait pas le savoir. Il est possible qu'il l'ait découvert depuis, mais il ne l'aurait dit à personne.

— Vous en semblez certaine.

— Il ne vous a rien dit à vous. Tyler s'est fait une réputation d'homme qui refuse obstinément de parler des autres. C'est d'ailleurs très frustrant quand on aime faire circuler des potins sur la Route.

— Qui sont ceux qui aiment les potins ?

— Vous devriez interroger d'autres gens à ce sujet, dit-elle après réflexion. Je ne fais pas vraiment partie de la communauté de la Route. Angie Dodson pourrait vous le dire. Elle n'est pas bavarde, mais elle vit plus près de la Route et sait mieux que moi ce qui s'y passe.

C'était une piètre excuse pour éviter de répondre, mais peut-être, selon les normes d'une ancienne condamnée, cette question appelait-elle une sorte de délation. À la grande surprise de Kate, Hawkin se leva brusquement.

— Ce sera tout pour le moment, mademoiselle Adams. Nous reviendrons si nous avons encore besoin de « fureter ». Ne quittez pas la région sans nous en informer, je vous prie.

— Naturellement ! dit-elle, tout à coup décontenancée. Voulez-vous... J'imagine que je dois laisser mon travail en attente un moment, ajouta-t-elle d'une voix presque suppliante.

Hawkin la regarda une longue minute et son visage finit par exprimer comme une sorte de sympathie.

— Ce serait probablement une bonne chose, mademoiselle Adams.

Kate regarda les remarquables yeux bleu glacier s'éteindre à nouveau et regretta de ressentir de la tristesse. C'est une suspecte, Martinelli, se dit-elle durement, pour couvrir la petite voix qui protestait : Non, pas Eva Vaughn !

Dès qu'il fut dehors, Hawkin partit très vite sur le sentier glissant en marmonnant.

— Qu'est-ce que tu dis ?

— Je dis que le monde va bien mal quand on en vient à boire du café au lait de chèvre et au miel, c'est ça que je dis. Je n'ai jamais rien bu d'aussi répugnant.

— Noir, il n'était pas mauvais, et les sandwiches au jambon étaient délicieux.

— Les sandwiches étaient bons. Le café était dégoûtant. Tu peux courir avec ces chaussures ?

— Courir ?

— Oui, courir. Pour descendre le chemin rapidement. C'est toi, l'athlète du couple ! Ces chaussures te permettent-elles de courir ou as-tu besoin de tes Nike, Adidas ou je ne sais quoi ?

Elle regarda ses pieds chaussés de souliers de cuir assez souple et à talons bas, choisis ce matin-là pour marcher dans les collines humides.

— Bien sûr que je peux courir avec. Je ne suis pas partante pour un marathon, mais...

— Quelle distance peux-tu parcourir ?

— Au-delà de quinze kilomètres, j'aurai ma dose.

— Elles te ralentiraient beaucoup ?

— Au bout de huit kilomètres, oui.

— C'est bon. Il n'y en a pas sept jusque chez Tyler.

— Tu veux que je coure jusqu'à la Grange de Tyler ?

— Bon sang, Martinelli, réveille-toi. Tu l'as entendue : on l'a vue à une heure et un peu avant six heures. Il faut qu'on sache si elle pouvait descendre à pied jusque chez Tyler, prendre une voiture, conduire jusque chez les Donaldson à Palo Alto, prendre Samantha entre trois heures et trois heures et quart et rentrer ici pour croiser Dodson à six heures.

— Où est-ce qu'on se retrouve ? demanda Kate.

— Probablement chez Tyler. Je t'encouragerai au passage.

— Merci. Tu pourras m'offrir une pizza, après, pour compenser les calories perdues.

— Ou un grand verre de lait de chèvre.

— J'y pense, soudain ; je suis prise, ce soir, complètement bouclée. Tiens, garde ma veste dans le camion, tu veux bien ? Je la ferais tomber dans la boue si je dois la porter. Et mon étui de pistolet aussi ; ça me tue de courir avec, dit-elle en retirant le harnais de cuir et en prenant le pistolet. Je vais le garder dans mon sac. Tu te rends chez les Dodson ?

— Ils sont en tête de liste. Je vais mettre Trujillo sur les voitures, pour voir si on peut déterminer qui était là-haut ce jour-là. Il faut aussi que j'aie une petite conversation avec M. Tommy Chesler, et peut-être une autre avec Tyler.

— Amuse-toi bien.

Casey passa la bandoulière de son gros sac en travers de sa poitrine, consciente que cela la faisait ressembler à une publicité pour soutien-gorge, et s'échauffa les jambes avant de déclencher le chronomètre sur sa montre reçue en cadeau pour Noël (réveil, heures de Londres, Sydney et New Delhi et un cadran illisible, comme Dick Tracy), puis elle partit avec précaution sur le sentier inégal et glissant.

Dans sa maison sur la colline, Vaun Adams entendit le vieux camion de pompiers tousser en reprenant vie et s'éloigner lourdement. Au bout d'une minute ou deux, elle se mit en mouvement. Elle ouvrit les yeux, retira sa main de devant sa bouche, se frotta les paumes sur les cuisses et se leva, attentive, comme si tout son corps lui faisait mal. Inévitablement, elle s'approcha des deux chevalets, toucha le manche poli d'un pinceau en poil d'écureuil pour retrouver une attitude familière et se plaça devant l'image presque terminée de la mère frappée par la mort. Le visage de l'artiste était sans expression, mais les tendons de son cou trop visibles, et quand sa main droite se tendit automatiquement pour mélanger les couleurs en train de sécher sur la plaque de verre, ses doigts tremblèrent contre le manche du couteau.

Elle arrêta son mouvement et posa la main sur son visage, les doigts toujours tremblants. Elle étudia sa main avec curiosité, examina les infimes détails du dos, puis de la paume, la douceur du poignet, puis le dos encore, les veines, les articulations, avant de dépasser les doigts et de se concentrer à nouveau sur le tableau. La main retomba et, comme de sa propre volonté, sans que les yeux la suivent, alla prendre le tube de rouge. Vaun retira le bouchon d'un coup de pouce et pressa une grosse noix par-dessus un bleu qu'elle avait mis une demi-heure à mélanger. Elle laissa tomber le tube et, toujours sans regarder, prit un pinceau au hasard, une brosse large, et préleva le pigment couleur de sang. Elle l'approcha du visage devant elle et s'arrêta à quelques millimètres de la toile. Sa main était ferme maintenant, mais le son de sa respiration remplit soudain la pièce. Trente secondes, une minute, et soudain elle se redressa et posa le pinceau sur la palette. Elle se frotta à nouveau les paumes sur le devant de son pantalon et regarda la table près d'elle, grimaça à la vue de la tache rouge et entreprit avec soin de sauver ce qu'elle pouvait du bleu si laborieusement obtenu.

Quand elle se redressa, son visage avait changé. Elle posa les yeux sur la figure féminine à terminer et sa main, non plus déconnectée d'elle-même mais prolongement de son corps, se tendit à nouveau vers le faisceau de pinceaux pour en choisir un. Elle frotta les poils blancs au bord d'un des amas de peinture et se hissa sur la pointe des pieds pour atteindre le haut de la toile.

8

AL HAWKIN regarda le beau dos ferme de Casey Martinelli disparaître derrière les arbres, puis se dirigea vers l'endroit où la route s'élargissait et où Detweiler l'attendait dans le camion boueux. Dieu merci, elle n'est pas mon type de fille, se dit-il. Pas besoin de lutter ici contre la Loi et l'Ordre selon Hawkin. Règle numéro un : Tu n'auras pas d'aventure avec une collègue. Deux, non, trois ans plus tôt, à Los Angeles, on lui avait attribué une dame dont les longues jambes et les boucles blondes l'avaient douloureusement distrait de son travail. Il avait fini par aller voir son supérieur, et quelques semaines plus tard, quand elle avait été transférée avec une promotion, il avait été libéré de la Règle numéro un, et avait trouvé les distractions qu'elle lui procurait plutôt plaisantes. Avec celle-ci, il n'aurait pas de problème : l'alchimie ne fonctionnait pas — trop petite, trop brune, trop musclée. Est-ce qu'elle fait des haltères ? Il monta dans le camion.

— Pouvez-vous me conduire chez les Dodson, maintenant ?

— Où est-elle partie ? demanda Detweiler.

— Elle est descendue, répondit Hawkin avec un visage inexpressif. Les Dodson ?

— Juste un peu plus haut, huit cents mètres.

Il redonna vie au moteur dans un grondement et passa

péniblement la première, ce qui engagea le véhicule flegmatique sur la route défoncée.

— Formidable, cette bonne vieille carriole. Il suffit de la mettre dans la bonne direction et elle grimpe quels que soient les obstacles. Vous avez vu *La Guerre des étoiles,* avec ces engins de transport qui marchent ? Trop instables, bien sûr, mais c'est un peu l'impression qu'on a en conduisant ce mastodonte. Il arpente le chemin, sûr de lui, et gagne la course.

Pire qu'un chauffeur de taxi, ronchonna intérieurement Hawkin tandis que l'homme continuait à bavarder. Un bon point pour Martinelli : elle ne bavarde pas. En sa présence, on peut penser. Peut-être ne serait-elle finalement pas le fardeau qu'il imaginait à l'origine. Il la revit démarrer sur la route, la bandoulière de son sac entre les seins, la boue giclant à chacun de ses pas, et se demanda comment elle allait s'en sortir.

Kate progressait lentement et irrégulièrement, de plus en plus agacée. La route semblait grouiller de gens, qui tous voulaient savoir ce qu'elle faisait, ce qui était arrivé, où était sa voiture, ou, dans le cas des nombreux policiers, si elle voulait qu'ils la conduisent chez Tyler. Elle dut arrêter son chronomètre trois fois au cours des deux premiers kilomètres, et décida finalement de ne répondre que par un joyeux signe de la main et de continuer à courir. Ses chaussures étaient totalement inadaptées à ce genre d'exercice et ne s'en remettraient probablement jamais, son pantalon lui collait aux genoux et, après avoir menacé toute la journée, la pluie se mit finalement à tomber doucement, deux kilomètres avant le portail. Quand elle attaqua les quatre cents derniers mètres, sur le point de traverser la vaste pelouse, elle s'arrêta net. Elle avait complètement oublié la presse. Il devait y avoir trente voitures garées de l'autre côté de la route, et plus de caméras encore attendant de capturer son image, épuisée, transpirante et maculée de boue, afin d'en repaître toute la région de la Baie. Une des voitures de Trujillo allait justement sortir par le portail. Elle prit par-derrière, arrêta son chronomètre et s'approcha de la voiture. Tyler à côté de lui, Trujillo en personne était au volant ; il baissa la vitre.

— Qu'est-il arrivé au camion de pompiers ? demanda Tyler, en écho aux questions qui avaient poursuivi Kate pendant six kilomètres.

— Où est Hawkin ? renchérit Trujillo.

— Paul, est-ce que je pourrais vous parler une minute ?

Il n'a pas passé la matinée à patauger dans la boue, se dit-elle, furieuse, alors qu'il la rejoignait sous un arbre protecteur, mais avec ses semelles lisses, il ne tardera pas à tacher son joli costume gris. Cette pensée lui remonta suffisamment le moral pour qu'elle lui sourie à travers les gouttes de pluie qui lui coulaient sur le visage.

— Si vous n'avez rien d'urgent à faire là-haut, est-ce que ça vous ennuierait de me ramener chez Tyler pour que je prenne ma voiture ? Hawkin m'a chargée d'un minutage aller-retour jusque chez les Donaldson, mais je ne veux pas que ma mère ouvre son journal et voie sa petite fille ressemblant à une rescapée de glissement de terrain.

— Aucun problème. On allait juste voir un ou deux de mes hommes; ça peut attendre quelques minutes.

— Ecoutez, il faut que vous sachiez que Hawkin va vous demander de lui dire quelles voitures sont sorties du hangar de Tyler lundi, et ensuite il va chercher des traces sur chacune d'elle. Si vous ne vous en êtes pas occupé, vous feriez mieux de vous y mettre.

— Merci de m'avoir prévenu, dit-il en l'entraînant vers la voiture.

— Bonjour, monsieur Tyler. Non, je vais monter à l'arrière, ça ira. Monsieur Tyler, j'espère que ça ne vous ennuie pas de retourner à la Grange une minute. Je ne pouvais vraiment pas affronter les journalistes dans cet état.

— C'est avec plaisir. Comment...

— Pourquoi la presse reste-t-elle derrière la clôture ? interrompit Kate avec fermeté. Je m'attendais à retrouver des journalistes en train de crapahuter dans toute la colline.

— C'est grâce à Tyler, répondit Trujillo en riant. Il est allé clouer partout des pancartes disant que ceux qui entreraient chez lui seraient abattus, il a annoncé que c'était une propriété privée et que chaque habitant de la colline gardait un fusil chargé à portée de main. Un des types de la télévision a fait mine de ne pas le croire, alors il lui a offert une petite démonstration — qui lui vaudra probablement une amende — et quand tout le monde l'a écouté, il a dit très gentiment que s'ils se conduisaient bien il viendrait leur parler toutes les deux heures. Jusqu'à présent, ça a marché.

— Menaces, corruption et un temps dégoûtant. Très malin.

— J'ai l'habitude de contrôler les foules, dit Tyler. Et puis, Hawkin m'a alloué un peu d'argent, si bien que j'ai fait venir dans ma cuisine deux résidentes qui préparent régulièrement des marmites de soupe chaude et des fournées de gâteaux au chocolat.

— Et en plus, elles sont photogéniques ! ajouta Trujillo.

— Elles ne feront pas payer Hawkin pour ça. Je crois que j'ai une serviette, là-derrière, si vous voulez vous sécher les cheveux. Vous pouvez vous la mettre sur la tête pour vous cacher.

Kate passa les minutes qui suivirent à se frotter la tête avec enthousiasme tandis que Trujillo se frayait un chemin parmi les journalistes, leurs questions et leurs objectifs, jusqu'à la propriété. Sa petite voiture blanche attendait entre une BMW argentée et un ancien tracteur dont la moitié des entrailles gisaient par terre sous une bâche de plastique. Kate regarda à gauche le hangar à voitures tout en se passant un peigne dans les cheveux.

— Où est la voiture de Mlle Adams ?

Tyler ne sembla pas surpris de cette question, ce qui étonna Kate.

— Vous en avez entendu parler, hein ? C'est celle-là, recouverte de bleu, dit-il en montrant une longue voiture basse. Vous voulez la voir ?

— Oui, j'aimerais bien.

La pluie s'était interrompue un moment, et le gravier mouillé crissait sous les pieds. Tyler retira la bâche bleue et découvrit un diamant parmi tant de cailloux grossiers : une superbe Jaguar bordeaux, rutilante, datant d'une trentaine d'années au moins, mais en parfait état.

— Regardez-moi un peu ça ! s'exclama Trujillo.

— Vous ne l'aviez pas encore vue ? demanda Tyler. C'est une beauté, non ?

— Est-ce qu'elle autorise quelqu'un d'autre qu'elle à la conduire ? demanda Kate.

— Oh, oui ! je la sors chaque semaine, ou presque. Ce n'est pas bon, pour une belle voiture, de rester immobile. Elle me paie pour que je l'entretienne, bien que je lui dise et lui répète que je suis prêt à le faire pour rien.

— Mais personne d'autre ?

— Non. Enfin, à y repenser, elle a autorisé Angie Dodson à la prendre pour emmener Amy chez le médecin, un jour où Tony avait le camion, mais ça remonte à... octobre, peut-être. Oui, mi-octobre, juste avant la fête des récoltes. Angie avait peur de la conduire, je m'en souviens, mais les deux miennes étaient démontées, et c'était ça ou le vieux camion, qui aurait été pire. Bien sûr, j'aurais pu lui donner la voiture de quelqu'un d'autre, mais je n'aime pas faire ça sans autorisation. Ça peut poser des problèmes, avec les assurances et tout.

— Mais vous auriez pu, n'est-ce pas ; vous avez les clés de certaines des autres voitures ? demanda Kate en désignant la rangée de pare-chocs.

— Oh, oui, dit-il en toute innocence. J'ai la clé de chacune d'elles sur un tableau juste en entrant. Il faut qu'on puisse les déplacer pour sortir celles du fond, ou en cas d'incendie ou je ne sais quoi.

Kate croisa le regard de Trujillo tandis que Tyler recouvrait amoureusement la Jaguar. Elle haussa un sourcil en direction de la voiture, et il hocha la tête pour montrer qu'il avait compris. La Jaguar serait la première qu'on passerait au peigne fin.

Sa propre voiture lui sembla minuscule lorsqu'elle alla

prendre des vêtements secs dans le coffre, qui émit, quand elle le referma, un bruit de ferraille digne d'un jouet.

— Il faut que je me change. Est-ce que je peux le faire chez vous ? demanda-t-elle à Tyler.

— Bien sûr, allez-y. Vous savez où est la salle de bains. Prenez une douche, si vous voulez. Il y a une pile de serviettes dans le truc qui ressemble à une poubelle.

Tandis qu'elle enlevait ses vêtements trempés, Kate sourit en voyant qu'il s'agissait bien d'une poubelle — une grande boîte en métal galvanisé remplie d'épaisses serviettes multicolores. Cet homme possédait une propriété valant des millions, et dans sa salle de bains le robinet fuyait et les serviettes étaient rangées dans une boîte à ordures... Pouvait-il vraiment n'avoir pas remarqué la tournure que prenaient ses questions sur les voitures ? N'avait-il pas admis un peu trop volontiers qu'il détenait toutes les clés ? Tyler protégeait-il Vaun Adams, sa maîtresse épisodique ? L'utilisait-il comme camouflage ? Ou bien n'en savait-il pas assez pour faire le rapprochement entre elle et les meurtres ? Elle secoua la tête comme pour écarter toutes ces questions et enfila un sweat sec avant de se repeigner et de sortir.

Elle jeta ses vêtements mouillés dans le coffre de sa voiture, déverrouilla la portière et lança son lourd sac à main sur le siège du passager. Avant de s'installer confortablement derrière le volant et de démarrer, elle n'oublia pas de réenclencher son chronomètre. Quelques passages d'essuie-glaces débarrassèrent le pare-brise des gouttes accumulées. Elle recula sur les graviers, fit un signe au policier en uniforme qui montait la garde près des voitures et s'engagea sur la route en direction du nord. Alors qu'elle fendait la foule, elle remarqua qu'un des camions de télévision semblait avoir un problème avec son antenne de toit. Deux hommes y travaillaient, mais leurs efforts restaient voués à l'échec, l'engin paraissant avoir été giflé par une main géante. Kate ralentit et regarda avec curiosité, puis elle remarqua la nuée de petits trous et d'éraflures sur la carrosserie. Elle rit et accéléra. C'était la démonstration de Tyler à la presse concernant les droits du propriétaire à quelque intimité.

Trois voitures étaient garées à l'endroit où le ruisseau de Tyler se jetait dans la mer. Non, quatre — il y en avait une garée sous les arbres longeant le sentier qui menait au parc national des collines. Sans doute des curieux qui voulaient voir l'endroit où on avait retrouvé le corps d'Amanda Bloom. En été, ils seraient venus de la ville par cars entiers.

Il ne pleuvait plus, mais des nuages s'amassaient sur l'océan, un orage noir prenait son élan au-dessus du Pacifique. Kate frissonna et mit le chauffage. Si elle avait de la chance, il ne frapperait pas trop tôt.

Elle descendit vers la Baie à travers les collines. La circulation était fluide mais une Audi impatiente n'en choisit pas moins de lui coller au pare-chocs sur près d'un kilomètre avant de la doubler dans un tournant sans visibilité. Elle dut refréner un désir de violence et regarda l'heure. La circulation était-elle aussi fluide lundi? Quand elle eut négocié tous les tournants des collines avec succès et gagné l'autoroute en direction de Palo Alto, elle décrocha son téléphone et s'identifia auprès de la standardiste à la voix familière, une solide Japonaise entre deux âges que tout le monde, pour une raison oubliée depuis longtemps, appelait Marge, alors que son nom était Yuki.

— Marge, peux-tu te renseigner sur les conditions de circulation sur la 92 lundi après-midi? Je m'intéresse particulièrement à la tranche midi-quinze heures vers l'est et, disons, quinze-seize heures vers l'ouest.

— Je peux répondre immédiatement à une partie de ta question, annonça dans le combiné la voix crissante de parasites. Il y a eu un accident juste après quatorze heures trente dans la descente : un transport de bois s'est renversé et a bloqué les deux files. Mon beau-frère s'est retrouvé derrière et n'a pas bougé pendant presque une heure. Tu veux que je continue les recherches?

— C'est très intéressant. Oui, je ferai confirmer par la police de l'autoroute plus tard, mais ouvre les oreilles.

— Comme toujours !

Quatorze heures trente. C'était juste. Mais si elle était partie immédiatement après la visite d'Amy, si elle avait couru assez vite, si elle avait conduit un peu au-dessus de la limitation de vitesse, elle aurait pu arriver en bas des collines juste avant que la route ne soit enfouie sous les troncs.

Kate sortit de l'autoroute et emprunta en direction du quartier chic des Donaldson une jolie route étroite bordée de buissons odorants, de chênes et de fougères. Elle vit bientôt en contrebas le jardin où Samantha jouait encore, soixante-douze heures plus tôt. La pelouse avait été très visible un instant, avant que les arbres la dissimulent à nouveau. La route s'enfonçait entre les chênes et les hauts murs avant de tourner autour de la propriété des Donaldson et de continuer à monter, son altitude croissant en même temps que les revenus de ses riverains. Kate se gara face à la haie bordant le jardin des Donaldson et posa le menton sur son volant. Devant elle partait une allée bordée d'arbres menant chez les voisins, où l'on avait retrouvé mardi matin sur le bas-côté herbeux de légères traces — peut-être celles d'une voiture qu'on aurait dissimulée là.

— Bon sang, pourquoi a-t-il fallu qu'il pleuve autant, cet hiver ? demanda-t-elle amèrement à la voiture silencieuse.

Elle resta plusieurs minutes assise là, sans pouvoir s'arracher à la pensée désagréable d'une femme qu'elle voulait innocente. Finalement, elle tourna la clé, passa une vitesse et reprit la route de la Grange de Tyler.

9

LA PLUIE se remit à tomber une heure plus tard, avec cette lente régularité et cette détermination qui incitent les habitants de la côte pacifique à vérifier leurs réserves de bougies et de bois à brûler. Une belle nuit pour être au lit, se dit Kate. Je me demande si je suis condamnée à retrouver la pluie chaque fois que j'arrive à cet endroit.

Il n'y avait pas de voiture sur l'aire de stationnement du ruisseau, et le groupe de véhicules près de la Grange de Tyler s'était considérablement réduit. Deux d'entre eux en partaient justement quand elle arriva et franchit la clôture de la propriété. Les hommes de Trujillo s'affairaient autour de la Jaguar et de quelques autres autos dans le crépitement des grosses gouttes de pluie sur le toit de tôle du hangar. Trujillo leva les yeux en voyant approcher ses phares et lui fit un signe de la main avant de replonger la tête dans la voiture. Même dans la lumière raréfiée de cette fin d'après-midi, elle put voir que le costume gris n'était plus si pimpant. Elle laça les vieilles chaussures de marche qu'elle emportait toujours dans la voiture, enfila un parka et s'engagea sur la route, ignorant les regards stupéfaits des deux policiers en uniforme et écartant sans peine les journalistes peu entreprenants.

L'homme qui montait la garde sous la pancarte indiquant ROUTE DE TYLER baissa la vitre de sa voiture de police.

— L'inspecteur Hawkin vient juste de demander si

vous étiez revenue. Il est toujours là-haut, dit-il en regardant, par-delà le portail, le chemin de terre à peine visible.

— Pouvez-vous le rappeler et lui dire que je suis en route ? Je devrais le rejoindre dans une quarantaine de minutes.

— Il voulait que je vous dise que, s'il pleuvait, vous n'étiez pas obligée de monter.

— Tant pis, je veux en finir. Le sol n'est pas trop détrempé.

Mais moi, je vais l'être, protesta une petite voix en elle, je serai trempée jusqu'aux os et frigorifiée. Tais-toi et continue, s'ordonna-t-elle. Ce qu'elle fit.

Le sol était en fait en meilleur état que le matin, mais les arbres, qui se balançaient et craquaient, sinistres, dans le vent qui fraîchissait, lui semblèrent très grands et très sombres. En une minute, ils l'engloutirent et elle courut d'une foulée régulière au flanc de la colline sur l'étroite route pierreuse, très seule. De grosses gouttes s'écrasaient sur son visage et ses vêtements. De temps à autre, la lueur d'une maison entre les branches agitées par la bourrasque renforçait encore son sentiment de solitude. Il faisait de plus en plus sombre, et elle courait plus vite pour s'écarter des ombres inquiétantes et lutter contre l'impression que quelqu'un la suivait. Ses chaussures martelaient rythmiquement le chemin, et il lui fallait se concentrer sur le sol pour éviter trous et pierres. Elle transpirait beaucoup, en dépit des gouttes froides qui se frayaient un chemin dans son cou et à travers son parka. Elle inspirait l'air à grandes gorgées tandis qu'elle luttait pour atteindre l'extrémité presque invisible de la route pâle entre les murs d'arbres sombres. Elle dépassa la maison de Vaun Adams sur sa gauche. Ce n'était plus très loin.

Tout à coup, le monde explosa en une lumière brillante, et pendant un instant, Kate, complètement désorientée, se prépara à un gigantesque coup de tonnerre. Mais elle n'entendit qu'une voix courroucée qui criait :

— Ecartez-moi ça, nom de Dieu, vous l'éblouissez !

La lumière tourna et, malgré le scintillement dans ses yeux, elle distingua des silhouettes, une voiture, une maison éclairée à l'arrière-plan. D'un geste automatique, elle arrêta son chronomètre et tenta de reprendre son souffle, courbée en deux, les mains sur les genoux.

— Ça va ? demanda la voix de Hawkin.

— Oui, répondit-elle en hochant la tête. Je voulais arriver avant la nuit. Je n'aurais pas pu courir à la lumière d'une torche. J'aimerais bien un verre d'eau.

— J'aurais pensé que tu en avais eu ton compte audehors, mais entre pour souffler.

Kate passa le seuil de la maison de rondins et accepta un fauteuil et un verre. Tandis que son cœur ralentissait, elle savoura la chaleur du poêle à bois. Angie Dodson était une petite femme mince aux épais cheveux blond foncé mal maintenus en place par toute une collection de pinces et de barrettes inefficaces. Elle avait orné la pièce basse de coussins et de tapisseries aux couleurs vives. Un grand métier à tisser dans un coin et un rouet derrière un fauteuil semblaient flotter dans les bonnes odeurs de cuisine. Une gamine d'une douzaine d'années, l'air grave, couverte de taches de rousseur, apporta à Kate un bol de soupe à l'oignon et un petit pain complet tout chaud.

— Tu t'appelles Amy, n'est-ce pas ? Je me souviens de t'avoir vue l'autre jour.

— Oui. Pourquoi avez-vous monté la colline en courant sous la pluie plutôt que de prendre une voiture ?

— Parce que la voiture était ici. C'est toi qui as fait cette soupe ?

— J'ai aidé maman.

— Merci, il est bien possible qu'elle me sauve la vie ! C'est juste une façon de parler, ajouta Kate avec un sourire en voyant l'enfant froncer les sourcils. Merci beaucoup.

— Je vous en prie.

— Prête, Martinelli ? demanda Hawkin en s'encadrant dans la porte, avec sur le bras la veste qu'elle lui avait laissée plusieurs vies plus tôt.

— Prête. Merci, madame Dodson. C'était exactement ce qu'il me fallait.

— Je vous en prie, appelez-moi Angie.

— Bonsoir, Angie, dit Hawkin. J'espère que votre mari rentrera sans problème.

Kate regarda plus attentivement le petit visage de la jeune femme, qui semblait à peine plus âgée que sa fille, et remarqua son expression inquiète et tendue.

— Je pense qu'il va rester en ville chez des amis, s'il pleut trop fort. Ça lui arrive parfois, dit-elle en levant une lampe à pétrole pour éclairer la porte. Revenez demain quand vous voudrez, si vous avez besoin de boire quelque chose de chaud.

— C'est très gentil, Angie, dit Hawkin. On essaiera de ne pas trop vous déranger.

— Mais ça ne me dérange pas du tout. C'est..., commença-t-elle d'un air presque rebelle. Je ne devrais pas dire ça, je crois, étant donné les raisons qui vous ont amenés ici, mais c'est une joie, en fait, de voir tous ces nouveaux visages. Je me suis bien amusée.

Oui, se dit Hawkin, l'amusement n'était pas non plus une denrée courante, à cette époque de l'année, dans une petite maison sombre, sans électricité, avec un enfant. Il lui sourit, de ce genre de sourire qui faisait généralement rougir les femmes comme Angie Dodson.

— Très bien. Gardez la bouilloire au chaud pour nous.

Le vent jeta la pluie sur eux quand ils quittèrent la chaleur de la maison et ils coururent se réfugier dans le camion. Detweiler alluma sa torche pour utiliser la radio portable que Trujillo lui avait fournie et, malgré les crachotements et les sifflements parasites, il réussit à transmettre qu'ils descendaient, et qu'ils étaient les derniers.

— Désolé d'avoir crié, expliqua-t-il en s'engageant sur la route. Il y a un problème d'antenne.

— Pouvez-vous mettre le chauffage ? demanda Kate, qui se dit que cet homme devait être originaire d'Alaska.

— Désolé, il n'est pas en état non plus. Il y a une couverture à l'arrière. Vous avez froid ?

— Bon Dieu, vieux ! explosa Hawkin, elle est trempée, bien sûr qu'elle a froid ! Tiens, Casey, enveloppe-toi là-dedans. Seigneur, ne me dis pas que les essuie-glaces sont à nouveau hors d'usage.

— Ils se mettront en marche dès que le moteur sera chaud, affirma le chauffeur avec un soupçon de désespoir dans la voix.

— Jésus-Marie-Joseph, murmura Hawkin.

Kate se dit que ce n'était sans doute pas une prière.

Il faisait nuit noire, au bas de la colline, et les phares, qui fonctionnaient, ne repérèrent aucune voiture de presse à travers le rideau de pluie. Kate serrait les dents pour réprimer les frissons qui l'envahissaient. L'électricité semblait coupée chez Tyler, mais des lampes éclairaient quelques fenêtres. Hawkin avait sauté du camion avant même que le frein à main soit tiré. Il ouvrit la portière de Kate et l'attira dehors pour la guider d'une main ferme dans la maison et la pousser vers la salle de bains. Une lampe à pétrole brûlait derrière les toilettes.

— Douche chaude, ordonna-t-il d'une voix dure avant de claquer la porte.

Quelques minutes plus tard, Kate, sous le flot d'eau divinement tiède, entendit la porte s'ouvrir.

— Ne remets pas ces trucs mouillés, ordonna à nouveau la voix.

Il claqua la porte. Elle écarta le rideau et vit un jean, un sweat-shirt et de grosses chaussettes grises pliés près du lavabo. Elle avait toujours des frissons et l'eau commençait à fraîchir. Elle s'habilla. Quand elle ressortit de la pièce embuée, elle entendit la voix familière qui monologuait en criant :

— ... alors qu'il devrait transporter des pastèques dans la vallée de Coachella. Vous me trouvez un quatre-quatre décent pour demain, ou on n'a pas fini de m'entendre dénoncer votre manque de soutien. Primo, je ne veux pas connaître vos problèmes. Je me moque que vous deviez entrer par effraction chez un marchand de jeeps pour en voler une. Je ne peux pas accepter que ma partenaire attrape une pneumonie parce que votre service n'entretient pas son matériel. Quant à moi, je suis trop vieux et j'ai trop mauvais caractère pour marcher. Est-ce que je suis suffisamment clair ? Bien. Bonne soirée, ajouta-t-il avec malice avant de raccrocher.

Le sourire disparut de son visage à l'instant où il vit Kate à la porte, mais il revint aussitôt. Elle souriait aussi, dans son jean retroussé, retenu par une ceinture, et son sweat-shirt qui lui tombait jusqu'aux genoux. C'était ridicule, mais elle avait été heureuse qu'il utilise pour la désigner le terme de « partenaire ».

— Tu as plus chaud ?

— Je devrais te poser la même question, dit-elle avec un coup d'œil au téléphone.

— Oui, eh bien, s'ils croient qu'ils vont tous pouvoir se cacher derrière moi, ils se mettent le doigt dans l'œil. Tu veux manger quelque chose avant qu'on parte ?

— Une tasse de café me ferait le plus grand bien, mais c'est tout.

— J'ai donné ta Thermos à l'amie de Tyler, Anna. Elle va la remplir. Je vais dire à Trujillo qu'on part. Il dort à nouveau ici ce soir.

Ils trouvèrent Trujillo dans le grand salon à peine éclairé, sans cravate, un verre à la main, les pieds sur une table devant l'immense cheminée. Assis près d'une femme qui apparemment ne lui était pas étrangère, il bavardait avec Tyler. Il sursauta quand ils entrèrent.

— Nom de Dieu, Trujillo, vous vous croyez en vacances ? Vous croyez qu'on a organisé tout ça pour vous distraire ? Vous êtes en mission, ici, vous ne l'avez pas oublié ? Vous pensez peut-être que les gens de ce comté vous paient pour boire du whiskey bien au chaud pendant qu'un salaud est là, dehors, en train d'assassiner des gosses ? Je ne vous demande pas de rester debout toute la nuit, je vous l'ai dit. Je ne vous demande même pas de dormir seul. Mais je veux que vous restiez assez sobre pour me répondre au téléphone, s'il me prend l'envie de bavarder à trois heures du matin, dit-il en lui arrachant le verre des mains.

Il l'emporta vers la cheminée et s'arrêta à la vue de la bouteille sur le manteau. Il regarda Kate.

— C'est toi qui conduis ?

— Bien sûr.

— Pas trop fatiguée ? Bon, ce serait dommage de gâcher ça. Je vous rapporterai votre verre demain, Tyler, et à partir de maintenant, rangez la bouteille, ou je vous boucle pour tentative de corruption, dit-il avant de savourer une gorgée du breuvage. On fermera les yeux pour ce soir. Bonne nuit à tous.

Ils passèrent par la cuisine pour y prendre la Thermos préparée par Anna.

— Désolée de ne rien avoir trouvé de plus petit, dit-elle en souriant devant l'allure de Kate.

— C'est à vous ? Je m'étonnais aussi que Tyler aime à ce point la lavande. Je vous les rapporte demain.

— Ce n'est pas pressé. Conduisez prudemment. On annonce une vraie tempête, d'ici minuit. Je l'ai entendu à la radio avant la coupure de courant.

— Très réjouissant !

Dans la voiture, Kate retira ses chaussures trempées, la seconde paire de la journée, et resta en chaussettes pour conduire. Hawkin lui versa un peu de café et, savourant son verre, il se détendit.

— Tu aimes le whiskey ? demanda-t-il.

— Pas particulièrement.

— Le vin blanc ? tenta-t-il, avec un ton de dégoût, comme s'il avait demandé si elle aimait l'eau gazeuse.

— Parfois. Je préfère le rouge. Mais quand je bois, je choisis généralement la bière.

— Non !

— Ça a du caractère. Si tu veux les résultats de l'après-midi, j'ai tout écrit sur ce calepin, dans la boîte à gants. Le total doit être..., dit-elle en consultant le cadran lumineux à son poignet, quatre heures et vingt-huit minutes, porte à porte. Je n'ai pas été très rapide pour la descente, mais jamais elle n'aurait pu remonter aussi vite que moi. Il faudra qu'on demande à Dodson si elle semblait essoufflée. Où est-il, au fait ?

— Il a emprunté le pick-up de Tyler pour aller chercher un moteur. Celui de son camion a rendu l'âme, et il connaît un type qui pouvait lui en vendre un pour pas cher. Trujillo a vérifié. Son moteur est vraiment fichu, dit-il en remettant le calepin dans la boîte à gants qu'il referma.

— Que s'est-il passé d'autre, aujourd'hui ?

— Une petite boucle de cheveux bruns à l'arrière de la Jaguar et une bague d'enfant sous le siège.

Kate fronça les sourcils.

— Personne n'a parlé d'une bague, pour aucune des gamines, si ?

— Non, personne. Demain, un des hommes de Trujillo va faire le tour des familles avec. Les parents oublient parfois ce que l'enfant portait en passant la porte. L'un d'eux pourrait la reconnaître. Elle est trop petite pour un adulte.

— Tu as parlé d'une boucle de cheveux. Coupée ?

— Non, prise dans la poignée. Une mèche de vingt à trente cheveux, bruns, raides, d'une quinzaine de centimètres de long.

La pluie tombait si dru sur le pare-brise que même à la vitesse maximale les essuie-glaces ne parvenaient à la balayer qu'une fraction de seconde, montrant alors la route noire et les gouttes qui rebondissaient dans la lumière des phares. Quand Kate brisa le silence, sa voix était sans timbre.

— Ça ne sent pas bon pour Vaun Adams, n'est-ce pas ?

— Non, pas du tout.

— Tu crois que c'est elle ?

— On n'a pas droit aux spéculations, Casey.

— Je voulais juste savoir ce que tu pensais.

— Tu sais, répondit Hawkin après un long silence, j'ai pensé toute la journée à une autre affaire qui remonte, oh, à une quinzaine d'années, peut-être. Une petite souris de femme dont les enfants et le mari avaient disparu était venue déclarer qu'il les avait emmenés; elle a porté plainte pour enlèvement et on a diffusé leur signalement. On a retrouvé la voiture du mari quelques jours plus tard près d'un arrêt de bus, alors on est retournés la voir. Elle avait exactement l'attitude normale en ces circonstances : émue, inquiète, furieuse contre son mari, mais tout à fait rationnelle. Elle nous a montré la chambre des enfants. Il y avait un ours en peluche, sans yeux, une oreille mâchouillée, presque plus de poils — tu sais, un jouet qu'on a aimé jusqu'à la destruction. Bref, cet ours était assis sur la table de chevet, contre la lampe, et j'ai soudain pensé qu'il avait l'air, je ne sais pas... seul. Ça m'a travaillé, et dans la nuit j'y ai repensé, et je me suis dit qu'il y avait beaucoup de vêtements dans les placards, que le père aurait au moins pris des manteaux et des chaussures. Le lendemain, on y est retournés avec un mandat de perquisition, et on les a retrouvés dans la cave, profondément enterrés. Et c'était une si gentille petite femme, sans aucun signe de culpabilité au fond des yeux.

— Mais tu ne peux pas croire, comme elle l'a dit, que Vaun Adams serait assez stupide pour ramener les corps dans son propre jardin. Ce serait suicidaire.

— Justement. Elle ne serait pas la première psychopathe qui ferait tout pour qu'on la prenne. Du genre « arrêtez-moi avant que je recommence ».

— Tu le crois vraiment?

Il regarda sa fenêtre, mais n'y vit que le reflet du tableau de bord et celui de son propre visage soucieux.

— Non, je ne crois pas. Elle avait l'air d'une ex-taularde salement marquée qui essaie de savoir si oui ou non elle va pouvoir prendre le dessus, pas d'une meurtrière craignant à moitié d'être prise et à moitié de ne pas l'être. En fait, elle n'avait pas du tout l'air effrayé. Peut-être est-elle vraiment folle. Je n'en sais rien. On va attendre de voir ce que dit Dodson demain et les résultats du labo. Et merde! Je n'aurais pas dû boire ce whiskey avec l'estomac vide, ça me rend sentimental. Un peu plus et je vais me mettre à te parler de mon ex-femme. Je suis crevé. Tu as besoin que je te tienne éveillée ?

— Non, ça va, mentit Kate. Ça te gêne, si je mets la radio ?

— Rien ne me gêne quand je dors.

Il ne tarda pas à le prouver.

10

KATE alluma la radio et pressa les divers boutons de présélection jusqu'à ce que des voix emplissent l'espace de la voiture. Pour une longue route fatigante, rien de mieux que l'irritation, et jamais rien ne lui avait paru plus irritant que ces débats interminables, surtout la nuit, où les intervenants, des habitués, jouissent sans vergogne de ces instants de pouvoir et règnent sur les ondes et l'attention de centaines de milliers d'oreilles. L'intervenant du moment était aux cent coups à propos des forages pétroliers et des puits d'eau, avec de brèves digressions sur le poids du béton et les empiètements sur la Baie. Ce n'est qu'au moment où le modérateur intervint que Kate comprit que le débat du jour portait sur les tremblements de terre, leur prévision et la façon de s'y préparer. Ils auraient mieux fait de parler de raz de marée, se dit Kate. La petite voiture fut soudain freinée et déviée en passant dans une profonde flaque d'eau. Le bruit du jet et le brusque ralentissement faillirent réveiller Hawkin, qui ouvrit un œil morne, puis le referma.

Kate se versa une tasse de café, tout doucement, sans presque quitter la route des yeux. Elle conduisait la main gauche sur le volant, sirotant le café, écoutant la radio d'une oreille, heureuse de se sentir au chaud, au sec, dans ce méchant univers froid et humide.

Au bout de quelques kilomètres, deux phares vinrent à

sa rencontre — des compagnons dans l'orage. À leur lumière elle regarda Hawkin et aperçut brièvement l'image claire d'un homme plus jeune, maintenant que la dureté des traits s'était effacée dans le sommeil, un homme vulnérable. Innocent.

Ce fut une vision troublante d'un homme déjà troublant. Kate ne voulait pas voir le côté vulnérable d'Al Hawkin, pas plus qu'elle ne voulait d'intimité émotionnelle entre elle et les gens avec qui elle collaborait. Elle avait travaillé dur et longtemps à élever ces défenses autour de sa vie, des défenses d'autant plus efficaces qu'elles étaient presque invisibles, et elle ne souhaitait pas y ouvrir une brèche maintenant.

Il n'est pas facile d'être officier de police. Pour une femme, s'intégrer dans l'univers masculin du poste de police tout en gardant son identité de femme est même quasi impossible. Si une femme veut être agent de police, elle doit, dès son premier jour à l'académie, se forger une image claire de ce qu'on attend d'elle, et s'y tenir sans fléchir ; elle doit être forte, mais pas rude, amicale sans obséquiosité, jamais agressive, mais prête sans une seconde d'hésitation à se jeter dans un affrontement violent. Impossible, mais certaines femmes le font. Kate l'avait fait. Elle avait aussi sué sang et eau sur ses livres pour se sortir très vite de la rue, tout en sachant combien de ressentiment et de méfiance son ambition allait causer.

Ces sentiments et ces tensions avaient indubitablement contribué au bon vouloir de San José dès qu'il s'était agi de la céder à San Francisco, mais une fois ici, elle avait dû étouffer son goût pour la compétition. Pour une fois, elle allait simplement prendre sa place, autant que son moi le lui permettait. Les hommes et les femmes avec qui elle travaillait la trouvaient gentille, aimable, jusqu'à un certain point. Tout le monde savait qu'elle courait et s'épuisait au gymnase, qu'elle aimait les pâtes, le base-ball et les petits œillets, et qu'elle était en conflit avec le plombier. Tout le monde savait qu'on pouvait compter sur Casey pour participer aux collectes à l'occasion d'un mariage, d'une naissance, d'une mutation, de funérailles, pour la précision de ses coups de batte au sein de l'équipe et pour ses qualités de coéquipière. Cependant, personne n'était jamais allé chez elle, personne ne savait ce qu'elle faisait de son temps libre, ni avec qui elle vivait. Elle dissimulait sa vie privée par la façon même dont elle menait sa vie professionnelle, si ouvertement. Il y avait là un côté schizophrène, elle le savait, mais elle avait découvert que le seul moyen pour elle de continuer à être flic était de préserver un lieu totalement distinct où se réfugier. Aucun travail ne rentrait avec elle à la maison, aucun collègue non plus. La plupart ne se rendaient même pas compte qu'elle ne les avait jamais invités.

Sauf Hawkin. Elle se disait que peu de choses échappaient à Al Hawkin. Non qu'il fût du genre à la forcer — elle avait connu nombre de gens, hommes et femmes, qui voulaient devenir copains, qui sentaient l'existence d'une Kate cachée et voulaient gratter, comme des ongles une cicatrice. Elle avait su les éconduire — c'était même devenu une sorte de jeu, parfois —, mais Al Hawkin était différent.

Al Hawkin, elle le savait maintenant, était totalement habité par l'affaire sur laquelle il travaillait. Il mangeait, dormait et buvait avec l'affaire, qui le dévorait jusqu'à ce qu'elle aboutisse. Tout partenaire voulant être plus qu'un assistant devait le suivre, au moins en partie. C'était une chose à laquelle Kate avait toujours résisté, mais elle sentait maintenant la menace qui irradiait de cet homme endormi près d'elle.

L'aisance avec laquelle il s'abandonnait, plongeait dans le sommeil devant témoins, était peut-être le plus troublant de tout. Pour sa part, Kate ne dormait jamais en présence d'un étranger, que ce soit en avion ou chez elle, avec un demi-inconnu qu'elle aurait ramené dans son lit. Au bout de quelques heures épuisantes, elle sortait invariablement de l'avion ou du lit, les yeux rouges, incapable de se laisser aller avant de se retrouver seule.

Cela ne valait naturellement pas pour Lee. Avec Lee,

chez elle, depuis quatre ans, elle s'était tout à fait laissée aller. Avec Lee, et avec personne d'autre, elle était complètement vulnérable, ouverte à la critique percutante comme à la communion totale. Avec Lee. Seulement avec Lee.

Comment pouvait-on dormir sous le regard d'un étranger ?

Une autre image émergea de la longue journée épuisante, celle de Vaun Adams à la porte de sa maison : la beauté d'une princesse de conte de fées — les cheveux noir d'ébène, la peau blanche comme la neige, les lèvres rouge cerise, les yeux clairs comme le ciel — et l'expression lisse de celle qu'on a arrachée aux portes de l'enfer.

Cette expression — comme toutes ses expressions, à l'exception de ce moment de surprise quand ils avaient avoué qu'ils ignoraient son identité jusque-là — ne constituait pas une réaction normale à un interrogatoire de police. Les seules personnes que Kate avait rencontrées qui ne réagissaient pas devant la police par des émotions exagérées — la nervosité, la politesse, l'agressivité, l'humour, etc. — étaient les vieux avocats et les jeunes punks convaincus de leur invulnérabilité, quoique ces derniers aient toujours un petit air de dédain qui les trahissait. Chez Vaun Adams, pourtant, il n'y avait eu aucune manifestation émotive. Une attention prudente, oui, et un vague amusement, mais, comme l'avait dit Hawkin, aucune peur, ce qui était très étrange chez une femme ayant passé plus de neuf années en prison.

À y repenser, elle avait semblé ouverte, honnête, confiante, même, si stupéfiant que ce fût, avec une sorte de conviction puérile que le monde ne lui ferait plus de mal, moins sur ses gardes, en fait, qu'Amy Dodson malgré ses douze printemps.

Et pourtant, il s'agissait d'une meurtrière qui avait passé le quart de sa vie en prison.

Vaun Adams avait prétendu qu'on lui avait retiré son innocence. Ses tableaux n'étaient certainement pas innocents. Ils étaient puissants, crus, subtils, émouvants, beaux, sordides, douloureux ou joyeux, et parfois tout cela ensemble, mais l'innocence n'était pas un mot qui venait à l'esprit en les voyant.

Qu'est-ce que l'innocence ? Kate en connaissait la définition légale, mais l'innocence n'était-elle pas l'absence de méchanceté, de péché — ce vieux mot ? « Un des innocents du monde ». Un innocent était quelqu'un que le mal du monde n'avait pas touché et dont la simplicité était une surface si lisse que la saleté et la laideur ne pouvaient s'y déposer. (Allons, Martinelli, les vapeurs de l'alcool te brouillent la tête !) Il n'en demeurait pas moins qu'elle en avait rencontré un ou deux, qu'on aurait appelés saints en d'autres temps.

Vaun Adams était-elle vraiment cela ? Une innocente ? Un miroir qui a vu des maux sans nom chez lui comme chez d'autres et en renvoie le reflet, mais aussi celui du bien, de plus en plus brillant ? Comment expliquer autrement le manque de peur, de colère, de joie, ou de toute autre émotion forte dans les yeux du peintre, et pourtant leur présence tumultueuse dans ses toiles ?

Un innocent peut-il commettre un meurtre ?

Kate avait oublié les murmures de la radio et son esprit revint à un après-midi étouffant à New York, l'été précédent, et aux tableaux accrochés aux murs blancs d'une galerie. Avec Lee, elle s'était arrêtée devant l'un d'entre eux, *Strawberry Fields (forever)*, l'image d'un homme seul, un paysan mexicain, au milieu d'un vaste champ où s'alignaient des rangées de fraisiers, rayons partant vers l'horizon comme pour hypnotiser le spectateur. Il s'appuyait à une houe et on ne pouvait éviter son regard, où se lisait une acceptation totale et sans plainte des kilomètres de travail éreintant qui l'entouraient, du fait qu'il n'en aurait jamais terminé, qu'il ne pourrait jamais vraiment s'arrêter, que jamais la terre ne partirait de sous ses ongles épais, ni la douleur de son dos.

Beaucoup de peintres se seraient contentés de ça, heureux déjà à l'idée de troubler l'élite fortunée qui verrait l'œuvre et se sentirait pour quelques heures ennoblie par sa culpabilité. Eva Vaughn, pourtant, était allée plus loin. En étudiant l'ouvrier agricole et l'immense champ plat, le ciel bleu brûlant, puis en revenant au visage, on avait peu à peu le sentiment que l'homme était profondément, sublimement heureux, à la façon dont aucun de ceux qui avaient le choix n'aurait jamais pu l'être. « C'est bien, bon et fidèle serviteur », s'était-elle dit, et elle avait quitté la galerie très ébranlée. Les fraises n'avaient plus jamais eu le même goût depuis.

Ensuite, Lee et elle, pendant une heure, avaient parlé devant un café d'Eva Vaughn et des femmes dans le monde de l'art.

— Pourquoi crois-tu qu'il y ait si peu de grandes artistes ? avait demandé Kate.

— Tu n'as même pas ouvert ce livre de Germaine Greer que je t'ai offert ? avait plaisanté Lee. Oui, je sais, tout titre qui ne comporte pas le mot « légal » est relégué au fond du placard. Tu te souviens du titre au moins, non ? *La Course d'obstacles*. Ça te donne une idée de sa thèse. Les hommes démarrent sur une piste plate, la moitié du temps avec les chaussures qu'il faut, des butées de départ, un entraîneur. Les femmes doivent monter la côte et lutter tout le long du chemin, essentiellement contre l'argument que les femmes sont des artistes mineures, et que donc un tableau de femme est une œuvre mineure. Elles doivent apprendre la technique non seulement de l'art mais aussi de l'artisanat, se comporter en apprenties...

Lee se lança dans un monologue qui laissa Kate loin en arrière. Elle saisissait de temps à autre des noms connus — Rosa Bonheur, Berthe Morisot, Mary Cassatt, Suzanne Valadon — dans un flot d'autres.

— Il y a eu beaucoup de femmes extrêmement compétentes, brillantes, même. Pense à Artemesia Gentileschi — infiniment supérieure à son très célèbre père — ou à Mary Cassatt : certaines de ses œuvres sont tout aussi bonnes que celles d'hommes qui étaient — et sont toujours — beaucoup plus célèbres qu'elle. Peut-être que si elle avait moins peint de mères et d'enfants... Je ne sais pas. J'ai bien peur qu'il ne faille que les femmes soient dix fois meilleures que les hommes pour dépasser leurs premiers apprentissages. On apprend aux petites filles à être soigneuses et raisonnables. Même les garçons manqués comme toi sont trop occupés à lutter contre leur éducation pour l'oublier, et c'est l'absorption totale, passionnée, dans une seule chose, comme la peinture, qui permet au génie de s'exprimer. Si tu dois penser à plier le linge ou à soigner un bébé constipé — si tu dois même envisager d'avoir des bébés —, tu ne peux te concentrer sur la seule chose importante. Les génies, quels qu'ils soient, sont toujours des salauds impossibles avec une idée fixe, et les femmes n'ont jamais pu être ainsi, pas en tant que groupe, pas jusqu'à très récemment.

— Et Eva Vaughn ? Ou bien ne la considères-tu pas comme une artiste de premier plan ?

— Oh, Seigneur, bien sûr que si ! Surtout si tu penses qu'elle n'a pas encore quarante ans et qu'elle ne cesse de progresser. Je ne sais pas pourquoi elle n'entre pas dans le moule ; à moins que son génie ne soit si exceptionnel qu'il la domine. Personne ne sait grand-chose d'elle. Même un journaliste de *Time* disait qu'elle n'avait pas voulu le rencontrer. Ils s'étaient seulement parlé au téléphone une ou deux fois. Tu te souviens de la rumeur qui faisait d'Eva Vaughn un homme ? Elle court encore. J'ai entendu un couple qui en parlait, dans la galerie.

— Mais tu ne penses pas que ce soit le cas, si ?

— Ce serait idiot. Pour moi, si l'œuvre est bonne, ça ne change rien qu'elle soit d'un homme ou d'une femme. Non, à mon avis, il est certain qu'elle est une femme, une femme qui a réussi à rompre avec la prudence, dit Lee en tapotant du doigt la reproduction de *Strawberry Fields* sur la table. J'adorerais la rencontrer, savoir comment elle y a réussi, comment elle a été élevée pour être aussi libre.

Et maintenant, Kate savait ce qui était arrivé. Eva Vaughn aurait de toute façon été un bon peintre, quels qu'aient été l'époque ou le lieu, mais près de dix ans dans une rude prison pour femmes, condamnée pour un crime intolérable, même aux yeux des autres prisonnières, l'avaient libérée de toute prudence, l'avaient éloignée des possibilités attendues. Une femme ordinaire serait devenue folle, se serait réfugiée dans l'anonymat et le quotidien, serait morte. Mais Vaun Adams, Eva Vaughn, s'était vidée d'elle-même, ne gardant qu'une paire d'yeux omniscients et des mains pour tenir un pinceau, et elle avait fait couler la douleur et la beauté de la vie sur ses toiles. Elle était une meurtrière, elle avait étranglé une petite fille, une enfant qui serait une femme de vingt-quatre ans si elle avait vécu. Rien de ce que Vaun pourrait être ou faire ne compenserait cet acte, et, tout au fond d'elle-même, Kate ne pourrait jamais vraiment lui pardonner. Aussi douloureux que ce soit, elle savait que son propre travail et sa propre humanité exigeaient qu'elle s'oppose à la femme qui avait peint de si magnifiques visions de l'esprit humain. C'était une pensée amère, aussi sale et oppressante que la nuit au-dehors.

Aux abords de la ville, Hawkin se réveilla et chercha la Thermos.

— Ça ne s'arrange pas, hein ?

Kate ramena ses pensées dans une normalité polie, par un effort comparable à celui qu'il faut exercer pour extraire une botte de la boue.

— Non, dit-elle. Non, c'est même pire. Le vent, en tout cas, même de ce côté des collines.

— Bah, il se calmera bien !

Il avait presque l'air joyeux, ce qui dégoûta Kate, étant donné la nuit et les réflexions qui avaient pris possession de son esprit.

— Tu te réveilles toujours aussi joyeux ?

— Toujours, après une petite sieste. Le sommeil est une grande chose. Tu devrais essayer, parfois, dit-il à Kate qui n'avait pas fait la sieste depuis qu'elle avait cinq ans.

— Pas pendant que je conduis, merci.

— Tu as sans doute raison. C'est quoi, ce vers à propos de « son frère le Sommeil » ?

— Sûrement un truc de saint François.

— Non, de Shelley : « Comme la Mort est merveilleuse, la Mort et son frère le Sommeil. »

— Une pensée bien réconfortante.

— N'est-ce pas ? Et si vraie ! ajouta-t-il en buvant avec un bruit dégoûtant une gorgée de café. Bon sang, du lait de chèvre à nouveau ! Qu'est-ce que tu écoutes ?

— Une discussion sur la façon de se préparer à une catastrophe, dit-elle en éteignant la radio.

— Tout à fait de circonstance. Laisse-moi au poste, tu veux bien ? Et rentre dormir un peu. Tu as bien travaillé, aujourd'hui.

Elle tenta de trouver ces mots condescendants, mais succomba finalement à la petite lueur de chaleur qu'ils avaient allumée en elle.

— On veut bien faire.

— J'aimerais en dire autant de Trujillo. Bon Dieu, quelle nuit horrible !

Le garage était vide. Kate dut réfléchir un moment avant de se souvenir qu'on était le troisième jeudi du mois, et que Lee travaillait donc ce soir au centre médical. Merde. La porte se referma automatiquement derrière elle et elle rassembla une pleine brassée d'objets ; tout ce qu'elle devait retirer de la voiture : vêtements trempés, sacs à sandwiches, bouteille Thermos et deux tasses, sac à main, étui de pistolet, veste. En montant lourdement l'escalier, elle calcula qu'elle avait travaillé, dehors ou au bureau, cinquante heures sur les dernières soixante-seize heures, depuis six heures du matin le lundi. Je suis fatiguée, se dit-elle.

Avec cette pensée en vint une autre, qu'elle avait déjà eue dans la voiture. Elle jeta un coup d'œil, en bas, à la boîte de journaux et de magazines empilés au fond du garage dans l'attente du recyclage. Elle secoua fermement la tête et continua son chemin. Non. Pas même pour Al Hawkin. Ça devrait attendre. Elle avait besoin de s'asseoir dans le silence, de ne penser à rien, de manger un morceau. Un petit compliment de cet homme n'allait pas faire d'elle une fanatique.

En haut des marches, elle déverrouilla la porte, entra, laissa tomber son fardeau en un tas hétéroclite par terre, fit demi-tour et redescendit les marches.

Le magazine qu'elle cherchait n'était pas dans la boîte de recyclage, si bien qu'elle ouvrit les portes sous l'escalier et commença ses recherches au hasard — l'intuition, comme le lui avaient appris ses expériences passées, restait le meilleur outil de pénétration du système de classement, très particulier, de Lee.

Il lui fallut vingt minutes — la moyenne. Elle remit en place les autres journaux, magazines et photocopies, referma la porte avec difficulté et retourna dans la maison.

Ayant posé le magazine sur la table de la cuisine, elle tria ce qu'elle avait rapporté et entreprit de fouiller dans le réfrigérateur, dont le contenu attendait paisiblement, se sachant, vu l'état actuel de Kate, en sécurité. Elle sortit la boîte à fromages et coupa quelques morceaux de cheddar orange et dur qu'elle mit dans un bol, ajouta une demi-boîte de crackers et deux poires, se versa du pinot noir dans un verre de bistrot français et emporta le tout sur la table, où elle s'assit, les coudes de chaque côté du magazine, vidant bol et verre tout en lisant l'article.

Il était plus long encore que dans son souvenir : une grosse partie des cent cinquante pages du beau magazine d'art sur papier glacé, et c'était en fait un regroupement d'articles de trois auteurs différents, deux hommes et une femme. Elle regarda leurs photos, deux personnes d'un certain âge au visage aristocratique et une plus jeune de style costume-cravate, et lut les notices biographiques les concernant, pleines de noms connus de galeries, de musées et d'écoles d'art. Elle s'attaqua enfin aux articles eux-mêmes.

La femme, rédactrice en chef du journal, s'était chargée d'un résumé très utile, bien qu'assez distant, de l'histoire connue d'Eva Vaughn, depuis sa première exposition, douze ans plus tôt, qui avait bouleversé le monde de l'art et où tout avait été vendu en une semaine, jusqu'à l'exposition récente de New York que Kate avait vue avec Lee. Distant n'est pas le terme exact, décida Kate. On sentait la journaliste déconcertée, peut-être même vexée. Certainement partagée, elle s'était réfugiée dans la sécurité des faits. Elle disait qu'Eva Vaughn était une personne difficile à contacter, et même impossible à rencontrer pour un journaliste. Que ses peintures comme ses dessins représentaient la première véritable menace contre la suprématie de l'expressionnisme abstrait depuis qu'il avait conquis le monde de l'art au début des années quarante. Que son approche de l'art, son travail patient et douloureusement traditionnel avaient déjà entraîné les gens à réfléchir au rôle de l'art et aux « peintures picturales » (définition péjorative que Kate fut surprise et amusée de trouver là). Que, surtout, et c'était le plus stupéfiant, il s'agissait d'une femme qui avait traversé l'art comme un Vandale Rome, en barbare qui a la force de son côté contre l'art civilisé établi ; une femme, une étrangère, une source de frustrations à vous rendre fou.

L'article d'introduction s'interrompait de façon abrupte, par manque de place ou par crainte de l'auteur de perdre son objectivité. Les deux autres articles, dus aux hommes, étaient mis en parallèle, pour et contre, et se suivaient, avant que les publicités pour des expositions, des alcools ou des bijoutiers imposent aux colonnes des sauts de grenouille qui interdirent à Kate de poursuivre facilement sa lecture. Elle se concentra donc d'abord sur l'article du jeune homme guindé, l'article anti-Eva Vaughn, qu'elle commença sur la table de la cuisine et termina dans son bain.

C'était comme lire une notice technique dans une langue étrangère : elle reconnaissait des mots, mais elle n'arrivait pas à s'accrocher au déroulement de la pensée. Quelques phrases ressortaient du magma, pourtant, et l'ensemble aboutissait à un cumul de vitupérations acerbes et condescendantes. Il comparait les œuvres d'Eva Vaughn aux marines des marchés aux puces, à des « Wyeth additionnés d'une conscience sociale », à des « naïvetés de grand-mère combinées à des clairs-obscurs à la Rembrandt » — ça voulait dire quoi ? À force d'insister, l'auteur perdait sa terminologie obscurantiste comme on se débarrasse d'un accent imité, et n'arrivait plus, à la fin, qu'à utiliser péniblement des mots courants :

> Le public aime beaucoup Mlle Vaughn, ce public qui grogne qu'il sait ce qui est beau, que son gamin de cinq ans peut en faire autant, qui aime les corps en trois dimensions et les émotions simples. Eva Vaughn a offert les formes classiques au prolétariat du vingtième siècle. Le fait que ces formes soient vides de tout sauf de nostalgie importe peu.

Aïe ! Retour à une autre fournée de langue technique que Kate ne fit que parcourir comme pour s'en protéger, mais dont elle ne put éviter certains passages :

> Dans *Le Ruisseau*, Eva Vaughn atteint un niveau de sentimentalisme sensuel qui rendrait tout peintre masculin suspect de pédophilie. *Calme* aurait sa place dans un journal érotique féminin. On se demande, devant *Pont des lutins*, si Bouguereau n'aurait pas entrepris de terminer *Le Cri* de Munch — l'horreur rendue jolie.

Il concluait enfin :

> Le fait que Mlle Vaughn refuse qu'on la voie la rend tout à fait suspecte dans le monde de l'art, où le dialogue et la critique seuls peuvent sauver un artiste de la noyade dans sa propre vision. Au lieu d'apprendre de son siècle, elle semble décidée à lui tourner le dos, à se restreindre à une existence d'ermite quelque part, en Californie, apparemment, à en juger par la fréquence des

> séquoias, des fermiers mexicains et des hippies attardés montés en graine. Elle semble se définir comme « Eva Vaughn, la mystérieuse dame du maquis » — particularité soigneusement élaborée, comparable aux moustaches de Dali et aux collections de Warhol. Le public commence à la connaître à cause de cette absence. Les murs de certaines galeries devraient peut-être en faire autant, et reconnaître que Mlle Vaughn n'est qu'une fausse artiste dont les seules particularités sont l'imitation et l'absence.

Scalpel et matraque. Kate se demanda si Vaun avait lu l'article et, dans ce cas, si elle avait eu du mal à reprendre ses pinceaux le lendemain. Elle gagna son lit avec son magazine et attaqua le troisième article. Le style de l'homme à l'aspect aristocratique s'avéra plus accessible que celui de l'« anti », mais il ne montrait qu'un enthousiasme prudent. Il eût été facile à la rédactrice en chef, se dit Kate, de choisir pour cet article un auteur dont les débordements auraient joué contre lui, mais, en dépit de ses propres réserves, elle n'en avait rien fait. La louange était indubitable, mais le critique s'était sérieusement préparé à reconnaître les erreurs et les fautes des œuvres de Mlle Vaughn :

> Les noms qui viennent à l'esprit ne sont pas ceux des modernes, des Rauschenberg ou Picasso, ou même Monet, mais les noms nobles et officiels des siècles passés et des styles qu'on n'enseigne plus, ou seulement comme une langue morte, à des fins de traduction. Car Eva Vaughn a adopté un style démodé, classique, mort; elle l'a imprégné du discours du vingtième siècle, lui redonnant tout le lustre de la vie.
>
> Ses images ont une simplicité classique : un homme, une femme, quelques enfants, une cuisine. Le paysage à l'arrière-plan, globalement

allégorique mais secondaire par rapport aux êtres qui dominent toute son œuvre. En général, les personnages ne posent pas, ils sont naturels, et présentés si intimement que le spectateur en est embarrassé.

En dehors de cela, il est difficile de réduire le style d'Eva Vaughn à une simple description, ou même d'affirmer son appartenance à une école ou à une autre. Les lesbiennes de *Calme* sont prises dans un rayon de lumière tombant d'une fenêtre, deux corps insolents figés dans le moment immobile et silencieux d'un Vermeer, un mouvement suspendu avant que la vie se saisisse à nouveau d'eux pour les animer et les confondre. Ses fermiers — *Strawberry Fields, Quinze heures, Haricots verts* — font concurrence à Van Gogh pour leurs touches hardies. La beauté de surface (comme il est rare qu'un critique utilise cette expression dans un article !) de *Cas endormie* pourrait sortir du pinceau de Bouguereau, et la volupté de la femme allongée de celui du jeune Renoir, mais d'où vient la vague impression de gêne ? Y a-t-il une menace dans l'ombre qui barre le lit, ou bien s'agit-il simplement des rideaux ? Est-ce une chaussure d'homme dans le coin, ou le bras d'un fauteuil ? La tache écarlate fait-elle partie du couvre-lit multicolore ou est-elle plus sinistre ? Cas est-elle effectivement endormie, ou bien a-t-elle été assassinée dans son lit ?

Il ne s'agit pas là d'un accès isolé d'imagination à la vue des œuvres d'Eva Vaughn, car les émotions constituent son point fort, en particulier les émotions sombres et déconcertantes. Ce n'est pas par accident que la construction du *Pont des lutins* répond au *Cri* d'Edvard Munch, mais dans ce cas la silhouette androgyne est prise dans une portion inoffensive et ensoleillée du pont, un couple normal s'approchant sur un chemin très ordinaire. La femme-homme a été saisie, à l'évidence, en pleine crise de folie. À moins que quelque chose de noir ne soit tapi sous le pont ? Quelque chose que le couple n'a pas encore vu ? Ou, pis encore, dont il fait partie ?

Existe-t-il un seul style que ce peintre ne maîtrise pas, un seul domaine qu'elle n'ait prospecté ? Eh bien, oui. Elle ne veut pas entendre parler d'expressionnisme abstrait, et elle n'est pas romantique. Le romantisme est une émotion à part entière qui ne conduit nulle part hors du cadre qui entoure la toile. Eva Vaughn fascine, déconcerte, pose la main sur le cœur et l'esprit de celui qui regarde ses tableaux. Et c'est après tout le but de l'art. Elle utilise la lumière de Vermeer, la vigueur du Caravage, le pathétique massif et sculptural de Michel-Ange. Et les yeux ? Personne depuis Rembrandt n'a peint des yeux comme cela, des yeux qui ont la profondeur, l'immensité et la plénitude de l'âme humaine, d'une honnêteté dévastatrice.

Les objections à son œuvre abondent, et elles sont souvent valides. Elle est effectivement naïve, et elle ignore délibérément presque tout ce que l'art nous a appris au cours du siècle écoulé. C'est un peintre d'une puissance énorme, et pourtant elle reste curieusement passive. L'angoisse et la passion qu'elle peint, la menace qu'elle évoque, la folie et l'impossibilité de vivre appartiennent à d'autres. Elle voit la souffrance ; elle peint la passion ; on n'a aucun moyen de savoir si elle les vit ou non.

C'est cette distance, ce non-engagement, qui empêche peut-être Eva Vaughn de rejoindre les rangs des grands. Il est vrai qu'elle est jeune, mais les inhibitions et le formalisme ont tendance à s'accentuer avec l'âge, et non à diminuer. Un grand artiste ne laisse aucun doute : il (et ce pronom est utilisé à dessein) a supporté les souffrances et les extases de ses sujets lui-même, seul, sans répit. Quand Eva Vaughn décidera de se peindre avec ses pigments, nous verrons si nous avons là le plus grand artiste de l'après-Picasso. Et même — disons-le tranquillement — du siècle.

Bien qu'elle fût fatiguée, l'analyse personnelle et autoritaire que faisait ce critique de la femme qu'elle avait connue sous le nom de Vaun Adams empêcha Kate de dormir, l'empêcha de prendre conscience de l'orage qui grondait derrière sa fenêtre jusqu'à ce qu'elle referme le magazine, quand soudain elle remarqua le crépitement et les rafales contre les vitres. Elle s'endormit dès qu'elle entendit Lee rentrer, et elle rêva de fraises.

11

À L'AUTRE bout de la ville, Hawkin travailla tard dans son bureau et finit par se faire reconduire chez lui. Il se servit un verre et resta assis dans le salon obscur de sa maison louée, regardant la pluie couler à flots comme lors d'une tempête en mer dans un film de série B. Vers onze heures, les lumières dans la rue vacillèrent, faiblirent, puis retrouvèrent leur force, et derrière lui le ronronnement de son aquarium hésita, puis reprit. À San José, une immense partie du réseau cessa brusquement d'être alimentée, et un millier de nouveaux venus à Silicon Valley poussèrent des jurons chaque fois qu'ils se cognèrent aux meubles à la recherche de lampes torches, voire de restes de bougies de Noël. Les vieux de la vieille se contentèrent de se coucher et de se dire que tout serait terminé au matin.

L'orage s'étendit d'Eureka à Santa Barbara et sa force fut immense, incompréhensible. À une heure du matin, une femme sans abri mourut dans une ruelle donnant sur Market Street. À une heure trente, sept mille maisons de plus, de l'autre côté de la Baie, furent soudain privées de courant ; les couvertures électriques refroidirent, on bourra de papier qu'on enflamma les cheminées d'ordinaire inutilisées ; à deux heures, les pompiers luttaient pour sauver la maison en feu d'une famille frissonnante. Le vent soufflait à cent soixante kilomètres à l'heure et les ponts traversant la Baie furent fermés. Les bourrasques déracinèrent les arbres et envoyèrent des antennes satellites, comme des Frisbee, à travers les fenêtres d'immeubles de bureaux. Avant la fin de la nuit, l'orage allait tuer cinq personnes dans les comtés de la Baie : la femme dans la ruelle, un vieillard dont le cœur s'arrêta quand un couvercle de boîte à ordures traversa la fenêtre de sa chambre, une jeune mère qui se trouvait au mauvais endroit quand le vent arracha les panneaux solaires mal montés du toit de son voisin, et deux jeunes gens qui rentraient en voiture d'une fête bien arrosée et qui, en cherchant à éviter une branche qui tombait, étaient sortis de la route et avaient terminé leur embardée dans une rivière en crue violente.

À deux heures trente, un séquoia mourut, un parmi les centaines qui tombèrent cette nuit-là — le plus jeune à peine vieux de deux siècles —, l'absence de racine pivotante et l'état de liquéfaction du sol le rendant vulnérable aux fortes bourrasques venues du Pacifique. Six de ses cousins barraient déjà la route de Tyler, mais celui-là tomba directement en amont d'un endroit où la route traversait le ruisseau, de telle sorte qu'il descendit le courant tête la première et vint s'encastrer comme un bouchon dans une des piles du pont, tandis que ses racines bloquaient l'ouverture de la seconde. Des filets d'eau s'avancèrent comme des doigts sur la route.

À trois heures, les eaux soulevèrent comme des fétus de paille les deux canalisations de drainage enfouies à un mètre vingt de profondeur et longues de cinq mètres et les projetèrent en aval, détruisant dans leur fureur d'énormes portions de la Route et de la colline sur leur passage. À trois heures trente, le vent faiblit un peu. À quatre heures dix, le versant de colline détrempé où l'on avait retrouvé Tina Merrill céda d'un coup et déversa plusieurs milliers de tonnes de boue et de roche sur la partie supérieure de la route de Tyler. À quatre heures trente, l'orage cessa soudain pour aller voir ce qu'il pourrait faire dans les vraies montagnes. A cinq heures, le silence s'abattit sur la région, seulement troublé par l'écoulement ininterrompu de l'eau.

Le jour sembla se lever plus tôt que d'habitude ce matin-là, comme si le soleil était pressé de voir ce que son enfant avait accompli pendant la nuit. Dans toute la Californie du Nord, la vie reprit lentement et s'aventura dans le monde bouleversé. Sur des centaines de kilomètres, le sol était couvert de branches et d'arbres, de verre brisé, de câbles entremêlés, d'oiseaux noyés, d'enseignes, de coulées de boue, de tuiles. Tout ce qui pouvait être soulevé et déplacé par le vent ou la pluie avait bougé. Le monde prit une inspiration hésitante, de bienheureux oiseaux commencèrent à chanter et le soleil se leva dans un ciel bleu limpide pour bénir la nature humiliée.

À six heures trente, Kate se réveilla en sursaut et se demanda pourquoi le téléphone n'avait pas encore sonné. Puis elle se réveilla tout à fait et rit en se rendant compte qu'elle en était venue à considérer comme normal, au bout de trois jours seulement, que la journée commence par un appel de Hawkin. Elle s'étira comme un chat et se tourna pour embrasser près d'elle les lèvres douces de sommeil. Le téléphone sonna.

— Martinelli, répondit-elle en serrant les dents.

— Écoute, Trujillo vient de m'appeler pour me dire que la route est impraticable. Il faudra un bon bout de temps avant qu'on puisse s'y aventurer, même à pied. Alors, je me suis dit qu'on pourrait passer la matinée ici pour faire le point.

— Bonjour, inspecteur Hawkin.

— Quoi ? Oh ! bonjour. C'est trop tôt pour appeler ?

— À quelle heure te réveilles-tu donc ?

— Je ne me réveille pas. Viens dès que tu peux.

— À sept heures et demie.

Elle reposa fermement le combiné, dans l'espoir que Hawkin en aurait mal à l'oreille.

À sept heures et quart, elle le retrouva dans son bureau, et, au premier coup d'œil, elle crut que le vent y était entré pendant la nuit. Elle écarta le flot de paperasses, posa un sac en papier blanc sur un coin du bureau et en sortit un petit pain complet. Hawkin leva les yeux des pages qu'il était en train de punaiser au mur.

— Qu'est-ce que c'est ?

— Le petit déjeuner. Il y en a un pour toi si tu veux.

— Tu m'as apporté du café ? demanda-t-il en regardant la surface mousseuse de son double cappuccino.

— Tu as une machine.

— Vide.

Elle soupira et lui versa un peu du sien dans une chope blanche ébréchée dont le fond était tapissé d'une épaisse couche marron.

— Al, il faut que tu saches qu'un jour comme celui-ci, la plus humble secrétaire envoie son patron promener quand il lui demande de lui faire du café.

— Tu dois être contente de ne pas être secrétaire. Pas de sucre ?

— Tu dois être content que ce ne soit pas du lait de chèvre. Pas de sucre.

Tout en mangeant, elle s'approcha du mur et étudia son assemblage. La carte d'origine avait été remplacée par une série de cartes topographiques contiguës extrêmement précises assemblées avec du papier adhésif. Les maisons et tous les bâtiments étaient représentés par des carrés bleus (même les édifices octogonaux, circulaires ou biscornus), et certains de ces carrés bleus étaient cochés de croix rouges. Tout autour, des bouts de papier, surtout des sorties d'ordinateur, mais aussi des notes manuscrites, quelques photocopies de coupures de presse et plusieurs photographies, étaient punaisés en groupes, des lignes reliant chaque groupe à un carré bleu. Sur certains papiers, Kate remarqua des cadres verts autour de mots ou de paragraphes.

— Pourquoi ?

— Pourquoi quoi ? grogna Hawkin en finissant de découper un morceau de papier pour le punaiser au mur.

— Pourquoi tout ça ? J'ai tout dans l'ordinateur, si tu en as besoin.

— Je déteste les ordinateurs, dit-il d'un air absent. Ce ne sont que des super-placards à rangement qu'on n'arrive jamais à ouvrir au moment précis où on en a besoin. Les ordinateurs ne pensent pas, ils se contentent de pomper l'information et de tyranniser les gens pour qu'ils appliquent la même logique qu'eux : oui, non ; c'est un peu limité, et ce n'est pas une façon d'attraper un meurtrier.

— Est-ce que..., commença Kate avant de se mordre la langue.

— Vas-y, Martinelli !

— Eh bien, il faut reconnaître qu'il n'est pas courant de voir quelqu'un arriver au grade de lieutenant et accepter un travail qui équivaut à une déqualification. Je me demandais si ton allergie aux ordinateurs y était pour quelque chose.

— Rien du tout, Martinelli, et ne prends pas tes airs supérieurs. Ce n'est pas par phobie que je ne fais pas confiance aux ordinateurs, c'est par bon sens. Je suis à l'avant-garde d'une ère nouvelle, l'ère post-ordinateur, quand notre race se détournera des idoles de silicium et reconnaîtra à nouveau la supériorité du cerveau humain. Quant à l'autre question, dit-il en marquant une fiche de vert, j'ai laissé tomber le boulot parce que j'y étais bien trop bon. La facilité est ennuyeuse. Bon, alors, si tu as décidé de ne pas m'aider, tu peux aller acheter du café.

— Qu'indiquent les marques rouges ?

— Quand je considère que j'ai récolté des informations à peu près complètes sur chaque personne habitant une maison, quand il n'y a pas de grosse inconnue, je la coche.

— Et le vert semble indiquer les indices...

Elle regardait le nom attaché au carré bleu le plus à gauche, celui de Tyler. Parmi ses fiches, une note indiquait qu'il avait résidé deux ans dans la même ville que la mère d'Amanda Bloom et une autre qu'Anna avait grandi à moins de dix kilomètres du quartier de Samantha Donaldson. Ces deux faits étaient cochés en vert, de même que le mot *clés,* et la note *Jag-cheveux.*

La matinée passant, les feuilles de papier au mur se multiplièrent. Elles frissonnaient comme le feuillage d'un arbre chaque fois qu'on ouvrait la porte. Les marques rouges progressaient peu à peu, quelques marques vertes s'ajoutèrent, et Kate commença à avoir mal au dos. Le téléphone ne cessa de sonner, fournissant de nouveaux noms, des alibis vérifiés, des informations reçues. Peu après midi, Kate décrocha et entendit la voix indistincte de Trujillo.

— C'est vous, Casey ? Désolé que la ligne soit si mauvaise. Elle est tombée en travers de la route, mais elle marche encore. J'espère que ça durera si j'arrive à empêcher les journalistes de trop la piétiner. Je voulais vous dire que je suis monté sur la Route jusqu'au glissement de terrain, et on ne pourra probablement pas le franchir avant demain au plus tôt. Ils y travaillent à chaque extrémité, mais le ruisseau est encore très encombré... Quoi ? Je vous entends mal !

— J'ai dit : et si on l'attaquait par en haut, depuis le parc ?

— C'est apparemment pire. Il y a beaucoup de grands arbres abattus. C'est un bordel incroyable. Ecoutez, la ligne est de plus en plus mauvaise. Si vous voulez me joindre, il vaudrait mieux avoir recours à la radio. Je vous rappelle dans deux heures. *Ciao !*

Ciao ? se dit-elle en regardant le combiné. Ce type en beau costume est empêtré jusqu'au cou dans la gadoue et les journalistes, et il s'attache encore au style !

— C'était Trujillo ? demanda Hawkin, tout chiffonné, qui se passait la main dans les cheveux en regardant la carte.

— Le seul, le vrai. La route sera impraticable jusqu'à demain au moins.

— Ça ne m'étonne pas. Bon sang, quel bordel ! Au moins, il n'y a pas de petite brune de six ans sur la route, sinon j'aurais envoyé quelqu'un *la* sortir de là.

Kate comprit tout de suite que le « la » désignait Vaun Adams.

— On va faire une pause, continua Hawkin. Je commence à loucher de fatigue. Il est l'heure de déjeuner.

Le déjeuner consista en deux bières et un hamburger pour Hawkin, une bière et une salade au poulet pour Kate. Après quoi, ils retournèrent à l'écran de l'ordinateur et au mur, se levant, réfléchissant et attendant *le* coup de téléphone — qui arriva vers quatorze heures quarante. Kate décrocha, écouta une minute, puis interrompit son interlocuteur.

— Attendez une seconde ! Je crois que tu devrais écouter ça, dit-elle à Al, qui décrocha le second appareil. Reprenez tout depuis le début.

Les mots se bousculaient dans le téléphone, comme si celui qui les prononçait ne voulait pas s'arrêter afin d'éviter de trop réfléchir à ce qu'il disait.

— Ici Jim Marsh. Trujillo m'a envoyé enquêter sur la propriétaire de la bague qu'on a trouvée dans la Jaguar hier, et je crois que j'ai ce qu'il faut. J'ai commencé par les Donaldson, mais personne là-bas ni à l'école de la petite ne l'a reconnue ; même chose chez les Bloom. Ensuite, je suis allé chez les Merrill, et puis à l'école de la gamine, et sa maîtresse, qui allait partir, m'a dit qu'elle pensait qu'elle appartenait à la meilleure amie de Tina. Elle m'a donné son adresse, et la mère de la petite m'a dit qu'elle ressemblait à celle que sa fille avait eue pour son anniversaire, en novembre dernier, mais qu'elle pensait qu'elle l'avait perdue. Alors on a parlé à la petite — elle avait peur, elle croyait qu'on allait l'arrêter, j'imagine — et finalement elle m'a avoué qu'elle l'avait donnée à Tina le dernier jour où elle est venue à l'école. Tina lui avait dit que c'était une bague magique et qu'elle allait l'utiliser pour s'envoler pour le Pays de Nulle Part — leur maîtresse leur avait lu *Peter Pan*, vous comprenez —, et la petite est convaincue que Tina a réussi, qu'elle est au Pays de Nulle Part. Elle a voulu..., continua-t-il d'une voix brisée qui révéla à Kate son extrême jeunesse. Elle a voulu savoir quand Tina allait revenir. Si vous avez Trujillo, dites-lui que je suis chez moi en train de me soûler.

La communication s'interrompit, et Kate raccrocha lentement, regardant Hawkin impassible.

— Alors, c'est ça ? dit-il en raccrochant à son tour.

— Tu vas envoyer Trujillo l'arrêter ?

— Non, si elle ne s'est pas encore enfuie, elle ne le fera pas, et je veux voir sa tête quand on lui parlera de la bague.

— Si tu y vas comme ça, tu vas bousiller ton beau costume...

— Tu as raison. On va passer par chez moi en chemin. Et toi ?

— Depuis quelques jours, je me suis remise dans la peau d'une guide — toujours prête. J'ai un sac dans la voiture.

12

Le ruisseau de Tyler n'est jamais à sec. Dix mois sur douze, c'est un joli petit cours d'eau calme et bien sage, où se glissent les salamandres et où volettent les libellules. Par un bel après-midi d'août, quand les enfants rient et empilent des cailloux pour faire une digue, quand l'eau, aux endroits les plus profonds, n'arrive qu'à la taille d'un adulte, il est très difficile de s'imaginer qu'un enchevêtrement de racines d'arbres quitterait la rive pour venir s'encastrer là, ou quelle force pourrait transporter sur près d'un kilomètre ce rocher plat si agréable pour les bains de soleil. Par un chaud après-midi d'août, la mousse brunit, les têtards deviennent grenouilles, et les insectes font frissonner la surface de l'eau.

Kate se tenait en retrait du bord vertigineux du ruisseau de Tyler et se disait que vivre à San Francisco, où l'on n'avait à se plaindre que de quelques coupures de courant et de quelques égouts bouchés, ne préparait pas du tout à un tel spectacle. Au téléphone, la phrase « la route est coupée » avait évoqué pour elle un ravinement un peu plus profond, beaucoup de boue et de petits effondrements faciles à compenser avec quelques planches — pas ce qu'elle voyait maintenant.

Le ruisseau de Tyler était un monstre furieux et gris, une puissance primitive affamée qui grondait comme le Niagara, arrachait des morceaux de colline, de route et de végétation, qu'elle dévorait, se hissant avec avidité vers les spectateurs humains. Kate resta muette quand un pan de la rive opposée, de la taille d'une voiture, se détacha soudain et fut englouti par le torrent de boue. En amont, un arbre de taille respectable déboucha d'un tournant. Ses racines nues longues de quatre mètres râpèrent la berge, qui céda et renvoya l'arbre au milieu des flots, où il tourbillonna majestueusement jusqu'à ce qu'un amas de rochers l'arrête. Il s'y brisa avec un bruit qui, un instant, couvrit le rugissement constant et parut l'avoir réduit au silence. Puis le tronc rompu se laissa emporter vers la mer. Cela n'avait pas duré plus de trente secondes.

Kate se tourna vers Hawkin et cria :

— On ne traversera jamais ça, pas avant des jours.

Il hocha la tête, les lèvres serrées, les yeux fixés sur le démon écumant qu'était devenu le ruisseau de Tyler.

— On pourrait avoir un hélicoptère ?

— Pas avant que les bourrasques cessent.

— C'est-à-dire pas avant la nuit, et encore. Al, je voudrais essayer de trouver un endroit où traverser.

— Non, Casey, il ne nous reste qu'à attendre qu'ils lancent un pont provisoire.

— Demain ? Écoute, il nous reste une heure et demie de lumière, peut-être plus, ce qui me permettrait de couvrir une bonne distance. Le ruisseau n'est pas si long, à en croire la carte. Laisse-moi essayer, s'il te plaît !

Il la regarda, puis il regarda les eaux et le petit groupe de gens qui se tenaient en retrait sur la rive opposée. Ses yeux revinrent sur elle, pour se poser ensuite sur Mark Detweiler et Tyler qui bavardaient, et enfin sur Tommy Chesler, assis sur un rocher à regarder passer les vagues tel un gosse devant un film d'aventures interplanétaires.

— Tyler ! dut-il crier pour que l'homme tourne les yeux vers lui et s'approche. L'inspecteur Martinelli voudrait remonter pour tenter d'aller voir quelqu'un de l'autre côté. Est-ce possible ?

— Vous voulez dire..., commença Tyler qui n'en revenait pas.

— Je veux dire qu'il nous faudrait quelqu'un là-bas pour ouvrir l'œil. Est-ce qu'elle peut traverser avant la nuit ?

— Ce serait juste, mais ce ne serait pas la première fois que quelqu'un tenterait le coup. On a déjà connu des crues. Il y a même une sorte de pont, à moins de deux kilomètres en amont, s'il n'a pas été emporté, mais il est difficile à trouver...

— Est-ce que quelqu'un pourrait l'accompagner jusqu'au pont ?

— Je saurais le trouver, mais je ne suis pas bien rapide, avec ma patte folle. Mark, en revanche... Et pourquoi pas Tommy ? Il connaît ces collines mieux que quiconque.

— Tommy Chesler ?

— Oui. Je suis sûr qu'il sautera sur l'occasion de vous aider.

— Casey ?

— Pour moi, c'est parfait. Je vais avoir besoin d'une torche et d'un walkie-talkie. Et d'un sac en plastique s'ils ne sont pas étanches.

La torche était étanche et pouvait s'accrocher à sa ceinture. Mais pas le walkie-talkie, qu'elle glissa dans une de ses poches après l'avoir enveloppé deux fois dans un sac en plastique trouvé dans une des voitures. Elle assura son arme sous son bras, remonta la fermeture à glissière de son blouson et se tourna vers Tommy, qui avait l'air fier mais un peu nerveux à l'idée de la tâche qui l'attendait.

— Tommy, on y va !

Une main se posa doucement sur son épaule, et Al murmura dans son oreille :

— Inutile de l'arrêter, à moins que tu ne le juges utile. Contente-toi de la surveiller. Et fais bien attention à toi, Casey.

— Merci, j'essaierai. Je t'appellerai de chez elle.

Il était impossible d'aller vite, mais ils essayèrent. Si Kate était plus rapide que Tommy, il savait où poser les pieds, quelles feuilles glissaient le plus, quelles branches risquaient de les cingler en passant. Kate tomba trois fois dans le premier kilomètre, et une branche cassée lui fit une belle entaille à la cuisse. Tommy marchait devant, elle suivait comme elle pouvait, à flanc de colline, au-dessus du ruisseau de Tyler. Une fois, quand Kate leva les yeux, elle aperçut sur l'autre rive, à plus d'un kilomètre, une maison qui ressemblait à celle de Vaun Adams. Elle regarda à travers les arbres mouillés, tentant de surprendre le moindre mouvement, et son pied atterrit dans une flaque de boue couverte de feuilles qui la fit redescendre de trois mètres jusqu'à un tronc d'arbre qui l'arrêta brutalement. Elle resta sur le dos un moment, les yeux clos, haletante, jusqu'à ce que la poignée de la torche qui lui meurtrissait le dos la force à s'asseoir. Tommy la regardait, son jeune visage inquiet.

— Ça va, inspecteur Martinelli ?

— Oh... très bien !... Et dire... qu'il y a des gens... qui font ça... pour le plaisir !

— Vous saignez, inspecteur Martinelli.

— Pas beaucoup... Appelez-moi Casey.

Elle accepta sa main pour qu'il l'aide à se relever et lui donna une tape dans le dos pour lui signifier qu'ils pouvaient reprendre leur marche.

Qu'essaies-tu de prouver, Martinelli ? se demanda-t-elle. Tu essaies de prouver qu'ils n'ont pas commis d'erreur en te choisissant pour de mauvaises raisons. Attention à cette plaque glissante ; voilà, tu apprends. Je me demande si ce fichu pont est encore là. Que ferons-nous, sinon ? Je n'ai pas vraiment envie de revenir à la lueur de la torche, mais s'il faut choisir entre ça et attendre le jour assise sous un arbre avec Tommy Chesler... Espérons que le pont est encore là. Comment aurait-elle pu faire ça ? *Comment*, Seigneur, avec un tel talent ? Aurait-elle pu saborder son existence d'artiste ? Bien sûr qu'elle l'aurait pu, si elle est folle. Car c'est bien à cela qu'on revient toujours, n'est-ce pas ? Tous les artistes sont un peu fous. Mais non, Seigneur, non, ne me fais pas arrêter *celle-là* pour avoir étranglé des petites filles. Voyons, Martinelli, n'est-ce pas pour ça que tu te bats afin de traverser ce foutu ruisseau — un ruisseau, ça ? —, pour le privilège de l'arrêter au nom d'une bague et d'un alibi qui ne tient pas ! Et qu'est-ce... Oh, merde, ça a bien failli, cette fois, fais attention, Martinelli, une jambe cassée n'apporterait rien à personne. Bon sang, que j'ai mal à la cuisse ! Ça va probablement s'infecter. Seigneur, retiens le soleil dans le ciel un peu plus longtemps, je ne peux pas traverser ce salaud de ruisseau dans le noir. C'est encore long ? On redescend depuis un moment, et le bruit s'amplifie.

— Tommy, est-ce qu'on pourrait s'arrêter deux minutes, une minute, juste une...

Ils s'arrêtèrent, mais si ce petit repos leur permit de reprendre leur souffle, il permit aussi à Kate de ressentir tous les bleus, plaies et tuméfactions, de mesurer combien elle était mouillée et crottée. Elle se remit péniblement sur ses pieds.

— Le pont est encore loin ?

Tommy regarda en direction du rugissement et sembla compter.

— Pas loin. S'il y est. L'eau baisse, mais ce matin, elle était plus haute que je ne l'avais jamais vue !

Kate eut de folles visions de Tarzan se balançant de séquoia en séquoia au bout de sa liane, et un nœud se forma dans son estomac.

— Etes-vous certaine, inspecteur — Casey, que vous ne voulez rien faire pour votre jambe ?

— Traversons d'abord.

Elle avait mal, et le muscle frémit quand elle le sollicita, mais elle tiendrait le coup. Ils repartirent vers le bruit en descendant la colline glissante.

Le pont, si on pouvait appeler ça un pont, était là. Si on voulait.

Kate et Tommy s'arrêtèrent entre deux arbres. Le courant bouillonnait à leurs pieds. Devant eux, cinq mètres d'eau rapide, sale et dangereuse, et trois madriers de sept mètres de long et vingt-cinq à trente centimètres d'épaisseur, malmenés par le flot qui souvent les submergeait.

Tommy s'accroupit et posa sur le pont un regard lent mais intense. Kate se sentait presque paralysée ; la nausée l'envahissait. Elle se dit qu'elle ferait mieux de rebrousser chemin, et vite, avant qu'il n'y ait plus du tout de lumière, parce qu'elle ne se souvenait de rien dans son entraînement qui expliquât comment éviter d'être emporté par plusieurs milliers de tonnes d'eau et de rocher. Elle était loin de ses cours sur la façon d'arracher son couteau à un drogué en manque et, à tout prendre, elle aurait bien préféré se trouver face à un drogué en manque que face à ça — même à deux drogués armés de pistolets. On pouvait difficilement dire que le pont était « là » et, Seigneur ! elle n'avait même pas apporté de corde pour jouer à Tarzan. Faire demi-tour ne serait pas une faute, ni même un signe de lâcheté. Pas un homme ne pourrait prétendre que cet ensemble de bouts de bois flottants était un pont, qu'on pouvait s'y fier pour traverser.

Elle détourna les yeux du torrent et regarda Tommy dont le visage calme, déterminé, montrait qu'il évaluait encore lentement la situation.

— On peut traverser ? demanda-t-elle.

Sa voix suppliante était ferme, même si elle criait au secours. Tommy fit la moue et sembla arriver à une conclusion. Il se redressa.

— Je crois. Il y avait quatre poutres, avant, mais ces trois-là ne sont pas parties, alors elles ne partiront probablement pas.

Probablement.

Ce probablement ne constituait qu'une bien maigre protection contre les eaux affamées. Il n'aiderait en rien si, sous le poids de Kate, une des poutres glissait, se décrochait de la rive et l'entraînait gaiement dans le torrent qui...

Kate poussa cette pensée dans un casier qu'elle referma en hâte et se concentra sur l'action.

— Merci, Tommy, je ne l'aurais jamais trouvé sans votre aide. Je n'aurai aucun mal à rejoindre la route de l'autre côté...

— Oh, non, je ne vais pas vous abandonner maintenant !

Avant qu'elle ait pu l'arrêter, il s'était engagé sur le pont, et, bien que ses pieds fussent sous l'eau, il marcha d'un pas sûr jusqu'à l'autre rive, le long des poutres, et se retourna dans l'enchevêtrement de branches pour attendre Kate.

Kate fit un pas dans l'eau et s'arrêta, une petite pensée glaçante se frayant à nouveau un chemin dans son esprit : Tommy Chesler est un suspect, disait la petite voix chantante, Tommy n'est pas complètement clair dans sa tête, et Tommy a trouvé le premier corps ; oui, ça l'a rendu malade, mais s'il l'avait mis là lui-même, et s'il n'attendait que l'occasion de donner un grand coup dans ces poutres pendant que je suis dessus ? Elle regarda la colline qui s'assombrissait de l'autre côté, à moins de sept mètres. Etait-ce une ombre sur le visage de Tommy, ou bien lui souriait-il ?

Elle fit un autre pas dans l'eau glacée, puis un autre, jusqu'à ce que le bout de sa chaussure heurte l'extrémité rugueuse d'une des poutres, et elle leva les yeux vers Tommy, qui l'attendait, dans l'eau, à l'autre bout. Sans presque en prendre conscience, elle descendit la fermeture à glissière de son blouson et s'engagea sur le pont.

Car c'était effectivement un pont, inégal et très mouillé, mais large de quatre-vingts centimètres, et les poutres étaient bien solidaires les unes des autres. Tommy ne bougeait pas. Elle avança encore. Elle sentait maintenant l'eau lui pousser les pieds, si bien qu'elle avançait les genoux pliés, les bras écartés. Tommy ne bougeait pas, et elle fit trois pas de plus dans le torrent furieux, puis trois encore. Elle n'était guère à plus d'un mètre de l'arrivée quand sa chaussure la trahit et qu'elle tomba.

Elle entoura de son bras la poutre la plus proche et s'y accrocha désespérément tandis que la force de l'eau aspirait tout son corps. Ses muscles se mobilisèrent pour que sa jambe entoure les poutres, pour qu'elle s'asseye, et elle aurait pu réussir, elle aurait pu gagner la partie, si les mouvements de son corps n'avaient mis en péril l'équilibre fragile du bois sur l'eau. Elle sentit tout le pont pivoter violemment, cria et tenta de gagner la rive, si proche, mais une vague la gifla et emporta le pont comme un radeau. Dans un geste désespéré, elle lança une main en direction de la terre ferme et rencontra de la chair, une solide et chaude main humaine qui lui saisit le poignet comme une serre et retint son pauvre corps suffoquant et aveugle tandis que les planches tentaient de l'entraîner dans l'eau avec elles, vers la mer, lui rabotant le dos, la frappant de toutes parts.

Elle était engloutie, mais la main était toujours là, réalité solide dans cet univers bouleversé, terrorisant, glacé. Elle réussit à saisir le poignet musclé avec son autre main et s'accrocha. Quelque chose la toucha, encore et encore, et elle se rendit compte qu'elle était dans l'entrelacs de branches du bord et que le frottement du courant était moins puissant. Elle sortit le visage de l'eau, avala une goulée d'air humide et toussa, mais réussit à apercevoir les branches qui l'entouraient. On lui tenait toujours aussi fermement le poignet, mais elle savait que cela devait coûter de plus en plus à Tommy, et elle sortit à nouveau la tête de l'eau, à la recherche d'une branche assez grosse pour supporter son poids. Il n'y en avait pas, si loin du bord, mais elle força sa main libre à lâcher le poignet, lentement, et à s'accrocher aux brindilles, s'enfonçant de plus en plus profondément dans les branches, jusqu'à ce que ses jambes puissent prendre appui sur un point ferme submergé. Elle rampa, tira, se hissa hors du courant qui sembla manifester sa frustration par un regain de fureur. Mais elle réussit à dépasser les branches et à s'effondrer sur la rive, prise d'une irrépressible crise de toux. Il se passa un certain temps avant qu'elle arrive à parler.

— Vous pouvez lâcher mon poignet, maintenant, Tommy.

— Non, je ne peux pas.

Elle tourna la tête et le regarda. Il gisait sur le dos, les bras étirés au maximum entre l'arbre qui le retenait et la main qu'il serrait, les pieds dans l'eau, les yeux affolés.

Elle se mit alors à rire de soulagement, après la terreur qu'elle avait vécue, devant l'absurdité de leur position.

— Il le faudra bien, Tommy, sinon, ma main va se détacher de mon bras.

Il se mit à rire aussi et, sur la rive du torrent fou, les deux créatures trempées restèrent à rire sans pouvoir s'en empêcher jusqu'à ce que Kate se mette finalement à genoux et libère son poignet, un doigt après l'autre. Elle se frotta la main pour y ramener une circulation normale et regarda Tommy détendre lentement les muscles torturés de ses bras et de sa poitrine et essayer de bouger les mains.

— Vous aurez encore plus mal demain, Tommy.

— Pas aussi mal que vous si je vous avais lâchée, dit-il après mûre réflexion.

— C'est vrai, admit-elle.

Elle se remit à rire. Les sensations revenaient peu à peu dans ses doigts. Elle réussit à se lever et s'éloigna de l'eau pour s'asseoir sur un tronc et entamer le processus indispensable consistant à vider les litres d'eau accumulés dans ses chaussures et ses vêtements. La faiblesse de ses mains était horrible, et elle dut apporter toute sa concentration à l'essorage de son blouson, jusqu'à ce qu'elle lève les yeux sur Tommy, qui déversait gravement un bon litre d'eau d'une de ses bottes. Elle se remit à rire, faiblement, et eut bientôt besoin de s'isoler derrière les buissons, mais retirer son pantalon trempé était au-delà de ses forces, si bien qu'elle s'allongea et rit, avant que viennent les larmes. C'est alors qu'une sonnerie retentit.

C'était le walkie-talkie qui crachotait à travers le tissu trempé et les deux couches de plastique. Il coassa, furieux, pendant un certain temps, avant que Kate arrive à le déballer.

— Bonsoir, Al — car je suppose que c'est Al : qui d'autre appellerait à un moment aussi peu propice ? Rappelle-moi de te dire un jour ce que je pense de tes appels, Al. Que puis-je faire pour toi, Al ? A toi.

— Dieu merci ! tonna faiblement la voix dans l'appareil. Tu vas bien ? Est-ce que tu vas bien ? Et Chesler ? Tyler a vu passer ce qu'il pense être le pont il y a une minute. À toi.

— C'était le pont. Nous sommes tous les deux trempés, mais grâce à Tommy, nous sommes sains et saufs, juste quelques coups et une petite crise d'hystérie, mais si je reste là pour bavarder, nous allons tous les deux mourir gelés. Alors salut et ferme-la.

Leurs pieds couinaient à chaque pas, mais en dépit du vent, les efforts qu'ils faisaient pour bouger empêchaient le froid de les gagner ; de plus, le chemin pour regagner la route était à la fois plus court et moins épuisant que de l'autre côté. Il faisait presque complètement nuit quand ils atteignirent la voie déserte.

— Où sommes-nous maintenant, Tommy ?

— À moins d'un kilomètre du glissement de terrain.

— C'est-à-dire à environ un kilomètre et demi de chez les Dodson ?

— C'est là que nous allons ?

— Non, vous, vous rentrez chez vous. Je n'en ai pas pour plus de dix minutes, et il ne fait pas si noir.

Tommy resta immobile un long moment, son visage crispé par la réflexion. Puis il secoua la tête et se tourna vers chez les Dodson.

— J'imagine que vous pouvez me menacer de votre arme, ou me menotter à un arbre, mais vous ne vous débarrasserez pas de moi autrement. Tyler m'a dit de vous guider, et c'est ce que je vais faire. Désolé, Casey, il faudra me supporter.

Elle devina son sourire dans l'obscurité et l'entendit se mettre en marche. Elle le rattrapa et détacha la lampe torche de sa ceinture.

— D'accord, Tommy, je vous emmène, mais à une condition : il faut me promettre que si je vous dis de faire quelque chose, vous le ferez immédiatement, sans poser de question. Même si vous pensez que je suis en danger. Vous m'avez sauvé la vie une fois, cette nuit, mais souvenez-vous que je suis un flic, et que je suis payée pour faire ce que je fais. Promettez-le-moi.

— D'accord.

— Sans hésitation ?

— Alors, on va chez les Dodson ?

— Non. On va chez Vaun Adams.

Quelque chose dans sa voix le fit s'arrêter net. Elle continua d'avancer.

— Vaunie ? Mais vous ne... C'est impossible que... Vaun ? Mais elle est...

— Je crois que vous feriez mieux de rentrer, Tommy, sincèrement.

— Mais vous n'allez pas l'arrêter ? Elle n'aurait jamais pu tuer ces petites filles, jamais.

— Tommy, savez-vous quelque chose que vous ne nous auriez pas dit ?

— Non, mais...

— Elle n'aurait pas pu le faire parce que vous l'aimez bien, c'est ça ?

— Oui, mais...

— Je l'aime bien, moi aussi, Tommy, mais il y a beaucoup de choses que nous avons découvertes qui nous obligent à lui poser d'autres questions, pour voir ce qu'elle sait.

Des euphémismes pour cacher la vérité, mais Tommy était suffisamment simple pour les croire à demi et placer sa confiance dans le statut officiel de Kate. Encore mécontent, il se calma malgré tout. Au pied de la colline de Vaun, il leva les yeux vers la douce lueur qui illuminait les fenêtres de la grande salle.

— Je monte, mais j'entre pas.

— Vous pouvez partir, maintenant, si vous voulez. Vous m'avez beaucoup aidée, Tommy. Je ne pourrai jamais assez vous remercier.

— Non, je vous conduis jusqu'à la porte.

Tommy avait accepté cette responsabilité et il n'avait pas plus l'intention de l'abandonner qu'il n'aurait pu laisser Tina Merrill seule. À cet instant, pourtant, il aurait eu du mal à décider laquelle des deux situations était la plus déplaisante.

13

KATE tira la cloche et écouta le son profond retentir dans la maison silencieuse, puis se taire. Elle ne perçut aucune vibration de pieds marchant ou courant, aucun bruit en réponse. Elle essaya d'ouvrir la porte et fut surprise de la trouver verrouillée. Sentant une appréhension naître en elle, elle écarta Tommy pour faire le tour de la maison. Depuis les grandes fenêtres, elle vit le dos du canapé, le feu couvant dans le poêle à bois, une rougeur éclairant la petite vitre, une cocotte en fonte dessus. Une lampe unique brillait au-dessus du canapé. Sur un buffet verni mal fermé, une bouteille presque vide et pas de verre.

Se déplaçant plus vite maintenant, Kate continua son inspection, essayant d'ouvrir portes et fenêtres, jusqu'à ce qu'elle bute sur la réserve de bois, à l'arrière, où le bâtiment s'enfonçait dans la colline. Des fenêtres étroites, au niveau de ses genoux, donnaient sur le rez-de-chaussée. La porte ouverte de la cuisine révélait la table dressée avec une assiette, un bol et des couverts. Kate se mit à genoux pour essayer de distinguer le salon sous cet angle.

— Qu'est-ce qui ne va pas, Casey ? Est-ce qu'elle...

— Oh, Seigneur, je le savais ! gémit Kate.

Elle secoua désespérément l'encadrement de la fenêtre. Il avait fallu que Vaun choisisse cette nuit-là pour fermer ses portes !

— Qu'est-ce qui se passe ?

— Écartez-vous !

Elle le repoussa, courut jusqu'à l'empilement de bûches près de la porte du fond et y préleva une lourde branche. Ordonnant à nouveau à Tommy de s'écarter, elle retira son blouson, le mit sur sa tête pour se protéger le visage et projeta la branche dans une fenêtre. La vitre une fois cassée, elle frotta les bords à l'aide de la branche pour enlever les derniers morceaux de verre, qui explosèrent sur le sol carrelé, les chaises et les plantes, avec un bruit qui déchira la nuit. Kate posa alors son blouson sur le rebord de la fenêtre, ramassa sa torche par terre et la tendit à Tommy avant de s'introduire à l'intérieur.

— Vous restez là, ordonna-t-elle en traversant rapidement l'espace jonché de morceaux de verre pour gagner le milieu de la pièce.

Vaun Adams reposait sagement sur le canapé, devant le feu, le visage détendu, une main au bord des coussins. Un petit verre et un roman reposaient par terre, à portée de main. Les boucles brunes luisaient, même à la faible lueur de l'unique ampoule, et le visage avait la pâleur de la mort.

Mais elle était vivante, encore vivante, bien que son pouls fût lent et irrégulier.

— Tommy, hurla Kate, il faut l'infirmière ! Allez la chercher, vite !

— Vous voulez dire Terry Allen ? Oui, je crois qu'elle est ici aujourd'hui, bien que d'ordinaire elle travaille...

— Vite ! hurla à nouveau Kate.

Il partit, la lampe torche fouillant le sol devant lui. Kate trouva une cuvette dans la cuisine et s'occupa de Vaun. Il fallut un temps infini avant que celle-ci se réveille assez pour vomir, et elle retomba immédiatement dans sa léthargie. Kate la laissa couchée sur le côté et sortit le walkie-talkie. Elle ne savait pourquoi, mais son dos l'élançait autant que sa cuisse. Elle en fit abstraction.

— Hawkin, Hawkin, réponds, Al, j'ai besoin de toi.

— Ici Hawkin. Casey, qu'est-ce qui se passe ?

— Vaun Adams souffre de je ne sais quelle intoxication.

Je l'ai fait vomir, mais j'ai besoin d'un soutien médical immédiat. Tommy est parti chercher l'infirmière, mais c'est l'hôpital qu'il lui faut. Y a-t-il une possibilité d'envoyer un hélicoptère ?

— Le vent a beaucoup faibli. Si tu peux trouver une plate-forme dégagée et l'éclairer, ça devrait être possible. A toi.

— Je ne peux pas la quitter, mais dès le retour de Tommy, on s'y met. Je crois qu'il arrive. Je te laisse.

La respiration lente et courte, Vaun semblait encore plus mal. La danse des lumières sur la colline attira le regard de Kate et elle alla ouvrir la porte à Angie et Amy Dodson, accompagnées d'un homme chevelu et barbu qui devait être Tony, revenu de Sacramento.

— Vaun est malade, leur dit-elle sans préambule. Il lui faut un médecin. Un hélicoptère va venir la prendre dans vingt minutes, mais il faut une zone plate et dégagée avec des lumières tout autour pour qu'il se pose. Pouvez-vous vous en charger ?

— Le champ du poney ! dit Angie qui avait la première repris ses esprits. C'est le meilleur endroit. On peut faire des feux aux quatre coins. Est-ce que ça suffirait ?

— Idéal, mais dépêchez-vous !

Angie entraîna Amy, suivie de Tony, plus lent. Kate entendit sa voix rapide :

— Tu prends Matilda et tu vas aussi vite que tu peux chez les Newborn et chez Bobby. Ramène-les là-haut et dis-leur d'apporter du pétrole...

Kate ranima le feu et regarda la poitrine de Vaun qui se soulevait lentement, luttant contre ce qu'elle avait introduit dans son sang. Aucune trace de comprimés dans la cuvette ; Vaun avait dû les dissoudre dans quelque chose. Le whiskey ? Le pâle visage de la jeune femme virait lentement au bleu, et sa respiration devenait un râle. Kate posa deux doigts sur la carotide de Vaun et reprit le walkie-talkie.

— Al ? Écoute, je ne vais pas pouvoir répondre pendant un moment. Il faut que je commence une réanimation. Elle s'en va.

— Sept minutes, Casey. Les lumières sont allumées ?

— Je viens de voir la première, Al. Elle s'en va ! Martinelli, terminé.

Le walkie-talkie s'écrasa par terre. Kate tira Vaun sur le tapis et commença la respiration artificielle et le massage cardiaque. Quinze pressions sur la poitrine, deux bouffées rapides, quinze pressions, deux bouffées. Deux minutes plus tard, Terry Allen arriva en courant, une petite trousse à la main, hors d'haleine. Elle tomba à genoux près de Kate afin de la relayer pour la compression. Kate fut heureuse de ne plus avoir à s'occuper que de l'assistance respiratoire, et les deux femmes travaillèrent en silence jusqu'à ce qu'elles sentent la pulsation lointaine et à peine audible de l'hélicoptère remplacer les craquements du poêle et leurs propres bruits. Il approcha et, quand il fut directement au-dessus d'elles, elles sentirent son rythme se superposer au leur. Elles continuèrent, jusqu'à ce qu'enfin l'équipe médicale en uniforme entre avec ce qui leur sembla une foule d'accompagnateurs et de curieux. Un homme s'agenouilla près de Terry et la remplaça, un autre poussa gentiment Kate et mit en marche le masque à oxygène. Kate resta à genoux, engourdie soudain par leur compétence, consciente que Terry étirait ses bras et serrait les poings deux ou trois fois. Elle s'approcha de Kate et lui posa la main sur l'épaule.

— Venez vous asseoir jusqu'à ce qu'on puisse s'occuper de vos blessures.

Troublée, Kate baissa les yeux vers sa cuisse, qui saignait toujours à travers son pantalon, et son bras qui ne saignait plus.

— Ce n'est pas si grave, dit-elle.

Elle voulait seulement dormir pendant une semaine.

— Non, je suppose que vous pourriez continuer à pisser le sang partout jusqu'à ce que vous vous effondriez...

— C'est juste une coupure !

— Je parle de la blessure de votre dos... Peut-être n'avez-vous pas remarqué que le sang coule jusqu'à votre cheville ?

Kate glissa sa main dans son dos et la ramena rouge. Elle eut une faiblesse.

— Non, je ne l'avais pas remarqué. Ça doit être la fenêtre. Pouvez-vous y faire quelque chose ? Y mettre un sparadrap ou quelque chose comme ça ?

— Il vaudrait mieux qu'un docteur s'en occupe, suggéra l'infirmière d'une voix qui disait qu'elle s'était souvent chargée de ce genre de problèmes sans l'avis d'un médecin.

— Rassurez-vous, je ne vous dénoncerai pas, et les deux médecins qui sont là sont bien trop occupés pour rien remarquer. Assurez-vous seulement que ça n'empire pas.

Elle laissa Terry l'entraîner jusqu'à un tabouret où elle s'assit, entendant dans un nuage une voix d'homme qui ordonnait qu'on évacue la pièce, à peine consciente des gestes de l'infirmière qui préparait une seringue de novocaïne, qui coupait ses vêtements avec des ciseaux et piquait sa peau en plusieurs endroits avec une aiguille, insensibilisant son dos. Mais elle avait une conscience aiguë du corps par terre, de la poitrine pâle avec ses petits seins et ses veines bleues sous les mains puissantes et sombres du médecin qui luttait durement, méthodiquement, pour lui sauver la vie. À un moment, elle entendit une voix lointaine qui, elle le comprit, était la sienne.

— Votre patiente est un nouveau Cézanne, leur dit-elle, un Renoir femme. Il s'agit d'Eva Vaughn.

Le moins occupé des deux médecins leva les yeux et la regarda sans comprendre. À l'évidence, cela ne lui disait rien, mais l'autre se redressa, stupéfait, et croisa un instant son regard. La bouche de l'artiste restait molle et les yeux révulsés sous les paupières translucides. Derrière Kate, Terry cousait, recouvrait et bandait. Elle disparut quelques minutes avant de revenir avec une douce chemise de flanelle aux manches un peu trop longues. Il lui fallut un moment pour débarrasser Kate de son étui de pistolet, qu'elle enleva avec ce qui restait de ses vêtements. Puis elle rhabilla doucement la blessée, dont les yeux ne quittaient pas Vaun.

La main qui avait peint *Strawberry Fields* gisait, oubliée par terre, telle une fleur écrasée. Kate regardait les doigts légèrement repliés, les ongles courts bordés de peinture bleue, et elle sut qu'elle n'avait pas été assez rapide. Quand un des hommes s'assit sur ses talons, elle ferma les yeux comme pour ne pas entendre les mots qu'il allait prononcer.

— Le cœur bat.

Il lui fallut une seconde pour comprendre. Elle rouvrit brutalement les paupières et saisit sur le visage de l'homme une ombre d'espoir et de satisfaction.

— Elle n'est pas... Elle va s'en sortir ?

— Le cœur bat. On ne peut pas encore savoir quels sont les dégâts, ou même si elle va continuer de respirer, mais pour l'instant le cœur fonctionne. On va la mettre sur le brancard, dit-il à son compagnon. Vous devriez venir aussi, ordonna-t-il à Kate, vous n'avez pas l'air au mieux.

— Non.

— Casey, il faut que vous consultiez un médecin, protesta Terry.

— Non. Je reste ici jusqu'à ce que je sois relevée.

— À vous de choisir, dit le médecin en haussant les épaules. Elle sera à l'hôpital général, en ville.

Il enroula Vaun dans une couverture et l'attacha sur le brancard avec des sangles. Vaun était pâle, mais elle n'était plus bleue. Un des médecins suggéra à Terry, qui s'agitait autour de Kate, de les aider à transporter une partie de l'équipement pour qu'ils n'aient pas à revenir. Kate les suivit jusqu'à la porte et regarda les hommes s'engager sur la pente avec leur fardeau et gagner l'hélicoptère, dont les phares dominaient les restes faibles des feux. Elle referma la porte de la maison à clé. Dans combien de temps les effets de l'anesthésique se dissiperaient-ils ? se demanda-t-elle. Il valait mieux faire le tour des lieux tant qu'elle pouvait encore bouger.

Elle inspecta comme un automate chacune des pièces du rez-de-chaussée, vérifia les fenêtres, compara avec ce qu'elle avait vu la veille. À l'étage, l'atelier n'avait guère changé, tout était en ordre, à l'exception des deux chevalets. La plaque de verre qui servait de palette à l'artiste portait maintenant une grosse traînée de rouge orangé lumineux, et il y avait un pinceau blanc dont elle ne se souvenait pas. La silhouette sur la toile ébauchée avait pris les formes d'une femme, mais non encore identifiable. Le carnet à dessin à spirale que Hawkin avait laissé sur un placard sous la fenêtre sud était maintenant sur la longue table. Quand Kate en souleva la couverture, elle n'y trouva que la rapide esquisse au fusain de Hawkin et elle montant la colline, les grands arbres semblant toujours s'écarter devant quelque défi impressionnant exprimé par les yeux de Hawkin. Elle y posa doucement les doigts et découvrit que Vaun y avait vaporisé du fixatif. Derrière ce dessin, un morceau du haut de la feuille suivante était resté accroché à l'extrémité de la spirale. Vaun avait donc fait au moins un autre dessin et l'avait arraché — ou bien, se corrigea-t-elle, on l'avait arraché. Inutile de le rechercher maintenant dans la cheminée. Elle se redressa en grimaçant et alla vérifier les fenêtres aux cadres métalliques de l'atelier. Elles étaient toutes bien fermées, jusqu'à l'avant-dernière, près de la réserve, qui s'ouvrit d'un coup sous la pression et fit jurer Kate quand la douleur se réveilla à une centaine d'endroits différents de son dos, de ses jambes et de ses bras. Elle resta immobile un long moment, jusqu'à ce que le pire soit passé, puis expira bruyamment et examina la fenêtre, regrettant sa torche. Quand elle tenta de la refermer doucement, la fenêtre se verrouilla sans peine et c'est alors qu'en regardant le rebord, elle trouva un petit éclat de bois. Kate fit la moue, réfléchit et reposa l'éclat où elle l'avait trouvé. Elle descendit chercher son walkie-talkie et jura à nouveau quand il fallut qu'elle se baisse pour le ramasser où il avait rebondi, sous le canapé. Elle renonça vite à se redresser et s'installa, mi-assise, mi-allongée par terre. Le boîtier de l'appareil avait un peu souffert et elle craignit qu'il ne fonctionne plus.

— Al ? Il y a quelqu'un ?

— Hawkin ! Je t'entends.

— Ils l'emmènent. Ils ont réussi à relancer les battements du cœur.

— Dieu merci. Tu pars avec eux ?

— Non, je reste ici.

— Tommy Chesler est arrivé au glissement de terrain il y a quelques minutes, et il a dit que tu étais blessée.

— Juste des éraflures, c'est tout.

— Prends l'hélicoptère, Casey, quelqu'un doit rester avec elle.

Les piqûres achevaient leur œuvre, et une vague de faiblesse, de douleur et d'épuisement l'envahit.

— Pour l'amour du ciel, Al, elle ne va pas s'enfuir, pas avant un bon moment. Bon sang, elle sera peut-être un légume pour le reste de ses jours !

— Je veux que tu y sois.

— Non.

— Bon Dieu, pourquoi non, Martinelli ?

La colère de Hawkin déclencha la sienne, et la vérité se précipita hors de sa bouche.

— Je ne sais pas encore, Al. J'ai une drôle d'impression. J'ai mal et j'ai perdu du sang, je sais que mon cerveau ne fonctionne pas bien, que je n'arrive pas à rassembler mes pensées, mais il y a quelque chose qui sent mauvais, et si je reste ici, je pourrai y voir plus clair au matin. Il est trop tard pour discuter, Al, ils sont déjà partis, et je vais dormir quelques heures. Si tu m'appelles sur ce foutu appareil avant sept heures demain matin je ne réponds pas de l'état de tes tympans !

Elle aurait pu se sentir bien, adossée au canapé, devant le feu, mais le velours et le tapis étaient éclaboussés de son sang et exhalaient l'odeur aigre du vomi ; Kate ne put supporter l'idée de dormir là, ni sur le lit de Vaun, d'ailleurs. Elle traversa le salon à genoux pour remettre quelques bûches dans le poêle, s'aida du fauteuil pour se lever et remonta l'escalier. Le canapé de l'atelier était déjà tellement taché et défoncé qu'un peu de sang et de poussière passeraient inaperçus. Elle se laissa tomber à plat ventre, le walkie-talkie et le pistolet, sans doute inutiles, à portée de la main, et s'enfonça avec gratitude dans l'obscurité.

Un bruit d'éclats de verre écrasés sous des chaussures la réveilla quelques heures plus tard. Elle tendit la main vers son arme, mais le mouvement soudain imposé aux muscles de son dos alluma les flammes des deux profondes coupures et de la trentaine de points de suture, sans parler des bleus. Elle dut faire du bruit, car les pieds s'immobilisèrent.

— Casey ?

— Al ? C'est toi ? Je suis en haut.

C'était ridicule, mais sans adrénaline, elle ne pouvait bouger de sa couche que comme un vieux rhumatisant. L'anesthésie n'était plus qu'un délicieux souvenir, et la brûlure que lui infligeaient les entailles de son dos, ajoutées à celle de sa cuisse déchirée et à diverses blessures mineures, lui imposait une immobilité aussi complète que possible. Elle aurait bien voulu pouvoir se déplacer grâce au simple mouvement de ses yeux.

Même dans la pénombre, elle devait présenter un spectacle assez affligeant pour que Hawkin s'arrête net.

— Dieu du ciel ! Qu'est-ce qui t'est arrivé ?

— J'ai seulement fait une jolie promenade dans les bois, Al. Hé ! ne fais pas cette tête. Ce ne sont que des bleus et de la boue. Je vais faire peur aux enfants pendant quelques jours, mais je ne sentirai plus rien d'ici demain. Vraiment. Je suis seulement un peu raide.

— Presque raide morte, à première vue. Laisse-moi voir ton dos.

— Al, ça va...

— C'est un ordre, Martinelli.

Elle voulut hausser les épaules, mais se ravisa et se tourna de façon que la lampe éclaire son dos. Il souleva le long pan de la chemise de Vaun, retira un des pansements, regarda et toucha légèrement un ou deux points, puis referma le tout.

— Pas d'hémorragie interne ? Pas de côte cassée ?

— Non, rien. Je n'aurais même pas ces coupures si j'avais fait plus attention à la fenêtre.

— Tu étais pressée.

— Oui, en effet. Des nouvelles d'elle ?

— Rien.

— Comment es-tu arrivé ici ?

— En hélicoptère.

— Je n'ai... Je crois que je l'ai entendu, mais j'ai pensé que c'était dans mon rêve. Tu aurais pu attendre le matin.

— Et si le vent s'était levé à nouveau ? Tu aurais été coincée ici pendant des jours. Montre-moi ce qui t'a incitée à rester.

— Beaucoup de petites choses. Pas de lettre — bien que je sache que tous les suicidés n'en laissent pas. Pas de comprimés — ce qu'elle a pris était dissous. On dirait que la bouteille de whiskey a été essuyée, mais il en reste un fond pour que le labo l'analyse. Et puis elle avait mis la table pour dîner et son repas réchauffait sur le poêle ; il était bien attaché quand Terry Allen a eu l'idée de le retirer. Le livre qu'elle lisait ne m'a pas semblé être le genre de chose que je choisirais, personnellement, s'il devait nourrir ma dernière pensée, alors qu'il aurait été le moyen idéal de distraire mon esprit d'une journée déplaisante : léger et n'exigeant pas de réflexion profonde. Ses toiles ne sont pas terminées, mais elle y a travaillé pendant la journée. Et puis il y avait ça, sur la seule fenêtre à ne pas être bien fermée, même si elle en avait l'air.

Hawkin alla prendre l'éclat de bois et l'apporta vers la lumière.

— Coupé au couteau, commenta-t-il.

— On dirait bien.

Il fit pivoter l'éclat entre ses doigts d'un air pensif, puis regarda Kate. Il était évident qu'elle luttait en vain pour ignorer sa fatigue et sa douleur, un air de défi buté marquant sa bouche et ses yeux. Elle était dure, celle-là.

— Tu ne veux pas croire qu'elle soit coupable, n'est-ce pas, Casey ?

— Ce que je veux n'a que très peu de chose à voir avec le problème, dit-elle avec raideur.

— Je ne dirais pas ça.
— Al...
— Mais tu as raison, bien sûr. Il y a quelque chose de pas net, fit-il en se détournant comme s'il ne voulait pas voir le soulagement qui inonda soudain le visage de Kate.
— Trujillo ? appela-t-il dans son walkie-talkie.
— Trujillo, j'écoute.
— Je laisse votre homme ici pour la nuit, si vous voulez bien prévenir sa femme. Je voudrais aussi que vous preniez contact avec mon poste et que vous leur disiez que je veux Thompson et son équipe ici à la première heure, et que j'insiste pour avoir Thompson. Je ne vais pas tarder à partir d'ici avec Casey. On se voit à l'hôpital dans la matinée. Compris ?
— Compris. Comment va Casey ?
— Mal à faire peur ; elle souffre le martyre, mais elle survivra. Terminé.
Hawkin rassembla l'équipement de sa coéquipière et trouva dans la chambre de Vaun une couverture de laine dont il lui entoura les épaules. Ils laissèrent le shérif adjoint monter la garde et descendirent lentement vers les lueurs, derrière chez les Dodson. Le mouvement échauffe les muscles, se répétait furieusement Kate pendant la descente.
— Plusieurs questions viennent à l'esprit, n'est-ce pas ? dit Hawkin, comme s'il réfléchissait tout haut. S'il ne s'agit pas d'un suicide — et je crois que nous pouvons écarter l'hypothèse d'un accident —, alors qui voulait sa mort, et pourquoi ?
— Quelqu'un d'ici, sur la Route.
— Qui connaissait son habitude de prendre un verre avant le dîner, si le labo trouve quelque chose dans la bouteille, et qui a eu accès à cette bouteille hier soir ? J'imagine qu'il avait prévu de revenir corriger les anomalies. Ou « elle ». Ou peut-être voulait-il seulement s'assurer que ça avait marché. Peut-être sait-il que pour tuer quelqu'un, les médicaments sont plus qu'incertains.
— Ç'a forcément un rapport avec les autres crimes.

— Plusieurs meurtres sans lien entre eux dans une zone aussi réduite, c'est en effet peu probable. Vengeance ? Peur ? Ou bien quelqu'un qui connaissait le passé de cette femme a décidé de l'utiliser, de profiter de la situation, sans rapport avec le reste, comme il a profité de l'orage, qui aurait normalement dû retarder suffisamment toute visite chez elle jusqu'à ce qu'il soit trop tard — sans une petite dame butée que je connais. Une meurtrière se suicide par remords — affaire close.

— Et si les meurtres ne s'arrêtaient pas ? demanda Kate, qui avait pourtant du mal à penser avec la douleur lancinante qui la mobilisait tout entière à chaque pas sur le sol inégal.

— C'est une bonne question, qui nous amène à une très... intéressante possibilité. Une configuration toute nouvelle.

Sa voix était lointaine, mais quand Kate trébucha sur une pierre que le faisceau de la lampe torche avait mal éclairée, sa main libre fut instantanément sous le bras de la jeune femme pour l'empêcher de tomber.

— Tu es sûre que tu veux continuer à pied ? Je peux aller chercher un brancard.

— Non, ça va, je suis seulement fatiguée.

— Tu te rends compte, bien sûr, continua-t-il comme s'il ne s'était jamais interrompu, qu'une des possibilités, infime, je l'admets, mais qui vaut qu'on l'envisage, serait que Vaun Adams ait été la cible de tout cela, que la vie de ces trois petites filles ait servi à mettre en scène ce suicide.

— Oh, voyons, Al, c'est...

— Tiré par les cheveux ? Oui. L'œuvre d'un fou ? À l'évidence.

— Mais pourquoi ? demanda Kate dans un frisson.

Pourquoi quelqu'un l'aurait-il haïe à ce point ? Pourquoi ne pas la tuer pendant une de ses promenades et maquiller ça en accident ?

— Tu trouves qui, et je te dis pourquoi. Ou vice versa. J'admets que c'est une idée folle, mais elle cadre mieux que la théorie d'une Vaun Adams psychopathe voulant se faire prendre.

Ils avaient atteint la cabane des Dodson et l'hélicoptère était juste derrière. Huit ou neuf résidents formaient un groupe épars près d'une pile de petit bois.

— Bonsoir, Angie. Bonsoir Amy, dit Hawkin. Merci de votre aide.

— Est-ce que Vaun va se remettre ?

— Je n'en sais rien. Je vous ferai parvenir des nouvelles par Trujillo. Je suis content que votre mari soit revenu avant que la route ne soit emportée. Est-il là ?

— Tommy et lui sont partis informer les autres de ce qui se passe. Tout le monde aura entendu l'hélicoptère.

— Bien. Écoutez, Angie, dites-lui de descendre jusqu'au glissement de terrain demain pour faire sa déposition. Si le vent se calme, nous y serons. Le vieux Peterson, lui et quelques autres manquent à nos dossiers.

— Je le lui dirai.

— Merci. Bonne nuit à tous. Vous pouvez laisser mourir les feux, mais il vaudrait peut-être mieux garder Matilda à l'écurie cette nuit — ce serait dommage que l'hélicoptère se pose sur sa tête au petit matin.

Quand ils arrivèrent à l'appareil, le froid, la douleur et la perte de sang avaient déclenché d'irrépressibles tremblements chez Kate. Hawkin et un des médecins durent l'aider à monter. Le médecin l'enveloppa dans d'autres couvertures, la sangla à côté de Hawkin et ferma les portes. Elle l'avait déjà vu quelque part. Pourquoi cela devenait-il si laborieux de penser ? Son visage... penché sur le corps immobile de Vaun. Pourquoi avait-elle le sentiment que quelque chose n'allait pas, une chose stupide ? L'appareil s'éleva dans les airs et Hawkin s'inclina un peu vers elle. Soudain, elle sut ce qui n'allait pas.

— Al, ces deux médecins... ils savent qui elle est, je leur ai dit quelque chose...

— C'est pas grave. Ils m'ont raconté ce qui était arrivé, et je leur ai parlé. Ils ont compris, et ils ne bavarderont pas. Tu as fait du bon travail, petite. Repose-toi, maintenant.

Son corps tout entier la faisait souffrir, mais dans son esprit, ces paroles amenèrent le soulagement, un doux soulagement. Elle posa la tête sur l'épaule large de Hawkin et laissa l'obscurité l'envahir.

II

Le passé

Le passé n'est que le commencement d'un commencement.
H. G. Wells, *Récits d'anticipation*

Il y avait si longtemps ; c'était si concentré et si complet ;
si bien coupé, comme par une épée,
des années amères qui avaient suivi...
Et après, l'ombre austère du bagne
s'était étendue entre elle
et ce carré ensoleillé, gris et vert.
Mais maintenant ?
Dorothy L. Sayers, *Gaudy Night*

14

LA CALIFORNIE passa le week-end à s'extraire de sous des montagnes de gravats et de décombres, tâche familière à ses diverses générations. L'air s'emplit du gémissement des tronçonneuses, du grattement des pelleteuses, des coups de marteau sur les toits. Dans les magasins, on se rua un peu tardivement sur les bougies et l'eau en bouteilles, « pour la prochaine fois ». Les camions de réparation des compagnies du gaz, de l'électricité, du téléphone et de la télévision par câble progressèrent du centre de la ville vers les collines, et les congélateurs reprirent vie en ronronnant, les téléphones sonnèrent, les téléviseurs transmirent les images des victimes de l'orage. À la Grange de Tyler, le courant fut rétabli le lundi, et le premier geste de la compagne de Tyler, Anna, fut de mettre le *Gloria* de Vivaldi sur le tourne-disque et de faire résonner le chœur joyeux dans les collines, ce qui effraya les chevaux. Elle trouvait la maison trop lugubre, sans lumière ni réfrigérateur, et, n'eussent été les résidents supplémentaires qu'il fallait nourrir, elle aurait échappé à la surveillance, au bruit et à la tension, et aurait imité ceux qui étaient partis voir des amis ou de la famille.

Les journaux du dimanche consacraient tous leur première page à des photos témoignant des ravages de l'ouragan, d'incidents atroces ou de bizarreries, à côté de gros plans de visages maculés de boue, figés dans la peur, l'épuisement ou le soulagement. Les événements de la route de Tyler n'occupaient qu'un petit paragraphe, et Kate se demanda combien de temps il faudrait pour qu'un journaliste plus entreprenant que les autres découvre que la femme inconsciente traitée pour une intoxication était aussi une artiste à qui sa dernière exposition avait rapporté plus d'un million de dollars.

Il fallut quelques jours pour que la route de Tyler soit entièrement dégagée, Hawkin ayant envoyé une quantité sans précédent d'énormes machines envahir les collines bucoliques et accéléré la pose de deux grosses canalisations pour drainer le haut de la route. Kate passa deux jours allongée sur le côté à lire une pile ridiculement épaisse de dossiers, à tenter d'accélérer la cicatrisation de son dos et de sa jambe. Al Hawkin passa seize heures par jour sur l'affaire — chez Vaun, en réunion avec des représentants de trois comtés, le FBI, la presse, trois couples de parents — et sa fatigue commença à se voir.

Dans son lit d'hôpital, Vaun Adams dormait toujours.

Le lundi suivant l'orage, la petite voiture blanche de Kate déboîta de la route et s'arrêta devant une porte de garage sur laquelle était indiqué INTERDICTION DE STATIONNER. Kate sortit péniblement de sa voiture, qu'elle abandonna en travers du passage, et monta les marches jusqu'à la sonnette de Hawkin. La porte s'ouvrit à la seconde où elle eut retiré son doigt du petit cercle lumineux, et Hawkin apparut avec sa vénérable serviette, en chemise à col ouvert, rasé et propre, mais des cernes sombres sous les yeux.

— Bonjour, Casey, tu es très mignonne. J'avais oublié que tu avais des jambes.

— Voyons, Al ! Ça ne fait même pas une semaine que tu m'as vue en jupe.

— Ah, oui ! la toute proprette Mlle Martinelli se demandant si Alonzo Hawkin allait la mordre. Seigneur, une semaine seulement !

— Sept jours.

— Comment te sens-tu ?

— Bien. Un peu raide, mais c'est parce que je n'ai ni couru ni nagé depuis vendredi.

— Bien sûr.

— Mais si ! La blessure à la jambe cicatrise bien et une de celles du dos en est au stade des démangeaisons.

— Et l'autre ?

— Elle est plus profonde, dut-elle admettre, et le centre continue à suinter si je fais des sauts de cabri, mais ça évolue bien.

— Tu peux conduire ? Qu'en dit le docteur ?

— Le docteur dit que je ne dois pas disputer de cent mètres à la piscine ni lever des haltères. Une promenade en voiture et des interrogatoires calmes ne posent aucun problème.

— D'accord, mais si tu veux que je conduise, n'hésite pas.

— Entendu.

Hawkin retira sa veste, ouvrit la portière arrière, poussa les objets qui occupaient déjà le siège et y jeta le vêtement.

— C'est pour toi, déclara Kate, lui tendant quelque chose en s'asseyant avec précaution.

— Merci, mais je ne crois pas que ton manteau m'irait.

— Je parle du coussin ! J'en ai assez d'entendre ta tête cogner la porte au moindre soubresaut de la voiture.

— Tout le confort.

Mais, à la surprise de Kate, il ne se recroquevilla pas immédiatement pour s'endormir. Pendant qu'elle traversait la ville pour gagner l'autoroute, il consulta les dossiers de l'affaire qu'il avait posés à ses pieds. Il ne lisait pas vraiment les pages, se contentant de les passer en revue, comme pour se rafraîchir la mémoire.

L'heure de pointe tirait à sa fin, et le flot de voitures progressait sur Bay Bridge. À l'extrémité est, cependant, un sac tombé d'un camion avait répandu sur la route son chargement de boîtes de conserve destinées au recyclage, ce qui aggrava l'inévitable ralentissement. Les voitures contournaient soigneusement ce barrage trivial de boîtes aplaties, puis accéléraient immédiatement. Kate secoua la tête et se tourna vers Hawkin pour commenter ce manège.

Il dormait lourdement, inconscient de la route, des papiers que le vent agitait sur ses genoux, du froid et du montant de la porte contre sa tête, de ses lunettes tordues sur son nez. On dirait qu'il est parti pour une semaine de sommeil, se dit Kate avec exaspération. Tenant le volant d'une main, les yeux sur les voitures qui la précédaient, elle serra les dents et tendit un bras douloureux vers l'arrière pour attraper le coussin, qu'elle inséra entre crâne et métal. Puis elle prit le dossier d'entre les mains amollies, le ferma et le coinça entre les sièges. Trois ou quatre pages avaient glissé par terre, et elle les ramassa. Elle ne quitta la route des yeux qu'un instant pour réinsérer les pages volantes dans la chemise et, ce faisant, elle vit ce qu'il étudiait : la transcription du témoignage de Vaun Adams au cours de son procès pour meurtre.

Kate connaissait si bien ces pages qu'elle aurait pu en citer des passages entiers de mémoire. Elle avait passé tout son dimanche à tenter de faire coïncider la myriade de fragments pour former un tout cohérent, afin de construire un portrait de la femme inconsciente dans un hôpital à cent kilomètres de là. Le résultat, bien que volumineux, était curieusement insatisfaisant, lacunaire. Elle ne pouvait qu'espérer que, d'ici la fin de la journée, il s'améliorerait.

Vaun Adams avait treize ans quand elle perdit ses deux parents dans un accident. À cet âge, elle possédait déjà de longue date un talent tout aussi considérable que son instabilité mentale, et se retrouver orpheline au moment des bouleversements inévitables de la puberté fut un choc qu'apparemment elle ne parvint jamais à surmonter tout à fait. On l'envoya vivre chez une tante et un oncle. Le demi-frère de sa mère, un solide fermier père de deux enfants et qui devait rembourser de grosses mensualités à la banque, se retrouva donc en plus avec une nièce à problèmes. Vaun finit par trouver une sorte d'équilibre, bien que jamais elle ne s'intégrât vraiment dans ce milieu, qu'elle ne se fît jamais de vrais amis — jusqu'à sa dernière année de lycée.

Quelques mois avant son dix-huitième anniversaire, Vaun commença à se montrer avec un garçon revenu terminer ses études secondaires après deux ans hors du système scolaire. Andy Lewis constituait une sorte d'énigme au lycée, et les rumeurs croissaient et embellissaient autour de lui. La plus populaire disait qu'il avait triché sur son âge pour s'enrôler dans l'armée, laquelle l'avait envoyé égorger des petits hommes bruns. Il va sans dire que l'armée n'avait jamais entendu parler d'Andrew C. Lewis, à l'exception du bureau de conscription qui l'avait fait bénéficier d'un report d'incorporation à cause de douleurs chroniques dans le dos — infirmité qui ne l'empêcha pas de rejoindre l'équipe de football du lycée.

Ce personnage mystérieux et un peu impressionnant arriva au lycée, homme mûr parmi les enfants, tueur (à ce qu'on disait) parmi les agneaux, à une époque où dans tout le pays les étudiants portaient des badges avec le symbole de la paix et brûlaient leur livret militaire — ou du moins en parlaient. Alors que les autres élèves de terminale laissaient pousser leurs cheveux et fumaient à l'occasion de la marijuana pour compenser la boîte de bière qu'ils n'avaient pas plus le droit de consommer, Andy Lewis considérait qu'il s'agissait là de joies puériles ; mais on découvrit plus tard qu'il les encourageait en autorisant ces simples mortels à acheter leurs drogues illicites par son intermédiaire.

Il arriva au lycée en septembre. En octobre, il découvrit Vaun, cette étrangère renfermée, solitaire et vierge. À Noël, aux yeux de tous, ils « sortaient ensemble », en dépit (ou peut-être à cause) de l'opposition acharnée de l'oncle et de la tante de Vaun. C'est dans le courant du mois de décembre que Vaun essaya pour la première fois le LSD. Cet hiver-là, son travail scolaire, qui frôlait toujours l'excellence, s'effondra jusqu'à ne même plus être passable. Son comportement devint plus étrange encore que d'habitude. À la mi-mars, une nouvelle dose de LSD l'entraîna dans huit heures d'une frénésie hurlante qui se termina au service psychiatrique de l'hôpital et fut suivie, selon ses propres dires au procès, d'hallucinations et de moments de désorientation qui mirent des semaines à se dissiper. Seule la réputation sans tache de son oncle au sein de la communauté évita qu'on arrête Vaun pour possession de substances illégales. Elle refusa toujours de dire qui les lui avait fournies.

Puis soudain, début mai, juste avant son dix-huitième anniversaire, tout changea à nouveau. Les devoirs à la maison recommencèrent à être rendus complets et corrects, les absences se firent rares. Elle reprit l'habitude de se joindre à la famille pour les repas et se peigna les cheveux. Et elle cessa de voir Andy Lewis. Pour son anniversaire, elle demanda à sa tante un voyage à San Francisco, et toutes deux consacrèrent la journée aux musées et aux galeries. Elles descendirent pour la nuit au Saint-Francis. Sa tante déclara plus tard sous serment que Vaun avait semblé heureuse ; un peu intimidée, mais détendue pour la première fois depuis des mois.

Deux semaines plus tard, Vaun Adams fut arrêtée pour le meurtre de la petite fille de six ans qu'elle gardait. On l'accusa d'avoir étranglé Jemima Louise Brand (que l'on appelait Jemma), d'avoir dévêtu l'enfant, puis d'être tout bonnement passée dans la pièce à côté pour peindre un tableau montrant le corps nu déposé sur une colline. Le jury vit le tableau, écouta les témoignages et, après cinq heures de délibérations, la déclara coupable. On l'envoya en prison.

Au bout d'un peu plus de trois ans d'incarcération, un psychiatre découvrit Vaun. Mieux encore : il la sauva. On avait fait appeler le Dr Gerry Bruckner quand Vaun était entrée dans un état catatonique au cours d'une crise, alors qu'elle s'était retrouvée en isolement après une vague de violence qui avait ébranlé la prison. Il réussit à la tirer de cet état, obtint qu'on lui donne les matériaux qu'exigeait son âme d'artiste, reconnut la puissance stupéfiante de son travail, dont il envoya plusieurs exemplaires à un ami qui possédait une galerie à New York. Sous le nom d'Eva Vaughn, elle remporta un succès immédiat.

Au bout de neuf ans et trois mois de détention, elle fut relâchée, et après un an de mise à l'épreuve sous la responsabilité de Gerry Bruckner, puis un an de voyages en Europe et aux États-Unis, elle rencontra Tyler. Six mois plus tard, elle décidait de faire construire sa maison sur la Route. Cela faisait cinq ans, et elle y vivait depuis, ne s'éloignant que pour quelques courts séjours à New York, où elle avait un appartement.

Telles étaient les grandes lignes de la vie de Vaun Adams reconstituée à partir d'une pile de papiers de près de trente centimètres d'épaisseur. De son certificat de naissance à sa demande de passeport, et jusqu'à son bulletin d'admission vendredi soir à l'hôpital, le dossier comportait les rapports de prison, les évaluations psychiatriques, de pâles copies de copies de lettres, des déclarations signées, les minutes du procès, des photos, des conclusions de graphologues et des centaines de pages abrutissantes présentant chacune un détail microscopique de la vie de Vaun Adams.

Et pourtant, alors que Kate aurait dû avoir le sentiment de connaître cette femme mieux que sa propre sœur, mieux que Hawkin, mieux même que Lee, elle n'arrivait tout simplement pas à rassembler les fragments en un tout ; elle n'arrivait pas à relier cette avalanche de mots à la femme en pantalon de velours côtelé marron qui lui avait servi un sandwich au jambon, qui en quelques traits avait esquissé la menace qui pesait sur elle sous forme de deux enquêteurs de police approchant sur son sentier, qui avait été étendue, bleue et immobile, sous ses mains et ses lèvres. L'esprit de Kate n'arrivait pas à établir le lien le plus ténu entre cette femme et la jeune fille qu'elle avait été.

Même le procès semblait incohérent et incomplet, laissant sans réponse quelques questions très troublantes. Pourquoi avait-on réadmis Andy Lewis au lycée plutôt que de suivre la procédure plus normale d'une inscription en préparation à l'université en vue d'un certificat de fin d'études secondaires ? Pourquoi son rôle au procès avait-il été aussi superficiel ? Ni le procureur ni l'avocat commis d'office pour défendre Vaun ne l'avaient interrogé sérieusement, le traitant même avec un prudent respect. Il avait un alibi solide pour ce soir-là, puisqu'il jouait aux cartes avec pas moins de huit amis, mais on l'avait laissé passer son diplôme sans l'inquiéter malgré la drogue qu'il avait plus que certainement procurée à Vaun. Pourquoi ? Et où était-il allé après le procès ? Il avait disparu, ne laissant derrière lui qu'une trace des plus discrètes : renouvellement de son permis de conduire deux ans plus tard, un emploi en Californie et un en Alaska, selon les archives de la Sécurité sociale, et puis... rien. Cela faisait dix ans qu'Andrew Lewis avait disparu, complètement.

Hawkin resta aussi absent qu'un mort pendant trois heures, jusqu'à ce que Kate s'arrête dans la station-service d'une petite ville près de la ferme des Jameson. Elle dit ce qu'elle voulait au jeune homme boutonneux qui s'approcha et fit le tour du bâtiment jusqu'à la porte où était écrit « Dames ». Quand elle ressortit, la voiture était vide. Elle paya l'employé et alla pêcher deux tasses et la Thermos sur le siège arrière. Hawkin reparut, en veste et cravate. Les cernes sous ses yeux s'étaient quelque peu éclaircis, remarqua-t-elle, et sa démarche était plus dynamique. Elle lui tendit une tasse.

— Oh, bien ! De la camomille au lait de chèvre et sucrée au miel ?

— Désolée, je n'en ai plus, il faudra te contenter de moka d'Éthiopie. Le sucre est dans la boîte à gants.

Il leva un sourcil surpris, mais n'émit rien de plus qu'un soupir de satisfaction après la première gorgée. Cinq kilomètres plus loin, il avait vidé sa tasse qu'il reposa à l'arrière.

— Une bonne sieste et une tasse de bon café m'enlèvent toujours dix ans. Qui a fait le café, ce matin ?

— C'est moi. Lee l'achète à une Chinoise vieille de cent cinquante ans qui le torréfie dans une machine vieille de deux cent cinquante ans. C'est un grand honneur d'être considéré par elle comme un vrai client. On devrait tourner par là. Al, tu pourrais regarder la carte ? Elle est dans la boîte à gants.

Bien qu'il fût presque certain qu'elle l'avait consultée à la station-service, Hawkin obéit et lut les indications. Si elle ne voulait pas parler de sa vie privée — et ses réticences étaient bien connues de ses collègues —, c'était son affaire. Il soupçonnait que peu d'autres que lui connaissaient le nom de la personne qui partageait sa vie.

15

LA MAISON était un peu plus coquette que Kate ne l'avait imaginé, un peu plus grande, son environnement immédiat plus soigné que celui d'une ferme habituelle. Après avoir rencontré la tante de Vaun à l'hôpital et avoir vu quelles sommes étaient virées chaque mois du compte de celle-ci à sa famille, elle s'attendait bien à trouver une maison en bon état, et elle ne fut pas déçue : la clôture blanche filait au loin, les moulures ornant la façade étaient soulignées de trois couleurs en harmonie, une pelouse impeccable s'étendait sur près de cinq mille mètres carrés, entourée en cette saison par plusieurs centaines de jonquilles toutes neuves un peu flétries par la pluie. Une petite pièce d'eau scintillait à travers les branches encore nues d'un bosquet. Kate arrêta le moteur et en sortant, Hawkin et elle se retrouvèrent environnés par les bruits de la campagne ; pépiements et cancanements du côté de la pièce d'eau, ronronnement d'une machine agricole, vibrations d'une lointaine tronçonneuse, avant de percevoir le grincement nostalgique d'une porte à moustiquaire, suivi d'un son de voix familier.

— Alors, vous n'avez pas eu de mal à nous trouver ? demandait la tante de Vaun.

Kate se dit que ce devait être sa façon habituelle d'accueillir les nouveaux venus. Elle se retourna et sourit à la gentille grand-mère. Comme à l'hôpital, elle fut frappée par l'adéquation totale de Mme Jameson avec l'image stéréotypée de la fermière — cheveux gris, visage rond, joues pleines, jolis yeux calmes.

— Pas le moindre, madame Jameson. Vos indications étaient très claires, même pour une fille de la ville.

— Parfait. Vous semblez en bien meilleure forme. Comment va votre dos ?

— Très bien, merci.

— Je dois dire que je ne m'attendais pas que vous veniez aussi vite, après vous avoir vue dans un tel état samedi.

— Les femmes de San Francisco sont des dures à cuire, dit Kate en souriant.

— C'est ce que je vois. Je n'ai pas eu l'occasion de suffisamment vous remercier.

— Ce n'était pas nécessaire.

— Peut-être pas pour vous. J'ai bien l'impression que vous exercez un métier très ingrat ; ce n'est pas une raison pour que j'y ajoute mon ingratitude. Voudriez-vous prendre du café ? J'allais justement en faire.

Elle était passée avec aisance de la gratitude sincère à son rôle d'hôtesse, et Kate la suivit.

— Avec plaisir.

Hawkin avait ignoré ce dialogue, le regard perdu au loin dans les champs. En se retournant en haut des marches du porche, Kate vit un tracteur rouge qui progressait dans un champ vert, déroulant derrière lui un ruban d'un beau brun riche.

— Vous vivez dans un bien joli endroit, dit-elle.

Rebecca Jameson parut un peu surprise et tourna la tête pour contempler sa propriété avec les yeux d'un étranger. Une petite ride d'inquiétude se creusa entre ses sourcils à la vue du tracteur et elle secoua imperceptiblement la tête avant de se tourner vers Kate avec un sourire.

— C'est très beau, en effet. On l'oublie quand on passe sa vie ici.

Elle regarda à nouveau, comme pour fixer le paysage dans sa mémoire, et entraîna Kate et Hawkin à l'intérieur, sur les tapis tressés et le parquet ciré de l'entrée. La porte se referma avec un grincement et un claquement sec. Ils se retrouvèrent à l'arrière, dans la grande cuisine chaleureuse. Un chat dormait au soleil sur une chaise, une horloge faisait entendre son tic-tac au mur, la vague odeur du bacon du petit déjeuner flottait encore dans l'air et une voix d'homme monologuait, quelque part dans la maison. La fermière prit une machine à café électrique de couleur vive, l'emplit d'eau, mit du café moulu dans le filtre et alluma la machine avant de sortir des tasses.

— Avez-vous déjeuné ? demanda-t-elle soudain.

— Oui, merci, répondit fermement Kate.

Hawkin était toujours silencieux, examinant la vue de la fenêtre, les ustensiles sur une étagère, un étalage de trophées et de rubans, le chat sur son coussin.

— Alors pour le moment il ne vous faut rien d'autre que quelques biscuits avec votre café ? Nous déjeunerons à une heure. Vous vouliez aussi voir Ned et Joanna. Ils seront là. En attendant, vous pouvez me parler, et à Red aussi. Red est mon mari, expliqua-t-elle, comme si c'était nécessaire, en apportant un grand plat de biscuits d'avoine aux raisins secs qui transportèrent instantanément Kate dans son enfance, quand chaque quartier avait sa grand-mère gâteau.

« L'avez-vous vue ? reprit soudain Rebecca Jameson.

— Votre nièce ? demanda Hawkin en reposant une petite balle dorée sur l'étagère des trophées. Non, pas depuis hier soir.

— J'ai appelé l'hôpital il y a une heure. Ils ont dit qu'il n'y avait pas de changement.

Elle se mordit la lèvre supérieure en regardant les biscuits. Kate chercha quelque chose à dire, mais Mme Jameson secoua la tête et tenta de sourire.

— Je crois que Red en a fini avec son coup de téléphone. Je vais aller le chercher.

La machine à café soufflait et gargouillait, Hawkin rôdait. Kate mangea un biscuit. Les voix se rapprochèrent, suivies du ronronnement d'un moteur puis du crissement de pneus sur le parquet. Mme Jameson revint dans la cuisine, suivie de son mari.

Red Jameson avait été grand, et même maintenant, ses épaules restaient assez larges pour dissimuler le dossier de son fauteuil. Il se tenait droit et ses mains semblaient puissantes. Seules ses jambes étaient petites, inutiles, inertes sur le repose-pieds. Ses cheveux roux clairsemés donnaient la clé de son surnom. Sa peau hâlée n'avait sans doute été pâle et semée de taches de rousseur que dans son très jeune âge, mais elle restait fine comme du vieux daim. Il était plus jeune que Kate ne l'avait imaginé, la cinquantaine, et les seules grosses rides de son visage, autour de la bouche, trahissaient non pas le vieillissement mais l'intimité avec la douleur.

— Red, voici Mlle Martinelli et Alonzo Hawkin.

Sa poignée de main était douce pour un homme si grand à la paume dure et calleuse. Il regarda Kate, puis croisa le regard de Hawkin.

— Becky m'a dit que vous veniez à propos de ma nièce, dit-il d'une voix grave et agréable que Kate imagina immédiatement en train de raconter une histoire à des enfants. Est-ce que vous enquêtez sur le meurtre de ces trois petites filles, ou sur le... sur ce que Vaun a essayé de se faire ?

Ces mots étaient trop directs pour sa femme, qui retourna vers sa cuisinière. Hawkin soutint son regard et lui donna une réponse tout aussi brutale :

— Pour le moment, nous travaillons dans l'optique que les deux affaires sont liées, monsieur Jameson.

L'homme hocha la tête et se laissa distraire par sa femme qui apportait la cafetière et un pot de crème. Ils s'installèrent autour de la table ronde en pin, protégée par une nappe en vichy. Hawkin, après avoir tiré une chaise pour Kate, s'assit sur la sienne, joua avec sa cuiller dans son café, refusa un biscuit et attendit la fin de ce petit rituel mondain. Il reprit alors le fil de ses pensées :

— Faute d'alternative, comme je le disais, nous sommes contraints de considérer que ce qui semble une tentative de suicide de la part de votre nièce est lié à la mort de Tina

Merrill, Amanda Bloom et Samantha Donaldson. Je suis convaincu qu'il y a un lien, bien que je ne sois pas du tout certain de sa nature. Il y a trop d'inconnues, dont la plupart ont leurs racines ici, dans le passé de votre nièce.

Les yeux bleus de Red Jameson s'étrécirent, à l'écoute des mots minutieusement choisis de Hawkin. Il lutta contre la suspicion et la méfiance inévitables vis-à-vis de la police, regarda sa femme, puis Hawkin, imperturbable.

— Est-ce que vous... À quelle sorte de « lien » faites-vous allusion ? demanda-t-il prudemment.

— Monsieur Jameson, nous commençons à soupçonner qu'elle n'a pas tenté de se tuer.

Kate sentit toute une série d'émotions se répandre dans la pièce, sur le visage du mari, puis sur celui de sa femme, revenant au mari sous une autre forme — la stupéfaction à l'écoute de ces mots, puis l'interrogation quand ils se rendirent compte que Hawkin n'avait pas évoqué la possibilité d'un accident, un instant de soulagement avant que la peur se saisisse des deux visages qui se tournèrent vers Hawkin, pleins d'appréhension et épuisés par le bref orage qui venait de les traverser. Ce fut le mari qui retrouva le premier sa voix.

— Vous pensez que quelqu'un... Mais qui ?

— Oui, monsieur Jameson, je crois tout à fait possible que quelqu'un ait essayé de tuer Vaun. Je ne sais pas encore qui, mais c'est une personne très habile. Avant que vous ne posiez la question, oui, elle est gardée de jour comme de nuit et les autorités de l'hôpital exagèrent délibérément la gravité de son état chaque fois qu'on les interroge. Pour tout le monde, elle est mourante. Il est possible que vous le lisiez dans le journal. Ce n'est pas vrai. C'est seulement une façon de la protéger.

— Vous craignez que quelqu'un ne puisse à nouveau essayer ? demanda Mme Jameson en tremblant.

— Si c'était une tentative de meurtre, ce n'était pas un acte dicté par une saute d'humeur. Il avait été soigneusement préparé et, oui, ce genre de personne essaierait de nouveau.

— Mais pourquoi ?

C'était un cri de douleur, et Hawkin répondit en laissant apparaître sa propre frustration et son épuisement.

— Je n'en sais rien, madame Jameson. Rien encore. Mais j'ai bien l'intention de le découvrir. Avec votre aide.

La pièce vibra sous l'effet produit par cette dernière phrase. Red Jameson se redressa dans son fauteuil, rejetant les épaules en arrière, levant le menton. Son épouse sauta sur cette idée comme si c'était une bouée de sauvetage dans une mer déchaînée et que Hawkin, son sauveteur, allait lui dire que faire. Cinq minutes plus tôt, ils étaient fermés, méfiants ; ils n'auraient distillé les informations qu'avec parcimonie. Maintenant, ils considéraient Hawkin et Kate comme leurs champions et ne leur cacheraient rien.

Kate prit sa tasse et but du café pour dissimuler son visage. Dieu fasse qu'ils ne sachent jamais à quel point les indices en faveur de l'hypothèse de Hawkin étaient minces : un morceau de bois, pas de comprimés, une cocotte au contenu brûlé... Dieu fasse qu'ils ne doivent jamais affronter un autre Hawkin, ultérieurement détourné de l'opinion qui venait de lui gagner leur soutien, une opinion qui ne le convainquait qu'à moitié, mais qui s'avéra très, très utile pour ouvrir cette source vitale d'informations. Manipuler les gens sans véritable mensonge n'était pas chose facile, mais Hawkin était un homme intelligent. Le café eut soudain un goût amer, mais Kate le termina.

— Comment pouvons-nous vous aider ? demanda leur hôtesse avec anxiété.

— Parlez-nous d'elle, dit simplement Hawkin. Quelle enfant était-elle, comment changea-t-elle à l'adolescence, quels étaient ses amis, comment aborda-t-elle la peinture ? Tout ce qui vous passe par l'esprit.

— Il faudrait que vous voyiez son atelier — le hangar où elle peignait, proposa Mme Jameson. Et j'ai des albums de photos, si vous voulez. C'est ce genre de choses qu'il vous faut ?

— Exactement. Mais j'espère aussi rencontrer un ou

deux de ses professeurs au lycée, cet après-midi, ce qui ne nous laisse pas beaucoup de temps. Casey, pourquoi ne vas-tu pas voir l'atelier avec M. Jameson pendant que Mme Jameson et moi feuilletons les albums ?

Kate ne fut guère surprise de cette division du travail. Mme Jameson commença à protester que le sol était trop boueux, mais son mari grogna et elle se soumit. Kate lui ouvrit la porte de la cuisine, le temps qu'il mette une casquette publicitaire d'une marque d'engrais, et il roula sur la rampe jusqu'au sentier bétonné qui faisait le tour de la maison et partait dans différentes directions. Il se dirigea vers une vieille grange en bois. Kate marchait à côté de lui dans le clair soleil printanier.

16

Il fallait monter trois marches pour accéder au petit hangar, et Kate dut pousser le fauteuil sur des planches qu'on avait clouées pour faire une rampe d'accès. Elle sentit une douleur aiguë dans le dos et jura entre ses dents, espérant que les doubles compresses de gaze que Lee lui avait posées ce matin absorberaient le sang.

Elle se retrouva dans un lieu qu'elle n'imaginait pas au service d'un tel talent : peinture blanche sur des murs et un plafond en planches mal dégrossies, ampoule nue au bout d'un fil, vieux linoléum de récupération aux lés mal joints, lit étroit dans un coin, dont le métal avait été peint en vert sombre, mais qui s'écaillait maintenant sur le matelas bleu inégal dont les boutons de capitonnage menaçaient de se détacher et sur les deux couvertures soigneusement pliées au pied.

Trois indices montraient qu'un artiste y avait élu domicile. Le premier était un grand meuble de rangement qui occupait presque tout le mur sud, version moins élaborée de la réserve dans la maison de Vaun sur la route de Tyler. Celui-ci était fait de bois de qualités et d'épaisseurs diverses, peint en blanc, et bon nombre de toiles attendaient encore dans une sorte de râtelier à deux niveaux. Sur le mur opposé, on avait découpé les planches pour insérer trois grandes fenêtres à cadre métallique qui ouvraient l'atelier à la lumière du dehors. Elles étaient presque identiques à celle devant laquelle Kate avait trouvé l'éclat de séquoia trois jours plus tôt. Sous les fenêtres, elle remarqua le troisième signe indubitable de l'usage le plus récent du bâtiment : un nuage de gouttes, de bavures, de traînées qui couvraient le linoléum près des fenêtres et se clairsemaient peu à peu vers le milieu de la pièce. Jameson vit qu'elle regardait le sol taché.

— Becky voulait le nettoyer, mais je lui ai dit de ne pas s'embêter. On l'a laissé comme ça. On n'a pas besoin de ce hangar, pas vraiment, et je crois que Vaun aime bien le voir ainsi quand elle vient. Elle y dort, parfois, et pourtant on lui a conservé son ancienne chambre dans la maison. Becky vient tous les mois s'assurer que des souris ne s'y sont pas installées, et elle fait le ménage une ou deux fois par an. C'est idiot, je suppose, de ne pas utiliser cet espace, mais on n'a jamais pu se résoudre à tout nettoyer... quand Vaun est partie, et au bout d'un moment on s'est habitués. C'est idiot, je suppose, répéta-t-il.

Son visage détendu ne sembla pas gêné par cette preuve évidente de sentimentalisme. L'air gardait des relents lointains de peinture (ou bien était-ce l'imagination de Kate ?) et s'enflait de la brise gorgée de soleil venant de la cour de la ferme par la porte ouverte, derrière eux. Kate se rendit compte qu'aucun commentaire n'était nécessaire.

— C'est vous qui avez posé ces fenêtres pour elle ? demanda-t-elle enfin.

— Je l'ai aidée. Elle les a payées elle-même avec sa première vente. Elle avait seize ans. Il lui arrivait de faire le portrait de certains gosses du lycée, et une fois elle en a fait un vraiment beau de la fille d'un type qui possède une entreprise de fournitures pour le bâtiment, en ville. Quelques semaines plus tard, elle m'a demandé si elle pourrait avoir une part de l'argent versé par l'assurance à la mort de ses parents pour que ce hangar puisse devenir un atelier. Vous comprenez bien que Becky n'était pas ravie de voir Vaun maculer ainsi le plancher de sa chambre ! Cela m'ennuyait beaucoup de la voir entamer cet argent, même pour ça, alors je lui ai suggéré d'emporter son tableau chez Ed —

Ed Parker, il s'appelle — et de l'échanger contre des fenêtres. Elle aimait beaucoup son tableau, mais elle aimait encore plus l'idée d'avoir des fenêtres, alors elle y a réfléchi un jour ou deux, et puis elle a enveloppé la toile dans une vieille nappe de Becky et elle est partie le voir. Elle est revenue deux heures plus tard, toute fière, dans le camion de livraison, avec ces trois fenêtres. Elle m'a aidé à les poser, et quand on a eu terminé, elle les a regardées un temps infini, elle a fait coulisser chacune plusieurs fois, et puis elle s'est plantée là, pour les contempler à nouveau. J'étais derrière elle. Elle a simplement dit très tranquillement « merci ». Ma fille m'aurait sauté au cou et aurait poussé des cris de joie, mais Vaunie a toujours été différente. C'était bien comme ça. C'était suffisant, ce « merci », parce qu'elle le pensait vraiment. Elle ne me remerciait pas seulement de l'avoir aidée à poser ces fenêtres, mais de tout ce qui se rattachait à ces fenêtres, conclut-il, d'une voix où résonnait l'écho du passé.

— Elle n'a pas beaucoup changé, n'est-ce pas ? suggéra Kate en repensant à l'intensité perceptible chez la femme qu'elle avait rencontrée.

— Elle n'a pas changé du tout. Elle est encore un peu plus silencieuse, mais tout ce qu'elle a traversé n'a fait que confirmer sa personnalité. La seule période où elle a été tout à fait différente, c'est celle où elle sortait avec cet Andy Lewis.

— Que lui est-il arrivé, le savez-vous ? demanda Kate du ton le plus dégagé possible.

— Je n'en sais rien et je m'en moque ! explosa subitement Red devant Kate, stupéfaite. C'était un petit salaud visqueux, si vous voulez bien excuser mon langage, et je lui ai dit que si je le revoyais sur mes terres je lui ferais la peau.

— Quand était-ce ?

— La semaine où Vaun a été envoyée en prison. Je l'ai vu en ville, qui glandait avec les gamins qui lui léchaient... qui étaient en admiration devant lui. Son père était mort quand Andy était gamin, je crois, et sa mère, une petite femme faible, ne lui avait jamais dit non, alors ce n'est pas surprenant qu'il soit devenu comme ça. Il est parti pas très longtemps après, je m'en souviens. Il a pris tout l'argent qu'il a pu trouver dans la maison et il a disparu. Ça a brisé le cœur de sa mère, en plus ! Elle est morte l'année suivante.

— Il avait donné de la drogue à Vaun, n'est-ce pas ? De la marijuana, du LSD ? Pourquoi ne l'a-t-on jamais poursuivi pour ça ?

Jameson regardait par la fenêtre. Le tracteur rouge venait d'entrer dans son champ de vision, au loin, déroulant à sa suite une traînée brun-noir. Il marmonna quelque chose.

— Pardon ?

— J'ai dit que c'est trop mouillé. Ce matin, j'ai prévenu Ned qu'il ferait un gâchis, mais il est parti quand même.

Kate, étonnée, suivit son regard et comprit qu'il devait faire allusion à une dispute avec Ned sur l'humidité du sol. Elle attendit un long moment pendant lequel tous deux regardèrent le tracteur monter péniblement une butte puis disparaître de l'autre côté.

— Monsieur Jameson...

— Oui, j'ai entendu votre question, mademoiselle Martinelli. Il n'a pas été poursuivi parce qu'on n'avait aucune preuve et que personne n'a voulu témoigner contre lui. Il y avait d'un côté les personnes amoureuses de lui et de l'autre celles qu'il terrorisait, et le shérif n'a rien pu obtenir. Oui, je crois qu'il lui a donné de la drogue. Je sais que pendant les cinq mois où elle sortait avec lui, de décembre à fin avril, elle n'était plus elle-même.

Il fit soudain pivoter son siège pour faire face aux toiles rangées debout et, sans hésitation, en sortit une sur la droite, avant d'en tirer une autre plus petite. Il les posa contre le râtelier et s'écarta pour se placer près de Kate.

— Celle de gauche est datée d'octobre, celle de droite du mois de mars suivant, quand elle était avec lui. Elle datait toujours ses tableaux quand elle les avait terminés, au dos. Elle continue, je crois.

La plus petite toile était une étude d'une fausse simplicité représentant une jeune fille, presque une jeune femme, assise contre un tronc d'arbre, les genoux relevés, un vieux livre de poche dans une main. Elle portait un short et un T-shirt de coton blanc. Sa main droite tripotait une boucle de ses cheveux brun clair, et ses yeux semblaient à la fois fixés sur le livre et très loin. Simple, modeste, intimement personnelle, c'était l'œuvre d'une artiste déjà mûre.

La plus grande était une belle réussite technique pour avoir été peinte par une si jeune artiste. Elle représentait une autre jeune femme, assise devant son miroir cette fois, grimaçant la bouche ouverte pour mieux se maquiller les yeux. Elle portait un haut en maille moulant, sans manches, qui laissait apparaître une bretelle de soutien-gorge. La palette était plus dure, les coups de pinceau plus brutaux, mais c'était une œuvre aboutie dont bien des artistes eussent été fiers. La différence était indubitable lorsque les deux tableaux étaient ainsi posés côte à côte.

Le plus ancien reflétait un regard gentiment humoristique sur une jeune fille à l'aube de l'âge adulte, une vision de ses possibilités, de ses choix, de ses rêves. Son dos reposait contre la courbe de l'arbre avec la grâce inconsciente de l'enfance et, bien que ses jambes fussent hâlées et qu'on distinguât un sparadrap à un genou, elle les avait disposées délibérément selon un certain angle, comme pour tester son pouvoir de séduction. Le T-shirt laissait deviner une poitrine pas encore mise en valeur. Dans d'autres mains, des mains d'adulte, des mains d'homme, le tableau eût été nostalgique, joli, voire pornographique. Mais celui-ci, trop profondément honnête, ne pouvait être qu'un autoportrait, même si le visage n'était pas celui de Vaun.

L'autre scène était vue par des yeux tout à fait différents. Si la première jeune fille passait graduellement à l'état de femme, la seconde se saisissait de sa féminité à pleines mains. Ses seins poussaient contre le débardeur trop serré, au point qu'on se demandait s'ils n'avaient pas été rembourrés. L'excès du maquillage appliqué d'une main maladroite ne révélait pas tant la femme qu'il soulignait son refus de ce qu'elle était, et les cheveux artistement décoiffés évoquaient des mèches emmêlées, mal peignées, plutôt que le désordre qui suit des ébats amoureux. Le portrait était sans grâce, dur, et pourtant il délivrait un puissant message de révolte politique et sexuelle. Le premier tableau révélait la complexité d'une vie observée de l'intérieur, une vision tendre de quelqu'un qui accepte l'étape qu'il traverse. Il n'était pas particulièrement profond, mais très humain. Le second appelait un jugement dur porté de l'extérieur, la condamnation sarcastique d'une femme qui essaie d'être ce qu'elle n'est pas. Le premier était confiant, sûr et ouvert ; le second, rageur, sans pitié et sans aucune sympathie pour le sujet représenté.

— Je comprends, déclara sèchement Kate. Diriez-vous alors que ces deux toiles sont représentatives de son état d'esprit à ces deux périodes ?

Elle avait presque pris le ton d'un procureur et quand elle s'en rendit compte, cela l'ennuya. Pourtant, il était risqué de conférer trop d'importance à deux toiles, surtout que tous les adolescents traversent des périodes de révolte. Il est vrai que peu s'avéraient capables d'exprimer leur état avec tant d'éloquence. Pourtant le talent et le tempérament qui avaient produit le tableau de mars ne découlaient pas nécessairement de la prise de produits chimiques. Kate ne se sentait pas assez formée, ni en art, ni en psychologie, pour juger avec certitude de la nature du déséquilibre suggéré par le deuxième tableau, mais il semblait révéler la colère plutôt qu'un état psychotique. Elle aurait bien voulu que Lee soit là pour la conseiller.

— Représentatives ? réfléchit Jameson. Vous voulez savoir si toute sa production ressemblait à ça pendant ces mois-là ? Je crois. Elle n'a pas beaucoup peint à cette période. Elle a commencé beaucoup de choses qu'elle a ensuite grattées de la toile. Il ne reste que celle-là et une ou deux autres.

— Reste-t-il des toiles inachevées ?

— Vaun ne laissait jamais rien d'inachevé. Si elle n'aimait pas une toile, elle la grattait ou la jetait dans l'incinérateur. Mais une fois qu'elle était satisfaite de sa toile, elle inscrivait son nom dessus et ne la retouchait jamais plus, dit-il avant une longue pause au cours de laquelle Kate se tint immobile alors qu'elle avait très envie de soulager ses douleurs en s'asseyant sur le lit. C'était comme si ses yeux avaient changé à cette période. Non pas dans leur façon de regarder — bien que si, ça aussi —, mais comme s'il y avait quelqu'un d'autre derrière eux. Elle avait toujours été un peu étrange dans sa façon de vous regarder. Cela déconcertait beaucoup de gens, surtout quand elle était petite. Est-ce qu'on a jamais peint votre portrait ?

— Une fois, oui.

— Alors, vous savez ce que ça fait, quand un artiste vous observe alors que vous êtes assis là sans bouger. Il se lève et regarde votre nez un long moment, comme une pièce de machine qui poserait un problème qu'il essaierait de résoudre, et puis il retourne au chevalet, et quelques minutes plus tard, le voilà qui revient regarder vos yeux, mais il n'en voit que la forme et la couleur, et vous n'êtes pas du tout là, vous ne regardez pas à travers ces yeux, vous êtes juste une cornée et un iris, ou je ne sais quoi. Vous vous demandez où regarder et vous vous sentez complètement idiot.

Kate éclata de rire et alla s'asseoir au bord du lit, qu'elle trouva étonnamment ferme.

— Vaunie était un peu comme ça tout le temps. On avait toujours l'impression qu'une partie d'elle étudiait votre visage : les rides de votre peau, les poils sortant de vos narines, la façon dont votre bouche bougeait quand vous formiez des mots. C'était très déconcertant, parfois. Je suis sûr que c'était une des raisons pour lesquelles elle avait si peu d'amis. Mais parfois, c'était plus gênant encore, et vous aviez l'impression qu'elle étudiait votre visage, vos mains, la façon dont vous marchiez, et vous vous sentiez intimidé, et alors vous commenciez à avoir le sentiment qu'elle regardait droit à travers vos yeux jusqu'à votre cerveau, qu'elle étudiait aussi de quoi vous aviez l'air à l'intérieur. Pas physiquement, même si elle pouvait faire ça aussi... Je me souviens d'un soir où elle s'est assise avec son carnet de croquis et où elle a dessiné les os de ma main, avant d'y attacher les muscles, et puis la peau, et ma main s'est retrouvée là, parfaite. C'était bizarre. Mais je veux dire qu'elle semblait mémoriser autant les choses intérieures qui font qu'une personne fonctionne que son aspect extérieur, la façon dont les deux se combinent pour former un tout, comme les os, les muscles et la peau. Il y avait des moments, même quand elle était petite, où vous la surpreniez en train de vous étudier avec un tel sérieux que vous finissiez par vous demander si elle ne savait pas ce que vous ressentiez devant votre grange pleine de foin, ou au lit avec votre femme, ou si elle ne devinait pas votre colère profonde à la pensée d'un ancien amoureux de votre femme. On finissait par se demander non plus *si* elle le savait, mais *comment* elle le savait. Comme si on était disséqué, de façon un peu impersonnelle, mais avec respect et affection. Est-ce que vous comprenez ? demanda-t-il d'un ton presque désespéré.

— Oh oui ! dit-elle avec une emphase qui sembla l'encourager à continuer.

— Eh bien, c'est ainsi qu'était Vaun. C'est curieux, mais je ne me suis jamais fait beaucoup de souci pour elle. Je veux dire qu'une personne qui voit les gens comme ça, fit-il en montrant la petite toile, peut être blessée par d'autres, mais ne pourrait jamais blesser délibérément quelqu'un. Je n'y avais pas vraiment pensé à l'époque, mais j'ai passé beaucoup de temps à y réfléchir, depuis, et je peux le formuler maintenant et savoir que c'était ce que je pensais alors. Et puis, vers Noël, elle a commencé à changer. Noël est un événement important, chez nous : on reçoit toujours beaucoup de famille, on fait du bruit, on s'amuse. Vaun restait toujours calme, mais elle semblait apprécier l'excitation des petits, et tout ça. Elle a peint quelques beaux tableaux sur Noël, dans les premiers temps. Mais cette année-là — je m'en souviens comme si c'était hier —, ç'a été un tel choc... On était tous assis en rond autour de l'arbre, le matin, avec des cadeaux et des emballages partout ; Ned aidait son cousin à monter son train électrique, les filles dressaient une petite table avec leur nouveau service à thé, et j'ai vu Vaun, assise là comme une statue, qui regardait tout le monde avec une telle froideur que je me suis senti glacé. Elle n'était pas en colère, comme les adolescents... C'était différent. J'ai eu deux adolescents moi-même, et j'ai enseigné dans un atelier de menuiserie à des gamins pendant des années, alors j'en sais un bout sur les regards furieux. C'était tout à fait différent : froid et lointain, comme si elle prenait des notes sur les us et coutumes des êtres humains pour une tribu de martiens. Ça m'a fait une peur bleue, et ça a perturbé toute la journée, pour tout le monde. J'ai beaucoup vu ce regard dans les mois qui ont suivi et je ne savais pas quoi faire. Je me mettais en colère contre elle, et elle me regardait. Je lui disais qu'elle ne pouvait pas continuer avec Lewis, et elle disait seulement : « D'accord », et me considérait comme si j'étais une sorte d'insecte très intéressant. Je ne pouvais pas la retirer de l'école — c'était son dernier semestre. Et je ne pouvais pas forcer Lewis à s'éloigner d'elle simplement parce que je n'aimais pas la façon dont elle me regardait ! J'aurais dû faire quelque chose, mais j'étais très occupé ; on avait des problèmes d'argent, et je me disais qu'elle irait à l'université à l'automne et qu'il ne la suivrait sûrement pas. J'aurais dû faire quelque chose, mais je ne savais pas quoi. Je ne pouvais ni la menacer ni l'acheter. Elle n'avait aucun ami proche vers qui j'aurais pu me tourner. Et je ne pouvais... Seigneur, pardonnez-moi... Je n'arrivais pas à l'atteindre.

Sa voix se brisa, et il fit brusquement pivoter le fauteuil pour regarder par la fenêtre, les mâchoires serrées. Dans le silence, Kate entendit un son ténu de l'autre côté de la porte, mais personne ne se montra. Au bout d'une minute, il reprit, la voix calme au point d'être sans timbre :

— Maintenant, je ne crois pas que j'aurais pu faire quoi que ce soit. Il fallait qu'elle s'en sorte par elle-même, de ce qu'elle faisait avec lui, mais je peux vous dire que ç'a été comme si le soleil brillait soudain à nouveau quand la vraie Vaunie est reparue en avril. Je ne suis pas un homme religieux, mais Becky est allée à l'église et elle a remercié Dieu, et, croyez-moi, je savais exactement ce qu'elle ressentait. J'ai eu envie de chanter, la première fois que j'ai vu la drôle de petite Vaunie me regarder à nouveau, curieuse, avec ce petit sourire, et plus de froideur du tout. Nous l'avons eue pour nous trois ou quatre semaines avant qu'on l'arrête.

— Pensez-vous qu'elle ait tué Jemina Brand ?

— Je l'ai cru, à l'époque, répondit-il à la question brutale en faisant pivoter son fauteuil pour regarder Kate dans les yeux. J'en étais persuadé. Rien ne m'aurait surpris de cette autre Vaun, pas même, je dois l'admettre, le meurtre. Elle était devenue totalement étrangère, et quand on a dit qu'elle avait fait ça dans un retour d'hallucinations dues au LSD, j'ai pu le croire. Je l'ai vue, à l'hôpital, quand elle devenait folle et attaquait les infirmières tout en essayant de se faire du mal. Vaun a dit qu'elle ne se souvenait de rien d'autre que d'avoir peint, la nuit où l'enfant avait été tuée, mais elle a admis qu'elle avait pu le faire. J'étais convaincu qu'elle l'avait fait.

— Et maintenant ?

— Maintenant, je ne sais plus. J'ai eu beaucoup de temps pour lire et réfléchir, ces dix dernières années, depuis mon accident, et je dois admettre que je n'en suis plus si sûr. Si j'avais eu à l'époque les sentiments que j'ai maintenant, je me serais battu beaucoup plus fort pour elle. Ç'aurait voulu dire perdre la ferme — ce qui de toute façon a failli arriver — mais je l'aurais fait, quelles qu'aient été les preuves qu'ils avançaient. Mais c'était il y a dix-huit ans, et j'étais un homme différent. J'ai des regrets, mais je ne peux changer le passé.

— Attribuez-vous son état d'esprit durant ces mois à la drogue qu'elle prenait ?

— Non, je l'attribue à Andy Lewis. Je ne suis pas un expert du fonctionnement de l'esprit humain, ni du cerveau, d'ailleurs, mais fumer de la marijuana, et même prendre cet autre poison, ne transforme pas une personne comme Vaun en ce qu'elle était. C'était Lewis. Il la contrôlait, en quelque sorte, comme un sale virus qui infectait tout ce qu'elle faisait. C'était un homme, vous savez, grand et fort, et il prétendait avoir tué au Viêt-nam. Il avait probablement passé son temps à dépouiller les vieilles dames à Los Angeles. Dieu sait pourquoi Vaun a été sensible à cet homme. Je sais qu'il était beau garçon et qu'il l'a choisie parmi toutes les autres, au lycée, ce qui a fait qu'elle n'a plus été une laissée-pour-compte, mais ce n'était pas tout. Il avait quelque chose qui empêchait Vaun de se détacher de lui. Il l'hypnotisait, si vous ne trouvez pas ça trop mélodramatique. Je crois qu'elle s'était libérée, mais a-t-elle oui ou non tué Jemma, je n'en sais rien. Et je donnerais tout pour le savoir.

Jameson avait fini, et le silence retomba sur eux. Kate se sentait vidée. L'idée d'avoir à se concentrer sur la série de questions que soulevait cette extraordinaire confession ranima ses douleurs, plus intenses qu'elle ne l'avait laissé croire à Hawkin, lui ôtant sa volonté. Il fallait poser des questions, mais elle avait besoin d'une pause. Jameson, quant à lui, semblait satisfait. Il y eut du bruit dehors, puis ils entendirent distinctement des pas sur le bois des marches, près de la rampe, et le hangar s'assombrit. Kate leva les yeux et vit la silhouette de Hawkin s'encadrer, impressionnante, dans le rectangle de lumière de la porte, lui rappelant soudain l'esquisse au fusain de Vaun.

— Mme Jameson m'a demandé de venir voir si tout allait bien, et de vous dire que le déjeuner serait servi dans une demi-heure.

Des yeux il fit le tour de la pièce et s'arrêta sur le visage de Kate, puis sourit à la vue des fenêtres métalliques. La pièce s'éclaira quant il alla se placer face aux toiles qui reposaient par terre.

— Intéressant, dit-il au bout de quelques minutes. J'imagine que la plus grande a été réalisée à l'époque où elle était avec Andrew Lewis ?

— En mars, confirma Kate. L'autre date du mois d'octobre précédent.

— Oui, très intéressant, répéta-t-il, les yeux passant de l'une à l'autre. Cela vous ennuie-t-il que je regarde les autres, monsieur Jameson ?

— Pas du tout, allez-y. Mais replacez-les dans les mêmes cases. Vaun les a classées.

— J'y ferai attention. Je vais mettre ces deux-là de côté, dit-il en les posant sur le lit près de Kate. Non, ne te lève pas, Casey. Je veux juste jeter un coup d'œil. J'ai passé une partie de la journée d'hier à regarder celles de son atelier. Et le reste à m'en remettre, ajouta-t-il en lui-même. Il fit alors glisser la première toile du râtelier, en vérifia le dos avant de la poser contre le mur et de reculer.

— Peinte quatre mois après la mort de ses parents. Elle avait treize ans.

Les toiles étaient classées par ordre chronologique et l'effet cumulé était bouleversant : le portrait de l'artiste passant de l'enfance à l'âge adulte. Il y avait quelques scènes animalières et deux paysages, mais une quarantaine de toiles représentaient la façon dont Vaun voyait ses voisins et sa famille. Trois images d'un Red Jameson en pleine possession de ses moyens leur sautèrent aux yeux, et deux de son épouse. Jameson les commenta toutes, identifiant chaque personne et la plupart des lieux. Finalement, il ne resta que deux toiles. Hawkin les sortit et les posa côte à côte.

Elles formaient une paire, comme les deux sur le lit derrière Kate, mais en moins frappant. La plus ancienne, de début novembre, représentait un très jeune homme aux cheveux roux que Jameson identifia comme son fils Ned, le cousin de Vaun. Il fendait des bûches, torse nu, et elle avait saisi l'expression mi-gênée, mi-fière, sur son visage de quatorze ans. La seconde datait de février et montrait un jeune homme un peu plus âgé. Vêtu d'un jean et d'une veste de l'armée, il était vautré sur un banc, le visage totalement inexpressif. C'était une toile troublante par son vide, et Kate se surprit à tenter d'y insuffler une émotion

— insolence, mépris, dégoût —, n'importe quoi d'humain pour la remplir.

— C'est Timothy Bauer. Il vivait un peu plus loin. C'était un des disciples de Lewis. Il est mort deux ans plus tard, tellement ravagé par la drogue que sa voiture est sortie de la jetée et est tombée dans le canal.

— Aucun portrait de Lewis ? demanda Hawkin.

— Il n'y est pas ? demanda Jameson avec surprise en s'approchant pour regarder. Non ? Il y en avait un. Vaun a dû le prendre, dit-il sans conviction.

— Était-il ici, monsieur Jameson ? demanda Hawkin d'un air juste un peu curieux, tout en échangeant avec Kate un regard qui trahissait que son attention, de même que celle de la jeune femme, avait soudain redoublé.

— Oui, entre celle que vous avez sortie et celle-là. Je le sais parce que je les ai souvent regardées, et que je l'évitais. Je n'aimais pas voir sa sale gueule. Peut-être que Vaun non plus et qu'elle a fini par le brûler.

Il semblait trouver cela plus plausible que l'idée que sa nièce ait pu vouloir l'emporter. Hawkin s'agenouilla pour ranger les deux toiles qu'il avait sorties et regarda attentivement les deux fentes suivantes. Les morceaux de moquette qui tapissaient le bas du râtelier étaient écrasés là où des cadres avaient appuyé pendant des années. C'était évident ; les poils étaient couchés dans les fentes d'où avaient été tirés le jeune homme et la jeune femme en train de se maquiller et, entre les deux, une fente vide montrait une fine couche de poussière qui avait eu le temps de se déposer.

— Dommage qu'il n'y soit plus, dit Hawkin d'un air dégagé, j'aurais bien aimé voir sa tête, et la façon dont elle le voyait.

— Alors vous ne l'avez pas trouvé dans son atelier ? demanda Jameson.

— Vous en souvenez-vous ?

— Bien sûr. Il était assis à califourchon sur une chaise retournée, les bras repliés sur le dossier, le menton sur les avant-bras, torse nu. Il portait un tatouage, je me souviens, en haut du bras, un serpent, ou quelque chose comme ça. Il avait l'air humide de sueur, et quand je l'ai vu pour la première fois, la seule pensée que j'ai eue a été : Dieu merci, il a remis son pantalon avant qu'elle fasse son portrait !

— Il y avait une connotation sexuelle dans ce tableau ?

— Oui. Je ne sais pas pourquoi, quelque chose dans son visage, je pense. C'était horrible. Mais il n'était pas dans sa maison ?

— Il est possible que je l'aie raté ; il y a beaucoup de toiles. Quand l'avez-vous vu pour la dernière fois ?

— Il y a des années. Cela fait des années que je ne l'ai pas regardé. Comme je vous l'ai dit, je n'aimais pas le voir. Je crois qu'il était encore là l'été dernier, mais je ne pourrais pas en jurer.

— C'est sans importance, monsieur Jameson, simple curiosité. J'aimerais emprunter quelques-unes de ces toiles, si c'est possible.

— Lesquelles ?

— Les deux dernières, et deux ou trois des plus anciennes. J'aimerais que quelqu'un de plus savant que moi les regarde et m'éclaire sur l'état d'esprit de Vaun quand elle les a peintes. Ce serait très utile.

— Oh ! oui, bien sûr, si ça peut vous aider. Vous y ferez attention...

— J'y ferai attention et je vous les rapporterai dès que possible.

Il prit les deux dernières et les posa près des deux que Jameson avait montrées à Kate, puis il alla sans hésiter tirer la seconde toile de l'oncle de Vaun, assis sur son tracteur, les yeux plissés à cause du soleil. Il l'ajouta aux quatre autres et Jameson se détourna, un peu gêné.

— Établis un reçu, tu veux bien, Casey ? demanda-t-il avant de constater qu'elle avait déjà son carnet à la main.

— Monsieur Jameson, demanda-t-elle quand elle eut terminé, il y a le portrait de la fille d'Ed Parker mais peut-être aussi d'autres toiles détenues par des gens d'ici. Savent-ils ce qu'elles représentent ? Une toile de jeunesse d'Eva Vaughn doit valoir une jolie somme, je pense.

— Personne n'est au courant en dehors de la famille. Nous ne parlons pas d'elle. C'est elle qui l'a voulu.

Kate n'en fut pas étonnée. La capacité de cette famille à garder un secret était probablement la seule barrière dressée entre Eva Vaughn et une invasion massive de la route de Tyler par des vautours déguisés en journalistes.

Hawkin s'approcha des toiles, mais Jameson l'arrêta.

— Laissez-les là, ordonna-t-il. Vous pourrez amener votre voiture devant la porte plus tard. Si nous faisons attendre Becky pour le déjeuner, elle sera mécontente, affirma-t-il en prenant le chemin de la porte avant d'arrêter les roues de ses mains calleuses. Ça ne va pas, dit-il après un instant de réflexion. Je n'aime pas ne pas savoir comment elle va. Je veux que vous leur demandiez de nous dire la vérité. Vous le pouvez.

Hawkin sortit un petit carnet et un stylo. Il écrivit quelques mots et tendit le feuillet à Jameson.

— Ce médecin vous dira tout ce que vous voudrez savoir. Je vais le prévenir de votre appel.

— Merci.

Il plia soigneusement le papier et le mit dans la poche de poitrine de sa chemise, qu'il boutonna. Il jeta un dernier regard à l'atelier et hocha la tête.

— Je me demande souvent à quoi Vaun aurait ressemblé si elle n'avait pas eu ce... « don ». Cette malédiction, plutôt. Ça a transformé sa vie en enfer. Ça a torturé sa mère. Dieu me pardonne ; je ne peux m'empêcher de penser que c'était aussi lié à la mort de Jemma, et maintenant de ces trois...

Il s'interrompit, prit une longue inspiration irrégulière et expira lentement, retira sa casquette, se passa la main sur les cheveux et retrouva son contrôle avec son couvre-chef.

— Je me souviens d'une rédaction qu'elle a faite un jour au lycée. Je crois que Becky l'a gardée quelque part. On leur avait demandé de choisir un mot, n'importe quel mot, de faire des recherches sur lui et de dire ce qu'il signifiait pour eux, ce genre de chose. Vaun avait choisi le mot *talent*. Elle avait commencé par parler du talent, cette sorte de pièce romaine, et puis elle avait développé l'idée que l'argent était une forme d'énergie, ni bonne ni mauvaise en elle-même, juste une énergie. « C'est la façon dont on utilise le talent qui fait toute la différence. » C'est comme ça qu'elle avait terminé son devoir. C'était bien, intelligent, meilleur que presque tout ce qu'elle faisait d'ordinaire pour le lycée. Mais c'était triste. À cette époque, elle pensait contrôler sa vie. Or ça n'a jamais été le cas. Son talent l'a dévorée, depuis son plus jeune âge. Jamais elle ne pouvait être normale, jamais libre ni heureuse, pas avec ce « don ». Je crois qu'elle le sait, maintenant. Je suis sûr qu'elle le sait. C'est une chose terrible à dire, mais je n'ai pas été vraiment surpris d'apprendre qu'elle avait tenté de se tuer. C'est une fille triste, ma Vaunie. Pas seulement triste, ce n'est pas ce que je veux dire, mais il ne lui reste que peu de rêves. Elle n'a que son « don » et le monde qu'elle peint. Elle n'a que ses yeux et ses mains, et si l'un ou l'autre lui fait défaut, c'en sera fini d'elle, dit-il en se retournant pour regarder Kate, qui fut bouleversée de voir des larmes briller dans ses yeux d'homme solide. J'aime Vaun comme ma fille, et ce talent n'est pas une chose heureuse. Je ne le souhaiterais pas à mon pire ennemi.

Il regarda une dernière fois les tableaux, puis donna un violent tour de roues et disparut sur la rampe à toute vitesse. Il était à mi-chemin de la maison quand Kate et Hawkin le rattrapèrent.

17

La maison sentait l'oignon, le fromage chaud et la noix de muscade. Kate s'excusa et s'enferma dans la petite salle de bains, près de la porte de la cour. Soulagée de constater que le sang n'avait atteint que la doublure de sa veste, elle retira son chemisier, arracha les pansements sales et les remplaça par des compresses stériles et un pansement imperméable de quinze centimètres de côté retenu par de longues bandes de sparadrap. Elle eut du mal, mais elle réussit, puis elle nettoya à l'eau claire le sang de son chemisier, qu'elle avait choisi ce matin-là pour les couleurs sombres de son tissu imprimé, sécha avec du papier de toilette l'emplacement mouillé, enfin se rhabilla. Elle enveloppa les traces sanglantes de l'opération dans des feuilles de papier-toilette et jeta le tout dans la boîte à ordures, puis elle utilisa les toilettes et se lava les mains. En ouvrant la porte, elle renversa presque un homme, grand, aux cheveux roux, aux yeux bleus, qu'elle avait déjà vu sur une toile, jeune garçon, en train de couper du bois.

Le regard arrogant la toisa des chevilles aux cheveux avant de se fixer sur ses yeux. Instinctivement, elle se raidit, puis se força à se détendre, mais elle ne put afficher mieux qu'un sourire impersonnel, version civilisée du grondement que produit un chat avant de feuler.

— Eh bien, je dois l'avouer, quand maman m'a dit qu'une femme policier allait venir aujourd'hui, je ne m'attendais pas à quelqu'un comme vous. Je suis Ned Jameson, et je vous serrerai la main quand je serai un peu plus propre.

— Casey Martinelli. Le sol n'était-il pas un peu trop humide pour labourer, aujourd'hui ? demanda-t-elle d'un air innocent.

Cette pique très peu professionnelle déclencha chez Ned une bouffée de colère, avant qu'il ne décide qu'il s'agissait là de la simple question d'une femme qui ne connaissait rien au travail de la terre.

— Un peu, mais pas trop.

Il se détourna pour poser sur une feuille de papier journal près de la porte les bottes en caoutchouc noir qu'il tenait à la main, et Kate regarda ses vêtements. S'il était couvert de boue des genoux aux hanches et du bout des doigts aux épaules, ce n'était probablement pas si normal que ça. Elle se détourna pour dissimuler un sourire.

Le chat avait disparu de son coussin près de la fenêtre, où l'avait remplacé Hawkin, qui discutait sérieusement d'une construction multicolore en Lego avec un petit brun vêtu d'un jean rapiécé, tandis qu'une petite fille aux boucles du plus beau roux, encore un bébé, s'accrochait à lui de l'autre côté, tordant son petit corps rondouillet pour voir leurs visages et suivre leur conversation avec la plus grave concentration.

Kate échangea un regard amusé avec Red Jameson et s'écarta pour laisser passer une jeune femme mince aux boucles d'un roux plus sombre qui apportait une lourde cocotte. Elle la posa sur la table, se frotta inutilement les mains à son tablier et tendit la main à Kate.

— Joanna Olsen. Ces deux monstres sont à moi : Teddy et Marta. Ma voisine devait les garder, mais un des siens vient d'attraper quelque chose, si bien qu'il ne nous restera plus qu'à crier plus fort qu'eux.

— Ils se tiendront très bien, Joanna, dit la voix de sa mère derrière Kate. Asseyons-nous, maintenant ; mademoiselle Martinelli, ici, et, Alonzo, vous pouvez prendre place là.

— Appelez-moi Casey, madame Jameson.

— Alors appelez-moi Becky. Qu'est-ce qui ne va pas, Teddy ? Oh, d'accord, tu peux mettre ta chaise à côté de lui. Où est Ned ?

— En haut pour se changer. Il était un peu crotté.

— Je lui avais dit..., commença son père.

— Red, s'il te plaît, nous savons ce que tu lui avais dit, mais il voulait avancer, parce qu'il ne sera pas là la semaine prochaine, alors il fallait bien qu'il essaie. Tu aurais fait la même chose, à trente ans. Mais nous n'allons pas l'attendre. De la salade, Casey ? demanda-t-elle d'une voix presque aiguë en tendant le saladier à son invitée pour bien souligner qu'on changeait de conversation. J'espère que vous aimez les tomates. Ned en fait pousser toute l'année dans sa serre.

Le déjeuner fut un véritable repas de ferme : un plat chaud de poulet et de riz aux herbes aromatiques, des légumes mélangés et une salade, deux sortes de pain, et en dessert trois sortes de confitures ainsi que des pêches au sirop et aux épices. Kate mangea plus à ce seul repas que d'ordinaire pendant toute une journée, et quand Joanna emporta à l'étage Marta, dont les yeux se fermaient tout seuls, elle aurait bien aimé faire la sieste, elle aussi, en suçant son pouce.

Ned Jameson était arrivé au milieu du repas et s'était jeté sur la nourriture, concentré, répondant aux questions qu'on lui adressait sans lever les yeux de son assiette. La conversation tournait autour de lui, sa sœur lançant des ordres à sa progéniture tout en racontant des histoires sur sa cousine Vaun, qu'elle aimait à l'évidence beaucoup et dont elle était très fière. Red et Becky Jameson apportaient leur contribution, et même Teddy y mit son grain de sel :

— Tantine Vaun m'apprend à peindre. Elle dit que si j'aime ça, j'aurai peut-être de la peinture à moi pour Noël. Elle a fait mon portrait. Il a fallu que je reste assis sans bouger, et elle m'a donné un vaisseau de l'espace à construire en Lego pour que je ne bouge pas trop, mais Matty est trop petite, elle y arriverait pas, alors Tantine fait juste des dessins d'elle.

— J'ai vu ce tableau, dit Hawkin, il est très ressemblant.

— Dans son atelier ? demanda Kate.

— Oui, hier.

— Tu as vu Tantine Vaun ? demanda Teddy. Elle est malade, hein ? Elle va guérir ?

Les cuillers arrêtèrent leur va-et-vient. Les mâchoires de Ned Jameson s'immobilisèrent. Tous attendaient le verdict de Hawkin.

— Tu aimes bien ta tante Vaun, n'est-ce pas ? demanda Hawkin à l'enfant.

— Je l'adore. Et elle m'adore.

— Je l'ai vu dans le portrait qu'elle a fait de toi. J'espère qu'elle va guérir. Je ne suis pas médecin, mais de très bons médecins s'occupent d'elle.

— Elle est à l'hôpital.

— Oui, je l'y ai vue.

— Je peux pas aller la voir. Je suis trop petit.

— Peut-être pourrais-tu lui faire un dessin, pour qu'elle sache que tu penses à elle ?

C'était une suggestion de père chevronné, se dit Kate. Elle se demanda pourquoi elle oubliait toujours cet aspect de Hawkin.

L'enfant pencha la tête et réfléchit.

— Elle aime bien mes dessins. Est-ce que je peux sortir de table, maman, pour lui faire un dessin ?

— Tu ne veux pas finir tes pêches ? D'accord, monte avec moi chercher tes crayons de couleur.

Becky Jameson apporta le café et entreprit de débarrasser la table, refusant toute aide. Kate et Hawkin restèrent seuls avec Red et son fils, qui ne s'étaient pas encore adressé la parole. Hawkin mit du sucre dans sa tasse et entama poliment la conversation :

— Alors, vous faites pousser des tomates en serre, Ned ?

— Pas pour les vendre, ce serait trop cher, mais c'est agréable d'avoir quelques légumes d'été en hiver.

— Alors que faites-vous ?

— Je cultive cette propriété, je me livre à quelques expériences dans le cadre de l'association locale de culture organique ; surtout des fruits, mais depuis l'an dernier j'ai aussi fait pousser ces légumes miniatures qu'aiment tant les restaurants — des carottes de cinq centimètres de long, des betteraves de la taille d'une cerise, ce genre de choses. Pour ma part, je ne leur trouve pas grand goût, mais les gens en achètent, alors j'en fais pousser.

— Pouvez-vous en vivre ? On entend beaucoup parler de fermes qui font faillite, ces derniers temps.

Kate se demanda d'où venait cet intérêt soudain de Hawkin pour l'agriculture, et ce qu'il cachait. Ned sembla hésiter à répondre.

— Oh, oui ! Enfin, pas sur un grand pied. Les fermiers ne roulent pas en Rolls ! Mais on paye les factures. Bien sûr, beaucoup d'entre nous ont un autre travail pour s'en sortir, à la morte-saison.

— Et que faites-vous ? Votre autre travail ?

— Je fais des livraisons, répondit Ned sans vouloir remarquer le regard intense de Red.

— Vous conduisez un camion ? Sur de longues distances ?

— Parfois.

— Oui, je crois que votre mère a dit que vous partiez la semaine prochaine. Ce doit être dur pour votre femme.

— Oh, ça lui est égal, ça n'arrive pas si souvent.

À cet instant, Red émit un grognement, et quand son fils lui lança un regard rageur à peine contrôlé, Kate comprit ce que recherchait Hawkin — même si elle n'était pas du tout certaine qu'il ait été persuadé au départ qu'il y eût quelque chose à chercher.

— Non, ça lui est égal. Et l'argent est bon à prendre.

Teddy revint, crayons et papier à la main, et se hissa sur la chaise près de Hawkin, qui l'aida à faire de la place pour s'installer, écartant d'un geste automatique le verre de lait à demi plein sans quitter des yeux le jeune homme en face de lui.

— L'argent n'est pas la raison..., commença Red.

— J'ai toujours été fasciné par ces grands camions à remorques, dit Hawkin comme s'il n'avait pas entendu ces mots. Un dix-huit-roues, c'est ça ? Réfrigéré ?

— En général. Il appartient à la coopérative agricole. Nous sommes trois à détenir le permis, alors nous faisons les livraisons à tour de rôle. En général, le camion n'est qu'à moitié plein, alors on le remplit avec des denrées d'autres fermiers.

Le jeune homme parlait facilement, mais il semblait avoir plus chaud que ne le justifiait la température de la pièce.

— Vous livrez surtout en Californie ?

— Oui. Parfois en Oregon.

— Et au Nevada, dans l'Utah, et au Texas, interrompit son père. C'est complètement fou d'ajouter ça au travail de la terre.

Plusieurs choses se produisirent en même temps. Ned repoussa brutalement sa chaise, sa mère entra, Teddy tendit la main pour prendre un autre crayon, et Hawkin sortit un bras pour poser sa serviette sur la table. La colère à un bout de la table et la consternation maternelle à la porte furent submergées par le cri horrifié de l'enfant quand le contenu du verre de lait se déversa sur son dessin et, débordant de la table, alla terminer sa course sur ses genoux. Seule Kate, qui était assise juste en face d'eux, vit que c'était le bras de Hawkin, et non la main de Teddy, qui avait renversé le verre, et quand on eut tout nettoyé et emmené l'enfant à l'étage pour le changer, l'atmosphère était devenue plus respirable.

Hawkin accepta une autre tasse de café et se détendit sur sa chaise, croisant les regards méfiants de Ned avec l'air toujours aussi inoffensif, presque assoupi, que Kate l'avait vu prendre avec Tyler, dans son donjon, juste avant le coup de grâce.

— Dites-moi, Ned, demanda-t-il sur le même ton de conversation plaisante, est-ce que vous pensez que votre cousine a tué ces petites filles ?

Ned se figea, mais Kate n'aurait su dire quelle émotion

l'avait envahi. Quand il commença à parler, il semblait mal à l'aise, rien de plus.

— On dirait bien, non ? Elle en a déjà tué une, et elle a toujours été un peu folle.

— Ned ! s'écria sa mère, horrifiée.

— Quoi, c'est vrai ! Vous savez bien que c'est vrai, même si vous ne le dites pas. Bien sûr qu'elle aurait pu tuer ces gamines. Qui d'autre aurait pu le faire ? Et pourquoi vous me demandez ça à moi ?

— J'ai déjà posé des questions sur elle à vos parents. Je me demandais ce que vous en pensiez. Après tout, vous avez dû être assez proches, quand vous étiez enfants.

— Vaun n'a jamais été proche de personne, à part d'elle-même.

— Pas même d'Andy Lewis ?

— Elle a utilisé Andy, dit-il en se levant, et elle l'a jeté... Écoutez, reprit-il plus doucement mais avec plus de détermination, j'ai du travail cet après-midi. Si vous avez fini de m'interroger, j'aimerais retourner à ma tâche.

Hawkin lui sourit d'un sourire qui le retint comme des serres.

— Je ne vous « interrogeais » pas, Ned ; nous parlions, seulement. Si j'avais voulu vous interroger, vous auriez su que je vous interrogeais. J'ai apprécié notre conversation. J'espère que nous nous reverrons.

Il se leva et tendit la main au jeune homme, qui attendit un moment avant de la lui serrer brièvement, de mauvais gré, et de sortir par l'arrière de la maison sans un mot de plus.

Becky Jameson secoua la tête.

— Il réagit de façon si bizarre, à propos de Vaun. Ils étaient de si bons amis quand ils étaient enfants, mais ils ont eu un problème, et avant qu'ils se raccommodent, elle a rencontré Andy Lewis, et puis... il n'y a plus eu d'autre occasion. C'est triste.

— Quelle différence d'âge y a-t-il entre eux ? demanda Hawkin.

— Il a trois ans et demi de moins que Vaun, et Joanna trois ans et demi de moins que lui.

— Les gosses sont marrants, dit-il comme à lui-même. J'en ai deux, tous les deux à l'université maintenant, et ils commencent tout juste à se reparler normalement. Peut-être, si Vaun sort sans dommage de cette histoire, pourront-ils recommencer de zéro.

— Peut-être, admit-elle, même si j'ai l'impression que leurs relations se sont encore envenimées ces derniers temps. Ils ont eu une dispute il y a environ un an, mais ni l'un ni l'autre n'a voulu dire à quel sujet. La dernière fois qu'elle est venue, il est resté hors de la maison jusqu'à son départ.

— Les gosses sont marrants, répéta Hawkin en secouant la tête avec sympathie après avoir terminé son café. Nous devons y aller. J'ai dit au proviseur du lycée que nous y serions à deux heures et demie.

— Vous savez vous y rendre ?

— Oui, sans problème. Merci pour le déjeuner, Becky. J'ai été heureux de faire votre connaissance, Red. Nous restons en contact, et n'hésitez pas à m'appeler si vous avez besoin de quelque chose.

Mme Jameson les suivit jusqu'à l'atelier et les aida à charger les toiles à l'arrière de la voiture. Elle donna à Hawkin un vieux rideau pour les couvrir et les regarda partir. Elle avait l'air minuscule et épuisée.

18

— VOILÀ un jeune homme bien en colère, commenta Kate quelques minutes plus tard.

— N'est-ce pas ? Ecoute, arrête-toi là un instant ; j'ai besoin de réfléchir.

Il sortit et alla s'accouder contre une clôture entourant un champ où ruminait une vache noire solitaire, qui le regarda la regarder. Kate se joignit à eux.

— Que t'a dit Jameson avant mon arrivée ?

Elle lui raconta l'installation des fenêtres, les sentiments de Red Jameson concernant Andrew Lewis, ce qu'il lui avait dit des changements chez sa nièce entre décembre et avril, ses incertitudes à propos de sa culpabilité.

— Oui, j'ai entendu ça. Intéressant, ce tableau qui manque, non ?

— Il n'était donc pas dans son atelier ?

— Non. Et le plus intéressant, c'est qu'en novembre dernier, les Jameson se sont fait cambrioler. Quelques objets de valeur, un peu d'argent et des bricoles disparates — dont un des albums de photos — manquaient à l'appel. Un album appartenant à Vaun.

— Tu veux dire que quelqu'un aurait tout fait pour que nous ne trouvions pas le portrait d'Andrew Lewis ?

— Curieuse coïncidence, en tout cas.

— Oui. Qu'est-ce qui t'a fait attaquer Ned comme ça ?

— Je voulais confirmer un soupçon que j'avais eu en

parlant à sa mère. Ned avait quatorze ans quand Vaun s'est mise avec Lewis, tu t'en souviens, un garçon fier de ses nouveaux muscles tout neufs et une jeune femme pas du tout vilaine qui vivait assez près de lui pour être toujours là, mais assez loin — tant émotionnellement que physiquement, à l'écart dans son atelier — pour éviter l'inceste. Même si elle n'a jamais été sa sœur, après tout.

— C'est Becky Jameson qui t'a dit tout ça ?

— Bien sûr que non ! Si jamais une telle pensée a traversé son esprit, elle l'a immédiatement étouffée. Je me montre seulement cynique, j'additionne deux et deux — et j'obtiens huit.

— Et ils ont eu une autre dispute l'an dernier.

— J'aurais bien aimé que quelqu'un les entende, dit-il en lançant sa cigarette par-dessus la clôture. En arrivant au lycée, je veux que tu te trouves un joli bureau bien tranquille et que tu prennes contact avec cette coopérative de fermiers. Il faut qu'on sache si les voyages de Ned ont pu coïncider avec les dates des meurtres et avec la tentative de meurtre contre Vaun l'autre soir.

— Tu as tranché. Pour toi il ne s'agissait pas d'un suicide.

— Tout à fait. Aucune preuve, bien sûr, mais je ne vois pas comment une personne qui a rempli un atelier avec les toiles que j'ai regardées hier aurait pu s'allonger devant un feu avec un mauvais roman pour mettre fin à ses jours à l'aide d'une mixture approximative. C'est minable et incertain, et elle n'est ni l'un ni l'autre. De plus, jamais elle n'aurait mis en péril l'œuvre d'une vie en laissant une cocotte de haricots sur le feu. Non, ce n'était pas un suicide.

— Est-ce que Ned Jameson te semble assez malin pour avoir monté toute cette affaire compliquée ? Je n'arrive pas à imaginer un fermier exerçant une activité complémentaire qui ait le temps de planifier l'enlèvement et le meurtre de trois enfants, de déposer les corps en un lieu où tout accuserait Vaun, puis d'aller la voir au moment où elle était le plus vulnérable, coupée du monde par l'orage, et de mettre en scène un suicide. Je suis désolée, Al, mais ça me semble ridicule. Il faudrait que ce soit l'œuvre d'une personne obsédée qui a tout le temps du monde et qui peut être en contact avec Vaun même quand la route est coupée.

— Un voisin, en fait.

— Mais qui ?

— C'est pour ça que je veux un portrait d'Andy Lewis.

— Alors on n'enquête pas sur Ned Jameson ? demanda-t-elle en tentant de ne pas se montrer trop joyeuse.

— Mais si, on enquête sur lui. On ne peut pas laisser comme ça une piste sans la suivre, pas avec l'attitude qu'il a eue et ses mobiles.

— Le fait qu'elle l'ait repoussé il y a vingt ans ? C'est un mobile ?

— Oui, plus le fait que son père à l'évidence adore Vaun, que Ned s'est fait piéger deux mois après avoir obtenu son diplôme de fin d'études secondaires par une fille qui prétendait être enceinte, qui s'est fait épouser et qui depuis s'est avérée stérile.

— C'est Becky Jameson qui te l'a dit ?

— Elle a dit précisément : « Oui, c'est tellement dommage qu'ils n'aient jamais eu d'enfants, à cause de cette fausse couche deux mois après leur mariage. »

— Deux plus deux...

— Ça fait toujours huit. Mais je crois que c'est l'argent qui mine le plus Ned. Ils vivent des largesses d'Eva Vaughn. C'est elle qui leur assure un toit sur la tête et un banquier aimable. Savoir ça et pourtant accepter chaque mois les subsides d'une femme qui s'est probablement moquée de ses avances — eh bien, je ne serais pas vraiment surpris qu'il souhaite sa mort pour hériter du magot.

— À condition qu'elle ait établi un testament en ce sens.

— Elle l'a fait. J'en ai trouvé une copie dans son bureau.

— Mais tu le considères toujours comme une piste, pas comme le suspect principal.

— Exactement. Pas toi ?

— Si.
— Pourquoi ?
— Pour toutes les raisons que je viens de te donner.
— Et ?
— Et... une réaction personnelle à cet homme, ce qui ne constitue pas une raison valable.
— Pourquoi pas ? S'il faut se méfier des réactions personnelles, cela ne veut pas dire qu'il faille les ignorer.
— Très bien, d'accord. C'est à cause de la façon dont il m'a regardée. Il y a quelques années, j'ai commencé à me rendre compte que chaque fois qu'un homme me regardait comme un spécimen de bétail reproducteur, en se considérant, lui, à l'évidence, comme un taureau primé, il se révélait toujours un incompétent à la tête vide tellement imbu de lui-même qu'il ne voyait même pas que seule sa bite se trouvait entre ses oreilles, si tu veux bien pardonner mon langage, comme dirait Red Jameson. Ned est trop stupide, non seulement pour avoir mis tout sur pied, mais même pour considérer Vaun comme une menace. En fait, je doute même que l'argent le gêne beaucoup. Il te gênerait, toi, mais lui considère probablement que c'est son dû.
— Et tu as déduit tout ça d'un regard ?
— De tout un tas de regards au fil des années, Al.
Il se mit à rire et, comme parfois auparavant, ce rire le transforma en quelqu'un que Kate eut soudain envie d'aimer beaucoup.
— Casey, je crois que je vais apprécier de travailler avec toi, gloussa-t-il.
En arrivant à la voiture, il lui donna une grande tape fraternelle dans le dos. Son rire cessa net quand il vit sa réaction.
— Oh, Seigneur, je suis désolé ! J'avais oublié. Ça va ?
Il fallut une minute à Kate pour reprendre son souffle.
— Oh, oui, formidable ! finit-elle par articuler. Comme chaque fois que mes yeux pleurent tout seuls et que je grince des dents. Ça me donne l'air dur.

Au lycée, la cloche de fin des cours venait de sonner, et Kate s'engagea dans l'aire de stationnement des visiteurs pour échapper au bataillon de bus jaunes, de voitures surpeuplées et de groupes d'élèves aux corps d'adultes qui criaient comme des gamins de maternelle. Il n'y a rien de tel qu'un lycée pour faire que vous vous sentiez court sur pattes, godiche, rassis, attirant tous les regards. Hawkin sembla partager cette impression.

— Jamais je ne me sens autant flic qu'en venant dans un lycée, marmonna-t-il.

— Pieds plats et matraque.

— Juste les faits, madame ! S'il vous plaît, mesdemoiselles, cria-t-il par la fenêtre, pouvez-vous m'indiquer le bureau du proviseur ?

La réponse arriva, entre des gloussements et des bras tendus vaguement dans la même direction avant que le vol de jeunes filles ne s'égaille. Au croisement suivant, Hawkin posa la même question à un groupe de garçons, qui répondirent d'un signe du pouce retourné avec des rires plus graves avant de se disperser moins gracieusement. Il allait poser la question pour la troisième fois quand Kate lui montra une flèche pointant vers l'« ADMINISTRATION ». Ils se garèrent et entrèrent.

À un comptoir, une secrétaire harassée finit par comprendre que Hawkin n'était pas un élève et tourna son gros nez et ses petits yeux dans leur direction. Sa voix perçante surmonta le brouhaha, qui baissa de quelques décibels quand les élèves alentour prirent conscience de la nature des deux intrus.

— Vous êtes l'inspecteur Hawking ? M. Zawalski a dit que vous et l'officier Martini alliez venir et qu'il serait de retour dans dix minutes. Si vous voulez bien attendre dans son bureau.

Les eaux se fendirent et tous deux avancèrent presque timidement entre les yeux interrogateurs et les murmures jusqu'au sanctuaire dont la porte indiquait PROVISEUR. Les cris reprirent aussitôt la porte refermée et Kate sourit à Hawkin.

— Eh bien, inspecteur Hawking, ne crois-tu pas qu'il va y avoir beaucoup de déménagements dans les casiers et beaucoup de chasses d'eau tirées dans les deux minutes qui vont suivre ?

— Pauvre personnel d'entretien qui va devoir déboucher les toilettes !

Ils se trouvaient dans un grand bureau encombré, antre d'un partisan de la franche camaraderie et de l'esprit de corps. Plaques et photos de groupes montrant de solides footballeurs américains aux épaules démesurées, de joyeuses équipes coiffées de casquettes de base-ball et des jeunes gens montés en graine en short de basket-ball occupaient tous les murs entre les étagères chargées de coupes. On avait mis en évidence un ballon de foot couvert de signatures, et une étagère et demie était réservée aux annuaires de chaque classe d'âge de l'école ainsi qu'à plusieurs générations d'ours, la mascotte du lycée. Derrière la porte, une affiche jaunie vieille de trois ans portait des noms de boursiers, et trois petites photos de l'équipe féminine de basket avaient été reléguées dans un coin.

Hawkin s'approcha de la bibliothèque et en sortit un vieil annuaire qu'il apporta sur le bureau encombré. Après l'avoir feuilleté un moment, il l'ouvrit au début des pages montrant les photos des élèves de terminale.

Vaun était la troisième. A sa gauche souriaient les deux jumelles Aaronson, blondes comme les blés ; à sa droite, un autre visage blond d'un garçon aux bonnes joues portant le nom d'Alexander Alarzo. Ainsi encadrée par des têtes blondes et souriantes, la chevelure brune de Vaun semblait très sombre et ses yeux attentifs si lumineux qu'ils en étaient presque blancs. Le photographe avait bien saisi la touche d'amusement dans son visage immobile, et elle avait l'air d'une créature exotique ayant inexplicablement atterri parmi des indigènes inconscients. Plus bas sur la page, la succession de rectangles noir et blanc des jeunes adultes était interrompue par la fameuse — ou peut-être infâme — photo de Richard Nixon faisant le V de la victoire. Sous cette photo, on lisait : « Marie Cabrera — n'a pu être photographiée. »

Une prémonition funeste frappa Kate. Hawkin tourna la page. De Marcia Givens à Richard Larson. Une page encore, puis à nouveau le visage du Président leur sourit : « Andrew Lewis — n'a pu être photographié. »

— Et merde ! lâcha Hawkin en refermant brusquement le livre.

Juste à cet instant la porte s'ouvrit et un visage rosi par la fatigue pointa son gros nez en avant.

— Est-ce que l'un de vous aimerait une tasse de café ? demanda la secrétaire d'une voix plus normale que la première fois, les élèves massés devant le bureau s'étant miraculeusement dispersés. (Partis vers leurs casiers ? se demanda Kate. Sûrement pas tous !)

— Pas pour le moment, merci, dit Hawkin. Plus tard, peut-être. Il faudrait que nous passions un coup de téléphone. Y a-t-il une ligne directe vers l'extérieur, et qui ne serait pas reliée à un autre poste ?

— Oh !

Le visage rose rosit encore, et elle entra dans la pièce, appuyant son large dos contre la porte refermée. Elle avait tellement l'air d'une caricature télévisée de vieille dame venant de se faire un rinçage bleu, tout excitée à l'idée d'assister un véritable limier, que Kate dut se mordre les lèvres pour ne pas rire. La secrétaire murmura alors, si fort qu'on dut l'entendre du couloir :

— Oh, oui, M. Zawalski a une ligne privée vers l'extérieur sur son appareil. Il faut presser le dernier bouton, le neuf, en bas, et il est le seul à y avoir accès. Je veux dire que ce téléphone est le seul, je veux dire, c'est tout à fait privé.

Elle devint si rouge en prononçant ces quelques mots que Kate redouta une hémorragie interne et elle fut soulagée quand Hawkin, remerciant gravement la pauvre femme, la poussa gentiment hors de la pièce et referma la porte derrière elle.

— Vas-y, dit-il à Kate. Quand Zawalski arrivera, je lui demanderai de me faire rencontrer le professeur de dessin, puis celui de gymnastique.

— Il n'y a pas d'annuaire.

— Commence par Trujillo, alors. Je vais t'en trouver un.

Kate s'assit au bureau et tandis qu'elle composait le numéro, la voix de Hawkin retentit, joviale :

— Hé, adorable dame...

La porte se referma. Elle finissait tout juste de donner le code de sa carte téléphonique quand il reparut en riant, des petits rires faisant écho derrière lui, et lui lança l'annuaire.

— À bientôt, chérie, susurra-t-il.

Il disparut. Elle secoua la tête. Cet Alonzo Hawkin était un drôle de bonhomme.

Elle croisa Hawkin alors qu'il revenait vers le bureau avec un homme qui ressemblait plus à un comptable à la retraite qu'au proviseur dynamique responsable de l'étalage d'hommages aux prouesses physiques qui emplissait son bureau. Une sorte de petit oiseau sautillait à côté de Hawkin (qui, se dit-elle, avait vraiment l'air d'avoir joué au football dans une vie antérieure), secouant la tête et agitant les mains avec énergie. Il y avait de l'oiseau jusque dans sa poignée de main, pareille à un frôlement de plumes plantées sur des os frêles, et il voleta jusqu'au bureau tandis que Hawkin et Kate échangeaient quelques paroles.

— Trujillo dit qu'il n'y a aucun changement, mais qu'elle s'est suffisamment stabilisée pour qu'on supprime l'assistance des machines demain. Les analyses du labo ont révélé la présence de chloral dans le whiskey. Assez pour l'endormir avec un verre, et elle en a bu deux grands, avec l'estomac vide. L'estomac contenait des restes de comprimés contre le rhume, qui ont pu agir aussi. Le médecin à qui Trujillo a parlé dit que sa réaction a été « étonnamment profonde », mais pas exceptionnelle. C'est drôle qu'elle n'ait rien senti.

— Est-ce que tu as déjà goûté du whiskey Laphroaig ?
— Celui que buvait Tyler, non ?
— Ainsi que Vaun Adams. Il dissimulerait le goût de presque n'importe quoi. Autre chose ?
— J'ai eu la coopérative, mais la femme qui tient les registres de livraisons avait pris un jour de congé. Grâce à l'homme que j'ai joint, il est possible qu'elle passe à cinq heures. Je ne lui ai pas dit ce que je voulais, seulement que c'était urgent. Tu as eu plus de chance ?
— Le professeur de dessin est une dame de soixante-deux ans avec d'épaisses chaussures noires et un chignon blanc qui se souvient bien de Vaun Adams. Elle a essayé de l'encourager à se tourner davantage vers l'aquarelle et les natures mortes, et elle trouve bien dommage que Vaun ne se soit jamais fait un nom dans le monde de l'art après sa sortie de prison, parce que c'était une enfant si talentueuse... L'entraîneur de foot est un nouveau venu qui n'a jamais entendu parler d'Andy Lewis. Zawalski n'est ici que depuis douze ans. Il va fouiller dans le dossier de Lewis pour voir qui étaient ses professeurs.

Dans le bureau, ils trouvèrent le proviseur papillonnant, la secrétaire au visage rose gloussant, ni l'un ni l'autre ne faisant preuve de la moindre efficacité. Kate se demanda avec désespoir combien de temps tout cela allait prendre. Il fallait se rendre aux archives et fouiller dans un placard, mais la secrétaire finit par trouver les microfilms de la bonne année et les entraîna vers le lecteur. Zawalski tripota les divers commutateurs et boutons jusqu'à ce que Kate prenne finalement les commandes, glisse la bonne fiche sous la plaque de verre, et fasse défiler la liste pour s'arrêter sur Lewis, Andrew C. : pas de photo, notes médiocres en anglais, atelier de menuiserie et histoire, un peu meilleures en espagnol, mais franchement mauvaises en dessin. Il avait bien fait partie de l'équipe de football américain mais les recherches sur les murs de Zawalski s'étaient déjà soldées par un échec.

Deux de ses professeurs avaient déménagé, deux avaient pris leur retraite et le professeur d'anglais était mort dans un accident d'avion trois ans plus tôt. L'entraîneur de football avait aussi pris sa retraite, mais il vivait tout près et venait à tous les matches, pour contribuer, par son expérience, aux efforts de l'entraîneur actuel. La secrétaire, affublée de l'horrible nom de Piggott, trouva les numéros de téléphone de l'entraîneur et des professeurs à la retraite, ainsi que l'adresse des deux professeurs qui avaient déménagé. Kate retourna au téléphone. Dix minutes plus tard, elle raccrocha et résuma la situation : un des enseignants était mort, l'autre se remettait d'une attaque et on ne pouvait le déranger avant la semaine suivante, au mieux, et l'entraîneur serait ravi de les voir n'importe quand cet après-midi, et que voulaient-ils boire ?

Hawkin se leva.

— J'y vais. Vois ce que tu peux récolter de plus ici sur Vaun et Lewis. Tu pourrais aussi jeter un coup d'œil au dossier de Ned Jameson, par curiosité. Mais d'abord, pourquoi n'appellerais-tu pas le chef de la police — comment s'appelle-t-il, déjà, Webster ?

— Walker.

— C'est ça. Vois s'il se souvient de quelque chose au sujet de Lewis. Je sais qu'il n'a jamais été arrêté, mais il a pu y avoir des rumeurs. Vas-y au pif, « farfouille ». On se revoit dans une heure.

19

À LA GRANDE SURPRISE de Hawkin, le proviseur insista pour l'accompagner, si bien qu'ils partirent tous deux pour une bonne heure de bavardage sur le football américain et la bière maison, qui avait un goût de plastique, Hawkin luttant avec la plus forte détermination contre la marée afin de maintenir le cap de la discussion sur Andrew Lewis.

Au début, l'entraîneur, M. Shapiro, tout vieux, tout petit, ne se souvint d'aucun Andrew Lewis dix-huit ans plus tôt.

— Il y a eu un Tommy Lewis, il y a dix ans.

— C'est sans doute son cousin. Andy Lewis n'est resté qu'un an. Vous pourriez vous en souvenir parce qu'il était plus âgé que la moyenne, il était revenu terminer ses études après deux ans au loin.

— On a eu deux ou trois cas dans ce genre... Attendez une minute... Lewis. Oui, oh oui ! Lewis : de bons bras, rapide sur ses pieds, mais pas d'esprit d'équipe, il voulait toujours être en vedette. J'ai dû le renvoyer sur le banc quelques fois. Il voulait toujours entreprendre une percée impossible au lieu de faire une passe. Il a tout lâché avant la fin de la saison, je crois.

— Ça lui ressemble bien.

— Il y avait quelque chose d'autre aussi. Qu'est-ce que c'était ? Je n'avais jamais eu de problèmes de mémoire avant de prendre ma retraite. Maintenant, elle me refuse souvent son concours. Il a été mêlé à quelque chose plus tard, il a eu des ennuis... Ah, je sais ! Cette fille. C'était à cause de cette fille, celle qui a tué la petite Brand et qu'on a envoyée en prison. Elle était la petite amie de Lewis pendant une période, non ? C'est pour ça que vous êtes là ? C'était il y a longtemps. Attendez une minute ! D'où vous avez dit que vous étiez ?

— De San Francisco, admit Hawkin.

— Ces petites filles qu'on retrouve dans la montagne ? C'est pour ça que vous êtes là ? Vous pensez qu'elle a recommencé et vous essayez de la retrouver grâce à Lewis ? Vous perdez votre temps, à mon avis. Il est parti depuis longtemps.

— Oui, monsieur Shapiro, je le sais. Nous avons quelques questions à poser à M. Lewis, dit Hawkin qui ne voulut pas s'engager et se rabattit sur une formule pratique pour dissimuler la réalité. Nous pensons qu'il peut nous aider à éclaircir l'affaire sur laquelle nous travaillons. Mais nous avons un problème : nous ne savons pas à quoi il ressemble, en dehors de vagues descriptions. Nous essayons de trouver une photo de lui. Est-ce que, par chance, vous en auriez une ?

Le vieil homme éclata d'un rire semblable à un caquètement, se frappa les cuisses et se leva. Il fit signe à Hawkin de le suivre et traîna les pieds jusqu'à la pièce adjacente, qui avait dû être une chambre mais ressemblait plutôt maintenant à un bureau, à une pièce d'archives — un exemple du chaos primaire. Les placards débordaient, des tiroirs reposaient au-dessus de classeurs et autres commodes, des étagères, du sol au plafond, couvraient les murs, même sous la fenêtre. Toutes les surfaces planes étaient encombrées de cartons gonflés en équilibre précaire et de sacs en papier pleins de dossiers, de livres, de cocardes, de trophées, ou de simples débris.

— Les souvenirs de quarante années d'enseignement et d'entraînement. Je me disais toujours qu'à la retraite je passerais quelques jours heureux à tout classer, mais je n'en ai finalement jamais trouvé le temps. Je n'arrive pas à découvrir par où commencer. Ma femme n'osait même pas entrer, tellement elle avait peur que quelque chose lui tombe dessus. J'avais pris l'habitude d'y amener une chaise et d'y fumer une cigarette. Un crétin de docteur avait dit à ma femme que je devais arrêter de fumer, mais jamais elle n'entrait ici, dit-il en contemplant la pièce avec la fierté complaisante d'un grand-père tandis que le sang de Hawkin se glaçait à l'idée des ravages d'une malencontreuse étincelle. En tout cas, pour répondre à votre question, il y a probablement une photo de votre Andy Lewis par là, mais Dieu seul sait où.

Il les raccompagna dans le salon, qui leur sembla en comparaison un exemple d'ordre et de propreté. Hawkin poussa un grand soupir et se prépara à puiser dans l'argent des contribuables.

— Monsieur Shapiro, si je vous trouvais de l'aide, seriez-vous d'accord pour fouiller dans vos... souvenirs... afin d'essayer d'y retrouver une photo d'Andrew Lewis ?

Hawkin revint au lycée plein d'idées sombres sur la possibilité d'une conspiration remontant à dix-huit ans plus tôt, et l'absurdité même de cette pensée le mit de mauvaise humeur. Kate, en revanche, bouillonnait d'excitation, les informations qu'elle avait réussi à recueillir lui redonnant des couleurs pour la première fois ce jour-là.

— Al, tu ne devineras jamais ce que j'ai trouvé !

— Oh, merde, Martinelli, c'est pas le jour pour les devinettes !

Son visage se décomposa et elle leva le menton. Hawkin se sentit tout à fait idiot.

— Oui, chef. Voudriez-vous entendre les résultats de mes...

— Casey, arrête. Je suis désolé. J'ai bu de la mauvaise bière, j'ai eu de mauvaises pensées et j'ai besoin d'aller aux toilettes. Je reviens dans une minute et on reprend de zéro.

Il sortit et peu après Kate entendit au loin un bruit d'eau. Il revint.

— Bien, alors, qu'as-tu trouvé ?

Elle le regarda, un peu sur ses gardes, mais décida de ne pas continuer sur un ton trop formel.

— Walker n'avait rien, mais il connaît le shérif de l'époque. Il a pris sa retraite, mais il vit toujours ici. J'ai appelé un peu partout, et j'ai fini par le retrouver chez sa fille. Je lui ai expliqué qui j'étais et je lui ai demandé si par hasard le nom d'Andrew Lewis lui disait quelque chose. Au début, il n'a pas répondu, si bien que j'ai commencé à lui expliquer que les faits remontaient à vingt ans, que l'homme n'avait pas de dossier, si bien qu'il n'avait probablement jamais été arrêté à l'époque, mais il m'a interrompue et m'a dit d'une voix très tranquille que je pouvais m'arrêter là, qu'il se souvenait très bien d'Andrew Lewis. Qu'est-ce que je voulais savoir ? Je suis restée dans le vague, je lui ai dit que nous le recherchions pour des renseignements qui pourraient avoir un lien avec un meurtre, mais il m'a interrompue à nouveau et il a dit... Est-ce que je te le lis ? J'ai presque tout noté, dit-elle en prenant son bloc-notes. Il a dit : « Je me demandais combien de temps il faudrait pour qu'on le prenne. » J'ai répété qu'on essayait seulement de le trouver, mais il a insisté : « Il y a vingt-cinq ans, je savais déjà qu'Andy Lewis était pourri, et il y a dix-huit ans je savais qu'il avait quelque chose à voir avec la mort de cette petite fille. »

— *Quoi* ? interrompit Hawkin, incrédule.

— C'est ce qu'il a déclaré.

— Bref, il croit Lewis coupable ?

— Il ne l'a pas dit. Il a même fait très attention à ne pas le dire. Il a juste dit que Lewis était dans le coup d'une façon ou d'une autre. Tu veux que je continue à lire ?

Hawkin se passa la main dans les cheveux, sortit ses cigarettes et lui fit signe de la tête de continuer.

— Je lui ai demandé s'il pouvait expliquer cette déclaration. Il m'a alors priée d'attendre un instant, et je lui ai assuré que j'avais tout le temps du monde.

Kate reprit ses notes, se souvenant qu'à ce point de leur

conversation l'ancien shérif s'était excusé et avait posé le combiné. Elle avait entendu des pas traverser une pièce, des murmures inintelligibles, une porte se fermer, interrompant des bruits de jeux d'enfants, à nouveau des pas, le frottement d'une chaise par terre, puis la voix était revenue. Elle trouva l'endroit sur la page.

— Il a dit : « D'abord, je veux que vous sachiez que je ne suis pas le genre d'homme à voir un croquemitaine dans un bout de bois ni un criminel psychopathe dans chaque gosse qui casse la figure à un copain. Je suis sûr que tous ceux qui ont travaillé avec moi vous diront la même chose que l'appréciation sur mon premier bilan à l'académie de police : je suis doué de peu d'imagination et je laisse à chacun le bénéfice du doute. » C'est l'impression que j'ai eue de lui, en effet, commenta Kate. Lent et réfléchi. « Andy Lewis et sa mère, m'a-t-il expliqué, se sont installés ici quand il avait neuf ans. C'est une petite ville, et j'y vis, alors je sais toujours quand des gens s'installent ou partent, vous voyez ? Bref, une ou deux semaines plus tard, j'ai eu un appel du shérif de leur ancienne ville, près de Fresno, un type que j'avais rencontré une ou deux fois. Il m'a dit, juste comme ça, vous comprenez, que si les gens commençaient à venir raconter qu'on leur tuait leurs animaux de compagnie, je ferais bien de garder un œil sur le petit Lewis. Oui, je sais, ça a l'air un peu idiot, et c'est ce que je lui ai dit, et il a ri. Il était d'accord avec moi. Ça s'est arrêté là. Et puis, quatre ou cinq mois plus tard, une dame a retrouvé son caniche étranglé. Elle avait expulsé quelques gosses de son jardin la semaine précédente. Quatre mois plus tard, c'est une chatte et ses petits qu'on a retrouvés étranglés, et deux jours avant, leur propriétaire avait crié à une bande de gosses de les laisser tranquilles. Cette fois, je me suis souvenu de l'appel de mon collègue. Andy Lewis appartenait à cette bande. Il avait des traces de griffes sur les bras, mais quel gosse n'en a pas ? Et sa mère a affirmé qu'il était resté toute la soirée à la maison. Dès lors, deux ou trois fois par an, quelqu'un mettait Andy Lewis en colère, et un matin il retrouvait son chien ou son chat mort, ou la cage des oiseaux ouverte. Aucun signe d'effraction, mais à la campagne, on ne ferme pas toujours les portes ni les fenêtres. J'ai même commencé à relever les empreintes, sur les colliers, et tout ça ; ça n'a rien donné. Je n'ai jamais pu prouver quoi que ce soit. Les animaux n'avaient jamais une grande valeur, pourtant ça m'a rendu nerveux, surtout parce qu'il ne se pressait pas. Rien ne le désignait, il y avait toujours plusieurs jours entre l'insulte — si c'était ainsi qu'il comprenait les remarques — et la revanche. Sans cet appel, je me demande combien de temps il m'aurait fallu pour comprendre. Je vous l'ai dit, ça me rendait nerveux. Et quand j'ai découvert qu'il ne s'en vantait pas auprès de ses amis, alors j'ai été plus nerveux encore. Il était froid, patient, intelligent. Sauf une fois, celle où je l'ai pris. Vous comprenez bien que lorsqu'il a atteint l'adolescence, j'étais plus qu'inquiet à son sujet et je gardais les oreilles et les yeux ouverts dès qu'il s'agissait d'Andy Lewis. C'est pour ça que je lui suis tombé dessus si vite quand il a enfin fait un faux pas. Une fois seulement, il a agi sans avoir tout planifié, et ç'a été la fin de sa carrière dans cette ville. Dites-moi, l'avez-vous rencontré ?

« — Je vous ai dit que je n'en savais rien en vous parlant de ses photos.

« — Eh bien, Andy Lewis était un charmeur. Il aurait fait un grand gigolo. Il était un gigolo, à y repenser, mais pas pour l'argent, pas directement. Il voulait exercer son pouvoir sur les gens, il se promenait toujours avec une troupe d'adorateurs. Quand il a eu seize ans, la fille d'un pasteur lui a tapé dans l'œil, une jolie petite chose surprotégée, très intelligente. Il l'a mise enceinte. Elle n'avait pas encore quinze ans. Elle voulait l'épouser, c'était son rêve, mais quand il l'a repoussée, elle lui a dit qu'elle allait l'accuser de viol. Il a explosé et l'a battue si violemment qu'elle a failli en mourir. Elle a perdu le bébé, bien sûr, et la moitié de ses dents, et elle a été tellement abîmée à l'intérieur qu'elle n'a pas pu avoir d'autres enfants. Et vous savez quoi ? Jamais elle n'a accepté de porter plainte contre lui. En partie parce qu'elle avait peur, mais surtout parce qu'elle restait convaincue qu'il l'aimait vraiment et qu'il n'avait pas voulu lui faire de mal. À cette époque, j'ai fait une chose que je n'avais jamais faite et que je n'ai jamais refaite, et je n'en parle que parce que je suis un vieil homme et que mon adjoint est mort. J'ai pris mon adjoint, on est allés ramasser Lewis, on l'a emmené dans la carrière et on lui a cassé la gueule. J'en suis encore malade rien que d'y penser, nous deux et ce gamin de seize ans, mais je savais que c'était le seul moyen pour qu'il m'écoute. Je ne lui ai pas fait vraiment mal, rien à voir avec ce qu'il avait infligé à cette fille, mais quand on a eu terminé, je lui ai dit que je voulais qu'il parte et ne remette jamais les pieds dans mon comté, sinon, la prochaine fois, je l'achèverais. Le lendemain matin, il était parti. Quelques mois plus tard, sa mère a déménagé chez sa sœur. Et trois ou quatre ans plus tard, j'ai à nouveau entendu parler de Lewis quand son nom a été cité en relation avec l'affaire de la fille Adams. Je ne sais pas du tout où il est allé entre-temps. On dit qu'il était à l'armée, mais j'ai du mal à le croire. En tout cas, vous devez savoir qu'il fallait toujours qu'il contrôle la situation, qu'il contrôle un groupe. Les seules fois où il passait au second plan, c'était quand quelque chose allait arriver. Si j'ai bien compris, la fille Adams était une brillante artiste. Toute l'école la connaissait, savait qu'elle avait un grand avenir, qu'elle était un poisson exotique exilé temporairement dans leur petite mare. Il semble qu'elle n'ait pas été consciente de la façon dont les autres la considéraient, mais quand Lewis est arrivé dans ce lycée — Dieu sait pourquoi et comment —, il a immédiatement vu qu'elle en était un des points forts, et il a entrepris de la soumettre. Comme je l'ai dit, c'était un charmeur. Pendant quelques mois, il s'est montré avec elle, faisant croire à tout le monde qu'il la menait par le bout du nez alors qu'elle le dominait. Et puis elle s'est reprise. D'après ce qu'elle a dit au procès, elle a décidé qu'il nuisait à sa peinture et lui a dit de la laisser pour retourner à ses pinceaux. Il ne pouvait supporter une chose pareille — pas seulement le rejet, mais l'humiliation publique. Elle n'a pas pris la peine de cacher ses sentiments, et apparemment, certains des autres élèves ont compris ce qui était arrivé et se sont moqués de lui. Un mois plus tard, l'enfant qu'elle gardait a été retrouvée morte. Étranglée. Sans aucun signe d'effraction. Apparemment par la fille qui venait de mettre Andy Lewis si en colère. Et je savais qu'Andy Lewis était un gosse assoiffé de vengeance, avec une grande patience et une intelligence suffisante pour contrôler ses réactions la plupart du temps. J'ai fait ce que j'ai pu. Je suis allé voir la criminelle. Je leur ai tout mis sous les yeux, et ils ont fait leur possible, mais aucun de nous n'a pu trouver la moindre faille dans l'armure. Une semaine ou deux après la fin du procès, je suis allé lui parler. Je crois que je pensais qu'on pourrait éviter qu'il recommence en lui disant qu'on le surveillait, que ça lui ferait assez peur. Il m'a ri au nez. Il a rigolé et il a tourné les talons. Je suis rentré chez moi et j'ai réfléchi. Je me suis rendu compte que je n'avais qu'une alternative : le tuer comme un chien enragé, ou rester tranquille et attendre qu'il tombe entre les mains de quelqu'un d'autre. Ce n'était pas vraiment un choix. Je ne pouvais l'abattre. Je n'y ai jamais songé sérieusement, même si je savais que j'aurais sauvé des vies innocentes en le faisant. Alors, j'ai attendu, et j'attends depuis dix-huit ans. Je sais qui vous êtes, et je sais pourquoi vous appelez, et tout ce que je peux vous dire, c'est que, s'il y a quoi que ce soit qu'un vieux shérif à la retraite avec sa mauvaise conscience puisse faire pour vous aider, je suis votre homme. » Je lui ai dit qu'il m'apportait déjà plus d'aide que je n'aurais pu en rêver, et qu'il nous manquait surtout une photo. Il a promis d'essayer de trouver quelqu'un qui pourrait en avoir une. Si on n'obtient rien, il sera très heureux de venir faire un portrait-robot. Je l'ai remercié et je lui ai dit qu'on reprendrait contact avec lui.

Hawkin était resté silencieux pendant tout son récit, le visage de plus en plus tendu à chaque phrase. Il prit une cigarette dans le paquet presque vide, en tapota le bout sur le bureau du proviseur, deux fois, la mit dans sa bouche et l'alluma d'un coup. Il secoua l'allumette et la déposa soigneusement dans le cendrier qu'il avait trouvé dans un tiroir. Ses mouvements étaient ceux d'un technicien préparant le lancement d'une bombe.

— Classique, commenta-t-il enfin. Nom de Dieu ! Combien d'autres personnes ont mis Andy Lewis en colère ces dix-huit dernières années ? Appelle Trujillo.

— Je lui ai reparlé après le shérif, et je lui ai dit de renforcer la garde sur la route autant qu'il le pourrait et d'arrêter tout homme de trente-cinq à quarante ans qui voudrait partir.

— Bien.

— Si j'ai bien compris, l'entraîneur n'avait pas de photo ?

— S'il en a une, il faudra des jours pour l'exhumer. Il y a dix-huit ans, Lewis mesurait un peu plus d'un mètre soixante-quinze, les cheveux et les yeux bruns, aucun signe particulier, à l'exception de ce tatouage en haut du bras gauche, une sorte de serpent.

— À l'exception du tatouage, cette description correspond à la moitié des hommes sur la route de Tyler. Peut-être plus de la moitié.

— Seigneur ! Que ne donnerais-je pas pour une empreinte ou une mauvaise photo !

— Il est possible que je puisse t'aider, dit-elle avec une joie mal dissimulée. Andy Lewis a eu le permis de conduire.

— Par tous les saints ! Tu veux dire qu'on va s'en sortir ?

— Trujillo fait les recherches. La photo sera envoyée au bureau. Je ne compterais pourtant pas trop là-dessus, parce que ce genre de portrait est rarement du grand art...

— Alors, je ne vais pas annuler les recherches dans les archives de Shapiro.

— Les quoi ?

— Rien. Autre chose ?

— Pas vraiment. Rien d'intéressant concernant Ned Jameson. Notes moyennes, quelques ennuis quand il était jeune, mais rien de méchant, juste des graffitis et un vol à l'étalage quand il avait quinze ans. J'allais rappeler la coopérative.

— Tes oreilles doivent être sur le point de tomber, dit-il en guise de compliment. Tu as leur adresse ? On va y passer et jouer aux méchants flics. J'ai besoin de m'en prendre à quelqu'un. Appelle encore une fois Trujillo et dis-lui où on va. Dis-lui que je le rappellerai de chez moi ce soir et qu'il commence à se renseigner au sujet des hommes habitant sur la Route qui portent un tatouage.

Hawkin ne s'en prit pas à la rougissante Mme Piggott, ni à M. Zawalski, qui voleta à leurs côtés jusqu'à la voiture. Il ne s'en prit même pas aux trois fermiers hippies, à la coopérative, quand ils lui montrèrent une liste griffonnée à la main qui semblait mettre Ned hors de cause pour au moins deux des meurtres. C'est seulement quand un fermier nouvelle vague, à qui il demandait de lui conseiller un restaurant, lui indiqua un centre de santé végétarien qu'il finit par exploser, insultant le tofu, les haricots de soja et le lait de chèvre. Il ne se calma que lorsque, timidement, ils lui indiquèrent un restaurant italien où, promis, juré, il ne trouverait ni tofu, ni algues, ni affiches de Venise au mur, mais du veau fermier.

Le dîner ne fut pas mauvais. Ils s'étaient garés juste sous les fenêtres pour garder un œil sur la voiture. Hawkin parla de son enfance dans la vallée de San Fernando et de ses enfants, et ne demanda rien en retour. Ni l'un ni l'autre ne but de vin, et tous deux mangèrent de la viande. Le sabayon fut suivi par un espresso bien serré.

Quand ils ressortirent, il faisait presque nuit et assez frais. Hawkin s'arrêta pour allumer une cigarette.

— Tu peux fumer dans la voiture, Al, ça m'est égal.

— C'est une habitude répugnante.

Kate avait hâte de partir tant que le café agissait dans ses veines, mais Hawkin ne semblait pas pressé. Il prit son temps et écrasa ensuite longuement son mégot.

— Tu as l'air fatiguée, Casey. Tu veux que je conduise ?

— Non, ça va. Conduire ne me fatigue pas.

— Je suis un assez bon conducteur. J'ai seulement pris

l'habitude de laisser conduire mon partenaire il y a quelques années pour pouvoir récupérer des heures de sommeil, mais je suis tout à fait capable de nous ramener à la maison en un seul morceau.

— Vraiment, Al, je vais bien.

Il la regarda, haussa les épaules et s'approcha de la voiture. Elle déverrouilla la portière du passager et, comme elle reprenait la clé, l'épuisement l'envahit, telle une vague déferlante venant saper le mur de sa détermination. Pourquoi faire ça ? Elle savait qu'elle pourrait rentrer. Hawkin savait qu'elle le pouvait. Alors pourquoi ?

Elle lui tendit les clés.

— Tu peux conduire un moment, s'il te plaît, Al ?

Certains hommes auraient triomphé, mais les yeux de Hawkin n'exprimèrent que l'approbation et la chaleur. Il hocha la tête, prit les clés et, avec aisance et concentration, se dirigea vers l'autoroute.

20

KATE somnola tandis que les phares blancs venaient à leur rencontre et que les feux arrière rouges se fondaient les uns dans les autres. Il faisait chaud dans la voiture, qui sentait le café, et aussi le tabac, ce qui ne lui déplaisait pas. Elle retapa le coussin et y posa la tête.

— Tu es réveillée ? demanda doucement Hawkin sans quitter la route des yeux.

— Oui.

— Est-ce que je peux te poser une question ?

— Tu peux essayer, dit-elle en tentant d'émerger.

— Es-tu lesbienne ?

Hawkin étudia sa réaction à la question. Rien. Une petite surprise, peut-être, très intéressante.

— Tu me le demandes en tant que flic, en tant qu'homme ou en tant qu'ami ?

— Disons... en tant qu'ami.

— Al, en tant qu'ami, j'espère que tu ne t'en offenseras pas si je te dis que je ne pense pas que nous nous connaissions assez bien pour que tu me poses une telle question. Retente le coup dans deux mois, dit-elle en refermant les yeux.

— Et en tant qu'homme ?

— Tu ne me l'as pas demandé en tant qu'homme.

— Et si je l'avais fait ?

— Si tu l'avais fait, ma réponse aurait été un peu différente.

Ni l'un ni l'autre ne mentionna la troisième possibilité.

— Dans deux mois, hein ?

— Peut-être davantage. Peut-être moins, si nous avons une autre affaire comme celle-ci.

— Dieu nous en préserve !

— Tu n'es pas vexé ?

— Bien sûr que non.

Hawkin roula en silence pendant plusieurs kilomètres. Il réfléchissait. Il n'était pas du tout préoccupé par la réponse à sa question, qu'il n'avait posée que parce qu'il pensait qu'elle pourrait amener Kate à parler d'elle-même. Elle n'avait pas choisi de saisir l'occasion, et cela n'avait guère d'importance. C'était la première fois qu'il franchissait la limite des rapports strictement professionnels, il n'entendait pas aller plus loin.

Ils arrivèrent à un échangeur bien éclairé qui lui permit de regarder sa partenaire. Elle dormait, ses lèvres pleines relevées en un sourire amusé. Il ne pouvait connaître la nature précise de la plaisanterie, s'il s'agissait d'une plaisanterie, mais cela lui donnait un air très jeune, et très sage, si bien qu'il sourit lui aussi.

Kate dormit une heure et prit le volant pour traverser le pont éclairé vers la ville. Elle attendit dans la voiture que Hawkin monte chercher la photo au bureau, et à son retour elle vit à sa tête qu'elle était pire encore que prévu.

— La photo est mauvaise ?

— Avec un très bon éclairage, on peut dire qu'il a deux yeux, un nez, une bouche et des cheveux bruns. Tu sais où vit Susan Chin ?

— Notre artiste ? Non.

Il lui donna l'adresse.

Susan vint à la porte de son petit appartement. Elle était visiblement au lit quand Hawkin l'avait appelée et elle ne les invita pas à entrer. Elle regarda la photo, puis jeta un coup d'œil en coin à Hawkin.

— Vous m'aviez prévenue qu'elle n'était pas très bonne, mais ça, c'est franchement ridicule.

— Pouvez-vous le faire ?

— Vous voulez que je m'appuie là-dessus pour faire une série de dessins dont l'un pourrait rappeler à quelqu'un sur la Route le visage d'un voisin ? Vous voulez que j'extrapole à partir de ça ?

— Exactement. Pouvez-vous le faire ?

— Je n'en ai pas la moindre idée, dit-elle d'un ton enjoué. C'est un problème intéressant. Ça change des projections sur ordinateur.

— Bonne chance.

Ils laissèrent la jeune artiste à sa porte, regardant la photo à la lumière de sa lampe extérieure. Kate déposa Hawkin chez lui et rentra chez elle.

La porte du garage se referma derrière elle. Elle se pencha et arrêta le moteur, sentant la force qui lui avait fait traverser cette longue journée se dissoudre dans le silence. Elle resta au volant et réfléchit aux mouvements qu'elle devrait exécuter ; de son bras droit pour presser le bouton libérant la ceinture, de son bras gauche pour tirer la poignée de la porte, de sa jambe gauche pour l'extraire de la voiture, puis de sa jambe droite, et, une fois les deux pieds sur le ciment, de son ventre et son dos pour se lever. Mais pour le moment, elle ne réussissait qu'à rester assise et respirer.

Il y eut des bruits de porte qui s'ouvre, de pieds sur des marches en bois, de pas sur le sol, puis celui de sa portière en train de s'ouvrir, enfin la voix de Lee, sombre et calme :

— Ma douce Kate, tu as l'air éreintée.

— Bonsoir. Mon Dieu, que c'est bon de ne pas bouger !

— J'ai mis à couler un bon bain chaud quand je t'ai entendue rentrer, et l'huile chauffe pour un massage.

— Tu vas me tuer de plaisir.

— J'espère bien que non.

Un doigt léger caressa la nuque de Kate, puis les pas

remontèrent les marches. Une minute plus tard, Kate suivit.

Un bain presque trop chaud l'attendait, ainsi qu'un bol de quelque chose qui avait un goût de poulet et de céleri, puis d'épaisses serviettes chaudes, et ensuite des doigts forts pour dénouer les muscles durcis et soulager la tension du cou, du dos, des jambes, jusqu'à ce que Kate se laisse aller en gémissant de plaisir ; quand elle fut totalement détendue et que les mains en furent aux larges caresses fermes, elle murmura, à demi assoupie :

— Hawkin m'a demandé ce soir si j'étais lesbienne.

— Et qu'as-tu répondu ?

Les mains avaient à peine marqué une hésitation. Kate se dit qu'il était curieux que des mains puissent montrer leur amusement alors que la voix restait grave.

— Je lui ai dit de me reposer la question quand on se connaîtrait mieux.

Cette fois, Lee éclata de rire. La serviette entreprit d'essuyer la peau huilée de Kate.

— C'est une réaction bien peu californienne, Kate !

— N'est-ce pas ?

Les mains terminèrent leur œuvre et Kate sentit qu'elles lui remontaient jusqu'au cou les draps si doux et les couvertures chaudes.

— J'ai un travail à terminer. Appelle, si tu as besoin de quelque chose. Dors bien.

— Je m'y emploie.

La respiration de Kate ralentit et s'approfondit. Quelques minutes plus tard, un poids se souleva du lit et il y eut un déclic qui plongea la pièce dans l'obscurité. Quand Lee passa la porte, la lumière du couloir fit de ses boucles légères un halo autour de sa tête. La porte se referma et Lee descendit l'escalier, une expression de tendre exaspération sur le visage.

À plusieurs kilomètres de là, Alonzo Hawkin était allongé sur le canapé de son salon, un verre en équilibre sur l'estomac, les yeux sur le grand poisson délicat qui accomplissait glissades et pirouettes pour son amusement, l'esprit occupé par les événements et le bilan de la journée. Pour une fois, il était satisfait.

La façon dont un jour de travail pouvait à l'occasion, en de très rares occasions, transformer totalement une affaire et resituer tout son paysage et tout son cadre dans la bonne perspective avait quelque chose de magique. Ce matin-là — hier matin —, il avait descendu l'escalier avec un énorme dossier de papiers sans lien entre eux et plus de questions qu'il ne pouvait même rêver de pouvoir en poser, et Andrew C. Lewis n'était qu'un nom parmi une centaine d'autres. Seize heures plus tard, il avait remonté ces mêmes marches, éreinté, avec deux informations : un nom et une direction. Il arborait son épuisement comme la médaille du mérite, et sa réussite faisait de lui un homme heureux. Une pause.

L'artiste de la police Susan Chin n'était pas la seule qu'il eût dérangée en pleine nuit. Le shérif Walker avait été le premier, et il lui avait demandé deux choses : l'endroit où habitaient la tante d'Andy Lewis et sa famille, et d'autres éléments concernant la fiabilité de l'alibi de Lewis pour la nuit du meurtre, dix-huit ans plus tôt. Hawkin aurait préféré faire ça lui-même, mais comme il ne s'agissait pas strictement de son affaire, il aurait eu du mal à justifier deux jours de plus dans ce comté. La semaine prochaine, peut-être, mais pas maintenant.

Puis il avait fait son rapport. L'homme de garde l'avait écouté, avait dissimulé trois bâillements, grogné un mot d'approbation — et il était retourné au lit.

Puis l'hôpital : aucun changement. Hawkin décela la première trace d'inquiétude dans la voix du médecin, mais il ne pouvait rien faire en ce domaine, si bien qu'il repoussa cette pensée et appela Trujillo.

Ce jeune homme semblait plus âgé qu'une semaine auparavant. Il confirma qu'un garde avait été placé près du lit de Vaun plutôt que dans le couloir, avec ordre de ne pas mettre un pied hors de la chambre, ni même de fermer la porte de la salle d'eau quand il avait besoin d'utiliser les toilettes. Il ne devait pas la quitter des yeux.

Trujillo fut déçu que la photo soit si mauvaise, mais il n'en fut pas surpris et accepta d'afficher les dessins de Susan dans la salle commune pour garantir qu'un maximum de gens les verraient.

Puis il dit à Hawkin qu'il ne savait pas combien de temps encore il pourrait garder le contrôle de la situation. Sur la Route, la nervosité était extrême. Il avait dû accepter le départ de deux familles avec enfants dans la journée (un des hommes était noir, l'autre avait la cinquantaine passée) qui étaient allées se réfugier chez des amis, et le téléphone de brousse avait fonctionné à merveille pour diffuser jusque chez le vieux Peterson la nouvelle que l'on ne considérait plus comme le résultat d'un suicide l'état presque désespéré de Vaun. Trujillo avait passé la journée à parcourir la Route — Tyler ayant été contraint de suspendre sa proscription des voitures — pour rassurer les gens et leur rappeler d'y réfléchir à deux fois avant de tirer chevrotines et balles. Les chambres de Tyler étaient pleines cette nuit de résidents nerveux (les paysans se réfugient au château, en cas de siège, se dit Hawkin avec amusement) et lui, Trujillo, allait rester aussi. Des journalistes fouineurs s'étaient réinstallés devant les grilles, et c'était une question d'heures...

Il n'y avait pas eu de réponse, cet après-midi-là, au problème du tatouage, et pourtant il avait interrogé deux douzaines de personnes. Hawkin lui dit en toute sincérité qu'il faisait du bon travail et le jeune homme perçut la confiance dans la voix de son collègue, qui lui dit ensuite d'aller se coucher.

Après quoi, il prit une longue douche, enveloppa son corps massif dans son kimono élimé préféré et s'installa avec un verre plein.

Le temps passé chez les Jameson s'était révélé une véritable mine d'or. Maintenant, il *comprenait* Vaun Adams, il pouvait la voir marcher dans les couloirs d'un lycée comme les autres, extraordinaire adolescente avec une aura d'inaccessibilité et de génie qui tenait le monde à l'écart. Et sa courte liaison avec Andy Lewis, malin, méchant, calculateur — même cela n'était plus aussi totalement improbable qu'il le lui avait semblé au premier abord.

Mais que faire du personnage sinistre et irritant d'Andrew C. Lewis ? La loche, qui s'enfonçait avec enthousiasme dans le gravier, attira l'œil de Hawkin, dont l'esprit s'égara. Que remplace le C ? Charles ? Clifford ? Coléoptère ? Le nom du père, d'après les archives du lycée, était Edward, ou Edmund. En colère, il se ressaisit et ramena ses pensées sur le problème du moment. Lewis était sur la route de Tyler, Hawkin le sentait dans la moelle de ses os. S'il n'avait pas encore bougé, il ne bougerait pas avant de connaître avec certitude le sort de Vaun. Et même dans ce cas, ce n'était pas sûr, s'il était convaincu d'avoir effacé ses traces. Andy Lewis n'était pas du genre à paniquer. Comment le trouver ? Et une fois qu'on l'aurait trouvé, comment le relier à ces fragments de faits, comment insérer son engagement dans un tissu de circonstances assez dense pour s'imposer devant une cour ? Comment tresser, avec un éclat de bois, un tatouage hypothétique et une dissimulation volontaire d'identité, une corde assez solide pour pendre un homme ? Le mieux serait de pousser Lewis à s'accuser lui-même en prenant la fuite ; cela résoudrait tous les problèmes d'un coup. Hawkin réfléchissait, écartant hypothèses et idées, construisant un plan autour de la géographie du lieu, du profil psychologique de sa proie et des gens avec qui il devait travailler.

Dans le verre, le niveau descendait très lentement, mais Hawkin finit par le vider et s'assit.

Vingt-quatre heures, se dit-il. Si rien ne s'est passé dans vingt-quatre heures — si aucune photo n'a refait surface, si aucune description n'a fait mouche —, j'embarquerai le shérif à la retraite et l'entraîneur Shapiro et Dieu sait qui d'autre dans le véhicule flambant neuf de Trujillo et on parcourra la route de Tyler jusqu'à ce que l'un d'entre eux dise : « Eh, attendez une minute... » Demain soir, je déciderai si je mets ou non tout ce petit monde sens dessus dessous.

Cette décision prise lui procura un instant d'agréable anticipation, à l'idée de soixante-quatorze adultes aux cheveux longs et vingt mineurs embarqués, enregistrés et interrogés jusqu'à ce que quelque chose cède sous la pression.

Je me demande ce que remplace le C ? songea-t-il à nouveau avec irritation.

Oui, il allait se passer quelque chose. Sinon demain, à coup sûr mercredi. Quant au lundi, il pouvait le considérer comme terminé, satisfait d'avoir fait tout son possible.

Il posa son verre sur la table, dit bonne nuit au poisson et alla se coucher.

Il devait ignorer jusqu'au lever du soleil qu'il avait eu tort de succomber au charme de la satisfaction.

À deux heures de là, plus au sud, une femme aux boucles noires gisait sur un lit d'hôpital, les mains sagement posées sous le drap amidonné, ses remarquables yeux bleu glacier fixes, regardant sans ciller la pièce plongée dans la pénombre. Il était très tard, ou très tôt, mais un remue-ménage dans le couloir et le départ rapide d'un chariot lui avaient fait ouvrir les yeux quelques minutes auparavant. Impossible de savoir si elle était éveillée vraiment ; simplement, ses yeux étaient ouverts, alors qu'avant ils étaient fermés.

Dans la chambre, on avait écarté les machines du lit, à l'exception du goutte-à-goutte et de la table roulante du moniteur cardiaque, dont les fils étaient reliés à des pastilles adhésives rondes, collées sur la poitrine de la femme. Le tracé des battements de son cœur était lent mais régulier, et on enlèverait le moniteur dans la journée.

Mais la femme ne le savait pas. On s'interrogeait beaucoup sur ce qu'elle savait ou ne savait pas. L'enflure de la bouche avait disparu, les traces laissées par sa réanimation s'effaçaient, mais Vaun Adams n'avait donné aucun signe indiquant qu'elle fût plus qu'une simple présence physique. Les mots « atteinte cérébrale » et « manque d'oxygénation » avaient circulé dans la pièce avant d'en ressortir, mais ils attendaient juste derrière la porte, et ils reviendraient.

La chambre n'était éclairée que par une lampe de lecture qui envoyait son rayon sur le roman du gardien, traçant un cercle de lumière sur le mur et jusqu'au coin du lit. Vaun regardait passivement le reflet de son visage dans un morceau de métal poli au-dessus de sa tête, son visage déformé mais familier. Une parcelle de Vaun le vit et le reconnut, mais cette parcelle n'était pas reliée à elle pour le moment.

Le cerveau de la femme qui avait été Vaun Adams et Eva Vaughn n'était pas physiquement endommagé, pas gravement, en tout cas. Son esprit, en revanche, avait été gravement blessé, l'étincelle de l'être qu'était Vaun Adams, l'étincelle qui avait fait naître Eva Vaughn, étouffée sous le fardeau de ce qui s'avérait finalement intolérable. Vaun était recouverte d'un voile de désespoir, d'un voile épais et gris qui l'écrasait, qui entravait sa volonté de bouger, de créer, de vivre, un épais voile gris qui disait : « C'est assez. »

Assez.

Assez — c'était le principe de base qui régnait sur ce qui restait de cette vie. Assez. Je n'en peux plus. Depuis l'âge de deux ans, j'ai lutté pour pouvoir être ce que je suis, et je ne peux plus me battre. Je cède. J'abandonne. Je n'en peux plus. Assez.

Je choisis de mourir.

Les yeux bleus étaient encore ouverts quand une infirmière arriva dix minutes plus tard pour vérifier le goutte-à-goutte. Les oreilles de Vaun enregistrèrent un bruit de vagues qu'une petite partie d'elle-même profondément enfouie déchiffra automatiquement comme étant des mots, mais ils ne furent pas décodés, ils ne traversèrent pas l'épais voile gris. L'infirmière se pencha sur ses yeux, et derrière l'épaule blanche apparut le visage d'un homme au-dessus d'un uniforme sombre. D'autres sons arrivèrent, quelques grincements, des grondements, et le visage masculin s'écarta.

L'infirmière s'adressa à Vaun avec un entrain tout professionnel, mais même le gardien pouvait percevoir la gêne dans sa voix. Vaun posait un problème : une VIP dont on ne savait si elle était en état d'arrestation, sous protection, ou les deux. Et puis, apparemment, elle était un légume. Cette mystérieuse femme aux cheveux noirs, aux yeux cristallins aveugles donnait la chair de poule à pas mal de gens, dont l'infirmière de nuit. Elle partit après avoir pris soin du corps gisant dans le lit, dont les yeux finirent par se refermer.

Dans les collines sombres, entre le lit d'hôpital de Vaun Adams et la ville où dormaient les deux inspecteurs de police, une ombre se déplaçait sur la route de Tyler. L'homme qui avait été Andy Lewis avait refermé la porte sur ses gonds huilés et s'était glissé en silence loin de la maison qu'il avait considérée comme son foyer ces dernières années. Il laissait sans regret la femme dont il avait partagé le lit — qu'il avait creusé dans un tronc de chêne — et avec un léger regret seulement l'enfant dans la chambre construite de ses mains. Il n'y avait pas de place en lui pour un quelconque sentiment, à l'exception de la rage brûlante, glaciale, dévorante qui tremblait et bouillonnait dans tout son corps comme de la neige carbonique dans un seau d'eau. Dans son esprit, les feuilles se racornissaient, noires, au-dessus de sa tête, de petits animaux tombaient morts à son passage, la route gémissait sous ses bottes — et Vaun Adams se réveillait en hurlant dans son lit d'hôpital en sentant approcher sa haine terrible.

Rien de tout cela n'arrivait, bien sûr. Le signal étouffé du moniteur de Vaun continuait à un rythme hypnotique, les petits animaux nocturnes faisaient crisser les feuilles sèches, un chien aboyait, la brise de l'océan transportait l'odeur des aiguilles de pin.

À l'aube, il avait traversé l'étendue boueuse résultant du glissement de terrain, évité les gardes postés à l'extrémité supérieure de la route de Tyler et pénétré dans le parc national adjacent. À huit heures, un moustachu en complet-veston portant une grosse mallette fut pris en voiture par un informaticien qui travaillait par-delà les collines. L'informaticien était accompagné de sa fille, qui devait passer la journée chez sa grand-mère. L'enfant avait six ans, de doux cheveux bruns et une dent unique sur le devant, qu'elle tâtait de la langue avec délectation. L'homme qui avait été Andy Lewis lui sourit de son sourire charmeur, bavarda agréablement avec elle de son jardin d'enfants, et avec son père des ordinateurs et des problèmes de pannes de voiture. Il les remercia tous deux en entrant dans San José. À midi, il était à Berkeley, complètement invisible.

Bien avant cela — peu après qu'il eut quitté le parc, en fait —, Angie Dodson s'était réveillée et avait découvert que son mari était parti.

21

Les coups frappés par Angie retentirent dans toute la maison et réveillèrent ceux qui y dormaient, dont Trujillo. Il ramassa un peignoir, l'enfila et descendit en bâillant jusqu'à la cuisine. En dépit de son ton délibérément calme, l'inquiétude se lisait sur le visage tendu de la jeune femme, et Trujillo n'avait plus du tout sommeil quand il quitta brusquement la pièce et remonta en courant vers le téléphone de l'étage. Hawkin émit des jurons furieux, Kate jura avec moins d'imagination, mais les plaies de son dos se rouvrirent une fois de plus. Deux heures plus tard, ils faisaient irruption dans la cuisine de Tyler.

— Où est Angie ?

Les membres du petit groupe semblaient absorbés par leurs tasses de café ou leurs ongles. Anna leur dit qu'elle était en haut avec Trujillo. Hawkin monta les marches deux par deux, Kate sur ses talons, et quand ils arrivèrent à la porte de Tyler, ils l'ouvrirent en coup de vent, sans frapper.

Angie Dodson leva les yeux sur eux. Recroquevillée devant le feu dans la cheminée, elle n'avait plus de larmes. Maintenant, elle semblait vieille, vaincue, sans espoir. Hawkin s'approcha d'Angie et lui entoura les épaules de son bras. Elle s'accrocha à lui et se mit à gémir, émettant un son aigu et essoufflé d'animal. Trujillo regarda par la fenêtre. Tyler sourit tristement à Kate et sortit en marmonnant quelque chose à propos de café. Kate regardait les aquarelles et, peu à peu, se rendit compte que les gémissements d'Angie s'étaient transformés en murmure monotone. Elle répétait :

— C'était mon amie. C'était mon amie. C'était mon amie.

— Vous voulez dire Vaun ? demanda Hawkin d'une voix plus gentille que Kate ne l'en aurait jamais cru capable.

— Oui. C'était mon amie. C'était...

— Où est Amy ?

La question la fit sortir de son état de transe. Elle inspira longuement, de façon saccadée, et s'assit. Hawkin desserra son étreinte, mais il resta assis près d'elle et pencha la tête vers sa bouche.

— Elle est chez les Newborn. J'ai demandé à Rob de ne pas la laisser seule une minute, de ne la laisser aller nulle part, pas même avec... Oh, Seigneur ! gémit-elle en s'effondrant à nouveau. C'était mon amie, et on dit qu'il l'a tuée. C'est vrai ? Vous devez me le dire.

— Elle n'est pas morte, Angie.

— C'est tout comme. Est-ce que c'est lui qui l'a fait ?

— Est-ce que l'homme que vous connaissez sous le nom de Tony porte un tatouage au bras ?

— Quoi ?

— Un tatouage. Tony a-t-il un tatouage ?

— Comment le savez-vous ? demanda-t-elle en se redressant pour se moucher. Jamais il ne permettait à quiconque de le voir ; ça le gênait. Il se l'était fait faire quand il était tout jeune. Même Amy ne savait pas qu'il en avait un. Il portait toujours un T-shirt, même pour se baigner.

— Il représentait quoi, ce tatouage ?

— Un dragon.

— Un dragon ? Pas un serpent ?

— Non, un de ces longs dragons minces. Oui, on peut dire qu'il ressemblait un peu à un serpent, mais avec de petites pattes. Il l'avait au bras gauche, tout en haut. Je ne l'ai vu clairement que deux ou trois fois. Il ne retirait ses vêtements que dans l'obscurité. Qu'est-ce que ce tatouage a à voir avec tout ça ?

Il le lui dit. Tyler entra avec un plateau chargé de tasses de café et Hawkin s'interrompit jusqu'à ce qu'il soit sorti. Puis il reprit son récit et lui dit tout. Presque.

— Vous comprenez, Angie, pour l'instant, le seul moyen d'identification sûr que nous ayons, c'est ce tatouage.

— Il s'est toujours conduit de façon curieuse quand on prenait des photos. Même pour notre mariage... se souvint-elle avec un petit rire qui se transforma en soupir — elle ne parvenait pas à croire au tour qu'avait pris sa vie en si peu d'heures.

— Angie, je dois vous poser quelques questions.

— Je ne témoignerai pas contre lui, déclara-t-elle. Je vous parlerai, mais je ne témoignerai pas contre lui.

(« Andy... c'était un vrai charmeur... elle n'a pas voulu porter plainte... »)

— Alors, contentez-vous de me parler. Dites-moi comment vous vous êtes rencontrés.

Ils s'étaient rencontrés à une des fêtes médiévales annuelles de la Grange, cela ferait trois ans en juin. Il était venu pour voir, sans déguisement, et, bien qu'il lui eût acheté son billet le matin, ce n'est que l'après-midi qu'il avait reparu pour qu'elle lui enseigne les pas de la pavane, et ils avaient dansé, bu et ri jusqu'à la nuit. Le dimanche, il était revenu très tôt pour passer toute la journée avec Amy et elle. Le soir, il avait remonté la Route avec elles et dormi dans son lit. Deux semaines plus tard, il avait apporté ses quelques affaires dans la petite maison, et ils s'étaient mariés en novembre. Il n'y avait pas eu de cérémonie religieuse, mais une cérémonie entre eux, sous la houlette de Tyler. Ce n'était pas un mariage légal, parce que Angie n'avait pas divorcé de son mari qui l'avait abandonnée, mais cela n'avait pas d'importance.

— Comment était-il, Tony, avec Amy et vous ?

— Il était très gentil avec Amy. Je ne crois pas qu'il avait fréquenté beaucoup d'enfants avant d'emménager avec nous, mais il était un bon père pour elle, calme, poli, discret — mais pas comme s'il cachait quelque chose. Un homme bien élevé.

— Toujours ?

— Avec Amy, oui. Et presque toujours avec moi. Il... il avait mauvais caractère. Oui. Jamais il ne m'a battue, c'est pas ce que je veux dire, mais une fois il s'est mis vraiment en colère contre moi. Pour une petite chose, en plus. Je me suis gentiment moquée de lui parce qu'il avait fait une bêtise en construisant l'ajout à la maison, et ça l'a mis en colère.

— Et qu'a-t-il fait, Angie ?

— Il a mis mon métier à tisser en pièces, dit-elle tandis que la stupeur effrayée de jadis se peignait à nouveau sur son visage et qu'elle serrait les mains. Il avait l'air très calme, et ses yeux... Il est sorti, et il est allé chercher la grande hache dans la remise. Il est revenu avec, et il a cassé mon métier à tisser. Après, il a ramassé les morceaux et il les a mis au feu. Ensuite, il était désolé et il m'a embrassée. Le lendemain, il est allé à Berkeley et m'en a acheté un autre, un meilleur, avec huit lisses, celui dont je rêvais depuis longtemps. Nous n'en avons jamais plus reparlé. Mais je ne me suis plus jamais moquée de lui.

— Et les autres habitants de la Route ? Comment s'entendait-il avec eux ?

— Vraiment bien, avec la plupart. Pour autant que je le sache, jamais il ne s'est mis en colère contre quelqu'un d'autre. Jamais il ne s'est lié vraiment avec quelqu'un non plus. Il aime bien rester seul, mais quand il est de bonne humeur, il peut être très drôle. En tout cas, les habitants ont approuvé son installation lors de la réunion d'octobre, ce qui montre bien que tout le monde pensait qu'il serait un voisin correct, dit-elle sur un ton belliqueux, comme si elle se demandait pourquoi ses amis ne l'avaient pas protégée contre ce choix. Tout le monde l'aimait bien. C'est avec Tommy Chesler qu'il semblait s'entendre le mieux.

— Et Vaun ? Comment se comportait-il vis-à-vis d'elle ? Est-ce qu'elle a voté en sa faveur ?

— Je ne me souviens pas de quelqu'un qui aurait voté contre lui... mais... je crois qu'elle n'était pas là. C'était la réunion de la moisson, et elle n'était pas là, elle avait dû se rendre à New York, je crois. Son comportement avec elle ? demanda-t-elle avec un rire pareil à un sanglot en se mordillant la lèvre et en fixant le tapis de ses yeux humides. Je croyais qu'il était jaloux d'elle. Elle était mon amie avant qu'il vienne. Mon mari était parti environ six mois avant qu'elle n'arrive, vous comprenez, et puis, elle a construit sa maison et on a été voisines. Elle admirait mes patchworks et mes tissages, elle m'aidait pour les couleurs et les dessins et... elle était mon amie, vous savez ? J'ai pensé qu'il était jaloux, même s'il ne disait jamais rien. J'ai trouvé ça drôle, plutôt mignon, même, qu'il soit jaloux, mais je ne voulais pas l'ennuyer et je la voyais surtout quand il partait, ou quand je travaillais dans le potager qu'elle m'avait laissée planter sur le côté ensoleillé de sa colline, pour qu'on puisse avoir de la place pour les poneys. Tony n'était jamais méchant avec elle, il se contentait de sortir par-derrière chaque fois qu'elle venait à la maison, ou de détourner le regard quand on la croisait sur la Route. Rien de flagrant ni de grossier, vous comprenez ? J'ai cru qu'il voulait être gentil avec moi, qu'il ne voulait pas gâcher mon amitié avec elle, mais si ce que dit Paul est vrai, s'il est Andy Lewis, alors je suppose qu'il voulait éviter qu'elle le reconnaisse, dit-elle d'une voix faible.

— Mais il a transporté des toiles pour elle.

— Oui, quatre ou cinq fois. Elle savait qu'il avait un camion et, il y a environ dix-huit mois, elle lui a demandé de l'aider, une fois où le camion de Tyler était en panne et où il fallait absolument qu'elle fasse partir des toiles pour une exposition.

— Est-ce qu'il les emballait pour elle ?

— Non, Vaun demandait ça à Tommy Chesler. Il lui construisait des grandes caisses, une par toile, et Tony et lui les chargeaient. Une ou deux fois, Tommy est allé avec lui à l'aéroport, mais Tommy n'aime pas beaucoup la ville.

— Est-ce que Vaun y allait ?

— Non.

— Parlez-moi des absences de Tony. Partait-il régulièrement ? Que faisait-il ? Savez-vous où il allait ?

— Il partait gagner de l'argent, faire des petits boulots en ville ou dans les collines. Jamais rien de régulier, juste un jour, de-ci, de-là, parfois deux jours. Jamais plus de quatre d'affilée. Ça devait faire en moyenne deux ou trois jours par semaine, juste assez pour qu'on ait un peu de liquide. Parfois, des amis lui laissaient un message chez Tyler pour lui demander de venir travailler un jour précis, d'autres fois, il partait au hasard.

— Connaissez-vous les noms de ces amis ?

— Il y avait un Tim qui laissait parfois des messages, et un autre type de San José, Carl, mais je ne crois pas avoir jamais entendu leur nom de famille. Peut-être que Tyler ou Anna en savent plus...

— Je le leur demanderai. Avez-vous la moindre idée d'où il a pu aller, un endroit qu'il aimerait bien ?

— À San José, je crois. On y est allés, une fois. Il m'a emmenée dans une boîte. Je n'aime pas les boîtes, mais il a pensé que ça m'amuserait. Elle avait un drôle de nom, comme un jeu de mots... Doré... quelque chose. Fille Dorée ? Non. Ah, oui, Grill Doré. C'est idiot. Sur un mur, ils avaient peint une immense blonde attachée sur un barbecue. Répugnant.

Elle remarqua soudain une expression identique sur le visage des trois policiers, l'expression d'un archer aux jeux Olympiques quand il met dans le mille.

— Est-ce que ça vous aidera ?

— Ma chère Angie, vous nous avez gavés d'informations. C'est presque aussi nourrissant que votre soupe à l'oignon. Nous vous remercions profondément.

La boîte d'allumettes trouvée près du corps de Samantha Donaldson venait d'un bar de San José appelé le Grill Doré.

Angie ne put pas leur dire grand-chose d'autre. Elle ne savait pas comment il était habillé, ni combien d'argent il avait sur lui, ni s'il était armé ou non, mais elle affirma qu'il était bon tireur, aussi bien au fusil qu'au pistolet. Une rapide vérification montra que son camion n'avait pas bougé du hangar, ni aucun autre véhicule. Hawkin envoya Angie chez elle avec Trujillo pour essayer de trouver ce que son mari avait emporté, et demanda à son collègue d'aller chercher l'infirmière, Terry Allen, pour qu'elle reste avec Angie un moment, et puis d'aller sonder la maigre cervelle de Tommy Chesler en quête un éventuel indice. Tyler partit au front pour cacher autant que possible l'affaire à la presse, tandis que Hawkin et Kate s'échappaient.

La policière de garde dans la chambre de Vaun obstrua la porte de sa large carrure jusqu'à ce qu'elle soit rassurée par leurs cartes. Elle les laissa seuls dans la pièce.

C'était la première fois que Kate revoyait Vaun depuis le samedi. Elle avait le visage affaissé, les lèvres légèrement entrouvertes, la peau autour de sa bouche rouge presque aussi blanche que son oreiller et des cernes sombres sous les yeux. Le contraste intense entre le blanc, le rouge et le noir lui donnait la beauté étrange et mystérieuse d'une geisha. Sans le moniteur cardiaque, Kate l'aurait crue morte.

Hawkin grogna et partit au bout d'une minute, mais Kate resta, saisie du désir irrationnel de voir les mains de Vaun ; mais elles étaient sous le drap, que Kate hésita à toucher. Elle finit par partir et la femme en uniforme reprit son poste.

Il y avait cinq personnes dans le bureau du Dr Tanaka : Hawkin, debout à la fenêtre, les yeux sur le parc de stationnement de l'entrée, Kate, assise, son bloc-notes à la main, le Dr Tanaka, en costume bleu, qui s'exprimait avec une grande précision, et deux autres médecins qui n'avaient pas retiré leur blouse blanche. La femme, qui s'appelait Gardner, avait un stéthoscope dans la poche, signe évident de son statut inférieur, se dit Kate avec amusement. Hawkin se retourna vers eux.

— Alors, si on résume tout ça clairement, dit-il, il est trop tôt pour savoir ce qui se passe.

— C'est une simplification un peu excessive, mais exacte pour l'essentiel. Ses symptômes et le tracé des ondes de son cerveau ne sont ceux ni d'un coma ni d'une catatonie, mais ils ont les caractéristiques des deux. Tant que nous n'en savons pas plus, nous ne pouvons que continuer à entretenir les fonctions vitales.

— Alors, docteur Tanaka, je n'aimerais pas être à votre place dans les prochains jours ; la presse est arrivée.

Il s'ensuivit un mouvement collectif précipité et très peu digne vers la fenêtre. Le téléphone sonna. Hawkin sortit, suivi de Kate qu'il envoya prévenir la gardienne de Vaun et appeler la sécurité de l'hôpital pour qu'on renforce les mesures de protection tandis qu'il allait s'enfermer quelque part avec un téléphone. Dans quelques heures, tout le monde saurait qu'Eva Vaughn reposait dans ce petit hôpital. Il n'avait plus le temps d'attendre. Quand Kate revint, il lui tendit une feuille de papier.

— Il faut que tu sois à l'arrivée de cet avion ce soir.

— Il vient, alors ? Le Dr Bruckner ?

— Je ne lui ai pas donné le choix. Rentre chez toi, maintenant, et dors quelques heures. La nuit sera longue.

22

L'avion de Chicago était en retard. Kate passa le temps dans une cafétéria du terminal nord de l'aéroport international de San Francisco à boire du mauvais café et à lutter pour lire l'introduction d'un ouvrage d'esthétique qu'elle avait pris à minuit sur une étagère de Lee. A deux heures, elle alla marcher dans les couloirs irréels, et se retrouva devant l'exposition d'œuvres d'artistes locaux. Elle contempla longuement deux d'entre elles, un vieux porte-documents en argile et une portion massive et très réaliste d'un mur d'adobe entièrement fait de mousse de polystyrène expansé et de cuir. Elle décida finalement que s'il fallait chercher là des symboles, cela dépassait ses capacités de déchiffrement. Elle rangea son livre dans son sac et alla prendre un autre café. (Était-il fait à partir de brindilles bouillies ? Le lait était-il en polystyrène ?) Elle acheta le journal du soir, où Eva Vaughn était en première page, et ce fut une torture que de lire chaque mot.

L'avion se posa à 3 h 15 et, quelques minutes plus tard, Kate se planta fermement au milieu du flot de passagers ahuris, cherchant des yeux, comme il s'était décrit lui-même, « un petit homme avec une serviette marron » (probablement de vrai cuir). Un candidat possible apparut, et elle articula vaguement, en direction d'un petit homme en costume gris, chemise blanche immaculée et nœud papillon :

— Docteur Bruckner ?

Mais ce fut un homme à l'aspect étonnamment jeune près de lui qui s'arrêta et lui tendit la main.

— Oui, je sais que je n'ai pas une tête de psychiatre, dit-il, et je sais que vous n'attendiez pas quelqu'un d'aussi jeune, mais si vous êtes un inspecteur du nom de Martinelli, je ne m'attendais pas à quelqu'un comme vous non plus, alors nous sommes quittes.

Il parlait avec un léger accent nasal de la côte Est, portait les cheveux trop longs et sa barbe avait besoin d'un coup de rasoir. Il était effectivement petit, à peine plus grand que Kate. Elle rit, lui serra la main et fut surprise de la sentir calleuse comme celle d'un ouvrier.

— Casey Martinelli. Al a dû oublier de vous dire que j'étais une femme, ou bien il a voulu adopter une attitude vraiment libérée en ne remarquant rien, ou bien il avait une obscure raison personnelle de ne pas vous prévenir. En tout cas, je suis heureuse de vous voir, et je vous remercie d'être venu.

— Je serais venu demain, même si vous ne m'aviez pas appelé, dès que j'aurais lu le journal. Non, je n'ai pas de bagage, juste ça. J'espère que vous n'avez pas attendu mon arrivée toute la nuit.

— Oh, non ! j'ai mis mon réveil à minuit. Voici ma voiture, là, dit-elle en courant presque derrière lui qui, en dépit de sa grosse serviette, rebondissait sur ses semelles avec l'énergie d'un joueur de handball.

— La police se gare-t-elle toujours sous les panneaux d'interdiction de stationner ? demanda-t-il en levant les sourcils alors qu'elle lui déverrouillait la porte.

— Seulement quand elle sait que la personne de garde ne fera pas enlever la voiture. C'est très désagréable. Voulez-vous mettre votre serviette à l'arrière ? Non ? D'accord.

Kate boucla sa ceinture, prête pour un trajet rapide sur une autoroute presque déserte. Tandis qu'ils dépassaient la statue de Bufano, Bruckner s'étira et fit craquer ses articulations, puis se laissa aller dans son siège avec un petit soupir de plaisir.

— Le vol a été dur ? demanda Kate.

— L'avion est une horreur, c'est le plus sûr moyen de provoquer de durables réactions d'hostilité envers l'humanité, en particulier envers la jeune génération.

— Si je comprends bien, vous n'avez pas pu dormir beaucoup. Si vous voulez fermer les yeux, nous ne sommes pas obligés de parler.

— Je dormirai plus tard. Tout d'abord, jouons cartes sur table. Votre inspecteur Hawkin m'a dit que Vaun n'est plus soupçonnée d'avoir commis ces meurtres. Est-ce vrai, ou a-t-il voulu me manipuler pour que je vienne la soigner ? C'est difficile à dire au téléphone.

— Ne seriez-vous pas venu dans tous les cas ?

— Non. J'ai dit que je serais venu, mais seulement pour la voir, et voir sa famille. Je ne vais pas ramener Vaun à la vie juste pour que vous l'enfermiez. Si c'est le principe, vous pouvez me faire descendre tout de suite, et je m'organiserai tout seul.

— Je croyais que vous étiez son ami ? On dit qu'elle va mourir si on la laisse ainsi.

— C'est son choix. Elle mourrait de toute façon si elle était emprisonnée à nouveau. Ce serait un acte de cruauté délibérée et je ne veux pas y être mêlé. Vaun n'est ni ma cliente ni ma malade. C'est une très chère amie, et je refuse de m'immiscer dans sa vie juste pour aider la police.

Kate, bien qu'elle fût un flic endurci, eut du mal à ne pas être choquée. Elle se racla la gorge.

— Eh bien, vous n'avez rien à craindre. Il est évident maintenant qu'elle est une victime, et non une criminelle.

Elle lui fit le résumé des derniers jours, terminant par ce qu'on savait d'Andy Lewis/Tony Dodson. Il n'émit aucun commentaire pendant plusieurs kilomètres.

— Oui, dit-il enfin, nous avons longuement travaillé là-dessus, Vaun et moi.

— Qu'...

Kate se rendit compte soudain qu'elle n'avait aucune chance de lui faire divulguer les révélations de Vaun au cours de son traitement, si bien qu'elle changea d'approche.

— Tout cela est-il possible ? Je veux dire que cela semble un scénario tellement incroyable, même pour nous : un fou qui met en œuvre un processus aussi long et complexe pour transformer la vie d'une femme qu'il hait en enfer, puis qui tente de la tuer, et tout cela sans se faire connaître.

— Oh oui ! c'est tout à fait possible. Et d'après ce que je sais d'Andy Lewis, par Vaun, c'est probablement votre homme.

— J'aimerais pouvoir comprendre, dit Kate, qui se hâta de modifier le ton plaintif de sa voix. Je veux dire que je suis policier depuis six ans, maintenant, et Dieu sait si j'ai vu ce que les gens peuvent se faire les uns aux autres. Mais même le cas de ceux qui torturent leurs victimes avant de les tuer est plus simple que cette affaire. Je n'arrive pas à comprendre ses motivations.

— L'esprit d'une personne comme Andy Lewis n'est pas totalement compréhensible à un être humain normal et sain. Vous pouvez tracer des schémas de comportement, analyser même le labyrinthe de ses sentiments au point d'en comprendre le développement, les motivations et la logique des choses demeurent souvent obscures.

— Mais s'il est anormal à ce point, pourquoi ne l'avons-nous pas vu avant ?

— Parce qu'il est très fort dans l'art de la dissimulation. Quand vous l'aurez coincé, vous lui trouverez probablement toutes sortes de comportements criminels ou pathologiques, mais jusqu'à ce que vous souleviez le couvercle, tout semblera normal. En fait, je tenterais même une théorie : si ce n'avait été pour Vaun, c'en serait resté là. Jamais il n'aurait décidé de tuer des enfants, pas avant des années en tout cas.

— Vous voulez dire que Vaun a tout déclenché ?

— Oui. Mais il est évident qu'elle ne doit jamais le soupçonner.

— Bien sûr que non ! Vous affirmez donc qu'elle n'a rien fait délibérément.

— Elle est aussi innocente qu'un produit chimique réagissant avec un autre. Non, la comparaison n'est pas bonne, parce que dans une réaction, les deux produits sont modifiés, et dans ce cas, Vaun est restée Vaun. Vaun n'a pas besoin de vouloir faire quelque chose pour changer la vie des gens. On pourrait prendre l'image du trou noir, un de ces trucs sur lesquels les astronomes adorent émettre des hypothèses, tant ils influent massivement sur les mouvements de tout ce qui les approche dans l'espace, tant leur pouvoir est immense sur les particules de lumière qui ne peuvent leur échapper. On ne peut même pas voir les trous noirs, sauf à travers leur action sur ce qui les entoure, en déchiffrant les mouvements capricieux des planètes et des étoiles proches. Vaun passe, totalement enfermée dans son travail intérieur, et les gens commencent à frémir : Tommy Chesler se fait des amis adultes pour la première fois de sa vie, John Tyler devient sérieux, Angie Dodson considère ses travaux manuels comme une forme d'art, Andy Lewis passe de la criminalité à la pathologie, un psychiatre de Chicago s'arrache ses rares cheveux et se retrouve à pratiquer un style de psychothérapie inconnu de la science moderne, et qui marche, en plus ! Et Dieu seul connaît les effets qu'elle a sur deux inspecteurs de la criminelle venus innocemment de la grande ville ! ajouta-t-il en riant. Non, elle n'a rien fait délibérément. Vaun est aussi passive qu'une force puissante de la nature. Ses seules actions délibérées sont ses toiles, et même alors, elle vous affirmerait qu'elle n'a pas eu le choix, qu'elle s'est contentée de faire ce qu'il fallait pour continuer. Il se peut qu'un jour Vaun soit contrainte à l'action — je ne peux imaginer par quoi : certainement pas par une menace pesant sur elle. Peut-être pour protéger quelqu'un qu'elle aime —, mais je peux imaginer des résultats spectaculaires, voire catastrophiques.

Le Dr Bruckner s'exprimait avec l'enthousiasme d'un homme qu'on autorisait enfin à parler de quelque chose qui le fascinait depuis longtemps, et Kate n'était pas certaine du type de réponse qu'il attendait.

— On dirait que vous avez beaucoup réfléchi à tout ça, dit-elle, simplement pour permettre au médecin de poursuivre sa pensée.

Il se moqua gentiment.

— … dit-elle, pas très sûre d'elle. Oui, Vaun est le genre de personne à laquelle on a tendance à beaucoup penser. Ma femme voudrait que j'écrive sur le concept de la « personnalité déclencheuse », mais je ne vois pas quel bien cela pourrait faire. Après tout, on ne peut pas traiter le déclencheur innocent, même si sa personnalité explosive l'incrimine. Et ce n'est pas une idée nouvelle. Vous connaissez *Othello ?*

— Euh...

— Iago est un personnage méchant, hypocrite et traître, mais même lui a besoin de se respecter. Pour justifier à ses yeux l'énormité du mal qu'il a fait, il blâme sa victime, Cassio, en disant : « Il a dans sa vie une beauté quotidienne qui me rend laid. » Quand vous le trouverez, comptez sur Andy pour accuser Vaun.

— Il s'avère bien difficile à trouver.

— Si vous êtes patients, il viendra à vous. Il ne se rendra pas, ce n'est pas ce que je veux dire, mais il viendra. Il n'arrivera pas à s'en sortir seul, plus maintenant. C'est allé trop loin. Bien. Assez d'Andy Lewis, de trous noirs et de réactions chimiques. Les métaphores et les analogies sont la malédiction de la psychothérapie de bas étage. Parlez-moi de Vaun. De quoi a-t-elle l'air ?

— Aucun changement, à ce qu'ils disent sans arrêt.

— Je ne veux pas savoir ce qu' « ils » disent. Je sais ce qu'« ils » disent sans arrêt. Ce que je veux savoir, c'est ce que vous pensez.

— Je n'en sais rien. Elle est inconsciente. On dirait quelqu'un terrassé par une intoxication. C'est tout. Je ne suis pas médecin.

— Parfait, ce n'est pas un regard de médecin que je veux, c'est votre regard. En un mot, ne cessez pas de penser à elle. De quoi a-t-elle l'air ?

— Elle a l'air morte. Voilà ! Désolée, vous êtes son ami, mais c'est vous qui avez insisté.

— Oui, en effet, soupira-t-il. D'accord, parlez-moi d'elle. Dans quel genre de chambre l'ont-ils mise ? Qui sont les gens qui entrent en contact avec elle ? Comment la touchent-ils ? Quelle odeur ont-ils ?

Il parlait comme s'il ne se rendait pas du tout compte de la bizarrerie de ses questions, et Kate le regarda pour voir s'il était sérieux avant de commencer à lui répondre, hésitante. Il prit de brèves notes à la lumière de la boîte à gants sur un calepin qu'il avait tiré de sa poche et posa d'autres questions encore. Puis, d'un claquement sec, il referma la boîte à gants et s'appuya au dossier.

— Bien, ça suffira pour l'instant. J'aurais besoin de quelques petites choses. Y a-t-il une chance pour que quelqu'un puisse m'aider à me les procurer à une heure pareille ?

Kate décrocha le téléphone et, quand elle eut joint l'hôpital, elle demanda la chambre où Hawkin avait dit qu'il dormirait. Il décrocha à la seconde sonnerie.

— Hawkin.

— Désolée de te réveiller, Al, mais le Dr Bruckner a une liste de choses dont il aurait besoin, et ça pourrait faire gagner du temps s'il les avait à notre arrivée.

— D'accord.

Elle tendit le combiné à son passager qui prit d'abord des nouvelles de Vaun, écouta, voulut connaître la rapidité de son pouls, puis dit à Hawkin de ne pas chercher, que ce n'était pas tellement important. Il demanda s'il avait de quoi noter et lut alors la liste sur son calepin : un lecteur de cassettes, des roses, de n'importe quelle couleur à condition qu'elles sentent bon, une brosse à cheveux en sanglier, du velours orange foncé flamboyant, un patchwork — peut-être l'un de ceux d'Angie Dodson ? —, un grand bloc de papier à aquarelle, une boîte d'essence de térébenthine, la toile la plus récente de Vaun et enfin la solitude et le silence complets dans l'aile où elle se trouvait.

— Cela veut dire aucune voix dans le couloir, pas de chariots qui passent, pas de téléviseur qui hurle, pas de conversations téléphoniques, pas de bruits de pas. Oui, je sais qu'ils vont être aux cent coups, mais faites-le. Oui, c'est tout pour le moment. Il faudra peut-être attendre que les boutiques ouvrent pour le velours orange — il m'en faut deux mètres. Bon, à bientôt.

Un sourire effleura les lèvres de Kate à l'idée de Hawkin exécutant les ordres énergiques de cet homme plus jeune que lui et envoyant chercher patchwork et velours à cinq heures du matin. L'assurance de Bruckner était intimidante. Est-ce qu'il ne trouvait pas lui-même sa liste assez étrange ? Elle lui jeta un coup d'œil. Il étudiait ses mains, perdu dans ses pensées, l'air un peu malade à la lueur verte du tableau de bord.

— Cela vous gênerait-il de me dire ce que vous avez en tête ? lui demanda-t-elle.

— Mon cher Watson, fit-il en révélant ses dents blanches en un large sourire, ne pouvez-vous déduire mon propos à partir de mes exigences ?

— Une stimulation sensorielle, mais certains de ces objets semblent un peu... compliqués.

— Œil de triton et aile de chauve-souris, croassa-t-il avant de reprendre une voix plus normale. Toutes ces choses sont très fortement associées à Vaun. J'en connais certaines pour avoir travaillé avec elle en prison, des mots de passe qui ont fonctionné auparavant.

— Alors, vous ne demanderiez pas ces accessoires pour n'importe qui ?

— Certes non ! Ce que je vais faire pour Vaun ne ressemble guère à aucun traitement psychiatrique habituel, ça ne ressemble même pas à mes approches personnelles les plus expérimentales. C'est une des raisons pour lesquelles j'insiste sur une discrétion totale : le bon Dr Tanaka serait abasourdi par ces agissements en apparence irresponsables. Je viens en ami, déguisé en médecin. Et vous ne devez le dire à personne.

— Mais qu'est-ce... Je suis désolée, vous en avez probablement assez de vous expliquer devant des amateurs.

— Mais non ! Vous voulez savoir ce que je vais faire pour qu'elle remarque ces choses, c'est ça ?

— Oui ; elle est inconsciente !

— Ah, mais nous arrivons là à l'étonnante subtilité de l'esprit humain. Je crois que je devrais expliquer que je travaille dans l'hypothèse que l'état de Vaun est analogue à celui dans lequel elle était quand je l'ai rencontrée pour la première fois. Avant de la voir, je ne peux en être certain, mais ses symptômes et ses signes vitaux sont presque identiques. Où en sont vos connaissances théoriques en psychologie ?

— J'ai pris quelques cours à l'université, mais je ne sais pas si vous appelleriez ça des cours théoriques ; c'étaient surtout des généralités et de petites expériences avec des rats — vous voyez ?

— Eh bien alors, considérez ce que je vais vous dire comme généralement accepté dans la profession, et non comme des hypothèses qui se situent à l'extrême limite de ce qui est expérimentalement vérifiable. Je ne vous dirai pas le contraire, parce que j'ai raison, et que c'est la vérité, dit-il d'un ton ironique mais profondément sérieux qui fit sourire Kate. Encore une question : avez-vous déjà passé du temps avec un petit bébé ?

— Un bébé ? s'étonna Kate. Pas vraiment. J'ai un neveu à qui j'ai changé les couches, mais pas beaucoup plus.

— Alors vous ignorez peut-être comment un tout petit bébé peut décider de se couper du monde quand les stimuli deviennent oppressants. Dans une maternité, par exemple, les nouveau-nés peuvent dormir entourés des bruits les plus affreux, non pas, comme le disent certains, parce qu'ils ne sont pas assez développés pour entendre, mais parce que le bruit, la lumière, le froid, l'air sec, la faim qu'ils ont de leur mère et l'étrangeté de tout ce qui les entoure depuis peu surcharge leurs circuits de telle façon que le disjoncteur saute et que tout le système est déconnecté. Ce n'est pas du tout une explication purement théorique, précisa-t-il. Il arrive que des enfants qui ont subi un traumatisme grave ou qu'on néglige en fassent autant, jusqu'à l'extrême. Même si leur corps est fort et en bonne santé, ils se recroquevillent dans un coin et meurent, à moins que quelque chose ne vienne interrompre le processus.

Kate hocha la tête au souvenir d'une petite fille blonde arrivée au poste pendant sa toute première semaine de travail, une enfant qui ne souffrait ni de malnutrition ni de maltraitance, mais de faim de contacts humains.

— C'est ce que fait Vaun, continua le médecin. Elle n'est pas dans le coma au sens strict. Elle est plus proche de l'état que nous appelons catatonie, bien que normalement — si le mot « normal » a un sens — la catatonie soit un état temporaire dans lequel se replie un schizophrène, et d'où il ressort en quelques heures, ou quelques jours au plus. Normalement. Cependant, Vaun n'est pas schizophrène. C'est une artiste à la sensibilité immense qui passe une bonne partie de chaque jour à s'éreinter et à étaler son sang et sa vie sur une toile pour que le monde s'y fasse les dents. Elle maintient sa vie dans l'équilibre le plus précaire entre la douleur du monde et son instinct de conservation, pour la vision et la puissance qu'elle trouve — et seulement là — au bord du précipice. Depuis décembre, elle se sent glisser. Quand on a retrouvé le premier corps, son passé a soudain resurgi pour la hanter. Au deuxième, elle a failli quitter la route de Tyler. Ce n'est que par la volonté qu'elle est restée. Je n'ai jamais connu personne possédant une volonté aussi déterminée et inébranlable que Vaun. Elle a continué à avancer sous des fardeaux qui auraient écrasé la plupart d'entre nous, mais maintenant cette volonté s'est tournée vers la mort. Elle la tue. La peur croissante de ces derniers mois, suivie par le traumatisme de l'intoxication, l'a fait tomber du fil sur lequel elle se tenait, et tout son pouvoir l'écarte maintenant du monde, de la douleur, elle veut la paix. Il y a quinze ans, j'ai failli la perdre. Je travaillais comme volontaire à la prison quand je l'ai vue pour la première fois. Quand on l'a sortie de sa cellule d'isolement, elle était totalement renfermée, repliée comme un fœtus. J'ai rassemblé toute ma confiance en mes manuels pour qu'elle sorte de cet état, et une journée a passé, puis deux, quatre, et soudain, je me suis rendu compte qu'en dépit des signes vitaux, elle faiblissait, et qu'elle allait partir. J'ai alors mis tout mon cœur pendant des jours à trouver un moyen d'entrer : une clé, une façon d'intervenir sur la voie qu'elle s'était choisie. Ce furent ses toiles, naturellement, qui me firent agir ainsi. Rentré à la maison, je n'arrivais pas à dormir tant m'obsédaient son art et l'obligation où je me sentais de le rendre au monde. J'ai plus appris pendant mes deux premières semaines avec elle que pendant toutes mes études et, en fait, depuis, j'ai passé l'essentiel de ma vie à explorer ce qu'elle m'avait appris. Dans mon ignorance, je l'ai presque perdue et, bon sang, je ne vais pas la perdre cette fois ! dit-il avant de garder longuement le silence. Ai-je répondu à votre question ?

— Stimulation sensorielle.

— D'une qualité très particulière et très personnalisée. Savez-vous qu'il n'y a que quatre ou cinq ans que j'ai découvert pourquoi elle réagissait si fort au parfum des roses ? Elle était venue nous rendre visite, à ma femme et à moi, pendant l'été, et je l'ai retrouvée au jardin, un après-midi, en larmes, sanglotant et riant en hochant la tête. Elle était assise près de rosiers que ma femme avait plantés et elle s'est souvenue : il y avait une légère odeur de roses dans sa cellule, à la prison. Le système de ventilation l'apportait du jardin des gardiens. Pour certains, le parfum des roses n'est rien de plus qu'une odeur agréable, mais pour elle c'était l'odeur du monde extérieur, de l'air, du soleil, tandis que, recroquevillée en boule, elle avait choisi de mourir. Nous sommes presque arrivés à l'hôpital, non ?

— Encore vingt minutes.

— Si cela ne vous ennuie pas, je vais passer ce temps à remettre mes idées en place. J'ai besoin d'avoir l'esprit clair quand je la verrai.

— Bien sûr.

Kate appela Hawkin pour lui faire connaître leur position et bientôt, dans les premières lueurs de l'aube, elle traversa le rassemblement de véhicules de presse têtus et de leurs occupants très opportunément distraits par l'arrivée de Trujillo. Avec Bruckner toujours muet, elle pénétra par l'entrée de service. Hawkin les y accueillit et ils partirent dans les couloirs silencieux et aseptisés jusqu'à l'aile qui hébergeait Vaun. La gardienne sortit à leur arrivée. Bruckner s'approcha lentement du lit et regarda la femme endormie. Au bout d'une longue minute, il soupira, grogna presque, et avec beaucoup de tendresse avança deux doigts pour écarter une boucle de cheveux du front pâle de Vaun.

— Ma pauvre petite chérie, murmura-t-il, qu'est-ce qu'ils t'ont fait ?

23

KATE resta plusieurs heures effondrée dans la pièce adjacente, et, en se réveillant, elle trouva le tableau de la femme à l'agonie, le patchwork compliqué du lit de Vaun et une pièce de velours orange flamboyant qu'on avait déposés dans la matinée dans le couloir devant la porte de Vaun. La gardienne assise tout près se leva en voyant Kate. Les sons étouffés d'une musique sortaient de la chambre.

— Bonjour, Lucy. On est encore le matin ?

— Plus vraiment. Vous voulez du café ?

— Je vais en prendre dans une minute. Il se passe quelque chose ?

— Ces trucs sont arrivés. L'inspecteur Hawkin a dit que personne ne devait entrer, à part vous, et le psy n'est pas sorti. Alors, je suis restée là.

— Avez-vous des nouvelles de Hawkin ? De Trujillo ?

— Non, je suis restée là et j'ai écouté les vieux airs qui filtrent sous la porte en regrettant ne pas avoir bu autant de café.

— Vous n'avez pas fait de pause ? Allez-y, je reste ici jusqu'à votre retour.

Quand la femme revint, Kate alla prendre un café et un petit pain rassis, récupéra des vêtements dans sa voiture, prit une douche et revint juste au moment où se terminait le service de Lucy. Son remplaçant était un policier d'origine hispanique, massif, aux mouvements lents mais aux yeux vifs. Kate se présenta et s'assura qu'il savait bien qu'il ne devait entrer dans la pièce qu'en cas de nécessité absolue, et très doucement. Elle entra ensuite en ne produisant qu'un léger cliquètement de la serrure.

La première chose qu'elle remarqua fut le joyeux dessin fixé au mur au-dessus de la lumière. Le résultat des efforts du petit Teddy, sans aucun doute. Paul McCartney chantait les oiseaux noirs. L'occupante du lit gisait comme avant, immobile et lointaine. On lui avait brossé les cheveux. Deux douzaines de roses rouges à la perfection incongrue jaillissaient d'un pot de mayonnaise pour collectivités qui gardait encore des lambeaux de son étiquette d'origine, et le parfum du bouquet posé sur la table de nuit parvenait à faire oublier l'odeur caractéristique d'une chambre d'hôpital. À côté, Bruckner avait posé plusieurs objets qu'il avait dû apporter avec lui : une boîte de gros crayons pour enfants, un paquet de crayons de couleur et un de fusains. Kate se demanda s'il prévoyait que Vaun, inconsciente, dessine dans son sommeil, et elle se dit qu'elle aimerait bien être témoin de la performance.

Bruckner était assis au bord du lit, penché en avant, observant méticuleusement la main droite de Vaun recroquevillée sur sa poitrine. Il se retourna à l'arrivée de Kate, grimaça, se leva lentement et s'étira. Il avait fiché un bouton de rose maintenant fatigué au revers de sa veste en velours côtelé. Les cheveux hirsutes, le visage arborant presque une véritable barbe, il dégageait une odeur aigre.

— Comment cela se passe-t-il ? murmura Kate.

— Trop tôt pour savoir. Hawkin a dit que vous pourriez m'aider aujourd'hui.

— C'est aussi ce qu'il m'a dit. Que puis-je faire ?

— Relayez-moi quelques heures. Il faut que je me rase, que je parle à Tanaka et consulte le dossier pour qu'on ne doute pas de mon statut.

— Il y a une douche au numéro dix-sept, suggéra Kate.

— Je m'y précipite !

Il fourragea dans son sac et en sortit une chemise. Puis il tendit deux cassettes à Kate.

— Mettez-les quand celle-ci sera terminée et brossez-lui les cheveux. Ne lui parlez pas. Essayez de rester hors de son champ de vision. Et surveillez-la.

Alors, pendant deux heures, Kate écouta des chansons à demi oubliées de Judy Collins, Bob Dylan, Joan Baez, Simon and Garfunkel, et brossa fermement les cheveux de Vaun jusqu'à ce que les boucles noires reposent à plat sur l'oreiller. Elle retint son souffle chaque fois qu'elle crut percevoir des mouvements — et une fois un léger bruit —, mais décida finalement que ce n'était que son imagination ou un parasite sur la bande. Après ce long moment hypnotique, elle sursauta quand la porte s'ouvrit devant Bruckner, qui entrait en apportant la toile. Il la posa sur une chaise contre le mur, face au lit, et, en la regardant, Kate se rendit compte qu'elle n'était pas signée. Bruckner revint avec le velours feu et le patchwork, et referma la porte. Elle se leva du lit pour lui murmurer qu'il n'y avait pas de changement, mais les yeux du psychiatre passèrent de Vaun au moniteur, et il sourit.

— Oh, mais si, il y a du changement ! Regardez son teint, et son pouls.

Kate regarda de plus près, mais ne distingua aucune coloration de la peau. Quant aux chiffres lumineux du moniteur, ils oscillaient auparavant entre 55 et 58, et maintenant ils s'étaient stabilisés à 59, ce qui ne lui sembla pas une augmentation notable. Ils clignotèrent à 60 et revinrent à 59.

— Aucun mouvement ?

— J'ai cru, deux ou trois fois, mais c'est comme quand on regarde une tache sur un mur blanc ; au bout d'un moment, elle se met à danser.

Il hocha la tête, jeta le velours sur le fauteuil et secoua le patchwork pour l'étendre sur le lit. Il souleva la main droite de Vaun et quelque chose tomba sur le lit, un petit objet noir qui le fit arrêter de respirer. Son visage exprima une satisfaction intense. Il retourna la main molle, en retira ce que tenaient encore les doigts pliés et reposa la main sur le lit en lui donnant une petite tape affectueuse. Il fit le tour du lit et montra son trophée à Kate : sur sa paume, deux morceaux de fusain. Kate les prit et les regarda sans comprendre.

— Elle l'a cassé, expliqua-t-il. Elle l'a touché, elle l'a reconnu et elle a serré la main assez fort pour le casser.

— Et ça vous fait plaisir ?

— Ça me fait très plaisir. J'aurai à nouveau besoin de vous dans deux ou trois heures. Serez-vous là ?

— Toute la journée et toute la nuit, pour autant que je le sache. Dois-je revenir dans deux heures ?

— Disons trois. Si j'ai besoin de vous avant, je demanderai à César ou à celui qui sera de garde de vous trouver.

Kate attendit. Elle mangea un plat trop cuit à la cafétéria de l'hôpital, évita un journaliste en s'enfuyant par les cuisines et en ressortant par l'arrière en blouse blanche, répondit à l'appel de Hawkin qui se trouvait à San José, trouva quelqu'un pour lui retirer ses points de suture dans le dos et se sentit inutile. Au bout de deux heures et cinquante minutes, elle retourna dans la chambre, où Bruckner lui expliqua ce qu'il attendait d'elle. Elle se dit qu'il était fou, mais elle obtempéra : elle s'approcha de la femme inconsciente (son visage était-il vraiment moins cireux ?) et lui raconta d'une voix lente et emphatique les grandes lignes de l'enquête. Elle insista sur le souci que se faisait Angie pour elle, mais pas sur son besoin d'être réconfortée ; elle lui parla de Tony Dodson/Andy Lewis et de sa culpabilité probable, mais ne lui dit pas qu'il avait disparu, et enfin elle insista sur le fait que la police était consciente que Vaun était la victime et non une suspecte, autant victime que Tina Merrill, Amanda Bloom et Samantha Donaldson, et qu'elle en était heureuse. Puis elle partit, nerveuse, et téléphona à Lee et à Hawkin avant de s'effondrer pour quelques heures agitées sur le lit de la chambre voisine de celle de Vaun.

Le lendemain matin, le pouls de Vaun battait à 62 et elle avait brisé un autre fusain et un crayon de couleur.

Le jeudi fut horrible. Bruckner l'appela deux fois pour qu'elle répète son histoire à la forme impassible sur le lit, puis la renvoya. Elle ne pouvait rentrer chez elle parce qu'il voulait qu'elle reste à sa disposition et que Hawkin l'avait attachée au médecin. Elle ne pouvait quitter l'hôpital sans entraîner dans son sillage un flot de personnes bruyantes braquant sur elle flashes et micros. Tanaka et ses assistants commencèrent à venir rôder dans le couloir avec des questions auxquelles ils savaient qu'elle ne pouvait répondre. Hawkin et Trujillo disparurent pour diriger la poursuite d'Andy Lewis. Elle se sentait enfermée, oubliée, ballottée, écœurée par la nourriture de la cafétéria, angoissée par le manque d'exercice et tout à fait pessimiste quant à l'avenir de l'affaire et à son propre avenir en tant que policier.

À dix heures ce soir-là, le pouls de Vaun était à 63. Elle n'avait toujours pas bougé. Elle tenait maintenant à la main un gros crayon orange. Son tableau se dressait au pied de son lit, arrogant, exigeant, inachevé. Bruckner vivait de café et semblait épuisé, presque aussi pâle que la malade, la voix rauque. Kate alla se coucher en écoutant le chuchotement de la musique à travers le mur et se réveilla dans le silence. Il faisait nuit.

Le gardien de Vaun faisait les cent pas dans le couloir, jouant nerveusement avec la boucle de son ceinturon et regardant la porte derrière laquelle régnait un silence mortel. Kate croisa son regard, hésita et tourna la poignée.

Le magnifique tableau, ou ce qu'il en restait, reposait de guingois contre le mur. La toile avait été lacérée en deux endroits et il ne restait de la douce peinture que des amas et des traînées. L'image en avait disparu. Par terre, un couteau à peinture luisait, ses bords tachés de sombre. Kate fit deux pas rapides à l'intérieur pour voir le lit.

Les fils du moniteur gisaient enchevêtrés sur le sol. La machine avait été éteinte ; le magnétophone, silencieux, était posé dessus. Le goutte-à-goutte s'écoulait patiemment dans son tube puis en une flaque qui s'élargissait sur le linoléum. Gerry Bruckner dormait sur le lit, en chaussettes, jeans et chemise, son bras droit sous la tête de Vaun Adams, son bras gauche lui entourant les épaules. Elle reposait, presque invisible, tournée vers lui, sous le patchwork qui recouvrait la couverture d'hôpital, ses boucles contre la poitrine de son médecin. Des pétales de rose jonchaient la table de nuit et tombaient par terre, leur dernier parfum se mêlant aux odeurs de térébenthine pour envahir la pièce, submergeant toute odeur de maladie. Kate s'approcha doucement, arrêta le goutte-à-goutte, et referma sans bruit la porte derrière elle. Debout dans le couloir, elle sentit un sourire stupide étirer ses lèvres.

— Tout va bien ? demanda anxieusement le garde.

— Je crois que ça va aller, mais, écoutez, personne ne doit entrer. Si l'infirmière veut renouveler la perfusion, dites-lui qu'elle a été retirée, et qu'elle n'a rien à faire. Personne ne doit entrer, ni Tanaka, ni le directeur de l'hôpital, ni même le Président. Personne. Si vous avez besoin de moi, j'ai mon bip.

Elle partit en fredonnant pour réveiller Hawkin avec la première bonne nouvelle depuis des jours.

Bruckner paraissait vidé, se dit Kate. En fin de matinée, il était sorti leur parler. Le psychiatre s'était effondré dans un fauteuil, la tête roulant sur le dossier, les bras mous sur les accoudoirs, les yeux en mouvement. Il avait l'air de quelqu'un qui relève d'une longue fièvre — pâle, épuisé, et très reconnaissant. Disparu, son pas élastique d'athlète ! Il parlait à Hawkin d'une voix lente et beaucoup plus grave que sa voix normale :

— J'aurais dû rentrer aujourd'hui. Je peux prolonger jusqu'à dimanche, mais il faut que j'y sois à neuf heures lundi matin. Je ne le lui ai pas dit, parce qu'elle est encore dans un état trop fragile, mais nous devons décider très vite de qui va me remplacer.

— Tanaka ? Un des médecins de l'hôpital ? demanda Hawkin.

— Il n'est pas nécessaire que ce soit un médecin. En fait, de son point de vue, il vaudrait mieux que ce n'en soit pas un. Elle a besoin d'un ami pour la protéger jusqu'à ce qu'elle se remplume.

— Quelqu'un de la route de Tyler ?

— Elle y a trois amis : Angie Dodson, Tommy Chesler et Tyler. Je ne vois pas Tommy s'en charger. Angie serait idéale, mais je ne sais pas comment elle réagit devant le rôle de son mari dans cette affaire, et Vaun n'a pas besoin d'une femme pleurnichante et culpabilisée auprès d'elle. Tyler — je ne sais pas. Un ancien amant... Ce pourrait être gênant, et il a déjà bien des soucis.

— Vous pensez à quelqu'un ?

— Pourquoi pas Casey ?

Hawkin ne sembla pas du tout surpris, mais Kate sauta hors de son fauteuil et les regarda tous deux.

— Non !

— Voyons, Casey, temporisa Hawkin, il va de toute façon lui falloir un garde du corps jusqu'à ce qu'on mette la main sur Lewis. Tu as déjà fait ce genre de boulot, et bien que tu sois maintenant à un grade trop élevé pour ça, c'est une dame importante et Lewis est sans aucun doute après elle.

— Al, ça pourrait durer des semaines, des mois !

— Je ne crois pas. Et dans ce cas, nous nous organiserions autrement. Je veux que tu le fasses, Casey, et je pourrais t'en donner l'ordre, dit-il, une ferme détermination sur le visage.

— D'accord, soupira-t-elle. Deux semaines. Je la garde pendant deux semaines, pas plus.

— C'est déjà ça.

— Mais pas ici, dit fermement Bruckner.

— Non, pas ici, le rassura Hawkin. Dans un endroit calme et sûr.

— Bien.

— Quand pourra-t-elle nous parler ? Nous devons prendre sa déposition.

— Pour l'instant, elle dort, et je crois qu'elle va dormir un bon moment. Ce soir, peut-être. Il faudra qu'elle mange et l'infirmière doit lui donner un bain. Alors vers huit heures ? Mais pas pour longtemps.

— Vingt minutes, d'accord ?

— Ça devrait aller, dit Bruckner en fermant un instant les yeux pour inspirer profondément et se lever. Maintenant, je vais aller voir le Dr Tanaka et faire un rapport sur les soins que j'ai prodigués à Vaun pour qu'on ne me prenne pas pour un charlatan. Merci, Casey, dit-il en posant la main sur son épaule avant de s'éloigner.

Quand ils furent seuls, Hawkin gagna la fenêtre et alluma une cigarette. Il la fuma en regardant à travers les lattes du store vénitien, et Kate s'enfonça plus profondément dans son fauteuil pour le regarder avec défiance.

— J'ai appris à me méfier de tes cigarettes, Al, dit-elle enfin. Je t'ai dit que je veillerais sur elle. Que veux-tu d'autre ?

Il se retourna, surpris, et, regardant la cigarette dans sa main, il sourit d'un air gêné. Il alla s'asseoir en face de Kate.

— Le problème, c'est que faire, maintenant. On ne peut pas renvoyer Vaun chez elle et se dire que Lewis ira s'amuser ailleurs. Je ne peux pas aller voir le capitaine et lui dire : « Désolé, on n'a pas votre homme, mais je ne crois pas qu'il recommencera avant longtemps. » Nous sommes coincés tant qu'on ne l'a pas pris ou éliminé.

— Tu veux que j'utilise Vaun comme appât.

— Tu as une meilleure idée ?

— Elle n'est pas en état, ni mentalement ni physiquement. Et Bruckner en ferait une attaque.

— Il n'en saura rien. C'est une grande fille. C'est à elle de décider. Dans dix jours, elle sera sur pied ; Lewis, lui, commencera à se détendre, convaincu qu'il nous a eus, et il essaiera de la retrouver.

— Tu es sûr de tout ça ?

— Oui.

— D'accord. C'est toi le patron. Alors, qu'est-ce que tu vas essayer d'obtenir de moi ?

— Tu vis sur Russian Hill, non ?

Elle se sentit soudain glacée et porta la main à sa gorge.

— Non, Al.

— Je me trompe ? J'aurais juré...

— Oui, j'y vis. Mais non, ce n'est pas ma maison. Tu ne peux pas me demander ça.

— Un quartier résidentiel tranquille, avec des maisons individuelles, des arbres, des impasses. C'est le genre d'endroit qui semble vulnérable, mais qu'on peut contrôler des yeux et des oreilles.

— Non.

— Casey...

— Ce n'est pas ma maison, Al. Non.

— Alors, où ? Chez moi ? Une seule chambre, nue et ouverte sur une rue passante, des voisins à un mètre de chaque côté.

— Un hôtel.

— Oh, très bien ! Et pourquoi ne pas la mettre en prison avec une série de miettes conduisant jusqu'à sa cellule et un bout de ficelle à la porte pour qu'il la referme derrière lui ? Bon sang, Casey, il n'est pas idiot. Si ça n'a pas l'air naturel, il va disparaître et se tenir tranquille six mois, un an. Il en est capable. Il faut que ce soit naturel, aussi naturel qu'une convalescence chez une gentille inspectrice qui suffit pour veiller sur elle, parce que la police ne croit pas vraiment qu'il va essayer à nouveau.

— Et comment la trouvera-t-il ? Je ne suis pas dans l'annuaire téléphonique.

— Une fuite judicieuse auprès de la presse, peut-être ?

— Oh, Seigneur, Al ! dit-elle, d'une voix sincèrement douloureuse.

— On ne donnerait pas ton adresse, concéda-t-il. Juste quelques vagues indices.

— Al, non, s'il te plaît, ne me demande pas ça.

Hawkin ne répondit pas. Il regarda au bout de sa cigarette la cendre près de tomber et tendit la main vers le cendrier sur la table. Il tira une dernière bouffée et entreprit d'écraser méthodiquement le mégot, comme un apothicaire utiliserait un pilon dans un mortier. Son visage n'exprimait rien, et quand il reprit la parole, ce fut comme s'il récitait des faits :

— Tu as raison, la maison n'est pas à toi. La maison où tu vis appartient à une certaine Leonora Carter, docteur en psychologie, psychothérapeute spécialisée dans l'art et les artistes, en particulier au sein de la communauté homosexuelle. Elle était à l'université de Californie à la même époque que toi. Tu loues une chambre chez elle depuis vingt et un mois. Je n'ai rien besoin de savoir de plus sur ta vie, dit-il en fichant ses durs yeux bleus dans les grands yeux bruns de la jeune femme. Rien de plus, répéta-t-il, tant que ta vie n'interfère pas avec ton travail. Est-ce compris, Martinelli ?

— C'est compris, l'assura-t-elle d'une voix étale.

Mais il commençait à la connaître assez bien pour percevoir l'effort qu'elle s'imposait à la crispation de ses mains et de ses mâchoires.

— Bien. Ce n'est pas un ordre, je n'ai aucun droit de te le donner, mais j'aimerais que tu demandes à ta propriétaire, Lee, de bien vouloir aller à l'hôtel ces deux semaines, à nos frais, bien sûr.

— Elle ne partira pas.

— Tu lui demanderas ?

— D'accord, merde ! Oui, je lui demanderai. Mais elle ne partira pas.

Elle n'essaierait même pas. Elle savait sans l'ombre d'un doute qu'il n'y aurait aucun moyen de faire partir Lee pendant que l'auteur de *Strawberry Fields* serait sous son toit.

Elle savait aussi que Hawkin avait raison, que la meilleure façon de piéger Lewis était de lui faire croire qu'il n'y avait pas de piège. Elle leva les yeux vers lui, et surprit sur son visage la même expression qu'elle lui avait vue sur l'aire de stationnement devant le restaurant : approbation, sympathie, et une curieuse touche de fierté. Cela ne dura qu'un instant et il se leva.

— Ces derniers jours t'ont laissée en rade, alors j'ai dit à Trujillo de se rendre libre pour toi aujourd'hui. Il te mettra au courant — même s'il n'y a pas grand-chose à dire. Je vais sur la Route bavarder avec Tommy et jeter un œil chez Angie, mais je serai de retour à six heures. Tu veux venir dîner ? Je t'invite. Je prendrai même le volant.

— Bonne idée, mentit-elle, tant l'air de l'hôpital avait réduit son appétit.

— Trujillo m'a recommandé un restaurant.

— Des omelettes au tofu ? ironisa-t-elle péniblement.

Le sourire de Hawkin récompensa son effort.

— Un restaurant italien de premier ordre, il le jure. J'espère y trouver du veau mangeable. Six heures ? On revient à huit ?

— Je serai prête.

Il gagna la porte et s'arrêta, la main sur la poignée.

— Merci, Casey, dit-il en ouvrant la porte sur les bruits de l'hôpital.

— Al ? appela-t-elle pour qu'il se retourne. Mes amis m'appellent Kate.

24

PEU AVANT SIX HEURES, Hawkin reparut et enleva Kate par une des portes de service. Il était d'humeur étrangement joyeuse et fredonnait un air connu dont Kate pensa qu'il pouvait être de Mozart ou Beethoven, qu'elle avait parfois tendance à confondre. Il martyrisa les vitesses de la voiture de sport de Trujillo et ils arrivèrent au restaurant. On les plaça dans un coin tranquille. Les serviettes avaient la taille de petites nappes, le menu un mètre de haut, la carte des vins l'épaisseur d'un roman, le moulin à poivre la longueur d'un bras. Le serveur, qui dit s'appeler Phil, débita pendant trois bonnes minutes les spécialités du jour avant de disparaître dans l'ombre. Hawkin regarda Kate avec une grimace.

— Tu y as compris quelque chose, Martinelli ?

— Il a parlé de pâtes et de poisson, je crois.

— Bon, je vais prendre du veau *alla parmigiana.*

Les *antipasti* étaient bons et ils avaient faim, même Kate, qui en fut surprise. Hawkin, lui, adorait manger. Quand on les desservit, Kate n'y tint plus.

— D'accord, Al, vas-y. Tu glousses comme une mère poule depuis une heure. Qu'est-ce qui se passe ? Tu n'as pas trouvé Lewis — ça, tu me l'aurais dit.

— Non, pas encore, mais j'ai le dernier morceau du puzzle : une jolie photo que je suis bien content d'avoir pu contempler.

— Ta discussion avec Tommy Chesler cet après-midi ? Elle a apporté quelque chose ?

— La discussion, plus un peu de bonne vieille farfouille. J'ai trouvé un exemplaire de ça... derrière un panneau secret, tu te rends compte ? Dans une bibliothèque de la cabane de Lewis. La cabane d'Angie.

« Ça », c'était un numéro du magazine *Time* de l'été précédent. L'exemplaire que Hawkin posa sur la table était tamponné du nom de la bibliothèque locale, et portait un volet de carte d'abonné dans la couverture. L'autre se trouvait sûrement au laboratoire de la police.

— Regarde à la page soixante-douze, dit-il.

Il se souleva de sa chaise pour voler les bougies de deux tables voisines afin qu'elle puisse voir.

Il s'agissait d'un article sur Eva Vaughn, génie mystérieux du pinceau (comme disait le titre). Sur la page de gauche, trois de ses toiles, toutes de l'exposition de New York. La page de droite présentait *Strawberry Fields* et le début de l'article, qui continuait page soixante-quatorze avec une discussion sur le renouveau de l'art en tant que révélation psychologique et critique sociale. Un graphique en trois couleurs où les courbes étaient une succession de pinceaux stylisés, montrait la progression phénoménale des prix payés pour des œuvres d'artistes vivants.

Hawkin tendit le bras et tourna la page pour revenir au début, puis il montra une des trois reproductions où l'on voyait deux très petits enfants, tout nus, accroupis sur un sentier, têtes rapprochées, en train d'étudier quelque chose par terre entre eux. L'un sembla vaguement familier à Kate et, au bout d'un moment, elle se rendit compte que c'était l'enfant turbulent de Flower Underwood, celui qui avait démonté ses stylos et l'avait arrosée de lait pendant qu'elle tentait d'interroger sa mère.

— Tommy Chesler l'a aidée à mettre celle-ci en caisse en juin dernier. En août, cet article est sorti, mais Tommy ne l'a vu qu'en octobre, dans la chambre de Tyler. Il a volé le magazine — il m'a fallu vingt minutes pour le convaincre que je n'allais pas l'arrêter — et il l'a gardé dans sa cabane, près de son lit. Trois ou quatre semaines plus tard — il n'était pas sûr de la date, mais c'était avant Thanksgiving et après la première pluie, ce qui veut donc dire que c'était entre le douze et le quinze novembre —, son copain Dodson est tombé dessus, et Tommy, qui bouillait d'envie de dire à quelqu'un le rôle qu'il avait joué pour faire parvenir cette toile jusque dans les pages de *Time*, lui a tout raconté.

— Et en moins de deux semaines, les Jameson étaient cambriolés et Tina Merrill morte.

— Tout à fait. Il peut agir vite, quand il veut... mais nous le savions déjà, non ? Alors, tu vois clairement le portrait : un petit con qui ne peut supporter qu'on ait le dessus sur lui. Enfant, il tue des chiens et des chats quand il est en colère contre leurs propriétaires, et il finit par mettre enceinte la fille unique du pasteur et par la battre comme plâtre. Il part deux ans — au Mexique, je crois ; ses seules notes correctes à son retour à l'école étaient en espagnol —, apprend je ne sais quels trucs et se fait tatouer. Pour une raison que j'ignore, l'ennui, probablement, il décide de revenir un moment chez sa mère et s'inscrit dans un petit lycée pour se pavaner. Là, il rencontre Vaun, la petite Vaunie, qui se laisse charmer par lui et par les poisons hallucinogènes jusqu'à ce qu'elle décide qu'elle en a assez. Et trois semaines plus tard, très mystérieusement, elle assassine une enfant qu'elle aime beaucoup.

— Je ne m'imagine pas allant au tribunal avec seulement ça en main, bougonna Kate qui vit s'effacer du visage de Hawkin les dernières traces de la joie du jour.

— Tu ne vois pas ça au tribunal ? « Alors, inspecteur Hawkin, vous voulez faire croire au jury qu'Andrew Lewis est entré par la porte de la cuisine dans une maison, qu'il a étranglé une petite fille inconnue, qu'il l'a déshabillée et qu'il a disposé son corps de façon qu'il ressemble à sa représentation sur une toile, tout ça pour se venger de la jeune fille qui gardait l'enfant et qui avait froissé sa fierté ? »

— Mais tu penses que c'est ce qui est arrivé.

Il n'eut pas à répondre tout de suite grâce à l'arrivée de Phil apportant les plats. Le serveur disposa les assiettes et tourna autour d'eux jusqu'à ce que Hawkin lui jette un regard noir qui le fit disparaître, vexé. Ils dévorèrent quelques bouchées avant que Hawkin réponde de façon détournée à sa question :

— Je suis tombé récemment sur une étude qui disait qu'un demi pour cent des suspects accusés de crimes violents le sont à tort. Je ne peux pas le croire, mais même si on divise ce chiffre par cent, il reste toujours huit à dix cas par an.

— Et tu crois que Vaun Adams est l'un d'eux.

— Je le crains, soupira-t-il.

Pendant un moment, ils se concentrèrent tous deux sur leur assiette, bien que leur plaisir fût amoindri : il est difficile de ne pas considérer un échec du système judiciaire comme un échec personnel.

— Alors..., commença Kate.

— Alors, Vaun subit un procès faussé, est envoyée en prison, en sort, voyage et aboutit sur la route de Tyler. Il est possible qu'il ait su qu'elle était là, ou il a pu tomber sur elle à la fête par hasard mais, quelle que soit la façon dont c'est arrivé, il l'a retrouvée ici il y a trois ans, et comme elle ne l'a pas reconnu à cause de sa barbe et des années d'enfer qu'elle avait traversées, il a décidé de rester dans le coin. Il ne lui a fallu que quelques heures pour trouver Angie, ce jour-là, une femme simple et abandonnée avec une jeune enfant. Elle est tombée sous le charme de Lewis — Seigneur, je commence à détester ce mot ! — et en moins de temps qu'il n'en faut pour le dire, il vivait dans la maison voisine, sans que la femme qu'il avait envoyée en prison ne l'ait reconnu. Ce qui m'étonne, c'est qu'il soit resté là, tout près de Vaun, pendant deux ans, sans faire grand-chose, à part s'en aller quelques jours par semaine pour je ne sais quel travail dans la région de la Baie. Probablement quelque chose d'illégal.

— Peut-être. En tout cas, il joue son petit jeu, vivant à

quelques centaines de mètres, transportant ses toiles — déjà en caisses — mais restant toujours à l'écart d'elle pour que son œil d'artiste ne voie pas qui se cache sous la barbe. Jusqu'en novembre, quand le confiant Tommy Chesler lui dit qu'il a aidé à mettre en caisse la toile de la page soixante-douze de *Time* ; et Lewis se rend compte que la petite Vaun ne se contente pas de tirer quelques misérables dollars de ses croûtes, mais qu'elle est une artiste de renom international dont les toiles rapportent des sommes à cinq ou six chiffres. C'est peut-être l'argent qui l'a attiré, et la pensée que si, dix-huit ans plus tôt, il avait joué la bonne carte, il jouirait maintenant de ces revenus. Ou peut-être est-ce seulement le culot de cette femme qui est devenue une grande artiste en dépit de ses efforts pour l'écraser. En tout cas, sa propension à se venger de façon perverse s'est réveillée, et il a trouvé d'abord un moyen de la rendre folle, puis de détruire sa réputation, et enfin de la tuer en simulant un suicide.

Kate rapprocha le magazine de son assiette et, de la main gauche, elle commença à en tourner les pages. Elle s'en souvenait, maintenant. Cet article, comme celui qu'elle avait lu dans le magazine d'art, était polémique, divisé en « pour » et « contre » — reflet sans aucun doute de l'attitude ambiguë du monde de l'art en général envers Eva Vaughn. Quelques phrases attirèrent son regard, les noms de Vermeer et de Rembrandt à nouveau, et celui de Berthe Morisot.

Elle lut le dernier paragraphe de l'article favorable :

> Au treizième siècle, le peintre Cimabue tomba sur un jeune paysan sans instruction, assis près de la route, qui, sur un rocher, dessinait remarquablement bien ses moutons. L'enfant s'appelait Giotto. Il en vint à surpasser son maître, et ce fut sa façon de retravailler les formes gothiques pour qu'elles expriment les drames et les émotions humains qui traça la voie de la Renaissance et changea à jamais la face de l'art européen.

> Maintenant, en cette fin de vingtième siècle, une femme, Eva Vaughn, vient réintroduire la forme et la qualité formelle dans l'émotion abstraite. Elle a ramené la technique et le cœur humains à des formes que nous croyions épuisées, et même les plus blasés sont contraints de voir le réalisme classique avec un œil nouveau. La révolution de Giotto est venue à point nommé. Il reste à voir si le vase façonné par Mlle Vaughn peut la contenir.

En revanche :

> S'il est impossible de nier le talent authentique dont témoignent ces toiles, il est cependant dommage qu'une telle puissance ne se soit pas tournée vers l'expression de quelque chose de nouveau au lieu de reformuler délibérément et prudemment des formes élimées. Paul Klee a dit un jour que plus le monde est horrible, plus l'art est abstrait. Si l'on peut appliquer cette théorie à l'individu, confronté au style d'Eva Vaughn, on ne peut que supposer que l'artiste a eu une vie très protégée.

— Protégée ! grogna Kate.

— Ironique, n'est-ce pas ? Le reste de l'article n'était pas mauvais, mais terminer en citant un homme qui à l'évidence n'avait aucun sens de l'histoire, et continuer par une fausse logique... Je me demande si le journaliste sera embarrassé quand on saura tout.

— Parce qu'on saura tout, n'est-ce pas ? Tout sera publié avant la fin de la semaine ?

— C'est inévitable. Non, plus de café, merci.

Il avait adressé cette dernière phrase au serveur, qui revint en apportant sur un petit plateau deux chocolats à la menthe et l'addition. Le menu était sans imagination, mais le dîner satisfaisant et, après sa démonstration d'éloquence, Phil les avait laissés tranquilles. Hawkin défroissa quelques billets et les déposa près du plateau. Il regarda sa montre.

— Huit heures moins le quart. J'espère qu'elle est réveillée. J'aimerais dormir dans mon lit, cette nuit.

Vaun somnolait sur son oreiller après l'effort que lui avaient coûté un repas et un bain, mais ses yeux s'ouvrirent quand les deux policiers entrèrent. Gerry Bruckner était assis à la petite table, penché sur une pile bien nette de feuilles tapées à la machine, un stylo à la main. Des roses toutes fraîches, roses et jaunes, rayonnaient sur la table près de lui.

Kate fut stupéfaite du changement chez Vaun. Avant, elle était belle, maintenant elle était vivante. Les muscles de son visage émacié ne bougèrent pas quand elle les vit s'approcher d'elle, regardant Hawkin, puis s'absorbant dans l'étude de Kate. Mais ses yeux, ses extraordinaires yeux bleus, frémissaient de vie, débordaient de vitalité, de la beauté et de la conscience d'être en vie.

— Merci, dit-elle à Kate, d'une voix rauque mais nette.

Kate essaya en vain de détourner son regard de ses yeux qui retenaient les siens. Elle sourit, un peu gênée. Il n'y avait rien à répondre à cela, et finalement — au bout de dix secondes ? dix minutes ? —, Vaun la libéra et tourna son regard vers Hawkin, qui le soutint mieux que Kate.

C'est Gerry Bruckner qui brisa finalement ces échanges en s'approchant du lit pour rajuster les oreillers et poser doucement la main sur la tête de Vaun. Elle lui sourit tendrement et Hawkin se racla la gorge.

— Êtes-vous en état de répondre à quelques questions, mademoiselle Adams ?

— Bien sûr.

Kate sortit son bloc et nota consciencieusement les détails de ce qui avait bien failli être le dernier jour de la vie de Vaun Adams.

Il n'y avait rien de spécial. Oui, elle avait bien remarqué

le goût bizarre du whiskey, mais elle avait un début de rhume et cela donnait toujours un drôle de goût aux aliments. Et oui, les fortes doses d'antihistaminiques qu'elle avait prises avaient probablement augmenté les effets de la drogue dans le whiskey. Non, elle n'avait pas pris de chloral. Elle se savait hypocondriaque, mais elle s'arrêtait toujours aux somnifères classiques. Non, elle n'avait rien trouvé de dérangé en rentrant de sa promenade. Non, elle ne s'était pas rendu compte que Tony Dodson était Andy Lewis, mais ça ne lui semblait pas impossible, cela expliquerait le frisson d'appréhension qui la parcourait quand elle tombait sur lui à l'improviste. Il faudrait qu'elle y réfléchisse. Non, elle n'avait pas remarqué la disparition de son portrait du jeune Andy Lewis, mais il était encore dans son atelier à la ferme de son oncle Red, en août, elle en était certaine. Non, elle n'avait rien fait que de très ordinaire, ce vendredi, et ce, délibérément, comme seul moyen d'écarter la peur. L'orage avait contribué à la distraire, et elle avait passé l'après-midi à dégager des branchages tombés autour de chez elle et à parler des dégâts avec ses voisins. Oui, elle avait vu Angie, mais pas Tony. Et enfin, oui, elle en avait parlé avec Gerry et, bien qu'elle ne le souhaitât pas, elle était prête à coopérer en étant, comme elle le dit, la chèvre offerte au tigre. Elle parut sur le point de dire quelque chose d'autre, mais se ravisa, et il apparut soudain qu'elle n'était plus en mesure de supporter la situation, que l'épuisement l'avait submergée.

Bruckner adressa à Vaun des paroles apaisantes en caressant ses cheveux tout propres. Kate et lui partirent. Ils rentrèrent chez eux et dormirent dans leur propre lit, cette nuit-là. A propos, ni l'un ni l'autre ne dormit seul.

25

KATE AVAIT VU Leonora Carter pour la première fois neuf ans plus tôt dans un grand amphithéâtre de l'université de Californie, à Berkeley. Kate avait dix-neuf ans et commençait sa deuxième année. Elle se trouvait entassée dans cet espace mal ventilé avec plusieurs centaines d'autres psychologues en herbe pour le quatrième cours du semestre. Une nouvelle silhouette s'approcha de la chaire, une grande jeune femme mince aux cheveux blonds indisciplinés, aux drôles de genoux, arborant un air de confiance tranquille sous le regard cynique de près d'un millier d'yeux, des yeux qui avaient appris depuis longtemps à nourrir des doutes concernant les assistants.

Celle-ci, cependant, était différente. Pendant deux heures, elle retint l'attention de ces centaines d'étudiants de première et deuxième année somnolents ; elle les fit rire, répondre, les amena à l'apprécier. Elle leur apprit même des choses. Elle n'avait pas cinq ans de plus qu'eux — trois de plus que Kate — mais elle possédait une maturité et une envergure que peu d'entre eux atteindraient jamais. Elle donna trois autres cours avant la fin du trimestre, et chaque fois ce fut la même chose : les dormeurs des derniers rangs se redressèrent, on rangea les journaux, le fond sonore continuel de murmures et de toussotements cessa. Tous les étudiants se retrouvèrent emportés par sa passion pour le fonctionnement de l'esprit humain.

Lors du trimestre d'hiver, Kate s'arrangea pour se retrouver dans le groupe de travaux dirigés de Lee Carter, tout simplement en achetant l'étudiant de dernière année chargé de la répartition des élèves. Jamais dix dollars ne furent mieux placés.

Au trimestre de printemps, Kate n'avait aucun cours de psychologie, et au début de la première semaine, un beau matin d'avril, elle frappa à la porte du minuscule bureau de Lee et demanda si son ancien professeur aimerait se joindre à elle pour pique-niquer au-dessus du campus. Elle accepta, et en juin elles étaient amies.

L'année suivante, leur amitié s'approfondit et, pour la première fois de sa vie, Kate se surprit à parler à quelqu'un de ses problèmes, de ses interrogations, de sa vie. Kate, cette année-là, eut trois liaisons tumultueuses avec des hommes et Lee écouta leur histoire, du début des romances à leur stabilisation, puis assista à des ruptures furieuses et douloureuses. Au milieu d'un mois de janvier froid et humide, la petite sœur de Kate fut tuée par un conducteur ivre, et quand Kate revint des funérailles, choquée et repliée sur elle-même, Lee lui parla gentiment, lui servit thé et biscuits, l'accompagna à ses cours.

La dernière année d'université de Kate était aussi celle où Lee devait soutenir sa thèse de doctorat. Elles avaient toutes deux beaucoup de travail, Kate s'acharnant sur ses examens et Lee mettant la dernière main à sa thèse. Pour les fêtes de Noël, Kate annonça à sa famille qu'elle avait décidé d'entrer dans la police et passa les jours suivants à trouver des réponses percutantes aux questions répétées de son entourage : Pourquoi veux-tu devenir flic ? Pour voir si je peux nettoyer un peu de la crasse du monde. Mais est-ce que ce n'est pas dangereux ? Pas plus que de conduire un après-midi de janvier sous la pluie. A la fin des vacances, elle retourna à Berkeley comme on s'enfuit et annonça sa décision à Lee. Lee se contenta de hocher la tête et dit qu'elle trouvait que c'était une bonne idée, et que pensait Kate du film de Bergman qui passait ce soir sur l'avenue de l'Université ?

Pendant les derniers mois de l'année scolaire, les relations entre les deux jeunes femmes évoluèrent vers de curieuses zones de tension et de dissimulation. Kate ne savait pas bien pourquoi. Elle se dit que c'était peut-être parce qu'elles sortiraient bientôt du monde protégé de l'université, qu'elles seraient projetées dans des directions différentes, alors elles se préparaient à ce déchirement. Kate vivait aussi une relation assez stable avec un homme et pour la première fois commençait à songer à une vie commune avec lui, voire au mariage. Elle se posait parfois des questions sur Lee, qui avait cent amis pour chaque ami de Kate, qui serrait dans ses bras les hommes comme les femmes, mais qui jamais, pour autant que Kate le sache, n'avait d'amant. Elle interrogea même une fois Lee à ce sujet, très tard, à la fin d'une soirée aux chandelles, mais Lee se contenta de sourire, de hausser les épaules, de répondre qu'elle n'avait pas le temps.

Elles reçurent leurs diplômes en juin. Le lendemain, Kate était dans sa chambre de la maison qu'elle partageait avec cinq autres, en train de fermer ses derniers cartons, quand on frappa ; un seul petit coup à la porte. Elle ouvrit et se trouva face à Lee, les cheveux plus ébouriffés que jamais, le chemisier froissé, le visage tendu, les pupilles dilatées.

— Lee ! Ou devrais-je dire : docteur Carter ? Je suis ravie que tu sois passée. J'avais l'intention de partir à ta recherche plus tard pour te dire au revoir. Assieds-toi. Tu vas bien ? Tu veux du café, ou autre chose ? Il reste quelques petits trucs à la cuisine. Assieds-toi.

— Non, je ne veux pas m'asseoir. Je pars ce soir pour New York. J'ai décidé d'accepter ce poste.

— Oh, pour deux ans..., dit Kate en regardant bêtement les livres qu'elle tenait avant de se retourner pour les imbriquer avec une grande précision dans un carton. Je suis contente pour toi. Je pensais... Je dois admettre que j'espérais que tu prendrais le poste à Palo Alto. Alors, dit-elle en essuyant sur son jean ses mains froides et moites avant de se redresser et de se retourner vers Lee, bon, je crois que c'est un adieu.

— J'espère que non.

Les yeux verts de Lee, presque noirs, semblèrent à quelques centimètres de ceux de Kate. Tout à coup, Lee fit un pas en avant, prit la tête de Kate entre ses mains et l'embrassa presque brutalement sur les lèvres. Quand elle desserra son emprise, Kate recula comme si elle avait été retenue par un courant électrique, et Lee disparut en faisant résonner ses semelles dans l'escalier. La porte de la maison claqua. Kate ne fit aucune tentative pour suivre Lee. Elle resta plusieurs minutes, les yeux fixant la porte ouverte sans rien voir, avant de saisir mécaniquement les restes de sa vie d'étudiante et de les empaqueter.

La relation stable que vivait Kate mourut dans l'amertume et Lee n'était pas là. Kate ne lui en écrivit rien, ne répondant que brièvement à ses lettres. Elle obtint son diplôme de l'académie de police, opéra ses premières arrestations, commença douloureusement à se construire l'armure de mise à distance si essentielle qui ressemble à une rugueuse indifférence mais permet aux flics de conserver leur humanité face aux cadavres, aux enfants maltraités et à la cupidité bestiale.

Le seul problème était cependant que cette armure s'avéra de plus en plus difficile à retirer. Elle sortit avec un certain nombre d'hommes, mais elle eut du mal à trouver grand intérêt à ces rencontres, à moins que tous deux n'aient bu et n'entrent en conflit. Aux moments les plus inattendus, au lit, avant de s'endormir, en patrouille, en rédigeant des rapports, elle sentait les lèvres de Lee sur les siennes et cela ne manquait jamais de lui procurer un bref spasme de douleur et une bouffée de dégoût. Elle prit cet automne-là l'habitude de courir de longs kilomètres, et cela l'aida. Elle s'organisa pour le long terme.

Trente mois après sa prise de fonctions, deux choses intervinrent pour bousculer la fragile sécurité que Kate s'était construite : la première fut une lettre de Lee et la seconde le soir où elle faillit tuer un homme.

La lettre arriva quelques jours avant Noël, juste avant que Kate parte pour son service de nuit. C'était la première lettre de Lee depuis des mois. Kate reconnut l'écriture familière et le tampon de New York, et posa l'enveloppe sans l'ouvrir sur la console près de la porte d'entrée. Elle était toujours là quand elle rentra au petit matin, et elle n'avait toujours pas bougé quand elle se réveilla à midi. Elle se fit du café et s'installa en peignoir à la petite table de sa cuisine à la gaieté incongrue pour ouvrir sa lettre. Et elle lut :

> Ma chère Kate,
> New York ne me mènera à rien. Les gens de Palo Alto m'ont à nouveau proposé un poste et j'ai accepté. Je commence immédiatement, le 23, et je ne t'appellerai pas, mais si tu peux l'envisager, je serais heureuse que tu m'autorises à t'inviter à un pique-nique.
>
> Lee

Elle donnait sa nouvelle adresse et un numéro de téléphone, et Kate relut les quelques lignes jusqu'à ce que l'odeur forte du café en train de bouillir la ramène à la raison. Elle vida le café dans l'évier et prépara une nouvelle cafetière, évitant de se souvenir de la dernière phrase de Lee quand elle était partie de Berkeley. Elle ne téléphona pas et la lettre attendit dans un tiroir.

Elle attendit jusqu'à la mi-janvier. Kate patrouillait en voiture, son partenaire au volant, juste après minuit, par un soir froid et bruineux, dans un des plus mauvais quartiers de la ville. Un tintement lointain de verre brisé fit accélérer la voiture vers le pâté de maisons suivant. Deux jeunes gens partirent en courant du magasin dont ils avaient cassé la vitrine, et la voiture les poursuivit en patinant sur la chaussée mouillée. Ils tournèrent à droite dans une ruelle. Quand son partenaire freina, Kate était déjà presque dehors, criant aux fugitifs de s'arrêter. L'un d'eux ralentit et leva les mains, mais l'autre se retourna avec une vilaine chose noire et luisante à la main, qui tira et fit éclater une fenêtre, très haut; puis il lâcha l'arme, qui glissa sur le ciment sale, et leva les mains en criant de ne pas tirer — « Tirez pas, tirez pas! ». Kate était à plat ventre, les yeux rivés sur la poitrine de l'homme, le doigt douloureux, brûlant d'exercer juste cette légère pression supplémentaire sur le petit morceau de métal, et il lui fallut toute sa volonté pour bloquer cette poussée de désir d'en finir, comme si elle était elle-même la cible, à la place de ce gamin tremblant dont le blouson de cuir bon marché obscurcissait sa vision. Ce n'est que lorsque son partenaire eut passé les menottes au gamin que la vague d'angoisse reflua. Elle se redressa, baissa son arme soudain très lourde et sentit qu'elle se mettait honteusement à trembler sans pouvoir se contrôler. Un café au poste n'y fit rien, et son partenaire, un homme plus âgé avec qui elle avait déjà travaillé et qu'elle aimait bien, lui dit de rentrer tôt.

Un bain chaud fit virer sa peau au rouge, mais ce n'est qu'à la fin de son second verre de gin (alcool qu'elle détestait, mais le seul dans la maison — souvenir d'un homme) que les tremblements cessèrent, remplacés par des frissons intermittents. Elle ne parvint pourtant pas à dormir. Chaque fois qu'elle fermait les yeux, elle voyait le cuir noir se désintégrer dans une gerbe de sang, alors elle monta le chauffage et s'enveloppa dans une couverture pour regarder les films de la nuit, les rapports sur l'agriculture et les nouvelles du matin sans mettre le son, et à une heure plus raisonnable, un peu ivre, elle appela Lee, qui décrocha à la troisième sonnerie.

— Carter.

Comme Kate ne disait rien, la voix de Lee monta d'un ton.

— Allô ! Bureau du docteur Carter !

— Lee ?

— Oui, c'est Lee Carter.

— Lee, c'est Kate... Kate Martinelli, ajouta-t-elle comme il n'y avait pas de réponse.

— Inutile de me dire ton nom de famille : il n'y a qu'une Kate. Alors, tu as eu ma lettre. J'espérais presque ne pas l'avoir postée. J'étais... Je n'étais pas moi-même... quand je l'ai écrite.

— Est-ce que je peux venir te voir ?

— J'aimerais beaucoup te voir, Kate. Quand ?

— Maintenant ?

— Maintenant ? J'allais sortir.

— Tu pars travailler ?

— Je suis dans mon bureau. Je pars pour l'hôpital voir un malade. J'y serai une partie de la matinée.

— Est-ce que ça ne peut pas attendre ? demanda Kate en tentant de cacher son désespoir. Je veux dire...

— Je ne peux remettre à demain. Il est mourant, et il risque de ne plus être là demain. Je peux être de retour à onze heures.

— Donne-moi l'adresse... On se voit à onze heures, alors, dit Kate après avoir noté.

— Je suis... Merci d'avoir appelé.

— Je t'aime, Lee.

Le silence à l'autre bout du fil fut si complet que Kate pensa que Lee avait raccroché.

— Lee ?

— Oui. Onze heures. Au revoir, Kate.

Elle raccrocha.

Ce fut tout. Lorsque Kate passa la porte du cabinet ridiculement grand, et que Lee la regarda par-dessus son bureau, l'espoir, la peur et le doute luttant dans ses yeux verts, tous les discours qu'avait préparés Kate s'envolèrent, tous ses doutes, toutes ses exigences tombèrent, et ces deux femmes fortes, bien installées dans leur vie professionnelle, se jetèrent des regards désespérés à travers la pièce, la bouche vide, les mains flottant en petits gestes avortés, jusqu'à ce que Lee se lève de son fauteuil en cuir, contourne son grand bureau comme si elle marchait sur un fil et s'arrête devant Kate. Kate fit le dernier pas et elles tombèrent dans les bras l'une de l'autre comme des marins qui, après avoir essuyé une tempête, se retrouvent tels des miraculés dans leur port d'attache.

Complètement, profondément, corps, âme et raison, Kate tomba amoureuse de Lee Carter — ou plutôt, reconnut l'amour qu'elle avait si longtemps nié. Elle fut stupéfaite de la facilité des choses, presque comme si, se dit-elle un jour en rentrant chez Lee, elle avait terminé un puzzle et s'était rendu compte, après avoir longtemps cherché à y insérer les mauvaises pièces, qu'elle avait enfin trouvé les bonnes, qui s'étaient tout naturellement glissées à leur place. Dès le premier jour, avec Lee, tout avait été très naturel, juste, sans toutes les étapes du flirt et des démonstrations érotiques des nouveaux couples, comme si elles vivaient un mariage réussi depuis longtemps déjà.

La vie aussi sembla emprunter une voie remarquablement harmonieuse à la façon dont les événements parfois imitent l'état intérieur. Kate, transférée à San José, monta les échelons, suivit des formations, passa des examens, visant de toutes ses forces la brigade criminelle. Lee commença à se faire un nom, vola de conférence en séminaire, de plus en plus fréquemment comme orateur, se découvrit la faculté de travailler avec des malades au stade terminal tout en continuant sa formation en art, qui l'intéressait depuis toujours et l'entraînait tout droit dans la communauté homosexuelle en pleine épidémie. Ce fut un travail éreintant sur le plan émotionnel, et une fois par mois au moins Lee revenait à leur appartement les yeux gonflés et barbouillés de fard. Mais c'était un travail utile, et elle pouvait le faire.

Et puis, voilà deux ans, la mère de Lee mourut. Jamais Kate ne l'avait rencontrée et, pour autant qu'elle le sache, Lee ne l'avait pas revue, ne lui avait pas même parlé, depuis qu'elle l'avait jetée dehors à dix-huit ans. Mme Carter n'aimait pas les lesbiennes. Tout le monde fut donc stupéfait, à la lecture du testament, que non seulement elle n'ait pas déshérité sa fille, mais qu'elle lui ait même légué la maison où elle vivait depuis trente ans, une maison qui non seulement avait de la valeur en elle-même, mais se trouvait située dans le quartier sans doute le plus convoité de San Francisco. Russian Hill domine le quartier des affaires, le port de San Francisco (le port de plaisance, pas le port commercial), les deux ponts et toute la baie autour de la pointe est de la péninsule. Les cloches des tramways résonnent de trois côtés, les cornes de brume du quatrième. On peut gagner North Beach et Chinatown à pied (en descendant, en tout cas), et Fisherman's Wharf est à peine plus loin. La vue seule valait un million de dollars. Les agents immobiliers se battirent pour la proposer à la vente, et l'avenir de Lee se teinta joliment de rose.

— Tu ne veux pas la voir, avant qu'on la mette sur le marché ? demanda Lee à Kate un samedi matin d'avril.

— Lee, je ne veux rien connaître de ta mère, pas même sa maison. C'était une femme horrible. Elle t'a traitée comme un chien qui a pissé sur le tapis. Je crois que tu mérites chaque cent que tu pourras obtenir de ses biens, mais je ne veux pas plus de contact personnel avec elle qu'avec ses dollars sur ton compte en banque.

— Elle est partie de la maison. Complètement partie, avec le dernier meuble. Je crois que, rien que par curiosité, tu devrais venir voir. C'est un endroit incroyable. Il n'en reste qu'une poignée comme ça en ville. Elle a été construite par Willis Polk juste avant le début du siècle. Dans cinquante ans, on nous demandera d'en faire un musée ! Viens avec moi... S'il te plaît.

À l'évidence, c'était important pour Lee, si bien que Kate ravala son sentiment d'indignation et l'accompagna — et cet après-midi-là, elle tomba amoureuse pour la deuxième fois. C'était une maison solide et honnête, pas du tout ostentatoire ainsi que les aiment certains architectes, mais saine et sûre comme un véritable ami. Lee la lui fit visiter en entier, dressant la liste de toutes les réparations nécessaires, grognant contre son mauvais entretien, puis restant silencieuse pendant que toutes deux traversaient le salon nu pour gagner la baie vitrée. Elles ne dirent rien pendant cinq bonnes minutes. Kate finit par s'arracher à la vue et se concentra sur un merle dans l'arbre du voisin.

— Bon sang, Lee, tu le fais exprès ! On ne peut pas se permettre de vivre dans un endroit pareil. Pourquoi m'as-tu fait venir ?

— Mes revenus couvriraient les impôts et l'assurance, dit-elle doucement.

— Et on mangerait sur les miens ? Ça fait beaucoup de haricots et de riz !

— On peut changer d'avis n'importe quand. Il y aura toujours un acheteur pour ce genre de maison.

— Et on déménagerait où ensuite ? Comment pourrait-on vivre dans un appartement après avoir connu ça ? Ce serait comme manger de la nourriture pour chats quand on a été habitué au caviar.

— Mais tu vas le faire ? Tu veux bien qu'on essaie ?

— C'est de la folie ! gémit Kate.

Lee l'embrassa.

C'était de la folie, et ce fut difficile — des heures et des heures d'un travail épuisant et sale auquel elles ne connaissaient rien, avec truelles, scies, pinceaux, avec des erreurs navrantes, l'apprentissage de nouvelles techniques, de longues heures supplémentaires pour payer cette folle aventure, des trajets épuisants pour Kate, qui ne pouvait pas changer de poste aussi facilement que Lee, des batailles contre les factures et les canalisations crevées.

La meilleure chose, bien que cela n'y parût pas à première vue, fut que cela ne leur laissa ni argent ni temps pour une vie sociale, si bien que le nuage qui les menaçait à l'horizon — qui en fait avait obscurci le ciel et déversé sur elles plusieurs gouttes de mauvais augure — s'était éloigné au point qu'il était devenu un facteur de leur vie facile à ignorer.

Kate ne voulait pas que l'on sache. Elle l'avait dit à Lee le premier jour, dans le bureau de Palo Alto, et Lee, ravie et exaltée par la réalisation incompréhensible d'un rêve qui n'était au début qu'un simple fantasme, et croyant qu'en cela aussi, Kate allait changer d'avis, accepta. Elle avait Kate. Elle n'allait pas risquer de la perdre en insistant pour qu'elles étalent leur vie en public. Avec le temps...

Mais le temps n'y avait rien fait. Ce qui n'était au début qu'une vague irritation avait pris l'ampleur d'une plaie ouverte menaçant d'infecter toute leur relation. Un mois avant que Lee perde sa mère, elle avait invité deux collègues à dîner chez elles, et au café elle avait tout naturellement dit que Kate et elle ne partageaient pas seulement l'appartement. Les invités partis, Kate s'était jetée sur Lee avec rage.

— Comment as-tu osé ? Tu m'avais promis, tu m'avais promis, tu m'avais donné ta parole que tu ne dirais rien à personne sur nous ! J'imagine que tu t'en vantes partout à l'hôpital : « Comment j'ai surmonté les scrupules de ma maîtresse ! » Lee, comment as-tu pu me faire ça ?

— Oh, Kate, on n'est plus en 1950, bon sang ! On n'est même plus en 1970. Cette révélation étonnera un tout petit cercle pendant cinq minutes, et c'est tout.

— Non, Lee, ce n'est pas tout, et de loin. Nous évoluons dans des mondes différents, toi et moi, et je ne peux prendre ce risque. Je suis flic, Lee. Je suis une femme flic. Si on le disait à tout le monde, combien de temps crois-tu qu'il faudrait avant que les journaux s'arrangent pour laisser filtrer la nouvelle émoustillante que l'officier K. C. Martinelli fait partie de la brigade des cuirs ? Combien de temps avant des regards et les remarques, avant qu'on me donne tous les boulots de merde, avant que quelqu'un refuse de travailler avec moi parce que je suis la gouine du poste et que je peux avoir le sida ? Combien de temps avant qu'une maman se mette à hurler quand j'essaie de poser quelques questions à sa fille sur le salaud qui l'a violée, parce que maman ne veut pas que la gouine de flic approche sa fille ?

— Tu es ridicule, Kate. C'est de la paranoïa. Ecoute, si on était en Arabie Saoudite, ou au Texas, ou même à Los Angeles, je comprendrais, mais ici, dans la région de San Francisco ? À notre époque ? Ce ne sera pas une nouvelle, qu'il y a des homosexuels dans votre section. Personne n'en a rien à foutre.

— Eh bien moi, si ! Cela ne les regarde pas que je sois droite ou tordue, à rayures ou à pois.

— Tu en as honte. Tu as toujours trouvé ça honteux, mais, Kate, tu dois regarder les choses en face, sinon tu vas te déchirer...

— Je n'en ai pas honte ! hurla Kate avec fureur.

Puis soudain sa rage retomba, et elle posa sur Lee un regard désespéré qui venait du fond de sa fatigue.

— Je n'en ai pas honte, répéta-t-elle doucement. C'est trop précieux, Lee, pour autoriser des étrangers à y mettre leurs sales pattes. Oui, j'adorerais aller avec toi à ton club, au café, t'embrasser en public, mais je ne peux pas en prendre le risque. Tu me dis que refuser de respirer l'air frais nous étouffe toutes les deux, mais je sais, aussi vrai que je suis ici, que tout révéler serait la fin. Je ne suis pas assez forte, Lee. Je ne suis pas assez forte, c'est tout.

Lee renonça ce soir-là, furieuse d'avoir si mal contrôlé la discussion. Pourtant, c'était dit, maintenant, et Lee savait que le refus de Kate de s'accepter totalement sapait les fondements de leur relation et les coupait de la seule communauté où elles auraient pu trouver de la force. Elle ne pouvait laisser les choses en l'état, et quelques jours plus tard, un vendredi soir, elle aborda de nouveau le problème. Kate y était prête et explosa.

La bataille dura tout le week-end, jusqu'au dimanche soir. Kate fit alors son sac et quitta la maison, disant qu'il fallait qu'elle dorme, sinon elle serait dangereuse en service. Elle ne revint pas de la semaine. Lee s'occupa de ses clients pendant deux jours, et le mercredi, se rendant compte que c'était impossible, elle rentra à la maison pour réfléchir.

Il lui fallut trois jours avant de voir la réalité en face, trois jours et trois nuits avant d'être sûre des faits et de pouvoir analyser la situation comme elle l'aurait fait avec une personne extérieure. Le samedi soir, elle devait l'admettre : la manie de Kate pour le secret, sa phobie des révélations, devrait être le présupposé de base de toute vie commune future.

Le travail du sujet, se dit-elle comme si elle dictait un compte rendu sur un cas, le travail du sujet est un de ceux qui lui imposent un contact constant avec la lie de l'humanité : des proxénètes qui mettent des enfants sur le trottoir, des hommes qui vendent des drogues réduisant le cerveau en bouillie, des malabars munis d'armes variées, des poivrots qui puent et vomissent sur leur sauveteur, des cadavres datant d'une semaine qui, en août, dégagent une telle odeur que les ambulanciers attendent dehors. Le sujet met son corps et son esprit en péril chaque jour, en échange de quoi on lui permet d'appartenir à une des plus puissantes communautés qui soient : des hommes et de rares femmes unis par des exigences inhumaines, une société secrète où la supériorité est reconnue et récompensée, où les mesquineries et les disputes inhérentes à toute structure familiale n'affaiblissent pas la mystique qui — il faut lui reconnaître ça — a soutenu le sujet pendant deux ans, jusqu'à ce qu'il soit formé à la finalité inévitable et horrible consistant à prendre ses distances par rapport au reste de l'humanité. C'est le boulot le plus public, le plus visible, répondant aux codes les plus stricts et les plus exigeants. N'est-il pas compréhensible alors que le sujet refuse de risquer une action qui menace de le laisser sans soutien, de le rejeter hors de la communauté ? De plus, n'est-il pas compréhensible que le sujet, afin d'éviter d'être totalement accaparé par les exigences de son travail et les exigences tacites de ses frères et sœurs de combat (expression qui en dit long) préserve son moi profond, sa vie privée, avec une telle férocité ?

Alors, si Kate restait flic, elle allait continuer à se protéger — en se donnant un surnom, en n'ayant de relations sociales avec aucun autre flic, en faisant de sa vie privée un secret hermétiquement scellé. La question maintenant était de savoir si Lee pourrait survivre dans un tel vide.

Après une journée de solitude supplémentaire, elle avait décidé que vivre avec Kate valait bien ce type d'isolement.

Ce ne serait peut-être pas toujours le cas, et Kate changerait, avec le temps, mais pour le moment, il fallait s'en accommoder.

Elle appela Kate à son hôtel, elles eurent une brève conversation et, quarante minutes plus tard, Kate était revenue. Patiemment, Lee entreprit de changer Kate. Têtue, celle-ci n'acceptait d'évoluer qu'à tout petits pas. C'est alors que la maison entra dans leur vie, prit tout leur temps, presque toute leur énergie, et, en dépit de cette pierre mal assurée dans la construction de leur vie, une nouvelle force grandit, les soutint, les tira en avant.

Elles étaient heureuses. Contre toute attente, deux personnes perturbées avaient trouvé leur place et faisaient tout pour la préserver.

Personne n'avait jamais dormi chez elles auparavant. Le travail de Kate, la plus vulnérable, n'avait jamais fait irruption dans leur maison. Jamais aucun étranger n'avait pénétré au cœur de leur foyer. Et maintenant, elles étaient envahies.

III

La ville

À la naissance, notre mort est scellée
et notre fin est la conséquence
de notre commencement.

MARCUS MANILIUS, *Astronomiques*

Il se trouve que personne ne remarque jamais les facteurs...
Pourtant, ils ont des passions comme les autres hommes,
et ils portent même de gros sacs
où on pourrait très facilement ranger un petit cadavre.

G. K. CHESTERTON, « *L'Homme invisible* »

26

A QUATRE HEURES MOINS CINQ le lundi matin, la voiture de Kate atteignit le sommet de Russian Hill et prit le dernier tournant avant la maison. C'est avec un immense soulagement qu'elle pressa du doigt le bouton d'ouverture du garage et vit la lumière s'écouler dans l'obscurité au fur et à mesure que la porte s'élevait pour les laisser passer. Sa passagère ouvrit les yeux quand elle sentit la voiture plonger sous le niveau de la rue, et quand la porte se fut refermée, elle se redressa lentement et regarda autour d'elle dans le silence soudain, si paisible.

— Nous sommes chez nous, dit Kate en souriant. Attendez ici une minute.

Kate sortit et fit rapidement le tour du garage, regardant à l'intérieur du placard de rangement, à l'arrière de l'élégante décapotable presque neuve de Lee, sous l'escalier. Puis elle verrouilla la porte et vint ouvrir à Vaun.

— Je vais vous installer et je reviendrai chercher vos affaires.

— Je peux porter un sac, protesta Vaun.

— Il vaut mieux pas.

Kate, les mains vides, la précéda dans l'escalier, composa le code débranchant l'alarme, ouvrit avec sa clé et étouffa immédiatement le son de la petite cloche placée de façon à tinter au contact du battant. Une fois la porte verrouillée derrière elles, elle réenclencha l'alarme et se tourna vers Vaun.

— Je vous expliquerai le système d'alarme demain. Voulez-vous manger ou boire quelque chose ?

— J'aimerais bien un verre d'eau.

Kate l'entraîna dans le petit couloir jusqu'à la cuisine. Les lumières étaient allumées dans toute la maison, comme elle l'avait demandé à Lee. Elle remplit un verre d'eau minérale et y ajouta deux cubes de glace avant de se rendre compte que Vaun n'était pas derrière elle. Elle se précipita au salon où elle la trouva à la fenêtre, tenant les rideaux écartés pour admirer la vue magique de la Baie devant elle. C'était une nuit claire et toutes les lumières scintillaient, de Sausalito à Berkeley ; Alcatraz était comme un jouet d'enfant à leurs pieds. Kate referma les rideaux devant le visage de Vaun.

— Je vous en prie, ne restez pas devant une fenêtre dans une pièce éclairée, cela me rend nerveuse. Voilà votre verre d'eau.

Vaun eut l'air d'une biche effarouchée, et Kate sentit qu'elle avait réagi de façon trop violente.

— Je suis désolée, je ne voulais pas vous effrayer, mais c'est une des règles du jeu. Une fois que j'aurai vérifié les portes et les fenêtres, nous éteindrons les lumières, si vous voulez, et vous pourrez regarder tout votre soûl. Vous aurez la même vue d'en haut, ajouta-t-elle.

Vaun ne dit rien, hocha la tête et but avec avidité.

— Je vais vous faire rapidement visiter la maison pour que vous sachiez où vous dormez, et puis nous monterons, d'accord ? Comme vous le voyez, c'est le salon. Si vous en avez envie, il y a un téléviseur et un magnétoscope derrière ces portes.

La pièce occupait toute la largeur de la maison, plus de quinze mètres, avec de hauts murs en séquoia et un magnifique parquet de chêne entouré, comme pour le faire ressembler à un tapis, par une bordure de marqueterie compliquée en merisier, bouleau et teck. Des meubles disparates, regroupés comme au hasard, divisaient harmonieusement la pièce : une merveilleuse table en bois de rose entourée d'une douzaine de chaises dépareillées à un bout, des canapés et des fauteuils aux tons pastel à l'autre, deux tapis tibétains sans valeur dans des tons de rose, de bleu ciel et de blanc, quelques grandes plantes luxuriantes et une énorme forme sculpturale en métal, hérissée d'une centaine de coupelles portées par de petites silhouettes humaines parfaites. Vaun s'en approcha et la regarda avec curiosité. Kate se mit à rire.

— C'est un des trésors de Lee, une sorte de candélabre à lampes à huile d'Inde du Sud. Chaque coupelle est remplie d'huile et munie d'une mèche.

— L'utilisez-vous ?

— On l'a allumé une fois, mais soit nous n'avions pas le bon type d'huile, soit il ne faut l'utiliser qu'en plein air, parce que ça s'est mis à fumer horriblement et tout a été recouvert de suie.

— Et après, on a glissé sur des taches d'huile pendant une semaine, dit une voix derrière elles.

Lee se tenait à la porte, en long peignoir blanc, les mains enfoncées dans les poches. Ses cheveux ébouriffés se souvenaient de l'oreiller, et une profonde marque rouge sur son nez montrait qu'elle s'était à nouveau endormie avec ses lunettes.

— Je suis désolée, Lee, nous t'avons réveillée, dit Kate avant de faire les présentations.

— Non, vous ne m'avez pas réveillée, dit Lee. Je me lève souvent tôt, ajouta-t-elle à l'intention de Vaun.

— Lee, voudrais-tu terminer la visite guidée pendant que je monte ses affaires ?

— J'en serais ravie.

Kate suivit le monologue agréable de Lee tout en s'occupant de l'alarme et en transportant les bagages de Vaun dans la chambre d'amis qui venait d'être meublée. Elle vérifia ensuite chaque fenêtre, chaque porte, chaque placard et (malgré son sentiment d'être ridicule) regarda sous chaque lit, avant de rejoindre les deux femmes dans les pièces où Lee consultait.

Le cabinet où Lee recevait ses patients ne partageait que la porte d'entrée avec le reste de la maison. On passait tout de suite une autre porte qui donnait sur un ensemble de pièces tout à fait indépendantes, avec des toilettes et même un petit réfrigérateur et une plaque de cuisson.

La première pièce était une sorte de grand atelier d'artiste avec un bureau et deux fauteuils dans un coin et un vieux canapé et des fauteuils trop rembourrés dans un autre. Trois chevalets, une table à dessin, un évier, un placard de rangement occupaient le reste de l'espace. Dans le placard, Lee rangeait papiers, toiles, planches, peintures à l'eau, acryliques et à l'huile, de grandes cuvettes d'argile, des vernis, des dizaines de pinceaux et un amoncellement d'autres ustensiles dont pourrait avoir besoin un patient donnant forme à une image venue du plus profond de son esprit. C'était un lieu confortable et bien conçu, mais la pièce suivante, plus petite, faisait la fierté et la joie de Lee. Kate suivit le son des voix et y pénétra.

Elle n'y était pas venue depuis deux semaines, et elle fut à nouveau frappée par l'aspect enchanteur de l'endroit. Trois murs portaient des étagères couvertes de centaines, de milliers de petites figurines : danseuses et sorciers, rois et cygnes, stars du rock, chevaux, dragons, chauves-souris, arbres et serpents. Une étagère supportait deux armées entières, l'une composée de chevaliers et de chevaux en étain, l'autre de soldats modernes en plastique, vêtus de kaki. Services à thé, tiares et ours en peluche voisinaient avec une maison de poupée en pain d'épices, une autre représentant la banlieue chic, des panneaux indicateurs de la taille d'un doigt, des créatures mythiques et des piétons anonymes, hommes, femmes, enfants, bébés, une petite icône en forme de crucifix et une ancienne déesse de la fertilité sculptée, une baignoire en porcelaine, des voitures, des avions, une charrue tirée par un cheval et une parfaite reproduction de chaussures de ski de deux centimètres. Il y avait même des maquettes pouvant, à la demande, simuler une inondation ou une éruption volcanique, quand il fallait en passer par une destruction. Vaun se tenait à côté de la plus grande des deux tables et faisait glisser d'un air absent ses doigts sur le sable blanc nacré qui recouvrait les plateaux, tout en se concentrant sur les paroles de Lee.

— ... tout à fait. C'est pourquoi je commence dans l'autre pièce avec les non-artistes, et je leur demande d'essayer de peindre, de faire un collage ou une sculpture. Mais bien sûr, les artistes, eux, sont déjà habitués à donner aux choses une expression visuelle, si bien que les techniques habituelles sont la plupart du temps moins efficaces, en thérapie, que les plateaux de sable. Ici, où tous les objets sont déjà disponibles, n'ont pas à être créés, mais simplement manipulés, l'inconscient est libéré de toute décision et de tout jugement esthétique et peut raconter son histoire à travers le choix et l'agencement des figurines et des objets. Ce que dit l'arrangement final sur le plateau peut s'avérer très révélateur.

— Révélateur pour vous ?

— Aussi bien pour moi que pour le patient. Quand il a terminé, je viens et je pose des questions, je commente, et souvent je laisse les choses en place un moment pour les étudier. Mais j'ai quelques clients qui font tout eux-mêmes et rangent ensuite, à moins qu'ils n'aient une question. Si je connais bien une personne, et si je suis sûre qu'elle peut le supporter, je l'y encourage. Cela fait partie de la thérapie.

— À propos de thérapie, interrompit doucement Kate, crois-tu que ce soit le meilleur traitement pour quelqu'un qui sort juste d'un lit d'hôpital ?

Vaun avait l'air fatiguée, en dépit du petit somme dans la voiture, et elle suivit Kate à l'étage sans protester, au-delà de la chambre de Lee à gauche et de celle de Kate à droite, jusqu'à la vaste chambre au bout du couloir, qui ne donnait sur aucun arbre, aucune gouttière escaladable, aucun balcon, et dont la fenêtre encadrait une vue incomparable. Lee avait mis des roses sur la commode, de délicats boutons encore presque fermés de couleur lavande argenté.

— La salle de bains, dit Kate en ouvrant une porte, la télévision, continua-t-elle en montrant l'appareil dans un placard, et le signal d'alarme, conclut-elle en tendant à Vaun une cordelette formant une boucle, à laquelle était suspendu un petit cube noir muni d'un bouton. Gardez-le tout le temps sur vous ou à portée de la main, sauf quand vous prenez un bain : il n'est pas étanche. Une pression sur le bouton, et j'arrive en dix secondes. Ma chambre est là, si vous avez besoin de quoi que ce soit pendant la nuit. Lee est de l'autre côté du couloir. Si vous voulez un livre, la porte au bout du couloir donne dans ce que nous appelons pompeusement la bibliothèque.

— Est-ce que Lee se lève vraiment à cette heure matinale ou s'est-elle montrée polie ?

— Lee a des horaires encore plus bizarres que les miens. Il y a quelques semaines, elle a passé plusieurs nuits à l'hôpital jusque vers cette heure-ci, mais quand elle se couche à une heure normale, elle se lève tôt, oui. Elle ne dort pas beaucoup. Ne vous en faites pas pour Lee, et ne vous en faites pas pour moi. Vous êtes la bienvenue ici, ajouta Kate qui, à sa grande surprise, se rendit compte qu'elle était sincère.

— Merci, Casey.

— Kate. Appelez-moi Kate, s'il vous plaît.

— Oui, merci, Kate. Bonne nuit.

— Gardez le bouton près de vous et n'ouvrez pas les fenêtres avant que j'aie trouvé un moyen de neutraliser l'alarme. Et éteignez les lumières si vous ouvrez les rideaux, je vous en prie.

— Oh, Casey... Kate, dit Vaun d'une voix soudain fragile en s'asseyant sur le lit, vraiment, je ne crois pas pouvoir y arriver. Laissez-moi rentrer chez moi et...

— Oh, mon Dieu ! Gerry Bruckner m'avait prévenue que vous en passeriez par là. Je vous en prie, Vaun, déconnectez votre cerveau quelques heures. Vous êtes fatiguée et encore faible, si bien que le découragement a prise sur vous, c'est tout. Demain, le soleil brillera, même à San Francisco, hein ?

Lee aurait tendu la main et touché Vaun, pour se rassurer autant que pour la rassurer, mais Kate ne le fit pas.

— D'accord, oui, vous avez raison. Est-ce que Al Hawkin va passer ?

— Il vient déjeuner. Bonne nuit.

— Merci, Kate. Bonne nuit.

Kate dormit d'un sommeil léger, chaque fibre de son être consciente de la présence de l'autre femme au bout du couloir. Elle se réveilla plusieurs fois, à un petit bruit de vaisselle dans la cuisine, au grincement d'une porte qui s'ouvrait, une fois à quelques petits mots presque criés par Vaun dans son sommeil. La cloche de la porte finit par l'extraire totalement du sommeil et elle leva la tête pour écouter les pas de Lee qui allait ouvrir. Près du lit, le réveil marquait dix heures quarante-deux. La voix de Hawkin monta l'escalier et Kate se détendit, se rallongea pour s'étirer, et une minute plus tard se leva pour enfiler ses vêtements et descendre l'accueillir.

Le ronronnement du moulin à café l'attira dans le couloir et elle trouva Hawkin, à la petite table de la cuisine, en train de regarder le dos de Lee avec une expression renfrognée de doute et de léger déplaisir. Lee portait une de ses habituelles tenues éclectiques, en l'occurrence un pantalon trop large et taché de peinture en tissu guatémaltèque, un chemisier en soie sauvage prune dont elle avait roulé les manches longues, des mocassins que Kate lui avait achetés, du temps de l'université, à un vendeur de rue sur Telegraph Avenue, un tablier blanc taché, œuvre de sa grand-mère, et sur la nuque un crayon pour retenir ses cheveux en chignon. Rien qui puisse inspirer du déplaisir. Le crayon, peut-être ?

À son entrée, le visage de Hawkin devint immédiatement aimable et professionnel.

— Bonjour, Kate. Pas de problème, cette nuit ?

Comme il l'avait fait escorter jusqu'à sa porte et lui avait parlé au téléphone après que Vaun se fut couchée, il s'inquiétait des heures qui avaient suivi.

— Bonjour, Al, bonjour, Lee. Tu veux dire ce matin? Non, aucun problème.

Il y en avait eu le samedi, cependant, et il fallait sans doute chercher là l'origine du regard de déplaisir. Hawkin était venu à la maison rencontrer Lee et lui expliquer pourquoi elle devrait partir. Lee l'avait écouté attentivement, puis elle lui avait expliqué en termes des plus polis qu'il était fou s'il pensait qu'elle allait partir — et pourquoi la police assumerait-elle la responsabilité totale d'un être tel que Vaun ? Tous deux s'étaient testés avec méfiance pendant presque une heure, deux escrimeurs tentant de trouver la faille psychique chez l'autre par des feintes et des attaques, sans jamais engager vraiment le combat.

Soudain, Hawkin s'était levé et il était sorti. Une minute plus tard, le coffre d'une voiture avait claqué et il était revenu en portant dans ses bras un fardeau que Kate reconnut : le vieux rideau de Mme Jameson, qui enveloppait les toiles de Vaun. Il avait ouvert le paquet sur la table du salon et disposé les toiles le long du mur.

— Alors, avait-il demandé à Lee en montrant les toiles du bras, c'est vous l'experte. Pouvez-vous me dire quel genre de personne a peint ces toiles?

Les yeux de Lee s'étaient emplis d'émerveillement, et, comme si elle jetait son épée dans un coin, elle s'était approchée des toiles et s'était agenouillée pour les toucher. Elle avait étudié Red Jameson et son fils en sueur, la tentatrice innocente et la douloureuse jeune/vieille fille devant son miroir, le jeune homme veule. Au bout d'un long moment elle avait pris du recul et s'était passé les doigts dans les cheveux.

— Que voulez-vous savoir? avait-elle demandé sans quitter les toiles des yeux.

— Je veux savoir quel genre de personne a peint ces toiles.

— Une femme avec des yeux de sorcière et des mains

d'ange, dit-elle d'une voix absente qui déclencha un éclat de rire chez Hawkin.

— C'est ça qu'on enseigne au département de psycho de l'université de Californie, maintenant ? Ne m'accablez pas de trop de jargon technique, s'il vous plaît, docteur Carter.

Lee rougit de colère et se retourna brusquement pour lui faire face.

— Quel aspect de la personnalité de cette artiste vous intéresse donc ? Une analyse des changements dans son développement sexuel pendant la période couverte par ces toiles ? Le degré de psychose refoulée ? Peut-être une déclaration freudienne concernant ses relations avec ses parents ?

— Je veux savoir si elle aurait pu commettre un meurtre.

— N'importe qui peut commettre un meurtre, avec une motivation assez forte, vous devriez le savoir.

Ils se regardèrent et une légère odeur rappelant celle de cheveux qui brûlent chatouilla les narines de Kate. Hawkin reprit la parole, parlant distinctement, même s'il serrait les dents.

— Selon votre opinion en tant que professionnelle, *docteur* Carter, est-ce que la personne qui a peint ces toiles aurait pu assassiner une petite fille de sang-froid, peut-être lors d'une hallucination due à un retour de LSD ?

Lee ramena son regard sur la rangée d'images et sembla fermer une barrière pour rassembler ses pensées. Elle plissa les yeux.

— Mon opinion en tant que professionnelle est non. Je ne suis pas experte en diagnostics, mais je penserais plutôt cette femme capable d'assassiner cruellement sur une toile l'image qu'une personne se fait d'elle-même, pas d'assassiner physiquement, surtout pas un innocent. Quant au LSD, c'est une drogue imprévisible, surtout celui qui circule dans la rue ; mais j'ai participé à des sessions de thérapie pour utilisateurs de LSD et j'ai étudié ses effets à long terme. Comme je l'ai dit, ce type de « retour » violent est hautement improbable. Mais, je le répète, je ne suis pas experte. Je pourrais vous donner des noms de personnes à consulter, si vous voulez.

— Qui suggéreriez-vous ?

— Ce sont tous des gens de la région de la Baie, naturellement, avait-elle précisé après l'énumération d'une demi-douzaine de noms. Il y a un type à Los Angeles...

— Non, ça suffira. Je les ai tous vus, à l'exception du Dr Kohlberg. Elle est en France.

Il avait entrepris de rassembler les tableaux et de les envelopper dans le vieux rideau de Becky Jameson. Lee l'avait regardé et lui avait tendu le dernier de mauvais gré.

— Qu'ont dit les experts ? avait demandé Kate.

— Le même genre de choses.

Il avait coincé le gros paquet sous son bras puis, après une brève pause, il avait secoué la tête d'un air déçu et il était parti.

Kate s'était sentie soudain épuisée, mais Lee avait semblé en pleine forme tout le reste de la journée, chantant même par moments.

Et maintenant, elle était de la même humeur joyeusement agressive, Kate le sentait à la ligne de son dos et aux mouvements rapides et spectaculaires du couteau sur la planche à découper. Elle utilisait son assurance comme une arme, et Hawkin ne pouvait que rester sombrement assis, dans l'attente d'une occasion de prendre le dessus. Il se tourna vers Kate, sortit une enveloppe de sa poche intérieure et la lui tendit.

Elle l'ouvrit et en sortit quatre photos en noir et blanc sur papier glacé et trois dessins qu'elle posa sur la nappe. Hawkin se pencha et les classa en deux rangées, comme les lames de quelque jeu de tarots inconnu. Kate prit la première photo et regarda attentivement le jeune visage, la bouche ouverte en un cri. Elle provenait à l'évidence d'une photo de groupe prise sur le vif ; une épaule coupait un coin et une jambe occupait le premier plan, avec sa chaussette blanche et sa chaussure à crampons.

— L'entraîneur Shapiro ? demanda-t-elle.

— Enfin ! Le photographe a fait du bon travail.

Elle se concentra sur les trois autres tirages : le même visage retouché une première fois pour montrer l'homme à la quarantaine, puis avec une moustache, et enfin avec une barbe fournie. Elle s'appesantit sur cette dernière.

— Ça n'a pas l'air d'être vraiment ça, dit-elle enfin. Je ne l'ai vu qu'une minute, mais le nez était différent, ainsi que la forme des sourcils.

— Bien vu, étant donné les circonstances. Angie et Tyler sont d'accord avec toi. Susan a pris la photo et l'a intégrée au dessin qu'elle a fait la semaine dernière, et elle est arrivée à ça, dit-il en montrant les trois dessins.

Susan Chin, elle aussi, avait fait un travail remarquable. Les dessins avec la barbe représentaient exactement l'homme que Kate avait vu chez Vaun dix jours plus tôt. Susan avait retiré la barbe et gardé la moustache, reproduit les mâchoires de la photo du lycée, puis elle avait complètement rasé son modèle.

— C'est lui ! Il doit s'être fait refaire le nez, et il a modifié ses sourcils.

— Nous savons aussi qui est Tony Dodson. Qui il était, plutôt.

— Alors, ce n'est pas seulement une fausse identité ?

— Apparemment non. Un certain Anthony Dodson a travaillé avec Lewis, et il lui ressemblait beaucoup : même couleur de cheveux et d'yeux, même taille, avec seulement cinq à dix kilos de plus. Lewis est monté au Nord après le lycée, et il a passé un certain temps à Seattle, puis il a trouvé du travail dans le pétrole en Alaska. C'est là qu'il a rencontré Dodson. Ils sont devenus amis. Ils ont passé plusieurs week-ends ensemble à Anchorage. Au bout de quelques mois, ils sont partis une semaine à Seattle et ne se sont plus jamais présentés au travail. Lewis a écrit une lettre disant qu'ils avaient tous deux trouvé un emploi à La Nouvelle-Orléans et que, comme ils en avaient assez du froid, on pouvait donner leurs vêtements et leur équipement à leurs anciens collègues, au revoir. On n'a plus rien sur Andy Lewis, rien, mais Tony Dodson, originaire du

Montana, obtint un permis de conduire dans le Nevada deux mois plus tard.

— Et la photo ?

— Le même homme qui est allé au lycée sous le nom d'Andy Lewis. D'après la très mauvaise photo du permis, il a dix ans de plus et il a subi une intervention chirurgicale au visage.

Le petit déjeuner commença à passer de la cuisinière à la table et des plats aux assiettes — avocats et omelette aux champignons, toasts beurrés et oranges pressées, bon café. Kate prit une gorgée du liquide brûlant et la fit tourner dans sa bouche, sentant la morsure particulière du moka. Elle haussa un sourcil interrogateur mais ne dit rien : Lee n'aurait pas aimé qu'elle fasse remarquer l'effort particulier déployé pour ce repas.

Lee s'assit avec sa tasse, mais sans assiette, et saisit la première photo. Plusieurs centaines de calories plus tard, Kate la regarda.

— Tu ne manges pas ?

— J'ai pris quelque chose il y a peu de temps. J'ai pensé qu'il valait mieux attendre et manger avec Vaun.

— Cette photo te préoccupe, remarqua Kate.

Hawkin leva les yeux et observa Lee, dont le visage ne révélait rien de plus qu'une légère curiosité.

— En effet. J'étais en train de me demander si elle me gênerait si je ne savais pas qui c'était. Il me rappelle quelqu'un que j'ai connu à New York. Pas un patient, bien que je l'aie vu autour de la clinique. Un jour, il a dit à sa psychologue qu'il avait tabassé des clochards, juste pour s'amuser, et que l'un d'entre eux était mort. Elle était bouleversée après son départ, mais elle a réussi à finir sa journée. Ce soir-là, il l'attendait. Il l'a suivie jusque chez elle et l'a tuée. Plus tard, il a expliqué qu'il avait compris qu'il avait eu tort de tout lui raconter. Mais elle avait déjà prévenu la police, qui l'attendait chez lui quand il est rentré. En fait, il n'avait pas du tout cette tête-là, dit-elle en reposant la photo. Peut-être un peu les yeux, rectifia-t-elle.

Elle regarda à nouveau la photo un long moment puis,

avec un léger frisson, l'écarta. Quand elle leva les yeux, elle regarda Hawkin, sans feinte cette fois.

— En tant que thérapeute, je dois nier toute possibilité de mal inné. Il y a toujours des raisons pour que les gens deviennent aussi tordus. Cependant, en tant qu'être humain, je reconnais la présence du mal. Il faut arrêter ce Lewis. Je crois que le fait que je sois là pourrait vous aider à l'attraper. Mais si je sens que je suis un obstacle, je me retirerai sur-le-champ.

Ce n'était ni une proposition ni un compromis, mais Hawkin choisit de considérer cette déclaration ainsi. Les deux femmes attendirent qu'il termine son toast, qu'il repose fourchette et couteau dans son assiette et avale une gorgée de café. Quand il prit la parole, il s'adressa à Kate :

— D'accord. Cela ne me plaît toujours pas qu'une civile soit impliquée dans cette affaire, et si je pensais qu'il y a le moindre risque que Lewis entre dans la maison, j'arrêterais tout. Mais oui, cela paraîtra plus normal que Lee reste chez elle. Oui, Lee sera utile à Vaun. Et oui, théoriquement, cela devrait te laisser plus disponible si Lee s'occupe de Vaun. Il faut que je te fasse confiance pour ne pas te laisser distraire par Lee. Et il faut que je vous fasse confiance, dit-il en pointant son index en direction de Lee, pour ne pas la distraire et pour partir immédiatement si vous sentez qu'elle s'intéresse plus à vous qu'à Vaun. Je n'aime pas faire confiance à trop de gens à la fois, mais si nous continuons, l'affaire sera entre vos mains. A toi de juger, Kate. Si tu décides de mettre ton amie en danger, connaissant Lewis, on y va. Sinon, ou si je ne suis pas satisfait des garanties, nous nous organiserons autrement. D'accord ?

— D'accord, affirma Kate après une profonde inspiration.

— Bien. On commence par ça, dit-il en sortant de sa poche pour le poser devant Lee un signal d'alarme semblable à celui que Kate avait donné à Vaun. Vous l'aurez sur vous à tout moment. Pressez-le, et de l'autre côté de la rue nous saurons que quelque chose ne va pas. Si vous ne le gardez pas, j'enlève Vaun de cette maison.

— Je doute, inspecteur, dit Lee avec un sourire assuré, que vous ayez le moindre droit de la faire déménager encore une fois si elle préfère rester chez moi, mais je serais heureuse de coopérer et d'accepter toute demande raisonnable.

Kate se resservit du café tandis que Hawkin bouillait et que Lee souriait comme une rose d'acier. Finalement, les lèvres de Hawkin se tordirent.

— Docteur Carter, cela me rassurerait considérablement quant à la sécurité de cette maison si vous portiez ce signal d'alarme sur vous à toute heure du jour et de la nuit.

— Je comprends, inspecteur Hawkin, et je serai ravie d'obtempérer. Un peu de café ?

— Votre café, chère jeune dame, fut un des rares points lumineux de ma vie ces deux dernières semaines, mais je crois que je dois refuser une quatrième tasse et faire une apparition au travail. Je vous remercie aussi pour le petit déjeuner, dit-il en se levant.

— Al, dit Kate, qui le raccompagnait à la porte, je crois que Vaun aurait voulu te voir.

— Je devrais être à San José depuis dix minutes. Je repasserai ce soir.

— Viens dîner.

— Oh, non, je...

— S'il te plaît !

— D'accord, avec plaisir. Si la circulation est trop mauvaise, ce ne sera pas avant sept heures.

— Je prépare tout pour huit heures. Et je dois te prévenir que tu ne mangeras pas aussi bien que ce matin : je suis une piètre cuisinière. Tu vas chez les Donaldson ?

— Je crains de ne pouvoir l'éviter, soupira-t-il. Combien de façons y a-t-il de dire : « Faites-moi confiance, j'y travaille », quand la mère veut savoir tout ce qui se passe ? Je ne peux pas lui en vouloir, mais ça ne simplifie pas les choses.

— Je préfère que ce soit toi que moi, dit Kate avec franchise.

Elle débrancha l'alarme pour le laisser sortir. Ni l'un ni l'autre ne leva les yeux vers la maison presque en face, dont le dernier étage était occupé par plusieurs hommes avec tout leur attirail. Elle le regarda monter dans sa voiture, referma la porte, remit l'alarme et prévint Lee pour le dîner. Comme elle s'y attendait, Lee insista pour faire la cuisine.

Ce soir-là, la photo de Vaun était à la une du journal. Un amateur entreprenant muni d'un téléobjectif l'avait surprise à la fenêtre de sa chambre d'hôpital. Elle avait l'air mélancolique d'un prisonnier. La photo était de très bonne qualité.

En mangeant une soupe aigre-douce et du bœuf aux haricots noirs, petits pois et champignons avec du riz sauté, ils tirèrent des plans pour les prochains jours. Plutôt, Hawkin et Kate tirèrent des plans, Lee les commenta et fit des suggestions, et Vaun pignocha dans son assiette. Elle ne cessait de jeter des regards vers le journal plié sur la desserte d'un air douloureux.

Finalement, assis devant le feu, ils décidèrent que ce serait pour samedi. D'ici là, Vaun serait reposée, tant physiquement que mentalement, Lewis se sentirait à la fois sûr de lui et pressé d'en finir et, de surcroît, cela ferait les titres du journal du dimanche.

— J'ai pris contact avec un journaliste des *News*, qui est d'accord pour marcher avec nous en échange de l'exclusivité et d'une interview de vous, dit-il à Vaun, qui fit une grimace. Cela veut dire, je le crains, d'autres photos et votre vie cachée révélée au grand jour. Je suis désolé.

— Après le journal d'aujourd'hui, il ne va pas en rester grand-chose, de toute façon. C'est un miracle que j'aie réussi à la préserver si longtemps.

— Il est possible que nous trouvions Lewis avant, ne l'oubliez pas. Tous les flics de Californie ont vu sa photo.

— Soyez honnête, Alonzo Hawkin, dit Vaun en secouant la tête devant un si mince encouragement. Si vous le preniez cette nuit, de quoi pourriez-vous bien l'accuser ? Je ne suis pas une spécialiste, mais il me semble que vous n'avez aucune preuve à apporter au tribunal, n'est-ce pas ?

— Vaun, ce n'est pas votre problème.

— Bien sûr que non, mais à quoi cela sert-il d'arrêter quelqu'un si on doit le relâcher faute de preuves ? Ne vous en faites pas, je comprends le rôle que j'ai à jouer. Il ne sert à rien de disposer un appât si le tigre n'approche pas assez près, n'est-ce pas ? Je vais attendre qu'il vienne à moi, ne vous en faites pas, reprit-elle d'un ton qui inquiéta ses trois interlocuteurs.

— Je veux que vous me promettiez..., commença Hawkin, que Vaun interrompit d'un petit rire triste.

— Non, je ne vais pas faire de bêtise, comme on dit. Je vais coopérer, je ferai ce que vous me direz de faire. Quatre délicieuses petites filles ont perdu la vie à cause de moi, à cause de ce don que j'ai. Cela doit finir.

Ses mots avaient quelque chose de froid, de mort. Lee voulut parler, mais se retint. Hawkin se racla la gorge.

— Alors, nous sommes d'accord. Samedi matin, vous partez pour un lieu public comme le parc du Golden Gate ou Fisherman's Wharf avec ces deux dames, un certain nombre de policiers en civil étant sur place. Toutes trois, vous vous faites photographier par notre journaliste préféré et vous paraissez à la une du journal le lendemain. On lui donne trois ou quatre jours et, s'il n'a toujours pas reparu, on recommence. Croyez-vous que vous y arriverez, Vaun ?

— Oui, oui, dit-elle, comme revenant d'un lieu lointain et déplaisant pour regarder Hawkin. Tout ce que vous voudrez. Je suis désolée. Je pensais à ces trois couples de parents. Je me demande s'ils arrivent encore à lire le journal. Je me demande quelle impression fera sur eux mon visage souriant en train de manger une salade de crabe au port de pêche. J'aimerais leur parler quand tout sera terminé.

— Je crois que cela leur ferait beaucoup de bien, dit Lee, mais cela risque d'être très dur pour vous.

— Quelle importance, maintenant ?

— Eh bien, intervint Hawkin, pour commencer il y a ce petit point de détail : terminer cette affaire. Je suggère une bonne nuit de sommeil. Bonne nuit à toutes, et merci, Lee, pour ce bon repas. Vous avez votre bouton ?

— Je l'ai, dit-elle en le sortant de son chemisier avant de le laisser retomber entre ses seins.

— Bien. Merci.

Il toucha légèrement l'épaule de Vaun en passant, geste qu'elle ne sembla pas remarquer, pas plus qu'elle n'eut l'air de se rendre compte qu'il partait. Kate se leva pour le saluer, mais laissa Lee le reconduire, attendant que réémergent les pensées sous les boucles noires. Il fallut plusieurs minutes, et Lee était revenue et attendait à la porte derrière Vaun quand finalement celle-ci ouvrit la bouche.

— Vous avez vu la dernière toile que j'ai peinte, n'est-ce pas, Kate ?

— Celle de la femme et de l'enfant ?

— Oui. Vous l'avez vue dans l'atelier, ce jour-là. Gerry l'a fait apporter à l'hôpital.

Sa terrible beauté avait été anéantie — percée et déchirée au point d'en être méconnaissable, et Hawkin avait veillé personnellement à ce qu'on la jette dans l'incinérateur de l'hôpital.

— C'était Mme Brand, la mère de Jemma, continua Vaun. Son visage ne m'a pas quittée pendant dix-huit ans, le regard qu'elle a eu le soir où elle a compris que Jemma était morte. J'ai recommencé à rêver d'elle en décembre dernier, et il a fallu que je la peigne. Ce fut une des toiles les plus... difficiles que j'aie jamais faites, dit-elle avec un calme terrible. Peut-être une des meilleures. Et maintenant elle n'existe plus.

— Peut-être...

Kate s'interrompit, se rendant compte de l'insulte inconsciente que comportait ce qu'elle allait dire, mais plongea tout de même.

— Peut-être la referez-vous un jour.

— Oh, non, dit Vaun en les regardant avec une douce acceptation sur le visage. J'ai dit que cela doit finir, et ce sera le cas. Jamais plus je ne peindrai.

27

CE FUT une semaine horrible. Vaun errait dans la maison comme une âme perdue, les mains dans les poches. Elle dormait beaucoup le jour, mais la nuit sa lampe brûlait souvent. Elle regardait la télévision, restant devant la chaîne qui s'allumait, devant des jeux, de vieux films, des téléfilms anglais, n'importe quoi, puis montait soudain dans sa chambre à des moments qui montraient à l'évidence qu'elle n'avait pas du tout suivi l'intrigue. Un dessin animé retint une fois son intérêt, jusqu'à ce que les publicités l'interrompent.

Elle ne se rendit pas dans le cabinet de Lee.

Elle mangeait comme un automate ce qu'on mettait dans son assiette, prenait part aux conversations quand on s'adressait directement à elle, semblait supporter les inconvénients de sa situation avec philosophie et humour. Elle fit même une timide plaisanterie sur le fait qu'on la retenait prisonnière pour son bien.

Lee reconnut dans son attitude les étapes que traversaient ses malades au stade terminal dans leur cheminement vers la tombe. Elle en fut peinée et lutta contre cela de toute sa détermination et de toute sa compétence — sans aucun résultat.

Pour Kate, c'était comme regarder un être sauvage intelligent se ronger calmement une patte prise dans un piège.

Le mardi, John Tyler leur rendit visite. Kate ne sut pas bien comment il avait convaincu Hawkin de le laisser venir, mais il arriva dans l'après-midi à bord d'une voiture banalisée de la police, portant toujours son jean repassé et ses chaussures en daim, mais avec une veste de lin, comme pour se conformer aux usages de la ville. Son attitude aussi était plus stricte, et il but une tasse de café avec les trois femmes avant de suivre Vaun dans sa chambre, où ils restèrent tout l'après-midi, leurs voix rythmées résonnant parfois par-delà les cloisons. Quand Tyler redescendit, au crépuscule, il était seul. Il s'encadra dans la porte de la cuisine où Kate et Lee bavardaient, cette dernière tournant une cuiller de bois dans une marmite. C'est elle qui le vit la première.

— John, voulez-vous dîner ? Ce n'est que de la soupe, mais elle est presque prête.

— Je dois partir vite, j'ai dit à Anna que je rentrais dîner.

— Un verre de vin, alors ?

— Ce serait gentil, merci.

Kate se leva et emplit trois verres.

— Je suis contente que vous soyez venu, dit Lee. Vaun se sent perdue et loin de chez elle.

— Je ne crois pas que ce soit nouveau pour elle, dit-il doucement. Elle se sent loin de chez elle dans sa propre maison. Vaun est une des femmes les plus tristes que je connaisse, et peu importe l'endroit où elle se trouve, ou avec qui — ça ne fait guère de différence.

— Oh, je suis sûre que si ! Elle a des amis.

— Vaun a des amis, mais pour autant que je le sache, le seul qui la touche vraiment est Gerry Bruckner, et il occupe une place trop centrale dans sa vie pour être un simple « ami ».

— J'ai rencontré Gerry. J'aimerais aussi rencontrer Angie. Comment est-elle ?

— Angie est pareille, pire encore. Ces derniers événements ne l'ont pas aidée à s'aimer davantage, comme vous pouvez l'imaginer. « Une femme aux mains usées et au cœur plein d'espoir », comme l'a appelée Anna un jour où elle se sentait poète. Et elle se lie à une femme dont les mains sont maintenant inactives et dont le cœur n'a plus d'espoir. Il va falloir que quelqu'un tue ce salaud, dit-il d'un ton rageur. Je le ferais moi-même, je crois, si j'en avais l'occasion.

— Vous saviez, n'est-ce pas, demanda soudain Kate, que Vaun avait fait de la prison pour meurtre d'enfant ?

— Euh, eh bien oui, en fait, je savais.

— Et vous l'avez autorisée à s'installer ?

— Je ne pensais pas qu'elle l'avait fait. Non, ce n'est pas assez fort : je savais qu'elle ne pouvait pas l'avoir fait.

— Et en décembre, quand on a trouvé Tina Merrill ? Ne vous êtes-vous pas du tout inquiété ? N'avez-vous pas eu quelques soupçons concernant celle qui aurait pu la tuer ? Et, après elle, les autres enfants ?

— Non. J'aurais dû vous le dire, le premier jour, mais je n'ai pas pu me résoudre à l'accabler pour rien. Je savais qu'elle ne l'avait pas fait. Et j'avais raison.

Mais pas au sujet de Tony Dodson, se dit Kate.

— Vous ne devez révéler ni à la presse, ni à personne d'autre qu'elle est totalement innocente, dit-elle d'un air grave. Pas encore.

— Je ne parle pas du tout de ça. C'est le mieux.

Il resta vingt minutes encore, et repartit dans la voiture de police.

Pour les femmes, dans la maison, ce fut vraiment une semaine terrifiante.

Savoir qu'elle était loin du centre de l'action rendit les choses plus dures encore pour Kate. A tous ceux qui s'étonnaient de son absence, on disait que ses blessures l'avaient contrainte à prendre un congé, mais en vérité elle aurait préféré saigner à blanc plutôt que de rater cette partie de l'enquête.

Car c'était à cette étape que l'on posait les bases solides pour une éventuelle inculpation, que l'on reliait les réponses disparates à toutes les questions en une image dense et homogène pour le procureur. Qui ? Andrew C. Lewis, alias Tony Dodson. Quoi ? Meurtres, d'un type particulièrement froid et donc inexplicable ; meurtres non comme but, mais comme moyen de construire une vengeance élaborée et créative. Quand ? Pouvait-on affirmer, grâce à des témoins ou à des preuves, qu'il se trouvait près des sites concernés, et aux bons moments ? Où ? C'était une bonne question. Où avait été Lewis les jours des meurtres ? Où s'était-il rendu quand il était parti « travailler » ? Où étaient les vêtements et les cartables des petites filles ? Plus important encore, où était Lewis maintenant ? Et enfin, comment ? Comment avait-il approché les enfants, comment les avait-il enlevées, comment avait-il évité de se faire remarquer ?

Pendant toute cette semaine, Kate dut vivre en sachant qu'on menait l'enquête sans elle, et à cause de cela, elle eut du mal à rester enjouée, calme et vigilante. Vaun dérivait ; Lee allait à ses consultations à l'hôpital ou dans divers organismes ; Kate s'agitait et téléphonait pour avoir des nouvelles une douzaine de fois par jour ; Hawkin et Trujillo recherchaient les réponses.

Trujillo, mal rasé, vêtu d'un pantalon noir usé, de hideuses chaussures pointues, d'une veste de cuir qu'il en était venu à détester, passa la semaine au bar du Grill Doré, sous l'image de la femme à la peau flamboyante sur le barbecue, et se donna un ulcère à force de boire. Il finit par connaître les habitués, il finit par apprendre que plusieurs de ceux-ci, amis de l'homme qu'ils appelaient Tony Andrews, s'étaient faits rares récemment, et finalement il finit par faire la connaissance d'un gamin flasque, au teint terreux, couvert d'acné, qui vint pour la première fois le mardi après-midi et qui connaissait assez bien « Tony » pour savoir où il habitait en ville.

Le jeune homme gras n'en savait guère plus. Il traînait dans le coin et il n'avait pas été vraiment invité dans l'appartement de Tony, mais il l'avait vu en sortir un matin pour remonter dans son camion et partir. Trujillo l'invita à l'y conduire, trouva l'immeuble et contacta Hawkin, qui arriva, un mandat de perquisition en poche. Peu après ils entraient dans la maison avec une forte escorte armée.

Personne ne vint leur ouvrir la porte de l'appartement, si bien qu'ils allèrent en demander la clé au concierge, qui les fit pénétrer dans le troisième monde d'Andy Lewis.

C'était un vaste appartement meublé avec un luxe sans goût, à commencer par le grand lit rond aux draps de satin et le bar bien garni capitonné de cuir dans le salon. Ils trouvèrent partout les empreintes d'Andy Lewis/Tony Dodson/Tony Andrews. Deux autres types d'empreintes révélèrent la présence d'hommes bien connus de la brigade des stupéfiants. Il y avait une boîte en métal pleine de marijuana de qualité supérieure dans le placard, une autre de haschisch sur une étagère, pas loin de cinquante mille dollars d'héroïne empaquetée pour la rue dans des ballons multicolores et tous les ustensiles nécessaires à ce genre d'activité. Plus tard, le laboratoire devait trouver des quantités considérables de cocaïne dans la poussière des tapis et des meubles. Un pistolet chargé attendait dans la penderie près de la porte et un autre dans le placard de la chambre ; il y avait aussi deux cartouches de 45 et des traces de graisse dans le tiroir de la table de nuit.

Dans le gigantesque placard de la chambre étaient rangés les vêtements de deux hommes bien différents, même s'ils étaient de la même taille et bien qu'on ait retrouvé sur tous les habits des cheveux bruns et des poils de barbe également bruns. À gauche, les habits étaient suspendus à des cintres de bois : des chemises de soie et des costumes de laine qui inspirèrent à Trujillo un sifflement admiratif ; sur une étagère reposaient des chaussures italiennes cousues main. Les vêtements étaient plutôt voyants, et Hawkin se dit que certains devaient avoir un air un peu incongru sur un barbu aux cheveux longs. À droite, Lewis avait accroché ses vêtements de la route de Tyler : vieux jeans, chemises de flanelle, vestes de velours côtelé, le tout sur ces cintres métalliques que donnent les teinturiers avec les vêtements propres. Un curieux assortiment de bottes et de chaussures de sport usées et tachées gisait en tas par terre.

Il y avait aussi un tableau.

Il dépassait à peine de l'étagère à chaussures, mais l'arrière de la toile clouée attira l'œil de Hawkin. Il poussa Trujillo (qui, toujours habillé comme un pilier de bar, regardait avec envie les étiquettes des costumes) et sortit le tableau pour l'emporter vers la lumière. A la fenêtre, il le retourna et Andy Lewis fut là, exactement comme Red Jameson l'avait décrit : à demi nu, un peu en sueur, un petit sourire sardonique aux lèvres. L'étroit dossier de la chaise se dressant comme quelque structure phallique sous son menton, on voyait le dragon enroulé en haut de son bras.

Les yeux bleus fatigués de Hawkin examinèrent la surface luisante de la toile, cherchant à pénétrer le portrait en profondeur, et, comme il le voulait, il y parvint. La plupart des meilleures toiles de Vaun recelaient quelque chose sous l'image de surface, une signification cachée qui n'apparaissait qu'à l'œil patient, et cette toile était une de ses meilleures. Red ne l'avait pas étudiée, se dit Hawkin, trop révulsé par sa signification première, sinon il ne se serait pas inquiété pour sa nièce.

C'était une caricature, habile et d'une stupéfiante subtilité pour une adolescente, mais une caricature. A première vue, il s'agissait du portrait d'un jeune homme dont l'artiste était amoureuse et avec qui elle avait des relations sexuelles. Peu à peu, cependant, les légères exagérations s'affirmaient, et bientôt Hawkin sut que Vaun n'avait pas peint ce qu'elle ressentait en regardant Andy Lewis, mais plutôt ce qu'Andy Lewis s'imaginait que les femmes ressentaient en le regardant. Le portrait était daté d'avril.

Trujillo entendit Hawkin rire et sortit du placard pour venir regarder par-dessus son épaule. Il émit un « oh ! » admiratif.

— J'aimerais bien qu'une dame me voie de cette façon, commenta-t-il.

— Vraiment ? demanda Hawkin.

Un bruit dans le couloir annonça l'arrivée de l'équipe du laboratoire et du photographe. Hawkin tendit la toile à Trujillo.

— Étudiez donc cette toile de près quelques minutes, et vous me direz ensuite ce que vous en pensez. Faites-y attention, ajouta-t-il, elle vaut plus que votre salaire annuel.

Dix minutes plus tard, il revint et trouva Trujillo bouleversé et perdu, assis dans un fauteuil, le regard fixé sur le jeune Andy Lewis. Il leva les yeux vers Hawkin.

— Mais c'est... C'est cruel, non ? Elle se moque de lui. Elle le ridiculise.

Même Trujillo l'avait vu, donc, avec un indice et un peu de recul. Combien de temps avait-il fallu à Andy Lewis pour y lire la dérision ? Un mois ? Vaun lui avait-elle dit ce qu'elle avait vraiment peint, quand elle avait rompu avec lui ? Jemma Louise était-elle morte à cause de ce portrait ? Et indirectement Tina Merrill, Amanda Bloom et Samantha Donaldson, et, presque, Vaun elle-même ?

Soudain, les mots de Lee Carter lui revinrent : Vaun était plutôt capable « d'assassiner cruellement sur une toile l'image qu'une personne se fait d'elle-même... ». Cette toile était son arme, on y voyait la victime non encore consciente du coup mortel qui venait de lui être décoché. Hawkin ne doutait pas que quiconque connaissant Lewis, et déchiffrant vraiment son portrait, ne pourrait plus jamais prendre cet homme au sérieux. La gravité de l'affront expliquait les méthodes de Lewis, qui n'avait pas tué Vaun directement quand il avait compris ce qu'elle avait fait. Pour Lewis, la mort toute simple n'était pas une vengeance suffisante : l'enfer devait la précéder.

L'appartement et ses environs ne fournirent aucune autre preuve formelle. Le répondeur téléphonique ne portait qu'un message succinct : une voix grave d'homme disait : « Tony ? C'est Dan. On aurait besoin de toi si tu es libre. » Il n'y avait aucun moyen de savoir quand le message avait été laissé, mais l'état du réfrigérateur indiquait que cela faisait plusieurs jours que personne n'avait vécu ici, et au fil de la journée les voisins interrogés confirmèrent qu'ils n'avaient vu personne depuis le gros orage.

Il n'y avait aucun papier, aucun répertoire, aucun numéro de téléphone gribouillé, pas de lettres dans la boîte. Les voisins ne purent décrire que quelques-uns de ses nombreux invités, et le seul véhicule dont ils se souvenaient était le vieux camion à ridelles actuellement dans le hangar de Tyler.

Ce soir-là, le mercredi, Hawkin et Trujillo revinrent dans l'immeuble pour interroger les résidents absents pendant la journée. Ce fut un travail pénible, qui ajouta peu à leur maigre liste d'informations, jusqu'à ce qu'ils sonnent à l'appartement cinquante-deux. Il était plus de neuf heures, mais c'est une enfant d'une dizaine d'années, aux beaux cheveux noirs, portant un appareil dentaire et vêtue d'un pantalon fuchsia et d'un T-shirt Minnie qui vint ouvrir. Elle les regarda gravement sous la chaîne.

— Bonsoir, mademoiselle, dit Hawkin. Je me demandais si je pourrais parler à votre mère ou à votre père.

— J'ignore comment je pourrais faire reparaître mon père, dit-elle avec une précision remarquable dans l'articulation et un air excédé, mais ma mère est peut-être disponible. Puis-je savoir qui la demande ?

Hawkin se présenta et présenta Trujillo à l'enfant, qui ne parut pas du tout impressionnée. Elle allait parler à nouveau quand elle fut interrompue par une voix de femme derrière elle :

— Qui est-ce, Julie ?

L'enfant s'écarta, offrant à Hawkin son profil, qui dans huit ou dix ans serait dévastateur.

— Ces messieurs prétendent être policiers. J'allais leur en demander la preuve.

— Très judicieux, mademoiselle, dit Hawkin, qui faisait un gros effort pour ne pas rire.

Il sortit sa plaque de sa poche pour la quarante-septième fois ce jour-là et l'ouvrit pour qu'à deux niveaux, maintenant, des yeux la contrôlent par la fente de la porte entrouverte. Le battant se ferma, la chaîne fut retirée et la porte se rouvrit pour révéler le modèle sur lequel se calquait la future dévastatrice.

Cinq kilos de cheveux d'un noir de jais étaient retenus en équilibre précaire au sommet de l'ovale parfait d'un visage aux iris bruns au centre et d'un curieux vert doré sur le pourtour dont la forme avait été conçue quelque part en Asie. De petites mèches bouclaient doucement autour du col d'un peignoir comme celui que portait le grand-père de Hawkin, d'une couleur rouge particulièrement horrible qui, Dieu merci, avait passé. Elle était pieds nus et arborait des lunettes à lourde monture du type de celles que Cary Grant aurait pu retirer à une secrétaire pour révéler une beauté jusque-là dissimulée. Hawkin fut heureux de se tenir devant Trujillo, parce qu'il savait que son propre visage ne trahirait rien, bien qu'il eût la certitude que, sous le peignoir, le reste du corps était aussi nu que les pieds. Il faudrait sans doute un moment à Trujillo pour retrouver son impassibilité.

— Bonsoir, madame Cameron, dit-il d'un ton neutre. Désolé de vous déranger. Nous essayons de trouver des informations sur un de vos voisins, et je me demandais si vous pourriez nous aider.

— Certainement. Entrez.

Elle s'écarta et les fit pénétrer dans une pièce si quelconque qu'elle aurait pu sortir d'un catalogue de meubles pour motel, mais chaque surface plane était surchargée de livres, des gros livres en plusieurs langues, dont certains à reliure de cuir noir et titres dorés en lettres gothiques. Elle en rassembla quelques-uns pour libérer deux chaises en métal et vinyle autour de la table en Formica sur laquelle elle empila les volumes. Puis elle s'assit et les regarda par-delà la pile. Elle n'était pas petite, mais le semblait sous la masse des cheveux, enfouie dans le peignoir d'homme, derrière les livres.

— Je crains bien de ne pouvoir vous aider beaucoup, dit-elle d'une voix douce qui ne révélait pas tant un accent qu'une précision appliquée et un curieux rythme dans son discours. Nous ne sommes ici que depuis janvier, et je suis rarement à la maison. Je n'ai pas eu l'occasion de rencontrer mes voisins.

Du canapé sortit une voix accompagnée d'un pied s'agitant en l'air. Hawkin avait oublié la jeune génération de cette incroyable race de déesses-génies.

— Ma mère a tout récemment été nommée à la chaire de littérature médiévale allemande à l'université, dit la voix. Quant à moi, je vais m'orienter vers le droit criminel.

Hawkin pâlit à l'idée d'un tel avocat de la défense et espéra qu'il serait à la retraite avant qu'elle entre en scène. Julie sortit la tête de derrière le chintz du dossier.

— Quel voisin ? s'enquit-elle finalement.

— M. Tony Andrews, au trente-quatre, dit-il en reportant son attention sur la mère. Il a disparu depuis quelques jours et sa famille s'inquiète.

— Alors comme ça, persifla la fille avec le petit rire de quelqu'un à qui on ne la fait pas, ils ont envoyé deux officiers de haut rang pour rechercher un monsieur disparu ?

— Julie... commença la mère.

— Oh, Mère, la police ne procède pas ainsi, et de plus, je les ai tous deux vus aux informations. Ils travaillent sur l'affaire des petites filles et de l'artiste.

La mère se tourna vers Hawkin, qui se retrouva soudain dans la peau d'un élève pris en flagrant délit de tricherie.

— Est-ce vrai ? demanda-t-elle.

— Il arrive que nous devions travailler sur plusieurs affaires à la fois, répondit-il en tentant de paraître grave, même s'il entendait sa propre voix trahir sa faiblesse. Ce M. Andrews, le connaissez-vous ?

— Non, je ne crois pas...

— Mais si, Mère, nous l'avons rencontré le mois dernier, ne t'en souviens-tu pas ? Le jour où tu devais donner une conférence à San Francisco et où la voiture refusait de démarrer.

— Oh, oui, lui ? J'avais oublié son nom. Un très gentil monsieur.

— Non, il ne l'était pas, affirma gravement Julie.
— Eh bien, j'ai cru...
— Excusez-moi, madame, interrompit Trujillo. Pourquoi avez-vous pensé qu'il n'était pas gentil, mademoiselle ?
Pendant un moment l'enfant fut visiblement surprise elle-même de ne pas trouver ses mots. Mais elle rassembla ses forces et répondit en levant le menton pour cacher son embarras sous un air de défi.
— Je n'avais aucune raison précise. Rien de concret, je veux dire. Ce ne fut qu'une impression. Je n'ai pas aimé la façon dont il regardait ma mère. C'était..., dit-elle avant de s'interrompre pour choisir ses mots. C'était calculé, sans la soudaineté terre à terre qui caractérise la réaction de la plupart des hommes en sa présence.
(La soudaineté terre à terre ? se dit Hawkin, conscient et gêné du côté terre à terre de sa première réaction. D'où sortait donc cette gamine ?)
— Julie ! gronda la mère. Tu parles comme dans un mauvais roman sentimental.
— J'ai trouvé l'expression appropriée, protesta la petite.
— Elle ne l'est pas.
— Mais elle est juste.
La justesse et la précision étaient à l'évidence les critères suprêmes dans la vie de Julie Cameron. A en juger par l'expression de capitulation sur le visage de sa mère, c'était de famille.
— Était-ce la seule raison ? demanda Hawkin avant que la conversation ne vire à l'analyse sémantique. La façon dont il a regardé votre mère ?
— J'ai aussi trouvé que son aspect physique — sa barbe négligée, ses mains sales — ne concordait pas avec les vêtements qu'il portait. Ceux-ci semblaient appartenir à un homme tout à fait différent, même s'ils lui allaient parfaitement bien. Il nous a aidées pour la voiture, conclut-elle comme si elle s'adressait à douze jurés, mais il n'était pas « gentil ».
— Je vois, dit Hawkin, qui tenta de s'adresser à l'espace entre les deux femmes (Femmes ?). Vous a-t-il dit quelque

chose sur l'endroit où il se rendait, sur ses amis, ou quoi que ce soit d'autre ?

À son grand soulagement, c'est la mère qui prit la parole :

— Il a vu que j'avais des problèmes avec la voiture. Julie et moi regardions dans le moteur pour essayer de trouver un fil détaché ou quelque chose d'évident, quand il s'est approché. Il a fourragé quelques minutes...

— C'était le fil de l'alternateur, comme je le lui avais dit, intervint Julie.

— ... alors que je lui avais recommandé de ne pas salir son costume. Il a dit que je ne m'en fasse pas, qu'il était mécanicien et qu'il n'en avait que pour une minute. Et c'était vrai. Il l'a fait démarrer tout de suite.

— Il vous a dit qu'il était mécanicien ?

— Oui. J'ai proposé de le payer, mais il a ri, d'un gentil rire...

— Il n'était pas gentil, grogna le canapé.

— ... et il a dit que je ferais mieux de garder mon argent pour acheter une poupée à ma petite fille.

(Ah !)

— Vous vous rendez compte ? s'exclama l'insultée. Peut-il encore exister quelqu'un d'aussi sexiste et archaïque à notre époque ?

Trujillo passait de la douce mère à la fille indignée avec une expression de stupéfaction qui l'empêchait de refermer la bouche.

— Avez-vous vu comment il est parti ? Sa voiture ? demanda Hawkin.

— Non, et toi, Julie ?

— Oui. Un homme l'attendait dans la rue, dans une Grand Prix rouge. Je me souviens d'avoir trouvé drôle le nom de la voiture, parce que, à l'évidence, lui-même se considérait comme d'un grand prix.

— Je vous demande pardon, mademoiselle ? dit Trujillo qui essayait de tout prendre en note.

— C'est un jeu de mots ! soupira-t-elle d'un air de pitié.

— Ah, bon.

— Et la voiture devait être à lui, parce que l'autre homme a pris la place du passager et l'a laissé conduire.

— J'imagine que vous n'avez pas retenu le numéro de la plaque minéralogique, dit Hawkin, qui savait très bien que si elle l'avait connu elle l'aurait donné tout de suite.

— Je savais que vous me demanderiez cela, dit-elle d'un air piteux. Non, je ne l'ai pas retenu. Mais je me souviens que la plaque n'était pas personnalisée — je l'ai regardée pour ça, je le sais. Et elle était assez récente.

— Est-ce la seule fois que vous l'avez vu ?

— Oui, dit Julie.

— Non, dit la mère avec un regard d'excuse à l'intention de sa fille. Je l'ai revu il y a une quinzaine de jours, un mardi soir, je pense, parce que je revenais de mon cours du soir. Il sortait alors que j'arrivais. Je lui ai dit bonjour et je l'ai remercié à nouveau. Il a dit qu'il avait été content de pouvoir m'aider. C'est tout.

— Quel mardi était-ce ?

— Pas la semaine dernière, la semaine précédente, un ou deux jours avant l'orage.

Le lendemain du jour où Samantha Donaldson avait été tuée.

Hawkin regarda longuement un dos de livre portant un titre qu'il ne tenta même pas de prononcer et réfléchit, réfléchit. Quand il leva enfin les yeux, la femme avait l'air amusée.

— Désolé, dit-il.

Elle sourit et le vieux cœur de Hawkin fut renversé. Il aurait voulu rester assis à cette horrible table en formica pour l'éternité.

— Que portait-il ? demanda-t-il presque au hasard.

— Un curieux accoutrement : un jean et une veste sombre sur une chemise de travail, écossaise, je crois. Oui, d'un écossais rouge. Cela lui allait mieux que le costume. C'était plus conforme à son aspect physique.

— De quelle humeur vous a-t-il semblé ?

— Joyeuse, presque excitée. Mais il avait aussi l'air fatigué.

— Vous croyez qu'il a tué cette petite fille ? murmura Julie.

Elle semblait curieuse, dubitative, et effrayée aussi. Hawkin se tourna vers sa mère, tout aussi effrayée. Il sortit sa carte et y inscrivit un numéro.

— Madame Cameron, si vous ou votre fille voyez cet Andrews, ne restez pas seule avec lui et appelez immédiatement ce numéro. Il est possible qu'il ne porte plus la barbe, dit-il en leur montrant les dessins. J'apprécierais aussi que vous ne parliez ni à vos amis ni à vos voisins de notre conversation, pendant quelques jours seulement. Cela pourrait nuire à l'enquête et mettre d'autres gens en danger, dit-il en regardant durement Julie dans les yeux.

— Je ne cancane pas, dit-elle avec dignité.

— Je n'aurais jamais pensé cela de vous, dit Hawkin en se levant pour partir.

A la porte, il s'arrêta et regarda l'enfant en pensant à la pauvre petite Amy si bouleversée sur la route de Tyler.

— Alors vous voulez faire du droit ? demanda-t-il.

— C'est une possibilité, admit-elle.

— Aimeriez-vous assister à un procès, un jour, rencontrer le juge, parler aux avocats ?

— J'aimerais beaucoup cela, dit la fillette, dont les yeux brillèrent comme si on lui avait proposé une journée à Disneyland.

— Quand cette affaire sera terminée, si je trouve une journée libre, je verrai ce que je peux faire.

Trujillo le regarda comme s'il était fou. Julie le regarda comme s'il était Dieu. La mère de Julie le regarda comme s'il était une possibilité.

Dans l'ascenseur, Trujillo fixa les numéros d'étage qui s'éclairaient successivement avec une grande concentration, et quand ils furent sortis au rez-de-chaussée, il n'y tint plus :

— Fallait-il vraiment que vous proposiez à cette gosse d'aller au tribunal avec vous ? Je veux dire... Seigneur... La mère... C'est probablement le seul moyen de l'atteindre, par la gosse, mais quand même ! Pouvez-vous l'imaginer menant un contre-interrogatoire ?

L'idée de devoir l'affronter un jour ne manquerait pas de lui donner des cauchemars.

— Je l'ai trouvée mignonne.

— Mignonne comme un cobra, vous voulez dire !

— Pas à ce point. Et soyez optimiste : je pourrais la convaincre de viser un poste de procureur. Quelques personnes dans son genre de notre côté ne seraient pas de trop, qu'en pensez-vous ?

Trujillo secoua la tête et marmonna quelque chose qui ressemblait vaguement à « soudaineté terre à terre ».

Hawkin le laissa mener les trois derniers interrogatoires de la soirée qui furent courts, infructueux et extraordinairement fades.

28

LE JEUDI, on envoya des gens dans tous les garages, toutes les stations d'essence de ce quartier de San José. En vain. Le vendredi, on élargit les recherches, sans beaucoup d'espoir, mais en moins d'une heure, un des hommes trouva le garage. Hawkin et Trujillo y étaient vingt minutes plus tard.

C'était un grand hangar plein d'hommes, de voitures et de bruit. Le propriétaire, Dan Whittier, était un géant avec un ventre énorme et pas de fesses, dont le pantalon noir graisseux menaçait de tomber à chaque pas. Il reconnut « Tony Andrews » sur le dessin, un type qui venait aider à l'occasion quand ils avaient trop de travail. Il l'avait rencontré pour la première fois un an plus tôt environ, dans un bar. Oui, peut-être le Grill Doré, il y allait parfois. Non, il ne pensait pas qu'on les avait présentés, ils étaient juste entrés en conversation au bar. Non, il ne l'avait pas vu ces deux dernières semaines, mais oui, il avait tenté de le joindre, il avait même laissé un message sur le répondeur, comme d'habitude, mais il n'était pas venu. C'était déjà arrivé d'autres fois ; ça ne posait pas de problème, il finissait toujours par faire le travail. Le numéro ? Oui, il était là, près du téléphone.

C'était celui de l'appartement.

Trujillo posa quelques questions encore jusqu'à ce qu'il fût évident que, pour le garagiste, Tony était un type sympa, un bon mécanicien qui venait l'aider à l'occasion en échange de la possibilité d'utiliser ensuite le matériel pour travailler sur ses propres voitures. A brûle-pourpoint, personne ne put se souvenir d'aucune de ses voitures, sauf en termes vagues — une camionnette, une Grand Prix rouge, une ou deux vieilles Dodge —, mais on n'avait gardé de trace écrite pour aucune.

Frustrés, ils partaient quand se produisit la petite chose qui devait valoir sa promotion à Trujillo. Il fit le tour de sa voiture banalisée jusqu'à la porte avant gauche, puis s'arrêta et regarda d'un air pensif les nombreuses voitures, les camions, les minibus garés derrière la clôture, dans la cour. Il y avait aussi deux véhicules de la poste, les blancs qu'on utilise dans les villes.

— Est-ce que vous avez remarqué, dit-il lentement, que les gens ne se souviennent jamais d'avoir vu des choses comme des camions de la poste ? Ils sont presque invisibles.

Hawkin le regarda, regarda les deux innocents camions blancs, et il le précéda quand ils retournèrent tous deux dans le bureau de Dan Whittier.

Ce dernier fut surpris et un peu agacé de les revoir, mais il leur répondit. Oui, ils avaient des véhicules de la poste de temps en temps. Pas régulièrement, juste quand les mécaniciens de l'administration étaient débordés. Oh, oui, ils en gardaient la trace écrite. Quelles dates les intéressaient donc ? Trujillo lui donna les trois dates. La première, leur dit Whittier, serait dans le registre de l'année précédente qu'il n'avait pas sur place, mais les deux autres, il pouvait les vérifier. Oui, il y avait un camion de la poste les deux fois, ils étaient arrivés deux jours avant à chaque fois ; oui, Andrews avait travaillé dessus ; oui, Andrews les avait emmenés sur la route pour les essayer et, à y repenser, la dernière fois, il était parti longtemps, quatre ou cinq heures ; il y avait un problème de batterie, et oui, Trujillo pouvait en avoir les numéros de plaques, si ça pouvait permettre à Dan de retourner travailler.

Plusieurs coups de téléphone plus tard, une équipe de

police retrouva les deux véhicules. Celui qui était passé à l'atelier en janvier avait été nettoyé à fond depuis, mais pas celui qui y était le jour de la disparition de Samantha Donaldson, et il livra plusieurs très belles empreintes d'Andrew Lewis à des endroits où un mécanicien ne pose normalement pas les mains, des endroits où un homme peut se tenir, disons, quand il soulève de l'arrière un poids malcommode. Il y avait aussi plusieurs cheveux, que la science moderne déclara aussi proches que possible de ceux de Samantha Donaldson, et finalement on trouva un brin de laine bleue qui au microscope s'avéra identique à celle du panier à ouvrage de la grand-mère de Samantha.

Avec le camion postal, l'appartement, les liens entre Lewis, Dodson et Andrews, l'empreinte partielle sur le cou de Samantha, Hawkin pouvait maintenant affronter sans crainte un tribunal.

Il ne lui manquait plus que Lewis.

Ce vendredi-là, le dîner de Lee fut le plus catastrophique de sa vie, ce qui étonna Kate, puis l'amusa, surtout que Lee en fut affectée au-delà du raisonnable. Kate ne montra pas ses sentiments. Elle protesta poliment quand la cuisinière, les lèvres serrées, gratta le plat à soufflé au-dessus de la boîte à ordures, et l'assura qu'une soupe de carottes, des petits pains aux cinq céréales, une salade de légumes marinés et, pour finir, une tarte aux framboises et aux noix suffiraient amplement pour les empêcher de mourir de faim. En temps normal, Lee aurait haussé les épaules et servi le soufflé avachi, mais il semblait que la paix tendue entre elle et Al Hawkin ne permît aucun signe de faiblesse.

Pourtant, plusieurs verres d'excellent pinot noir adoucirent l'humeur, et, à la fin du repas, même Lee était détendue. Elle les entraîna devant la cheminée avec un plateau de café, et pendant que Kate faisait flamber un feu joyeux qui ajouta au bien-être collectif, elle débarrassa la table et mit un peu d'ordre dans la cuisine.

Hawkin avait pris place sur le long canapé avec Vaun, chacun à une extrémité, et il avait posé les pieds sur un tabouret, dans l'attitude d'un homme se reposant d'un lourd fardeau. Il percha sa soucoupe et sa tasse sur son ventre et ferma les yeux. Vaun replia une jambe sous elle et le regarda, la tête penchée sur le côté. Kate, en sirotant son café, se demandait ce que voyait l'œil de l'artiste — les traces que les longues heures de travail et le contact avec la laideur du monde avaient gravées dans son visage ? Les muscles attachés aux os ? Le crâne sous la peau ? Elle les considéra alternativement un moment, quand tout à coup elle comprit, avec le plus grand désarroi, que Vaun ne regardait pas Hawkin avec son œil d'artiste, mais avec ses yeux de femme, et ce avec grand intérêt. Cette idée la surprit au point qu'elle reposa bruyamment sa tasse et rompit le charme.

Hawkin ouvrit les yeux et la regarda, et elle eut l'impression gênante qu'il avait lu ses pensées, si improbable que ce fût. Vaun se déplia et se pencha en avant pour remplir sa tasse avec la cafetière en verre posée sur la table, puis jeta un regard interrogateur à Hawkin, qui lui tendit sa tasse. Elle le servit, adressa le même regard à Kate qui secoua la tête, et ils se détendaient à nouveau quand Lee arriva et s'installa dans le fauteuil entre Vaun et Kate.

Suivirent vingt minutes d'une conversation légère, durant lesquelles Hawkin raconta l'histoire d'une star du rock et de sa non moins célèbre petite amie qui étaient sortis en titubant de leur hôtel, en ville, complètement nus et hurlant des obscénités, au grand amusement des passants et sous les yeux horrifiés de la direction de l'hôtel. Hawkin racontait bien, et même Vaun rit de bon cœur, les couleurs revenant timidement sur ses joues. Mais était-ce le vin, l'histoire ou la simple présence de Hawkin qui en était la cause ? Kate n'aurait su le dire.

Les rires cessant, avant qu'elles n'aient pu prévoir ce qu'il allait dire ni eu le temps de se mettre sur la défensive, Hawkin posa sa tasse et se tourna vers Vaun :

— C'est l'heure des décisions, annonça-t-il. Je vais d'abord vous résumer ce dont nous disposons.

Il leur parla des découvertes de la semaine. Kate avait été mise au courant et avait transmis à ses compagnes une version abrégée, mais Hawkin disposa le tout en une série d'étapes clairement liées entre elles, terminant par le garage de Dan Whittier. Il attendit un moment que tout s'organise dans la tête de ses auditrices, puis se pencha en avant, les coudes sur les genoux, et continua en étudiant les paumes de ses mains.

— Quand nous avons conçu ce projet de sortie voyante, nous n'avions presque rien contre Lewis, et l'idée, en l'attirant vers Vaun, était autant de l'incriminer que de mettre la main sur lui. La situation a changé. Il faudra plusieurs jours avant que les résultats complets du laboratoire nous parviennent, mais je crois que ce camion de la poste nous a déjà fourni assez de preuves pour le faire condamner. Alors, comment allons-nous le prendre ? Il pourrait être au Mexique, mais je ne le pense pas. Je pense qu'il est dans la région. Il nous suffirait sans doute pour le trouver de passer les lieux au peigne fin, de faire diffuser son portrait dans tous les journaux, de le placarder sur tous les abris d'autobus. J'aimerais procéder de cette façon. Nous aurions de grandes chances de le prendre en deux ou trois jours. Mais…

— Mais ? répéta Vaun qu'il ne regardait pas.

— Nous pouvons aussi le manquer ; il peut quitter la région, devant l'ampleur de la chasse à l'homme. Ce qui vous laisserait dans une position extrêmement difficile, dit-il en la regardant cette fois avec un sourire triste.

Kate lui avait dit que Vaun n'avait plus l'intention de peindre, et cela lui avait fait mal, elle le connaissait assez bien maintenant pour le voir, même s'il n'avait rien dit.

— Vous pourriez probablement vous offrir un garde du corps, mais je doute que cela vous plaise à long terme.

— Non.

— Dans ce genre de circonstances, je demande d'ordinaire un avis, mais dans votre cas, j'ai besoin de votre coopération, et je veux connaître vos sentiments. Devons-nous mettre à exécution cette idée d'un piège, ou bien laissons-nous tout tomber pour nous lancer dans une chasse à l'homme ?

— Je voudrais continuer, affirma Vaun sans hésiter.

— C'est ce que je pensais, dit-il avec un sourire. Bien. Demain, vous irez toutes les trois vous promener, vous poserez pour une ou deux photos et répondrez à quelques questions de notre journaliste, puis vous reviendrez ici dans l'après-midi. Pendant ce temps, Trujillo ou un de ses gars amènera votre superbe voiture de chez Tyler et la laissera dans la rue, couverte. Dimanche paraîtront un bel article et une photo de Vaun avec deux indices que Lewis pourra suivre : d'abord que vous demeurez sur Russian Hill avec deux amies, et ensuite que vous rencontrerez les journalistes en un lieu non précisé le mardi matin. Cela laissera une alternative à Lewis : soit il viendra traîner dans le quartier avec les centaines de personnes qui espèrent vous apercevoir, jusqu'à ce qu'il reconnaisse la forme de votre voiture, soit il appellera le journal pour savoir où vous convoquez la presse le mardi matin. Si quelqu'un se comporte de cette façon, nous le surveillerons ; et, si nous n'avons pas de chance, nous attendrons qu'il se montre mardi. Si rien de tout cela ne marche, mercredi nous lancerons la meute. Qu'est-ce qui ne va pas ?

— Rien, dit Vaun. Cela semble parfait. C'est seulement... si difficile de tout relier à Andy.

— C'est un salaud, Vaun, affirma Hawkin d'une voix dure. C'est un monstre dans un corps d'homme, une créature qui n'hésite à étrangler ni les chats, ni les chiens, ni les petites filles, qui n'hésite pas non plus à envoyer une femme en prison, ni à la rendre folle, du moment que cela sert sa vengeance.

— Oh, Seigneur ! je le sais, je le sais. Vous devez l'arrêter — *nous* devons l'arrêter. N'oubliez pourtant pas qu'il a été mon premier amant, et que pour une parcelle de mon cœur, il sera toujours ce premier amant. Mais voyons,

Al, n'ayez pas l'air si inquiet ! Je ne vais pas vous infliger un numéro sentimental. Je ferai ce qu'il faut.

— Vous en êtes sûre ? Il n'est pas trop tard pour reculer.

— J'en suis certaine.

Il étudia son visage pour y déceler ce que l'avenir réservait et soupira.

— Très bien. Vous n'avez qu'un mot à dire pour lancer la machine. Où voulez-vous aller demain ?

— Il y a une merveilleuse exposition de post-impressionnistes à la Légion d'Honneur, si vous ne l'avez pas vue, suggéra Lee après s'être raclé la gorge. Ou de superbes sculptures tibétaines au...

Vaun posa sa tasse et se leva, enfonçant les mains dans ses poches, puis elle s'approcha de l'interstice entre les rideaux pour regarder d'un œil la ville ruisselant à ses pieds.

— Je ne peux pas faire ça, dit-elle doucement. Jamais plus je ne pourrais regarder un Cézanne si je jouais cette farce en présence de ses œuvres. Non, je préfère un lieu qui ne peut être gâché.

Elle se tourna vers eux et une curieuse expression se dégageait de ses yeux clairs et de sa bouche, une expression qui, sur un autre visage, moins imperturbablement grave, aurait pu passer pour de l'humour noir. Elle croisa le regard de Hawkin, fit un petit mouvement de la tête pour indiquer le rideau derrière elle.

— Si cela ne vous ennuie pas, je crois que j'aimerais aller à Alcatraz.

29

Après le départ de Hawkin, elles se rendirent à l'étage, chacune dans sa chambre. Kate se déshabilla, enfila un peignoir moelleux et alla se faire couler un bon bain chaud. Pas un seul jour elle n'avait bien dormi, en partie à cause de sa responsabilité écrasante, mais surtout parce qu'elle n'aimait pas dormir seule. Elle était fatiguée, tendue et malheureuse parce qu'elle n'était pas au mieux de sa forme, et la journée du lendemain requerrait toute sa vigilance. Elle se glissa dans le bain trop chaud et y resta jusqu'à ce qu'il tiédisse, le vida à moitié et le remplit à nouveau d'eau brûlante. Lorsqu'elle se sentit presque cuite, elle prit un gant rugueux et frotta avec méthode chaque centimètre accessible de sa peau, se shampouina les cheveux trois fois et se rasa les jambes. Puis elle prit une douche très chaude, et quand sa peau fut engourdie de chaleur, elle passa à l'eau froide et cria en silence pendant dix secondes. Il lui fallut s'allonger un moment pour que, soulagée, elle puisse prendre une serviette.

Elle se sécha les cheveux, se coupa les ongles des pieds, se fit les ongles des mains, se brossa les dents et en termina le nettoyage avec un jet dentaire, renfila son peignoir et traversa le couloir à l'épaisse moquette jusqu'à sa chambre. La chaleur et l'eau l'avaient vidée ; elle se sentait comme creuse, et plus en paix qu'elle ne l'avait été depuis bien des jours. Maintenant, elle pourrait dormir.

Au bout du couloir sombre, une lumière passait sous la porte de Vaun, ainsi que le murmure de la télévision. Kate s'arrêta devant la porte close de Lee et vit à la lumière blanche qui filtrait que son amie était en train de lire. Elle entendit qu'elle tournait une page, et un instant plus tard le « tap, tap, tap » d'un crayon sur la planche à dessin que Lee utilisait comme bureau au lit. Elle entendit aussi Lee grogner contre l'auteur de l'article qu'elle lisait, ce qui la fit sourire. Elle posa la main sur la poignée de la porte, mais la laissa retomber.

Dans sa chambre, elle échangea son peignoir contre un T-shirt trop grand et un caleçon très doux, pour le cas où elle devrait sortir en catastrophe, et se glissa dans son lit. Le sommeil l'engloutit rapidement et l'entraîna tout au fond d'un lieu épais, noir, lourd, sans rêves.

Des heures plus tard, un petit bruit desserra l'emprise du sommeil et elle remonta péniblement des profondeurs, sa main saisissant déjà le pistolet posé sur la table de nuit. La porte frottait le tapis en s'ouvrant et ses yeux, avant même qu'elle soit réveillée, surveillaient l'ouverture et identifiaient la silhouette de Lee. Kate se redressa.

— Oh, Seigneur, Lee ! Comment peux-tu me faire ça ! murmura-t-elle en reposant son arme sur la table de nuit. Qu'est-ce qui se passe ?

— Rien, dit Lee en refermant la porte derrière elle. Pousse-toi.

— Lee, que fais-tu ? On avait dit...

— Tu avais dit, et tu m'avais dit, et maintenant j'ai décidé que tu avais tort. Pousse-toi.

— Écoute, chérie, Vaun est juste à côté, et j'ai promis à Al...

— Al et toi n'avez pas parlé de nos nuits, et Vaun s'en moque.

— Mais si elle...

— Si elle entre pendant la nuit, elle verra que nous dormons ensemble. Je ne crois pas que cela puisse la choquer.

— Est-ce que tu vas me laisser terminer une phra...

— Non. Tais-toi.

Kate se tut et se poussa, et pendant les instants qui suivirent elle fit un effort considérable pour rester consciente du monde par-delà la porte, mais il y eut des moments où elle n'aurait pas entendu Andy Lewis traverser la maison en bottes cloutées et collier à clochettes.

Quelque temps plus tard, Kate, détendue et ronronnante, murmura contre l'épaule de Lee :

— Pourquoi toute cette hostilité ?

— Quelle hostilité ?

— « Quelle hostilité ? » J'aime bien ! Et qu'as-tu fait de ta sonnette ?

— Elle est sur la table près de ton foutu pistolet. Et je n'étais pas hostile. Je sublimais sainement mon hostilité en une explosion de libido. Si tu avais été Jack Zuckerman, ç'aurait été de l'hostilité.

— Je suis contente de ne pas être Jack Zuckerman. Je suis toujours contente de ne pas être Jack Zuckerman. Qui est Jack Zuckerman ?

— Il a attaqué dans le *Psychotherapeutic Journal* l'article que j'ai écrit pour eux le mois dernier. Un très brillant article. Le sien, je veux dire. Il est méchant, narquois, mais fuyant, sans rien qui puisse permettre de répondre. Il laisse au lecteur l'impression que Lee Carter est un amateur plein de bonne volonté qui ferait mieux de laisser la tête des gens aux grands garçons comme lui, qui savent ce qu'ils font.

— Rappelle-moi de le remercier pour t'avoir donné de l'hostilité à sublimer.

— Oh, il adorerait ça ! Il a une dent contre moi parce qu'il sait que son ex-épouse m'a raconté tous les détails les plus sordides de leurs relations quand elle essayait de trouver la force de le quitter, et il déteste savoir que je sais tout ça. Il pense aussi que c'est moi qui ai convaincu sa femme de le quitter.

— Et tu l'as fait ? demanda Kate que cela n'intéressait pas particulièrement, mais qui, la tête sur l'épaule de Lee, aimait l'écouter parler.

— Bien sûr que non. Et c'était inutile. Bon, dit-elle tout à coup, qu'allons-nous faire pour Vaun ?

— Eh bien, j'avais dans l'idée de l'aider à ne pas se faire tuer, murmura Kate.

— Oui, mais après ?

Kate sourit de la façon dont Lee écartait les obstacles. Elle aurait bien aimé être aussi certaine de l'issue qu'elle.

— Oui, qu'allons-nous faire pour elle ?

— Il faut que je parle à nouveau à Gerry Bruckner, pour voir s'il a une idée, dit Lee en contemplant le carré gris du plafond, faute de pouvoir se frapper les dents de la gomme au bout de son crayon. Peut-être devrait-elle aller chez lui pendant un moment.

— Si elle veut y aller.

— Je fais mon Hawkin, non ? dit Lee en riant. Va là, fais ça, reviens ici ! Il y a une chose qui l'aiderait sûrement, ce serait que tu lui permettes d'être ton amie, au lieu de faire ta tortue.

— De faire quoi ?

— Ne joue pas l'innocente, tu sais ce que je veux dire. Deux personnes ces dernières semaines t'ont tendu la main en toute amitié, et les deux fois tu as fait comme si tu ne le voyais pas et tu es rentrée dans ta carapace. D'abord Hawkin, et maintenant Vaun. Tous deux seraient de très bons amis pour toi.

— Je croyais que tu n'aimais pas Hawkin ? dit Kate pour détourner la conversation.

— Ça n'a rien à voir. Je le respecte. Je lui fais confiance.

— Vraiment ?

— Oh, oui ! Il est peut-être dur avec toi, mais jamais il ne te blessera. Et je pense que si tu permettais à Vaun d'être ton amie, cela lui ferait grand bien. Probablement plus de bien que tout ce que Gerry Bruckner ou moi pourrions faire pour elle. Sur un plan professionnel, en tout cas.

— D'accord. Après les quelques jours qui viennent, je promets de sortir de ma carapace. Est-ce que je peux me rendormir, maintenant ? Ce fut délicieux, mais contrairement à certaine personne dans cette pièce, je ne fonctionne pas bien avec seulement quatre heures de sommeil par nuit.

— Est-ce que je peux rester ?

— Oui, oui.

Kate se pelotonna contre Lee, mais c'était comme tenter de se détendre près d'une source bouillonnante.

— Qu'est-ce qui ne va pas, ma douce ? Jack Sucreman ?

— En partie, oui. Il a raison, tu sais.

— Non.

— Si, il a raison. J'ai été trop présomptueuse dans cet article. J'ai voulu établir une théorie alors que je n'avais pas de bases assez solides. Depuis que je suis revenue de New York, je me suis concentrée sur la thérapie, sur la façon d'aider les gens à vivre. Je ne le regrette pas. C'est un travail important, et il m'a beaucoup appris.

— Mais.

— Oui, « mais ». Je t'ai dit que je faisais des cauchemars où je me faisais dévorer. Je ne sais pas combien de temps je pourrai encore tenir sans m'occuper de moi. Ce que j'ai appris est trop orienté. Il faut que je rassemble les données et que je les teste, que je construise quelque chose à partir de là, ou que je jette tout et que je m'en tienne à une thérapie normale au jour le jour. C'est ce que Jack dit de sa si gentille façon, et il n'a pas tort.

— Tu veux quitter San Francisco ?

— Pas sans toi. Jamais sans toi. Et pas pour toujours. Un an, peut-être. Gerry Bruckner m'a invitée pour deux mois, après, j'aimerais passer trois ou quatre mois à New York, et peut-être six mois à Zurich.

— Il faudrait que je quitte mon travail.

— Un congé sans solde ? suggéra Lee. Mais écoute, c'est idiot d'en parler à cette heure, je m'en excuse. On en rediscutera un autre jour. Dors.

— Tu as dit que c'était en partie l'article. Quoi d'autre ?

— Rien de précis. Je suis juste un peu nerveuse en pensant à ce que les prochains jours vont apporter.

Elle n'est donc pas aussi décontractée et confiante qu'elle le prétend, se dit Kate.

— Je crois que tu devrais partir quelques jours, jusqu'à ce que ce soit terminé.

— Non, tu sais que je ne partirai pas. C'est juste que l'attente et l'incertitude sont difficiles à supporter.

— As-tu peur ?

Lee ne répondit pas.

— Il n'y a aucune raison pour que tu fasses ça. Tu n'as ni l'entraînement ni la formation nécessaires. Je vais demander à Hawkin de faire déménager Vaun d'ici.

— Non ! Non, Kate, tu ne peux pas faire ça. Tu ne le dois pas. Oui, j'ai peur, mais pas pour moi. Pourquoi Andy Lewis voudrait-il me faire du mal ? Non, c'est pour toi. J'ai souvent peur pour toi, tu sais, quand tu pars la nuit ou quand tu ne parles pas d'une affaire alors que je sais qu'elle arrive à son point culminant. C'est le syndrome de la femme de flic, c'est tout. Je me fais du souci pour toi, mais tu ne dois pas changer ta façon de travailler à cause de moi, d'accord ?

— Je pense toujours que tu devrais partir quelques jours, jusqu'à ce que ce soit terminé.

— Pas maintenant. Vaun a besoin de moi. Ça ira. Mais tu feras attention à toi, tu me le promets ?

— Lee, avec tous les gens qui vont surveiller la maison, nous sommes plus en sécurité ici que dans une voiture sur la route de San José.

— Promets-le-moi.

Kate s'interrogea sur l'urgence dans la voix de Lee et céda.

— Je te le promets. Quand tout sera terminé, je demanderai une semaine de congé, tu te feras remplacer et on partira quelque part. À Bahia ? Une semaine allongées sur la plage à boire des margaritas en écoutant un mariachi obèse nous chanter un poème parlant de colombes ?

— A jouer avec les perroquets de mer et à prendre des

coups de soleil ? Oui, j'adorerais ça. Je t'aime, Kate. Merci.

— De quoi ?

— D'avoir acheté Todd afin qu'il te mette dans mon groupe à l'université. De m'avoir appelée un triste matin gris à Palo Alto. De m'aimer.

Elles restèrent allongées dans l'obscurité, la main de Lee caressant les cheveux de Kate. Elle sentit Kate se détendre, sa respiration ralentir, jusqu'à ce que finalement elle se rendorme.

Deux heures plus tard, Kate fut à nouveau réveillée par un petit bruit et un changement dans la position de Lee. Il faisait encore nuit noire.

— Qu'est...

— Chut ! fit Lee.

Kate entendit alors qu'on fermait une porte et le mouvement presque inaudible mais assez particulier de Vaun passant dans le couloir et descendant l'escalier.

— Quelle heure est-il ? murmura Kate.

— Un peu plus de quatre heures.

— Je ferais mieux d'aller voir ce qu'elle veut.

Kate se levait déjà quand Lee l'arrêta.

— Laisse-la. Si elle a besoin de quelque chose, elle le demandera, mais laisse-la respirer. Je me lèverai dans un moment pour me faire du thé, au cas où elle voudrait parler. Rendors-toi.

Kate se leva, renfila T-shirt et caleçon et alla aux toilettes. La lumière était allumée dans l'entrée, en bas, mais aucun son ne lui parvenait. De toute façon, Vaun ne pouvait sortir sans que Kate le sache, et Lee avait raison de dire qu'elle ne devait pas suivre la pauvre femme à la trace. Peut-être voulait-elle regarder une vidéo. Kate retourna se coucher et se rendormit. Lee se leva peu après, se fit du thé et l'emporta au salon. Aucune trace de Vaun, ce qui signifiait qu'elle était dans le cabinet de consultation.

À six heures et demie, Lee était toujours sur le canapé avec un journal et buvait maintenant du café, quand elle entendit Vaun sortir du cabinet de consultation, pénétrer dans la cuisine pour s'en servir une tasse, puis prendre la direction de l'escalier. Lee leva les yeux de son journal.

— Vous voulez en parler ? demanda-t-elle d'une voix douce.

Les pas s'arrêtèrent et au bout d'une longue minute firent demi-tour. Vaun s'encadra dans la porte.

— Bonjour, Lee. Non, je ne crois pas. Ce n'est pas vraiment utile.

On aurait dit qu'elle n'avait pas dormi depuis des jours, mais elle était calme.

— J'ai tout laissé en place, continua-t-elle. Vous pouvez ranger, si vous voulez.

Elle avait donc utilisé un plateau de sable.

— Voulez-vous que je range avant que quelqu'un d'autre le voie ?

— Ça n'a pas d'importance.

— Vous appréhendez la journée qui vient, n'est-ce pas ? demanda Lee en s'appliquant à ne laisser passer aucune sympathie dans sa voix.

— Que ressentiriez-vous à ma place ? répondit Vaun, d'une voix neutre elle aussi.

— Vous ne serez pas seule.

Vaun sourit ; lentement, d'un sourire affectueux.

— C'est vrai, oui. Et ça rend les choses presque supportables. Je vais aller prendre une douche et réfléchir, dit-elle en contemplant sa tasse à moitié vide. Une bonne douche m'aidera peut-être.

Elle vida sa tasse et alla la reposer dans l'évier, puis s'arrêta à nouveau pour regarder Lee.

— Vous êtes très bonne, vous savez. J'ai rencontré beaucoup de thérapeutes, pas seulement Gerry Bruckner, et vous êtes la meilleure pour aller au fond des choses.

Lee fut si surprise qu'elle ne sut pas bien que répondre. Vaun lui adressa un signe de tête comme si elle avait parlé et monta prendre sa douche.

À sept heures, Lee monta l'escalier avec deux tasses de café. Kate était réveillée, les yeux gonflés de sommeil. Lee posa une des tasses pour elle sur la table de nuit et s'assit au bord du lit.

— Je suis contente que tu n'aies pas essayé à nouveau de me tirer dessus ce matin.

— Je t'ai entendue venir. Hier soir, tu es arrivée en douce.

Elle s'enroula autour de Lee, saisit sa tasse de café et poussa un soupir de satisfaction.

— Al Hawkin a raison. Personne ne fait mieux le café que toi.

— Vaun a utilisé un plateau de sable, cette nuit. C'est là qu'elle est allée quand elle s'est levée.

— Vraiment ? s'étonna Kate en jetant un coup d'œil à la porte fermée et en baissant la voix. Tu peux m'en parler ?

— Elle a dit que ça lui était égal. C'était curieux. Triste. Puissant. Extraordinairement solitaire. Tu sais que la plupart des gens utilisent le sable comme fondement de leur histoire, comme un cadre à modeler en collines ou en vallées, ou en lignes et formes abstraites — un support pour les figurines, qui les tient debout ? Eh bien, chez elle, le sable était le personnage principal. Elle a utilisé le plus grand plateau, elle a mouillé le sable, l'a lissé en un bol rond parfait jusqu'en haut, mettant presque à nu le bois au fond. On aurait dit une vague circulaire sur le point de s'effondrer sur elle-même, ou un piège pour un animal, ou je ne sais quelle formation de terre carnivore. Ce parfait élan de sable montait de tous côtés et au milieu, au milieu exact, elle a planté un petit bout de crayon orange.

30

ALCATRAZ est un rocher. C'est un rocher nu, laid, pâle et gigantesque, comme jeté dans l'eau au large de la péninsule de San Francisco, sommet difforme d'un point d'exclamation la tête en bas. Si ce rocher avait été plus proche de l'embouchure du Golden Gate, on l'aurait dynamité pour ne pas mettre les bateaux en danger, ou bien il aurait servi de pilier à un autre pont, un pont très différent de la spectaculaire toile d'araignée orange que les touristes aiment tant.

Mais le rocher ne représentait pas un danger ; il était trop petit, trop nu, trop loin du continent pour être utile, mais trop grand, trop proche, trop tentant pour qu'on l'ignore. C'est un promontoire chauve où les mouettes nichent, où rugit la corne de brume et qui offre une vue incomparable sur une des plus belles villes du monde, ainsi que sur la Baie et les collines où on l'a bâtie.

Alors, on y a construit une prison.

En tant que lieu de torture des hommes les plus incorrigibles, ce fut un choix des plus judicieux : laideur des murs, aucun privilège, et rien d'autre à faire que penser à la barrière d'eau environnante, à la beauté et à la célèbre liberté inaccessibles de « Frisco ». Le pénitencier accueillit ses premiers prisonniers militaires en 1861 ; son dernier prisonnier fédéral en fut transféré en 1963. Vide, il fut occupé par des militants pour les droits des Indiens, qui frissonnèrent noblement dans le brouillard et incendièrent quelques bâtiments. Quand ils partirent, l'administration des espaces verts prit le relais, et maintenant, jusqu'à ce que le rocher devienne un lieu de villégiature avec casino ou parc de loisirs, les murs croulants s'offrent aux touristes qui, munis d'écouteurs, visitent le pénitencier en suivant les explications enregistrées et tremblent devant la vaste cellule où Al Capone mangeait ses corn flakes, devant celle, grande comme un placard, où vivait Robert Stroud, l'Homme aux Oiseaux de Leavenworth, devant les trous et éraflures du mur de ciment où échoua la tentative de grande évasion.

La sortie de Vaun fut chorégraphiée avec une attention minutieuse. A aucun moment il n'y aurait moins de trois policiers en civil pour veiller sur elle. Le but était de montrer Vaun au public, au journaliste Tom Grimes et à tous ceux de ses collègues qui pourraient vouloir venir, puis de la faire disparaître. Si tout se passait selon les plans, le lendemain, avant midi, Andy Lewis saurait que Vaun allait bien, qu'elle était libre au point de s'offrir une journée de tourisme avec des amies, qu'elle était à San Francisco et qu'elle avait l'intention de donner une conférence de presse le mardi.

Lee prit le volant pour que Kate ait les mains et les yeux libres, et deux motos les suivirent discrètement. Elle se gara à une place qui, un moment auparavant, était encore bloquée par des cônes en plastique orange. Kate glissa des pièces dans le parcmètre et ouvrit la portière de Vaun. Lee les rejoignit et, Vaun entre elles deux, elles s'approchèrent de l'entrée d'un air dégagé. Un jeune couple d'amoureux se retrouva derrière elles à la caisse ; les yeux cachés derrière des lunettes noires, ils donnèrent le change tandis qu'ils observaient tous les passagers à l'embarquement.

Comme prévu, Lee passa la première dans la cabine et gagna le pont supérieur garni de bancs et dont les côtés étaient ouverts. Le petit couple resta en bas, mais au bout d'une minute, un couple mixte apparut en haut des marches. Le Noir à l'air revêche vêtu de cuir et portant d'impénétrables lunettes de soleil et la blonde pâle à l'aspect plus dur encore, elle aussi vêtue de cuir, attirèrent les regards, mais personne n'osa les regarder assez longtemps pour se souvenir de leur visage ; de toute façon, en tenue plus conventionnelle, ils auraient été méconnaissables. Tandis qu'il s'asseyait, Bob Fischer fit descendre le double miroir de ses lunettes sur son nez à l'aide de son long index, adressa un clin d'œil à Kate et les remit en place avant de prendre possession du banc de deux mètres en étendant ses bras sur le dossier. La femme blonde, la seule de la brigade qui donnait à Kate l'impression d'être grande, était experte dans une des plus obscures variétés d'arts martiaux. On aurait dit une héroïnomane anorexique.

C'était une splendide journée ; San Francisco au meilleur du printemps. Les rares touristes à cette époque de l'année s'étonnaient de leur chance sur Fisherman's Wharf, eux qui s'attendaient à du brouillard ou à de la pluie, mais la saison des pluies était presque terminée, et le brouillard ne prend ses quartiers qu'en été. De-ci, de-là, dans le ciel d'un bleu intense et limpide, un petit nuage blanc caressait de son ombre l'eau et les immeubles. Une brise fraîche soulevait l'écume, mais le soleil réchauffait les os, même sur le pont. On avait l'impression que Berkeley était à trois mètres et le mont Tamalpais paraissait plus maternel que jamais. De petites voiles triangulaires parsemaient les eaux bleues où les génies de l'informatique et les gros importateurs de drogue de Californie prenaient leur jour de congé.

Kate jaugea mine de rien les autres passagers tandis que Lee parlait à Vaun d'un voyage en bateau qu'elle avait fait dans son enfance. Kate avait toujours envié à Lee sa faculté de jouir de la vie même quand l'avenir réservait quelque chose de désagréable, qu'il s'agît de sa soutenance de thèse ou de la mort prochaine d'un de ses patients. Aujourd'hui, le plaisir que Lee prenait à cette belle journée, à cette sortie et à la compagnie de Kate et de Vaun était aiguisé par le fait qu'elle avait conscience du côté incongru de cette excursion, et son plaisir s'avéra contagieux. Vaun, du moins, sembla se mettre au diapason, et Kate fit un effort pour se détendre et ne pas gêner les deux autres. Personne n'avait encore reconnu Vaun, et si cela n'arrivait pas avant le retour, ce serait à Bob Fischer de semer le doute dans l'esprit de certains passagers. En attendant, elle devait faire tout son possible pour que Vaun profite de ce moment d'air frais et de liberté. Dieu seul savait combien elle en avait eu peu ces derniers temps, et combien elle en aurait peu pendant un moment encore.

Lee parlait maintenant à Vaun de l'occupation de l'île par les Indiens pendant un an et demi, à la fin des années soixante. Kate écoutait d'une oreille. Le bateau largua les amarres et s'écarta du quai. Tandis qu'il tournait, tout près de la caisse, une demi-douzaine de touristes levèrent les yeux vers eux, et une femme tendit le bras, montrant du doigt Vaun dont la tête, penchée pour mieux entendre, était baignée de soleil. Le bateau s'éloignait de son mouillage. Kate regarda Bob pour savoir s'il avait remarqué et il lui fit un signe de tête par-dessus une chevelure blonde. Elle se laissa aller contre le dossier et soupira. Pauvre Vaun ! Son public ne tarderait pas à alerter les médias. La journée avait commencé.

Ils auraient peut-être une heure à Alcatraz avant qu'on ne les rattrape, et Kate décida de ne rien dire à Vaun. Elle pêcha une paire de lunettes de soleil dans son sac et la donna à l'artiste qui la mit sans y penser.

Elles débarquèrent, écoutèrent le discours du gardien, achetèrent des cartes postales et montèrent la colline, les deux couples sur leurs talons. A travers le tunnel, par-delà la tour de garde entourée de verre, elles zigzaguèrent en longeant les maisons vides des gardiens et de leurs familles, la triste chapelle, les restes calcinés de la salle de garde. Une poignée de fleurs printanières ondulaient entre les mauvaises herbes, survivantes opiniâtres d'un lointain rêve de jardin. Quand Alcatraz était une garnison hérissée de canons défendant l'accès aux mines d'or, au siècle dernier, on avait apporté de la terre du continent afin d'absorber le choc des boulets explosifs qui tomberaient. Ce qu'il en reste maintenant est couvert d'herbes folles.

Tout en haut de l'île, elles pénétrèrent dans la prison elle-même, où le froid humide leur fit oublier le soleil, même s'il arrivait parfois à se frayer un chemin par de hautes fenêtres sales. Elles parcoururent les rangées de cellules jusqu'à la salle où le coiffeur exerçait ses talents, puis ressortirent dans la cour de promenade. C'était comme se retrouver dans une immense machine de béton et d'acier qui aurait été arrêtée mais pas complètement démantelée. Seuls les éléments les plus voyants du décor avaient été arrachés, le corps même du pénitencier restant intact. Si c'était un volcan, se dit Kate en regardant les enfilades de cellules et de couloirs, il serait plutôt en sommeil qu'éteint, lointain mais vigilant. Kate se demanda quel effet cet endroit produisait sur Vaun, si l'ancienne prisonnière hésiterait à s'approcher des cellules. Mais ce ne fut pas le cas. Elle entra même dans l'une d'elles, caressant le mur du bout des doigts à l'endroit ou pendant trente ans les occupants s'étaient adossés au béton jusqu'à le lisser de leurs chemises rugueuses. Mais elle ne s'approcha pas des trous noirs des cachots.

Finalement, elles se retrouvèrent dans le réfectoire où le menu du dernier petit déjeuner était toujours apposé au mur pour que les touristes le photographient. De longues fenêtres laissaient entrer la lumière et, d'un côté, elles donnaient sur San Francisco, qui les narguait et les torturait. Lee parlait toujours à Vaun, penchant la tête vers elle, et Vaun semblait toujours absorber et renvoyer la vivacité de Lee.

— ... les nourrissait un peu trop, on les gardait un peu trop au chaud, on leur faisait prendre très peu d'exercice, et bien sûr, ils n'avaient jamais ni visites ni intimité, physique ou mentale, ni but, ni changement dans la routine. Cela transformait ces hommes habitués à l'action et au pouvoir en légumes pourris. Ils prospéraient dans d'autres prisons, mais cet endroit les brisait. Pensez à Al Capone, par ex...

La voix de Lee fut interrompue par une exclamation nasale et puissante à la porte :

— La voilà ! Je vous l'avais bien dit, c'est Eva Vaughn !

Kate avait vu le groupe arriver et elle se plaça devant les deux femmes, qui se retournèrent au son de la voix. Bob Fischer et sa partenaire se trouvaient de l'autre côté de la salle, l'air moyennement intéressés par les cris. Kate prit le bras de Vaun et l'entraîna fermement par-delà le groupe de curieux. Le personnage central, la femme que Kate avait vue sur le quai, éleva la voix à nouveau. Elle s'apprêtait à les suivre quand elle fut retenue par une grande main puissante qui lui avait saisi le coude. Elle leva les yeux, encore plus haut, jusqu'aux dents éclatantes et aux yeux invisibles de Bob Fischer.

— Excusez-moi, madame. Je n'ai pu éviter d'entendre vos cris. Pouvez-vous me dire qui vous avez cru reconnaître ?

Ses paroles étaient d'une politesse inattaquable, son allure et son accoutrement... définitivement impressionnants ; quant au pouce et à l'index qui tenaient le bras de la femme, ils avaient tout d'une pince. Elle se vit dans ses lunettes et piailla :

— Je... Eh bien... Eva Vaughn, le peintre, vous savez, sur cette route... Les petites filles...

Sa voix se tut quand elle comprit que sa découverte s'éloignait rapidement d'elle. Elle tenta de se dégager de la main de Bob par de petits gestes nerveux, tout en regardant désespérément par-dessus son épaule. Son mari serra le gros sac de sa caméra vidéo contre son ventre et émit une faible protestation. Les trois autres dames et les deux hommes du groupe s'écartèrent d'un ou deux pas et se regardèrent. La femme se lança vaillamment dans une explication à propos de l'artiste et de ses toiles, et dit espérer un autographe — pour sa petite-fille, qui était une si bonne artiste elle-même, vous savez ?

Au bout de quelques instants, Bob découvrit ses dents en un large sourire et desserra sa poigne.

— Oh, oui, je vois ! L'artiste qui était dans le journal, je m'en souviens. Tu t'en souviens, Lily, sur la route où ils n'arrêtent pas de trouver ces petites filles ?

La pâle jeune femme hocha la tête et fit tomber son sac, et, avant que le dernier tube de rouge à lèvres ait été ramassé par un galant monsieur de Schenectady, Kate avait demandé par walkie-talkie qu'on tienne le bateau à leur disposition et pris deux raccourcis raides à flanc de colline. Leurs poursuivants n'avaient aucune chance.

Kate poussa ses deux compagnes à bord, suivie de près par l'autre « couple » qui avait traîné toute la matinée derrière Bob et la pâle « Lily » et par un vieux Japonais solitaire, qui avait occupé un banc sur le quai, un guide de San Francisco à la main, jusqu'à ce que Kate l'ait appelé par radio. Kate poussa Vaun sur un siège discret et les portes se refermèrent derrière eux. Les amarres larguées, le moteur se mit à ronronner. Ils étaient déjà loin quand le groupe d'amateurs d'art déboucha du tunnel et, déçu, ralentit sa course. Kate sourit méchamment et se tourna vers le touriste solitaire.

— Bonjour, inspecteur Kitagawa. Tom Grimes nous attend-il comme prévu ?

— Oh oui ! avec environ cinq cents de ses confrères.

— *Quoi !*

— Les nouvelles vont vite, dit-il laconiquement.

— Alors, on ne va pas pouvoir aborder.

— Si, tout ira bien. La moitié de la brigade est ici aussi. Hawkin a fait avancer une voiture. Il veut que vous y emmeniez vos dames directement. Si on la laisse s'arrêter et parler, il y aura une émeute, alors il a organisé une rencontre avec Grimes plus tard. Quelqu'un se chargera de votre voiture, si vous voulez bien m'en confier les clés.

Elle détacha la clé de contact de Lee de son trousseau et la lui donna.

— Je ferais mieux de parler au capitaine, ou au pilote, ou à je ne sais qui, pour le prévenir de ce qui se passe.

— Il le sait.

Il semblait que la moitié de San Francisco fût au courant. Tous les touristes, de la place Ghirardelli au quai 39, étaient accourus, ajoutant leur nombre aux voyeurs professionnels. Des policiers en uniforme avaient ménagé un passage ridiculement étroit entre une double haie d'objectifs et de micros. Kate regarda Vaun pour savoir comment elle prenait les choses et vit le même visage que tous ces derniers jours : d'une beauté douloureuse, pâle comme la mort et sans la moindre expression, la moindre trace de vie à l'intérieur. La main de Vaun se leva et retira les lunettes, qu'elle plia et tendit à Kate. Même sans les lunettes noires, on ne pouvait lire ce qu'elle pensait du chaos qui les attendait.

— Vaun, ça va aller ? demanda Kate.

— Plus jamais, probablement, répondit-elle avec calme.

Le bateau heurta le quai, les amarres furent solidement fixées et la porte s'ouvrit pour laisser sortir la passerelle qui allait les mener dans la foule. Vaun partit à la rencontre de son destin.

Elle avança lentement parmi la cacophonie des questions criées, l'agressivité des micros brandis, le cliquètement et le ronronnement des divers appareils photo et caméras, le regard figé sur le ceinturon du solide policier qui menait leur petite procession à travers la foule. Elle semblait s'être totalement abstraite du chaos, comme préoccupée par un problème personnel mineur. Elle se laissa guider vers la voiture de police qui les attendait. Hawkin était là. Tandis qu'on la poussait à l'intérieur et que Lee et Kate s'installaient de chaque côté d'elle à l'arrière, Hawkin éleva une voix lasse et autoritaire pour informer les médias assemblés de l'occasion qu'ils auraient mardi de poser toutes les questions qu'ils voudraient, mais pas avant, désolé, et aucun commentaire. Sur ce, il monta à l'avant à côté du chauffeur et ils démarrèrent.

Le chauffeur passa les quelques minutes suivantes à se débarrasser des voitures et camionnettes lancées à leurs trousses, tandis que Kate relatait à Hawkin leur excursion à Alcatraz, que Vaun regardait sans rien voir à travers le pare-brise et que Lee caressait doucement la main de Vaun. Le chauffeur était un expert, et au bout de dix minutes, libérés de tous leurs poursuivants, ils filaient sur l'autoroute en direction du sud.

Ils roulèrent pendant vingt minutes jusqu'à un énorme motel anonyme, à trois cents mètres de l'autoroute, et se rendirent directement à la suite 1046, où ils commandèrent à déjeuner. Vaun ne voulut que du thé. Les victuailles arrivèrent et, immédiatement après, Tom Grimes et son photographe.

— Vous n'avez pas été suivi ? lui demanda Hawkin, à la porte.

— Je n'ai pas été suivi, Al, pour quoi me prenez-vous ? Elle est là ?

— Vous avez quinze minutes, grogna Hawkin en le laissant entrer.

Hawkin et Kate mangèrent debout. Lee, tout en grignotant un sandwich, veillait sur Vaun comme une mère chatte sur ses petits. Le photographe regarda les lieux à travers la fumée de sa cigarette et vint remplir la pièce anonyme d'équipement et de projecteurs blancs. Grimes posa un petit magnétophone sur la table devant Vaun. Assise au centre sur une chaise en plastique, pieds joints, mains sur les genoux, aussi calme qu'une reine en route pour l'échafaud, elle répondit aux questions comme si elle lisait ; elle fut impersonnelle, froide, mais honnête.

Elle lui dit que oui, elle était bien Eva Vaughn, et aussi Siobhan Adams, oui, la même Siobhan Adams qui avait été condamnée pour meurtre, et que non, elle n'avait pas commis ces derniers meurtres, qu'en fait elle avait bien failli être tuée elle-même. Et qui en était responsable, et pourquoi s'y trouvait-elle mêlée ? Elle ne pouvait répondre à ces questions avant que l'enquête de police soit terminée. Grimes n'avait pas espéré qu'elle réponde, et il continua. Depuis combien de temps vivait-elle sur la route de Tyler ? Presque cinq ans. Non, ses voisins ne savaient pas qui elle était, ils ne l'associaient ni à l'artiste ni à l'ancienne prisonnière. Oui, elle y peignait. Oui, certains de ses voisins apparaissaient sur ses toiles.

Et ainsi de suite ; des questions personnelles, pour la plupart, puisque Grimes pouvait répondre aux autres lui-même. Presque jusqu'à la fin, Vaun conserva un air de désintérêt poli. Presque. Hawkin venait de passer la tête à la porte pour signaler au chauffeur qu'ils seraient bientôt prêts, et le photographe rangeait déjà son fourbi quand Grimes, à la recherche désespérée d'un mot plus humain, demanda :

— Une dernière question, mademoiselle Vaughn. Je m'interroge sur votre changement de nom. Avez-vous eu une raison particulière pour choisir le nom d'Eva Vaughn ?

Cette demande imprévue retint l'attention de Vaun, et pour la première fois elle sembla le regarder.

— Adam et Ève étaient une seule et même personne, n'est-ce pas ? Deux moitiés d'un tout. Ce n'était pas vraiment un changement de nom.

— Êtes-vous croyante, alors ? demanda Grimes, qui cacha sa surprise comme si Vaun allait déclarer un retour à la religion.

— Pas pratiquante, non, dit-elle avec un gentil sourire. Mais une personne qui a traversé autant d'épreuves que moi ne peut trouver ces pensées... sans intérêt.

Le flash crépita une dernière fois, et trois minutes plus tard ils étaient à nouveau sur l'autoroute en direction du nord. Le chauffeur prit la deuxième sortie, roula vers l'est pendant quelques kilomètres et rattrapa l'autre autoroute vers le nord. Hawkin approuva et se détendit. Pas de poursuivants.

Kate se pencha en avant sur son siège et Hawkin se contorsionna pour qu'ils puissent parler.

— Sur le quai, il y avait aussi des gens de la télévision, dit-elle. Que crois-tu qu'ils vont passer, ce soir ?

— Sûrement quelque chose ; il n'y a que peu de nouvelles le samedi.

— En tout cas, Lee et moi ne sortirons plus à partir de maintenant, parce qu'il y aura sûrement des gens à notre recherche dans les rues. J'espère qu'on aura quelques jours avant que les voisins nous repèrent. Lee doit sortir voir un patient demain après-midi à l'hôpital, et deux autres viennent à la maison, un ce soir, et un autre lundi soir. Elle ne peut vraiment pas les laisser. Elle a annulé tout le reste. Pas de problème, pour toi ?

— Il faudra dire aux types en face de qui il s'agit exactement et à quelle heure ils viennent, pour qu'ils ne s'affolent pas. Il n'y a aucune raison de vous enfermer complètement tant que...

Il s'interrompit, le regard stupéfait, et Kate se retourna brusquement pour regarder Vaun.

Elle avait enfin craqué. Les yeux fermés, la bouche ouverte, elle laissait échapper un petit miaulement et elle tremblait ; ses mains vinrent couvrir son visage et elle se pencha vers Lee qui lui ouvrit les bras. Vaun s'y lova aveuglément, la tête sur les genoux de Lee, Lee penchée sur elle pour l'envelopper complètement. Jusqu'à la maison, Lee berça Vaun et lui parla doucement. Les autres restèrent silencieux, plongés dans leurs pensées.

Vaun passa le reste de l'après-midi en haut. Lee fit la cuisine, mettant des petits pains au four et confectionnant une sorte de salade niçoise avec quatorze ingrédients différents. Cela lui prit des heures et remplit la cuisine de plats et d'ustensiles divers, et pourtant, pour ce qu'elles en mangèrent, elle aurait aussi bien pu servir de la laitue avec un assaisonnement en bouteille. Kate erra dans la maison jusqu'à ce que ses nerfs craquent et disparut finalement dans la cave pour pédaler une heure sur le vélo d'appartement. Elle remonta ruisselante de sueur et but un verre de vin avant de se doucher — et de reprendre un verre ; c'était l'heure des nouvelles locales. On y passa une bande vidéo amateur où l'on voyait trois femmes floues de dos. Après quoi elle eut envie de boire plusieurs verres, mais s'abstint.

Quand les nouvelles furent terminées, Lee monta avec un verre de whiskey qu'elle fit boire à Vaun, et redescendit mettre la table pour le dîner, qu'aucune d'elles n'était en état d'apprécier. Elle finit par débarrasser et alla faire du café. Kate et Vaun essuyèrent la table et, à la surprise de

Kate, Vaun ne se retira pas immédiatement à l'étage, mais s'installa sur le canapé. Kate alluma donc le feu dans la cheminée et se demanda si Vaun voulait seulement de la compagnie. Elle alla chercher le plateau avec le café et remplit leurs tasses.

— Voulez-vous jouer aux échecs, aux cartes ? Ou au backgammon ? proposa-t-elle.

— Non, merci. J'aimerais vous dire quelque chose, à vous et à Lee. Quelque chose à mon sujet.

Le ronronnement et les jets du lave-vaisselle commencèrent dans la cuisine et Lee revint pour prendre son café. Vaun posa sa tasse et se leva pour faire silencieusement le tour de la pièce en touchant les objets. Quand elle revint au canapé, elle s'y recroquevilla et se mit à parler. Pendant les deux heures et demie qui suivirent, elle parla, comme si elle avait tout préparé à l'avance, comme si elle n'avait plus l'intention de s'arrêter.

31

— Je ne peux retrouver dans ma mémoire une époque où mes mains ne dessinaient pas, commença Vaun. Mes premiers souvenirs remontent à mon deuxième anniversaire. J'en ai une photo que ma tante m'a envoyée il y a quatre ou cinq ans, et elle porte la date. Un de mes cadeaux était une boîte de ces gros pastels pour enfants et un bloc de papier. Je me souviens comme d'hier de la sensation que j'ai éprouvée en ouvrant le couvercle de la boîte et en découvrant cette rangée de huit cylindres parfaits, lisses, aux couleurs vives, insérés dans leurs niches de carton. Ils dégageaient l'odeur la plus excitante que j'aie jamais sentie. J'en ai sorti un de la boîte — l'orange — et j'ai tracé lentement une courbe sur le papier. Il y avait tous ces autres cadeaux qui attendaient en piles autour de moi, mais je ne voulais même pas les regarder. J'étais tellement fascinée par le bout pointu du pastel qui avait tracé cette ligne bien nette et par l'autre côté, plat, qui faisait une large ligne irrégulière et comme tissée, par l'orange lumineux et épais que j'obtenais en appuyant fort, et par l'aspect que ça prenait quand je gribouillais plusieurs fois au même endroit... Je vois encore ma petite main potelée serrée autour du bâton orange magique, je retrouve la joie, l'incroyable excitation que je ressentais en regardant ces lignes apparaître sur le papier propre et blanc. Ma pauvre mère a dû garder de ce jour-là un souvenir atroce. Tout ce qu'elle détestait, tout ce qu'elle craignait était en train de bouillonner dans la jolie tête bouclée de sa fille de deux ans.

Vaun sourit maladroitement et se pencha pour se resservir du café. Elle posa la cafetière et versa dans le liquide noir une goutte de crème qui remonta en tourbillon à la surface. Elle regarda intensément la couleur changer, l'esprit au loin.

— Ma mère était née à Paris juste après la Première Guerre mondiale. Son père se considérait comme un artiste, mais il n'avait aucun autre talent que celui de s'accrocher aux véritables artistes et de boire leur vin. Ma grand-mère et lui n'étaient pas mariés, mais elle le supporta jusqu'à l'hiver 1925, quand ma mère, qui avait environ six ans, faillit mourir de pneumonie parce qu'ils vivaient sous les toits sans chauffage. Grand-mère décida alors d'émigrer en Californie. Un jour où mon grand-père était parti avec des amis à la campagne, elle rassembla tous les cadeaux qu'on lui avait faits, ou qu'il s'était faits, dont plusieurs toiles de qualité respectable, vendit l'ensemble et acheta un billet pour elle et ma mère jusqu'à New York. Il lui fallut cinq années de travail pour atteindre San Francisco, mais elle finit par y arriver. Elle se maria quand ma mère avait douze ans, et eut deux autres enfants, Red, et une fille qui mourut jeune, mais jamais elle ne laissa oublier à sa fille aînée qu'un artiste est un voleur et un ivrogne prêt à laisser sa propre fille mourir de négligence pour assouvir sa passion.

« Ma mère finit par épouser un homme aussi éloigné que possible du monde de l'art. Comptable, buvant rarement, doté de parents qui vivaient toujours dans la maison qu'ils avaient achetée pour leur mariage, il n'avait plus mis les pieds dans une galerie ou un musée depuis le lycée. Inébranlablement stable, sans imagination, de douze ans plus âgé que ma mère, il lui était totalement dévoué et je crois aussi qu'il était impressionné par son intelligence et sa beauté. C'était un homme bon, et s'il n'était pas exactement ce dont ma mère avait besoin, il était ce qu'elle voulait. Les photos qu'il prit d'elle ces premières années montrent une femme heureuse. Jusqu'à mon deuxième anniversaire. Ils n'eurent pas d'autre enfant, bien qu'à ce que je sais il n'y eût pas de problème physique. Et plus jamais je n'eus de grande fête pour mon anniversaire — ma mère avait probablement peur que quelqu'un ne m'offre de la peinture, ou je ne sais quoi.

« Bien sûr, à l'époque, je ne savais rien de son passé, et je ne comprenais pas pourquoi elle haïssait avec une telle fureur mon obsession pour le dessin. J'étais sans doute trop jeune, même si elle avait essayé de me le dire, mais elle n'essaya jamais. Ce n'est que récemment, il y a environ cinq ans, que j'ai compris.

— Et qu'avez-vous ressenti alors ? demanda Lee.

— Je me suis sentie immensément soulagée. Quand j'étais petite, je pensais que c'était ma faute, que mon incapacité à me contrôler avait entraîné leur mort. Plus tard, je l'ai accusée, il m'a semblé que c'était une femme malade et jalouse. Quand j'ai découvert la vérité et que j'ai su pour ses parents, j'en ai ressenti un extraordinaire soulagement. Ce n'était pas ma faute. Ce n'était même pas sa faute. C'était inévitable, peut-être, acceptable, certainement.

« Je me demande aussi si sa phobie ne m'a pas enfoncée plus profondément dans ma passion. J'aurais toujours dessiné mais j'en serais peut-être restée à un talent naturel plus modéré. Ses tentatives continuelles pour me distraire, pour me trouver d'autres centres d'intérêt, pour m'arracher à mes crayons et à mes couleurs n'aboutirent qu'à créer en moi une obsession. Les jouets ne m'intéressaient pas. Je ne voulais pas jouer avec les autres enfants. Je ne voulais que dessiner. Je n'avais pas quatre ans que tout le bas des murs de la maison était barbouillé, et personne ne pouvait poser un bout de papier ou un stylo sans que je m'en serve. Je me souviens d'avoir fait une terrible colère un jour où elle tentait de m'arracher à la contemplation des crayons en vente à l'épicerie. Ç'a dû être un interminable cauchemar pour elle.

« Quand j'ai commencé l'école maternelle, vers quatre ans, au début, les institutrices furent ravies de cette petite fille qui pouvait réaliser des dessins d'une telle maturité. Mais au bout de quelques semaines, elles en eurent assez de se battre pour me traîner jouer dehors ou écouter une histoire ou faire tout ce que font les enfants normaux et équilibrés. C'est à cette époque que j'ai rencontré mon premier psychiatre.

« J'ai dû en voir une douzaine, dans les deux ans qui suivirent. Les premiers étaient le plus souvent des femmes, et avec le recul, je crois qu'elles ont toutes pensé au début que j'avais seulement besoin d'une main ferme pour me guider et d'une oreille attentive pour me comprendre. Quand elles voyaient que cela ne changeait rien, elles suggéraient qu'il faudrait peut-être plutôt traiter ma mère, et c'est à ce moment-là qu'on m'emmenait chez une autre.

« Vers cinq ou six ans, on a commencé à me conduire chez des hommes plutôt que des femmes ; ils étaient plus âgés, plus sérieux. Je me souviens d'avoir demandé un jour à ma mère pourquoi certains avaient au mur des cadres qui n'entouraient que de l'écriture, et elle m'avait expliqué ce qu'étaient des diplômes, et tout ça.

« Finalement, quand j'avais sept ans, nous avons rencontré le Dr Hofstetter. Il avait tout un mur couvert de lettres et de diplômes encadrés dans la salle d'attente, et je fus intriguée par le motif tracé par les cadres noirs contrastant avec les papiers blancs et les murs beiges. Quatre portaient des sceaux rouges, de merveilleux levers de soleil symétriques qui sortaient du mur, couleur sang.

« J'ai passé plusieurs mois avec le Dr Hofstetter à parler de ce que j'aimais dessiner et à regarder des livres. En fin de compte, un traitement de choc a dû lui paraître nécessaire, parce qu'un après-midi mon père m'a emmenée voir un film — c'était au début des vacances d'été — et quand nous sommes revenus à la maison, il n'y restait plus un seul instrument pour écrire. Plus un crayon, pas de peinture, ni de stylos, ni de craie. J'étais furieuse. Il fallut m'administrer des tranquillisants pour m'endormir, ce soir-là. Le lendemain matin, j'ai renversé ma bouillie d'avoine sur la table et j'ai dessiné dedans avec le doigt, alors ma mère a entrepris de me nourrir à la cuiller. Dehors, j'utilisais un bout de bois sur la terre, alors on me garda enfermée. Je dessinais avec le savon sur les carreaux de la salle de bains, alors on m'empêcha de prendre des bains.

« J'ai tenu cinq jours. Je n'arrivais pas à comprendre pourquoi ils me faisaient ça. C'était comme si on m'avait interdit de respirer. J'avais l'impression que j'allais exploser, et finalement, le sixième jour, j'ai refusé de me lever, de manger ou de boire, et j'ai mouillé mon lit. Ma mère m'a emmenée chez le psy, qui a tenté de m'expliquer que c'était pour mon bien. Je suis restée assise à regarder droit devant moi sans entendre vraiment sa voix et, à la fin, il a renoncé et m'a envoyée dans la salle d'attente pour parler à ma mère dans son bureau. Je pouvais entendre leurs voix, celle de ma mère, très angoissée. Dans la pièce à côté, la réceptionniste tapait à la machine et répondait au téléphone. Et moi, j'étais enfoncée dans un fauteuil et je regardais le dessin des cadres sur le mur et les soleils rouges.

« Je suis restée assise là, seule au monde avec ces sceaux, et ils ont commencé à me troubler. Ils étaient mal agencés, mal équilibrés, et plus je les étudiais, plus j'entendais la voix de ma mère monter et descendre à travers la porte, plus ils me gênaient. Il fallait une autre tache rouge, juste là, en haut à droite, au-dessus du canapé. J'ai fouillé dans la poche de mon manteau pour en tirer mes crayons de couleur mais, bien sûr, ils n'y étaient pas. J'ai eu envie de chercher quelque chose sur le bureau de la secrétaire, mais je savais qu'elle m'en empêcherait. Et cette composition déséquilibrée de sceaux rouges attendait que je fasse quelque chose pour la remettre d'aplomb. Il fallait que j'agisse, je ne supportais pas de rester assise là avec ces marques disharmonieuses étalées sur le mur. Alors, j'ai fait la seule chose qui m'est venue à l'esprit : je suis montée debout sur le canapé, je me suis mordu le doigt, et je m'en suis servie.

Elle laissa retomber un silence mortel et regarda sa main, passant le pouce sur la fine cicatrice qui s'enroulait autour de la pulpe au bout de son index droit.

— Ce fut la fin des psychiatres pour un bon moment. Ce soir-là, mon père est entré dans ma chambre avec un sac en papier. Il s'est assis au bord de mon lit et il a sorti du sac une boîte géante de soixante-quatre crayons de couleur, avec un crayon argenté, un doré, et un cuivré, et aussi un véritable bloc de papier à dessin, épais, à gros grain. Il a posé le tout sur ma table de nuit et il a froissé le sac et joué avec pendant qu'il me parlait. Il m'a expliqué que les artistes ont besoin d'une grande expérience pour développer leur art, que ceux qui ne lèvent pas le nez de leur papier n'ont bientôt plus rien à dessiner. Il allait donc passer un marché avec moi : je pourrais dessiner et peindre une heure avant l'école le matin, deux heures l'après-midi et une heure après le dîner, à condition que je fasse attention en classe, que je sorte jouer pendant les récréations, que je lise et que je fasse mes devoirs. Si j'acceptais et si je m'y tenais, je pourrais commencer à prendre des cours le samedi. C'était un homme très sage, mais il n'était pas en bonne santé et il se laissait intimider par ma mère, la plupart du temps. Son compromis fut respecté, et c'est ainsi que j'ai vécu les six années suivantes, jusqu'à ce qu'ils soient tués.

Vaun regarda un long moment les flammes dansantes et secoua la tête.

— Ma pauvre mère..., reprit-elle. Si elle avait vécu... Mais j'aurais été une personne différente, pas du tout Eva Vaughn. Ils sont morts quand j'avais treize ans, dans un stupide accident de bateau — l'homme de barre était ivre au point de commettre une grosse erreur. Je suis partie vivre chez Red et Becky, le demi-frère normal de ma mère, sa femme normale et leurs deux gentils enfants normaux qui avaient neuf et onze ans. Ils n'étaient pas du tout préparés à voir débarquer dans leur vie quelqu'un comme moi — j'étais en pleine puberté, terrifiée à l'idée de perdre ma sécurité, en colère contre mes parents, torturée par un sentiment de culpabilité que je ne pouvais exprimer, gauche et laide physiquement, totalement obsédée par l'idée horrible que personne ne pouvait me comprendre, et ne savais même pas comment en parler. J'ai déménagé à cinq cents kilomètres de chez moi, dans un village, dans une école avec des professeurs débordés, des gosses qui n'avaient jamais rencontré d'artiste adulte, et encore moins une gamine de leur âge aussi bizarre — et bien sûr, je n'ai plus eu mes cours du samedi.

« Mon oncle et ma tante ont fait de gros efforts, vraiment, mais ils ne savaient pas par où commencer. Je les ai convaincus de me donner un hangar où peindre, et je n'ai pas tardé à m'y installer presque complètement. J'ai fait des efforts, moi aussi, à y repenser. J'ai pris des petits boulots dans le coin pour ne pas être une trop lourde charge. A seize ans, j'ai commencé à garder des enfants pour gagner l'argent de mes fournitures. Je me suis construit une boîte pour transporter mes tubes de peinture et de petites toiles, et je passais des soirées délicieuses, sur une table de cuisine couverte de journaux, à peindre jusqu'au retour des parents.

« Pendant environ six mois, j'ai été heureuse, vraiment heureuse. J'avais de l'argent pour peindre, ma tante et mon oncle avaient décidé de me laisser tranquille jusqu'à ce que je sois assez grande pour partir, les études étaient assez faciles pour que je n'aie pas besoin de trop travailler, la bibliothécaire m'aidait beaucoup pour trouver des livres d'art et des reproductions à étudier. A dix-sept ans, j'ai envisagé d'aller à l'université. J'avais de bonnes notes, un peu d'argent laissé par mes parents, et je commençais à me constituer des références artistiques assez solides. Avec l'accord de mon oncle, j'ai envoyé des demandes d'admission à trois universités.

« Ce fut une époque excitante. Je vivais la dernière année de ce que je considérais comme un exil, et je voyais bien que mon travail était bon, que l'avenir m'attendait. On était au début des années soixante-dix, et même dans les zones rurales, c'était une époque enthousiasmante.

Puis en décembre, deux choses sont arrivées : j'ai couché avec un homme de deux ans plus âgé que moi et il m'a incitée à essayer la drogue. Andy Lewis. Cela faisait partie d'un ensemble, vous savez : si vous ressembliez à " un de ces hippies ", cela voulait dire que vous preniez de la drogue, alors je l'ai fait. Pendant six mois, surtout de l'herbe, mais deux fois du LSD. La première fois, c'était en décembre.

« L'acide était intéressant. Il modifiait la façon dont je voyais les couleurs et intensifiait leurs vibrations, le rayonnement des choses. Il n'a pas fallu quelques heures mais deux semaines avant que tout redevienne normal et à la mi-mars, quand Andy m'en a reproposé, je l'ai pris.

« Ça s'est mal passé. Je ne sais pas pourquoi ça ne s'est pas déroulé comme la première fois, mais je suis devenue folle. Peu après avoir avalé le comprimé, j'étais assise et je regardais mes mains. Il y avait une trace de peinture rouge sur mon doigt, près de la cicatrice, et tandis que je la regardais, elle s'est soudain mise à fumer et à bouillonner et à ronger mon doigts jusqu'à mettre à nu l'os, qui s'est transformé en pinceau. Inutile, dit-elle soudain d'un air misérable, de vous donner tous les détails, mais mes doigts se sont tous transformés en pinceaux, et quand j'ai regardé un des types qui étaient là — pas Andy, je ne me souviens pas de sa présence, c'était un de ceux qui tournaient toujours autour de lui —, j'ai vu de la peinture sourdre de son corps, en jets intermittents, de toutes les couleurs, brillante et iridescente. J'essayais de prendre la peinture qui lui sortait de la gorge quand la police est arrivée : j'avais tenté d'étrangler plusieurs personnes. On m'a emmenée à l'hôpital, où on m'a administré je ne sais quel tranquillisant à hautes doses. Comme vous pouvez l'imaginer, ça a fait toute une histoire dans notre petite ville.

« Le lendemain matin, j'allais bien — j'étais malade et couverte de bleus, mais mes doigts étaient redevenus de chair et de sang. On m'a laissée rentrer chez moi. Le jour d'après, alors que je traversais la cuisine avec une casserole pleine de soupe, j'ai senti mes doigts redevenir en bois, et j'ai laissé tomber la casserole. J'ai eu une demi-douzaine de rechutes — il m'arrivait de voir de la peinture sortir d'un de mes cousins —, pourtant, peu à peu, la fréquence et l'intensité des crises ont diminué. Je me suis juré de ne plus jamais rien reprendre, et peu à peu ma famille s'est rassurée.

« Au cours de la première semaine de mai, j'ai reçu une lettre d'une des universités, celle où je souhaitais le plus aller, qui disait que si je voulais bien envoyer quelques exemples de plus de mes œuvres, on envisagerait de m'accorder une bourse pour l'automne. J'ai rassemblé ce que j'avais fait, et tout à coup, ça ne m'a plus paru aussi bon que je l'avais cru. Le lendemain, j'ai tout sorti et j'ai été sidérée. Je n'avais fait que des horreurs depuis janvier, et le pire, c'est que tout était faux, prétentieux, vide. Le résultat typique de l'influence des drogues. J'ai jeté aux toilettes les différents dessins et l'après-midi même j'ai dit à Andy de disparaître, que je devais me remettre au travail.

« Comme je vous l'ai dit, c'était début mai, juste avant mon dix-huitième anniversaire, dit-elle en frottant les paumes de ses mains sur ses genoux. Est-ce que je pourrais avoir quelque chose à boire ? Oui, ce serait parfait, merci.

« À la mi-mai, Mme Brand m'a appelée pour me demander de garder sa fille. C'était une voisine, et j'avais déjà travaillé pour elle auparavant. Certains de mes clients les plus réguliers ne me demandaient plus guère — les nouvelles vont vite dans un petit village, et je n'étais pas précisément discrète. Enfin, c'était leur anniversaire de mariage, et je crois que ma tante les avait rassurés en leur disant que j'allais à nouveau bien. J'avais besoin d'argent. Alors j'ai pris ma boîte de peinture et j'y suis allée vers huit heures.

« Ils avaient deux enfants, un garçon de quinze ans, qui devait répéter une pièce à l'école ce soir-là, si bien qu'il ne pouvait rester avec sa sœur, et, oui, une petite brunette de six ans, Jemima, que nous appelions tous Jemma. Elle était déjà couchée à mon arrivée, mais je suis allée la voir pour qu'elle sache que j'étais là, et quand j'y suis retournée à huit heures et demie, elle dormait.

« Le fils est revenu un peu avant dix heures, il a mangé un morceau et m'a fait un peu la cour. Il a vite renoncé, parce que j'étais profondément absorbée par cette toile que je menais si bien, la première chose solide et honnête que je faisais depuis longtemps. Je lui ai répondu par quelques hochements de tête et il a compris. Il est allé se coucher très vite. Les parents sont rentrés quelques minutes avant minuit, et j'ai commencé à ranger mes affaires. Quand la mère est allée voir les enfants, la petite fille était morte. Allongée par terre. Étranglée. Nue.

Vaun regarda avec curiosité ses mains qui tremblaient.

— Je n'ai raconté ça à personne depuis quinze ans... Je suis restée debout dans un coin de la cuisine pendant toute l'heure qui a suivi, complètement abasourdie. Le médecin est venu, puis la police, puis d'autres policiers encore, des détectives, et puis quelqu'un a eu l'idée de regarder ce que je peignais.

« Est-ce que vous avez déjà eu une sangsue sur vous ? Non ? C'est une sensation désespérément révoltante que de trouver cette horrible chose visqueuse et lente attachée à votre chair et vous vidant de votre sang. C'est exactement comme ça que le policier m'a regardée après avoir vu la toile. Dans les mois qui suivirent, j'ai beaucoup vu ce regard.

« C'est la toile qui m'a condamnée. Oh, il y avait bien d'autres choses, bien sûr, depuis mon passé psychiatrique jusqu'à mon expérience du LSD et ce que j'avais fait en mars, qu'on ne tarda pas à exhumer. Mais c'est la toile qui a tout déclenché. Si j'avais eu un avocat décent, j'aurais pu tenter de plaider la folie, mais il se trouva que la toile était là, sous les yeux de tous, preuve que j'étais une meurtrière sans cœur, froide et impitoyable, un coucou d'artiste, cruel et fou, dans leur nid.

« Vous comprenez, je travaillais à un portrait de Jemma telle que je l'avais vue la semaine précédente. J'étais sortie me promener pour réfléchir à ce que je voulais faire pour obtenir la bourse, quand j'ai vu Jemma. Elle ne m'a pas vue. A l'évidence, elle était venue à la mare attraper des têtards, ce qui lui était interdit, si bien qu'elle avait retiré sa robe et sa culotte pour ne pas les mouiller dans la vase. Elle était tellement belle! comme une petite plante, tout à fait à l'aise dans sa nudité. Elle a soudain repéré un papillon et elle a oublié ses vêtements pour courir après jusqu'en haut de la colline, où l'herbe était si tendre que je ne pouvais douter qu'elle n'eût envie de se rouler dedans. Je savais qu'il faudrait lui expliquer qu'elle ne devait plus faire ça, pour sa propre sécurité, mais pendant quelques minutes j'ai seulement voulu admirer cette enfant-nature. Au bas de la colline, elle est restée allongée, seule au monde, la tête dans l'herbe, regardant les nuages, et j'ai su que j'avais l'élément principal de mon tableau : couleurs parfaites, position techniquement difficile, et elle dégageait cette subtile et innocente exubérance que je savais pouvoir rendre. Et c'est ce que j'ai fait. C'était une bonne toile, solide, une des meilleures que j'avais jamais peintes, et on m'a envoyée en prison pour dix ans parce que j'avais aimé cette attitude, bras écartés, tête en arrière, nue.

« Je sais maintenant que tout le procès ne fut qu'une farce. On n'avait pas assez d'argent pour payer un bon avocat, si bien qu'on m'en a commis un d'office, totalement incompétent; mais comment l'aurais-je su? Je ne pouvais imaginer que ces douze personnes croiraient aux accusations, toutes si absurdes, du procureur. Une fois, quand il s'est mis à parler de Timothy Leary et du mouvement hippie qui se dressait contre l'Église, de ma toile, qui était une scène de crucifixion parce que le père de Jemma était diacre à l'église locale, j'ai même ri; c'était tellement ridicule. Ce fut une grave erreur, je l'ai compris plus tard, mais le verdict était déjà rendu.

« Les premiers mois en prison ont été un enfer, mais après les choses se sont calmées. On m'a laissée peindre quelques heures par jour, et ma tante m'a fournie inlassablement en pastels, crayons de couleur et papier. J'ai appris à me faire toute petite auprès de certaines détenues, et j'ai exécuté beaucoup de dessins flatteurs — mon premier contact avec la prostitution, dit-elle avec un sourire doux et laid.

« J'étais incarcérée depuis presque trois ans quand il y a eu une émeute dans une prison pour petits délinquants, quelque part, dans le centre du pays, et, tout à coup, la presse s'est mise à publier des histoires sur la façon dont les prisonniers étaient dorlotés au lieu d'être punis, et la loi et l'ordre sont tombés sur nous. Notre prison avait la réputation d'être plus humaine que d'autres, ce qui explique probablement pourquoi on m'y avait envoyée, à cause de mon âge. Des journaux ont décidé de s'attacher expressément au lieu, comme exemple, si bien que les autorités ont dû sévir. Je n'ai appris tout cela que plus tard. Le premier signe fut pour moi l'abolition de mon privilège de peintre : il y a eu un nettoyage des cellules, et tout mon matériel a disparu. C'était comme lorsque j'avais sept ans, sauf que là je n'avais plus de parents qui m'aimaient — je le savais, malgré leur confusion. Je n'avais plus rien.

« Et vous savez le plus drôle ? Ce fut un incroyable soulagement. J'avais porté le fardeau de ce don depuis l'âge de deux ans, et il avait ruiné ma vie. Maintenant, c'était terminé, on me l'avait retiré, je n'avais plus à le contrôler d'aucune façon. J'ai eu l'impression de flotter, de pouvoir me laisser aller. C'est ce que j'ai fait. Au début, ils ont cru que j'étais " difficile ", comme ils disaient. J'ai pris la tête d'une grève de la faim, je crois. Alors, ils m'ont mise à l'isolement. Quand ils sont venus m'en sortir, j'étais en état de catatonie.

« Je pense que vous avez lu le reste dans mon dossier. Je me suis souvent demandé ce qui me serait arrivé si Gerry Bruckner n'avait pas décidé de se porter volontaire pour passer un après-midi par semaine à la prison, ou s'il avait été ignorant en peinture, ou si les gardiens de la prison ou sa direction s'étaient montrés moins coopératifs. Si, si... Tant d'occasions de jouer à ce petit jeu dans une vie comme la mienne, n'est-ce pas ? Et s'il n'avait pas pensé à me mettre un crayon dans la main, et si deux ans plus tard il n'avait pas eu un bon ami directeur d'une galerie à New

York, et si les tableaux ne s'étaient pas si bien vendus, et s'il n'avait pas été prêt à se battre pour moi ?... Je lui dois la vie. Je lui ai dédié l'exposition de l'an dernier, celle que vous avez vue.

Elle vida son verre, le troisième, et le reposa avec précaution sur la table.

— Il est la seule personne que j'aie jamais aimée pleinement, de tout mon cœur. Et je n'ai jamais couché avec lui.

Elle se tourna vers Kate et un drôle de sourire toucha ses yeux.

— Sauf, pourrait-on dire, l'autre nuit à l'hôpital. Mon Dieu, je suis tellement fatiguée ! Est-ce que je me sentirai jamais reposée ? Et maintenant, me voilà presque ivre en plus. Je crois que je vais emmener mon misérable corps au lit avant de verser des larmes de crocodile sur ce joli canapé.

— Puis-je vous demander une chose ? interrompit Kate.

— Une seule chose ? Ce doit être un exploit pour un détective !

— Deux choses alors, mais je n'ai aucun droit de vous interroger sur l'une d'elles, et vous pouvez très bien me le dire.

— D'accord.

— Pourquoi n'avez-vous pas fait appel ?

— Je... Je n'ai pas pensé que cela servirait à grand-chose. Les jurés ne s'étaient concertés que quelques heures avant de rendre leur verdict, et l'avocat...

— Voyons, insista Kate d'un ton plaisant, vous êtes une femme intelligente, et vous avez certainement eu tout le temps d'y penser. Pourquoi n'avez-vous pas fait appel ?

Vaun soupira et eut l'air un peu embarrassée.

— Parce que, à l'époque, je n'étais pas certaine de ne pas être coupable. Je n'avais pris de l'acide que deux fois, mais c'est une chose curieuse, il agit comme si on remuait votre cerveau avec une cuiller. Même après la première fois, j'avais eu une demi-douzaine d'hallucinations dans les jours qui avaient suivi, comme un hoquet du cerveau. Les choses se décalaient, je ne sais comment, et devenaient irréelles pendant quelques secondes, ou quelques minutes. Et la seconde fois, après avoir essayé d'étrangler deux ou trois personnes... Eh bien, même pendant le procès, j'ai commencé à me demander si je n'avais pas pu agir pendant une de ces hallucinations, ou un de ces hoquets, ou je ne sais pas comment on appelle ça, et j'ai eu peur. Toute cette histoire m'a fait peur. L'idée d'avoir à subir à nouveau tous ces regards comme si j'étais une sangsue... Je me suis glissée dans la prison et je l'ai refermée autour de moi comme une coquille. J'ai trouvé que ce n'était pas aussi horrible que je l'aurais cru. Quand mon oncle est venu me voir, il m'a proposé de faire appel, mais je savais ce que ça voulait dire pour lui, et j'ai été soulagée quand je lui ai répondu que je n'en voyais pas l'intérêt. Il était plus facile d'oublier, de continuer et d'affronter l'avenir. Ça peut sembler une faiblesse stupide maintenant, mais... d'une certaine façon, j'étais une très jeune fille de dix-huit ans.

Kate ne semblait pas convaincue. Lee attendait. Vaun jouait avec un petit coquillage pris sur la table tandis que quelque chose luttait pour trouver la voie vers la surface. Elle ouvrit la bouche, changea d'avis, recommença, et la troisième fois, la chose sortit :

— Et je... Il y avait aussi le fait que j'étais coupable, sinon d'avoir tué Jemma, du moins de tant d'autres choses... J'avais l'impression d'être à ma place en prison. Je sais, ajouta-t-elle bien que Lee n'ait rien dit, Gerry et moi avons passé beaucoup de temps sur ce complexe de culpabilité. Mais à l'époque il me semblait... approprié d'être mise à l'écart de la société.

Elle posa le coquillage et sembla écarter le sujet.

— Quelle était l'autre question ?

— Vous n'êtes pas obligée de me répondre...

— Je n'étais pas obligée de répondre à la première non plus.

— C'est vrai. Et je suis contente de voir que vous avez repris confiance en vous, dit-elle en souriant à Vaun qui lui sourit en retour. Simple curiosité. Pourquoi Andy Lewis? Que lui trouviez-vous?

— Beaucoup de choses. Il était séduisant, sexy, sombre et dangereux, différent. Il émanait de lui une aura de puissance secrète. C'était un garçon à part, par choix, pas parce qu'on l'avait écarté. C'était un sentiment que j'enviais désespérément, cette assurance... Ensemble, nous pouvions regarder tous les autres de haut. Je me suis sentie choisie, puissante, sans peur — jolie, même, pendant ces quelques mois. Avec Andy, ma vie bouleversée prenait soudain un sens. Mais ça n'a pas duré. Je ne pouvais pas peindre, avec Andy. Il n'y avait aucune place pour autre chose que lui. Je ne pouvais m'en écarter assez pour peindre. Il me déchirait. Quand j'ai compris que mon travail devenait mauvais à cause de lui, j'ai dû faire un choix, et j'ai choisi mes pinceaux.

— Qu'a-t-il fait quand vous le lui avez dit?

— Ce samedi fut effrayant. Red et Becky avaient emmené les enfants en ville. J'étais dans mon atelier en train d'essayer d'esquisser une toile quand il est arrivé. J'étais préoccupée par ce que je faisais et bouleversée d'avoir compris que j'avais cinq mois de cochonneries à rattraper, si bien que je me suis montrée brusque avec lui. Je lui ai juste dit que ça ne pouvait pas durer, que c'était terminé, et j'ai continué à dessiner. Quand je me suis retournée une minute plus tard, il était toujours assis sur le lit, mais il était tellement en colère, tellement furieux que j'en suis restée interdite. Ses yeux... J'ai eu l'impression qu'il remplissait toute la pièce. Je me suis dit — j'ai su — qu'il allait se lever et me frapper, me casser la figure, mais je n'ai pas bougé. J'ai seulement attendu pendant je ne sais combien de temps, quand tout à coup son visage a changé, et il s'est mis à sourire, et c'était comme le sourire qu'il faisait avant de m'emmener au lit, mais différent — horrible, cruel. Il s'est levé. J'étais persuadée qu'il allait me tuer. Mais il s'est approché de moi et il m'a embrassée, avec ses dents, et il a dit : « Si c'est ce que tu veux, baby », et il est sorti. J'ai entendu sa motocyclette s'éloigner en rugissant. Après ça, chaque fois que je l'ai vu, il m'a souri de la même façon, comme une brute de gamin qui arrache ses ailes à une mouche.

— Au bout de combien de temps avez-vous commencé à soupçonner qu'il avait quelque chose à voir avec la mort de Jemma Brand ?

— Je me suis posé la question dès le procès, à cause de ce regard qu'il m'a jeté le premier jour — un regard satisfait, du genre « je te l'avais bien dit ! ». Mais j'ai décidé que ce devait être mon imagination. Je ne pouvais imaginer Andy faisant quelque chose d'aussi... pathologique. Il était très gentil avec moi ; il pouvait être très doux quand il le voulait. Comment aurais-je imaginé qu'il ait fait une chose pareille ? J'ai toujours du mal à le croire. Ai-je répondu à vos questions ? demanda-t-elle d'un air épuisé.

— Oui, merci, répondit Kate en pensant que cela en laissait une centaine pour un autre soir.

Vaun se leva comme une vieille femme et les regarda.

— Je viens de me rendre compte que je ne vous ai pas remerciées pour tout ce que vous faites pour moi, et qu'aucun remerciement ne pourrait vous rendre justice.

— C'est avec joie, dit simplement Lee.

— Je suis d'accord, dit Kate. Je serai désolée quand ce sera terminé, même si je serai heureuse de conclure l'affaire... Je crois que j'ai besoin de café, dit-elle en réfléchissant à ce qu'elle venait de dire. Et vous ?

— Non, merci, dit Vaun. Je veux juste me glisser dans mon lit.

— Lee ?

— Oui, merci. Fais-en toute une cafetière, s'il te plaît. Jon, mon patient, en voudra probablement une tasse aussi. Je devrais peut-être allumer les lumières dans le cabinet de consultation. Il sera là d'une minute à l'autre.

Elle passa dans le couloir et Kate se dirigea vers la cuisine. Vaun avait monté quelques marches quand elle s'arrêta et fit demi-tour pour suivre Kate.

— Avec tous ces discours, expliqua-t-elle en prenant un verre, j'ai soif.

Elle mit quelques cubes de glace dans de l'eau minérale et but avec délectation.

Kate mesura la quantité de grains de café qu'elle voulait moudre, et elle allait mettre en marche le moulin quand on sonna à la porte. Elle s'interrompit.

— J'y vais ! cria Lee.

Elle avait une voix distraite et Kate se demanda quelle attention elle allait porter aux problèmes de Jon Samson, né Schwartz. Kate revint à son café et soudain l'angoisse la saisit. Elle se précipita vers la porte, bousculant presque Vaun au passage.

— N'oublie pas de...

Mais il était trop tard pour mettre Lee en garde. Il était trop tard car, lorsqu'elle arriva dans le couloir, Lee avait déjà fait jouer la serrure, et dans un lent mouvement d'horreur, Kate vit la porte exploser à l'intérieur, envoyant Lee tituber contre le mur, et la silhouette qui entra ressembla un instant au client de Lee, avec son pantalon bien coupé, sa moustache taillée, mais ce n'était pas Jon Samson, c'était Andy Lewis, Andy Lewis avec un 45 automatique dans la main droite, Andy Lewis avec les yeux et l'allure d'un pittbull fondant sur sa proie, Andy Lewis regardant au-delà de Kate l'endroit où se tenait Vaun.

32

La première pensée de Kate fut qu'il était plus petit que dans son souvenir, plus petit peut-être que Vaun, en tout cas plus compact, plus concentré que la montagne chevelue qu'elle avait vue sur la Route.

Ses yeux, comme le pistolet, restèrent rivés sur Vaun, derrière l'épaule droite de Kate, sans bouger d'un millimètre, tandis que, de sa main gauche, il repoussait la porte, trouvait le verrou et le fermait. Pendant cinq battements de cœur, personne ne bougea ni ne respira, jusqu'à ce que finalement ses lèvres se retroussent.

— Salut, Vaunie.

La menace tranquille et assurée de sa voix passa telle de la glace dans les veines de Kate et son esprit bondit, comme un singe rendu fou contre les barreaux de sa cage, lui criant de courir, de s'enfuir, de plonger à couvert, de se saisir du pistolet dans le tiroir, à un mètre, *parce que c'est la voix d'un foutu serpent venimeux, d'un fou, Kate !* Mais à part le premier sursaut de surprise, ses muscles restèrent impassibles et elle garda les yeux sur la main et l'arme.

À ces mots, Lee, qui voyait la scène, horrifiée, depuis l'endroit où elle avait heurté le mur, porta son regard de l'arme au visage de l'intrus. Quant à Vaun, elle semblait n'avoir ni vu l'arme ni entendu la menace. Aucune ne fit un geste pour presser les boutons d'alarme, oubliés, qu'elles portaient. Puis Vaun sembla se détendre, et Kate l'entendit pousser ce qui ressemblait à un joyeux petit soupir.

— Salut, Andy.

Sa voix était calme, chaleureuse, même, un simple salut à un vieil ami dont l'apparition l'aurait un peu surprise. Le sourire d'Andy s'élargit et Kate vit le visage que Vaun avait décrit quand il était sorti de son atelier trois semaines avant de tuer Jemma Brand — un sourire amusé, cruel, totalement sûr de lui.

— C'était très gentil à vous toutes de m'attendre ainsi. Quelle heure stupide pour un rendez-vous chez un psy, mais je ne pouvais pas vraiment le changer, hein ?

— Qu'...

Le regard de Lee s'abaissa vers l'arme, qui ne frémit pas, et elle eut le courage de finir sa phrase :

— Qu'est-il arrivé à Jon ?

À la grande surprise de Kate, il rit, d'un rire jovial, amusé, totalement incongru chez un homme dans les yeux duquel se lisait le meurtre.

— J'ai essayé sur lui certains de ses propres jouets. Il ira bien, à moins qu'il ne se débatte trop. En fait, il s'amuse probablement beaucoup, ligoté comme un cochon. À propos, dit-il en regardant Kate sans plus une trace d'humour, tu dois avoir une arme, le flic. Où est-elle ?

— En haut, mentit-elle automatiquement.

Il y avait une chance pour qu'en les faisant se déplacer toutes les trois il soit un instant vulnérable. Il la regarda, les yeux étrécis, et sembla entendre ses pensées, car il sourit à nouveau, comme devant les vains efforts d'un enfant.

— Non, c'est faux. Mais ça n'a pas d'importance, tant qu'elle n'est pas sur toi, dit-il en caressant son T-shirt et son jean des yeux pour constater qu'ils pourraient à peine cacher un couteau, moins encore un pistolet. Je ferais pourtant mieux de vérifier. Vaun, tu viens dans l'entrée. C'est ça, près de cette table. Et toi, près d'elle, ordonna-t-il à Lee, qui obéit. Toi, maintenant, arrive ici, les mains contre le mur. Écarte les jambes. C'est mieux.

Kate ressentit soudain une forte pression contre sa nuque tandis qu'il mettait les autres en garde :

— Si vous ne voulez pas que votre amie flic se retrouve avec un gros trou dans la tête, vous ne bougez pas.

Kate bloqua sa respiration, mais la fouille fut impersonnelle, bien que minutieuse. Il s'écarta, satisfait, et regarda au bout du couloir la porte ouverte et les rideaux d'une fenêtre.

— C'est le salon ? demanda-t-il à Vaun qui hocha la tête. Bien. Toi la première, Vaunie, et puis toi. Maintenant toi, le flic.

Vaun se tourna vers la porte, les glaçons du verre dans sa main tintant doucement. Lee la suivit avec une attitude qui rappelait curieusement une vieille fille, les mains serrées contre sa poitrine, un peu voûtée, comme pour se protéger ou par crainte du froid. Kate les suivit, le souvenir toujours douloureux du métal froid de l'arme sur sa nuque, et fit bien attention à ne pas trébucher. Elle ne regarda pas ce que Lewis avait appelé une table, un meuble à pharmacie indien, en fait, sur lequel elles posaient le téléphone et un répertoire, et qui recelait, dans le tiroir en haut à droite, le pistolet tant désiré et aussi inutile que s'il était au fond de la Baie. Elle détourna son esprit du pistolet et des regrets, l'obligeant à fonctionner.

Dans le salon, elle alla directement vers le premier canapé où elle s'assit, le dos à la salle à manger. Lewis hésita, son instinct renâclant à lui permettre tout choix ou tout mouvement indépendant, mais il étudia la pièce et se rendit compte qu'il n'y avait aucun endroit où elle aurait pu cacher une arme et qu'il se retrouvait le dos dans un coin, loin de la seule porte, des longues baies vitrées derrière leurs rideaux fermés et des deux petites fenêtres hautes qui ne donnaient à l'évidence que sur les arbres du voisin. Il céda et ordonna à Lee de s'asseoir sur l'autre canapé et à Vaun de prendre le fauteuil entre elles, face à la cheminée. Bien, se dit Kate. Maintenant, faisons-le parler.

— Comment l'avez-vous trouvée ? demanda-t-elle en

entendant avec joie juste la bonne intonation d'étonnement plaintif dans sa voix.

— Je n'ai pas eu de mal, se vanta Lewis. J'ai un ami qui a joué le journaliste prêt à payer une fortune pour la moindre rumeur. Un planton a fini par lui dire que Vaun avait été placée chez un thérapeute spécialisé dans les artistes. Je me suis dit qu'il habiterait soit ici, soit à Berkeley, et comme la police était sur le coup ici, j'ai commencé par Russian Hill. J'ai fréquenté le genre de bars et de cafés qu'aiment les artistes, dans Haight et Polk, d'abord, et puis dans South Market. Partout où j'allais, je parlais de ces fous d'artistes et de cette femme sur la route de Tyler.

Il s'interrompit pour tendre un doigt et suivre la courbe de l'oreille de Vaun. Elle ne réagit pas.

— Ça m'a coûté dans les trois cents litres de café et cent cinquante bières, mais j'ai finalement eu de la chance : un petit con coincé en chemise de soie mourait d'envie de me raconter tout ce qu'il savait de la femme policier qu'il avait vue à la télé sur la route de Tyler ; et, oui, il la connaissait personnellement, oh, pas très bien, vous savez, mais il l'avait vue une fois, avec une psy qui était venue à l'hôpital rendre visite à un ami mourant, il y a environ un an. Le nom de la psy était Carter. C'était mercredi à midi. Ça m'a pris jusqu'à minuit pour retrouver un des clients réguliers du Dr Carter, et quand j'ai découvert quel était son prochain rendez-vous, je me suis arrangé pour qu'il soit trop, euh... lié pour l'honorer. Et me voilà !

— Puis-je vous demander quelque chose qui nous a intrigués, l'inspecteur Hawkin et moi ? continua Kate.

Elle ne voulait pas qu'il ait l'occasion de trouver un sujet de conversation qui lui soit propre. Il sembla irrité, puis hocha la tête avec magnanimité.

— Les noms. Vous êtes Andrew Lewis ? dit-elle comme si elle en doutait. Sans la barbe... Où avez-vous trouvé le nom de Dodson ?

Elle retint son souffle. Il fallait gagner du temps, éviter de révéler qu'ils en savaient beaucoup sur Lewis et Dodson, espérer que leur méprisable ignorance l'inciterait à se détendre ; mais elle ne voulait pas lui donner l'impression qu'ils étaient incompétents, ce qui risquait d'éveiller ses soupçons. Fais-le parler, qu'il se détende. Mais elle fut surprise de sa réponse.

— Tu connais mon second prénom ?

— Euh... non. Il y avait une initiale...

— C'est Carroll.

— Carol ?

— Avec deux « r » et deux « l », comme pour Lewis Carroll. Tu connais son véritable nom ?

— Je ne crois pas...

— Dodgson. Le révérend Charles L. Dodgson. Avec un « g ». Alors, quand je suis tombé sur quelqu'un qui me ressemblait, avec un nom aussi proche, eh bien, il fallait que ce soit lui, non ?

Il souriait, mettant Kate au défi de demander ce qui était arrivé au véritable Dodson, mais ce n'était pas dans cette direction qu'elle voulait le pousser, pas encore. Elle chercha désespérément un autre sujet.

— Où êtes-vous allé pendant ces deux ans où vous avez quitté le lycée ? L'inspecteur Hawkin pense que vous étiez au Mexique, mais moi...

— D'accord, assez de conneries. Je n'ai pas toute la nuit.

— Que veux-tu, Andy ?

La voix posée de Vaun faillit le distraire, mais pas tout à fait — assez cependant pour que Kate se prépare mentalement à ce qu'elle ne savait pas. Il baissa les yeux sur Vaun, qui le regarda et attendit.

— Ce que je veux ? murmura-t-il. Qu'est-ce que j'ai toujours voulu ? Je t'aimais, et tu m'as traité comme de la merde.

— Jamais tu ne m'as aimée, dit-elle gentiment.

— Non ? Tu as peut-être raison. J'ai failli te tuer, tu sais, quand tu m'as dit que tu préférais peindre qu'être avec moi.

— Oui, je le sais. Mais tu as fait pire, n'est-ce pas ?

Elle lui transmit ce qu'elle savait et ce qu'elle avait subi durant toutes ces années par sa voix et son visage ; il resta silencieux et immobile. Au bout d'un moment il regarda Kate, mais elle avait préparé une expression légèrement étonnée pour dissimuler sa peur et sa rage. Sacrée femme, à quoi jouait-elle ? Elle ne pouvait ignorer que la pire des choses pour elles toutes serait de pousser Lewis dans ses retranchements, de lui faire comprendre qu'il était piégé. Il regarda Vaun d'un air méfiant.

— J'ai fait pire.

— Et maintenant, Andy ?

Kate eut envie de lui crier de ne pas le pousser à l'action, de faire durer, de donner une chance à Hawkin de les sauver, mais Vaun ne la regardait pas, et Lee était paralysée sur son canapé.

— Je vais te dire ce que j'avais l'intention de faire, dit-il d'un air absent qui fit comprendre à Kate que tout était perdu. J'ai pensé descendre ces deux-là et faire croire que c'était ton œuvre. Jamais tu ne t'en serais sortie avec seulement neuf ans, après ça. Je peux encore le faire.

— Non, Andy. Ils savent tout.

— Tout ? Oh, très bien.

— Ils savent tout. Le *Time* de Tommy, la drogue dans ton appartement de San José, ce garage, tes empreintes et quelques cheveux d'une des enfants dans le camion postal. Jamais ils n'ont pensé que j'avais quoi que ce soit à voir avec ces meurtres.

Elle est folle, se dit Kate. C'est la folie qui parle par sa bouche. Elle pense probablement qu'il va l'abattre la première et que ça nous donnera une chance, mais c'est impossible. Il faut que je l'arrête. Mais elle ne trouvait aucun moyen d'interrompre leur dialogue, si bien qu'elle pria pour que Hawkin arrive. Elle bondirait alors des profondeurs du canapé, en un geste aussi inévitable que vain.

Le sourire cruel revint sur les lèvres de Lewis, et Lee émit un petit bruit de protestation quand il posa sa main gauche sur la tête de Vaun, jouant doucement avec ses boucles, lui caressant la tête, entourant sa nuque de sa paume, avançant les doigts sous son col. Il se figea. Lentement, sa main remonta, une cordelette entre le pouce et l'index, et le bouton d'alarme de Vaun sortit de l'échancrure de son chemisier. Il le regarda, regarda Vaun, qui avait subi ses caresses et sa découverte avec une indifférence lunaire. Il enroula alors le cordon autour de sa main et le tira vers le haut, plus haut, jusqu'à ce que le fil noir morde dans la gorge pâle de Vaun. Elle le regarda et leva les mains pour retenir la corde, sans passion, mais le fermoir se cassa d'un coup, rejetant Vaun contre le dossier de son fauteuil et forçant Lewis à faire un pas en arrière pour garder son équilibre. Il se retrouva avec l'objet dans la main.

Et voilà le Andy Lewis qu'a vu la fille du pasteur juste avant d'être réduite en bouillie, se dit Kate. Congestionné par la fureur, la main tremblante devant la preuve que lui, Andy Lewis, avait été grugé, piégé, contrecarré, dominé. Il tourna les yeux vers Kate et regarda son T-shirt. Sans intérêt. Il se tourna vers Lee.

— Fais voir !

Lee regarda Kate pour savoir que faire, mais Kate ne put que hocher la tête. Lentement, très lentement, les mains de Lee gagnèrent sa nuque et, toujours aussi lentement, elle passa son cordon noir par-dessus ses boucles blondes et lui tendit le bouton. Il regarda le petit engin qui pendait au bout des doigts de Lee, ses yeux s'étrécissant au fur et à mesure qu'il se rendait compte de la situation.

— Tu l'as pressé, hein ? Quand tu es venue du couloir, tu étais toute voûtée et tu avais les mains dessus, hein ? Oh, stupide salope, tu vas regretter ce que tu as fait !

— Monsieur Lewis, commença Kate de la voix calme et raisonnable qu'exigeaient à la fois son entraînement et le bon sens. Je crains bien que vous ne trouviez la police tout autour de la maison. Cependant, je dois vous dire que, pour le moment, en dépit de ce que Vaun a dit, nous n'avons aucune preuve contre vous. Avec un bon avocat...

— Ta gueule ! hurla-t-il en enfouissant le canon de son pistolet dans les cheveux de Lee.

Kate se figea.

— Qu'est-ce que j'en ai à foutre, de vos preuves ! J'ai des otages. Je vais partir. Personne ne veut risquer de perdre « Eva Vaughn », voyons ! Je vais partir, mais je n'ai pas besoin de *toi*. Trois otages, c'est trop, et un flic ne compte pas, de toute façon.

— Andy, intervint doucement Vaun. Ne lui fais pas de mal. Attache-la, si tu veux, mais laisse-la. Dans ce cas, je partirai avec toi. Si tu t'en prends à l'une d'elles, il faudra que tu me tues aussi.

Il tourna la tête vers elle, le visage tordu comme s'il allait cracher, ou crier, et il cracha effectivement sa réponse dans un cri :

— Toi ? Tu crois que ça m'intéresse, ce que je te fais ? J'aurais dû te tuer il y a des années. Tout ça est arrivé à cause de toi, salope. C'est à *toi* que j'aurais dû tordre le cou, ce soir-là. J'aurais dû t'arracher tes petits yeux froids.

Il déversait sa rage sur Vaun, et Kate restait assise, sachant qu'il était sur le point d'exploser, sachant qu'il la verrait bouger, sachant que dans quelques secondes, leur temps serait écoulé et qu'il faudrait qu'elle fasse un choix désespéré pour sauver leurs vies. Lee aurait pu l'atteindre — il ne pouvait la voir —, mais Lee restait assise, le bouton dans la main, paralysée par cette pure fureur animale.

Vaun réfléchissait. Vaun la passive, Vaun le miroir, Vaun l'observatrice et la chroniqueuse des tourments du monde, l'affrontait, se dégageant presque visiblement des contraintes de toute une vie, saisie par le bouillonnement d'une rage enivrante, enthousiasmante, libératrice. Son visage était devenu vivant, furieux, méconnaissable, ses joues pâles étaient rouges de passion, ses yeux clairs scintillaient comme des diamants bleus, aussi durs et aussi coupants. Elle leva la tête et appela la mort sur elle, au terme de l'absolu soulagement que lui apporterait cet affrontement final, total. Tout son esprit, tous ses tourments se concentraient sur lui, son amant, son ennemi, sa mort. Elle se leva pour être à sa hauteur, fit un pas en arrière et mobilisa tout son corps pour lui jeter ces mots à la tête :

— Oui, Andy, tu aurais dû, mais tu ne l'as pas fait, et

tout ce que j'ai réalisé ces quinze dernières années, tout ce que j'ai peint, ce fut grâce à toi. Grâce à toi, Andy. Ces mains, dit-elle en les levant pour les agiter devant son visage, ces mains ont changé la façon dont les gens voient le monde, grâce à toi...

— Plus jamais tu ne peindras ! hurla-t-il.

Le lourd pistolet pivota légèrement vers elle, et toutes trois virent comment l'esprit d'Andy reprenait possession des mouvements de ses mains. Il la regarda, stupéfait, et se mit à rire, la folie et l'hystérie totalement à la surface, maintenant.

— Tu crois que je vais te tuer, pauvre idiote ? C'est ce que tu veux, hein ? Mais je ne vais pas te rendre les choses aussi faciles. Tu vas bientôt souhaiter être morte. À côté, dix ans de prison te paraîtront un conte de fées, parce que tu vas vivre en sachant ce qu'a fait ta précieuse peinture, tu vas devoir vivre en sachant qu'à cause de ta foutue précieuse peinture des gens sont morts, que ces mains dont tu es si fière pourraient aussi bien avoir serré ces douces petites gorges et tenu ce pistolet, tu vas devoir vivre en sachant que cette si précieuse petite Jemma, et Tina, et Amanda — qui a essayé de me mordre, la petite garce —, et l'autre — c'était quoi son nom ? —, Samantha, et maintenant tes chères amies Lee et Casey, toutes seront mortes à cause de tes foutues précieuses mains de peintre, et même si tes mains peuvent encore tenir un pinceau quand j'en aurai terminé avec toi, tout ce que tu pourras peindre ce sera le sang et la mort, parce que c'est toi qui as tout fait, Vaunie, c'est toi. C'est toi.

Et alors qu'il se retournait, plusieurs choses se produisirent simultanément : son pistolet s'abaissa vers Lee, Vaun cria et enfin Kate décida d'agir et plongea pour le saisir aux genoux à l'instant même où la plus haute fenêtre éclatait en mille morceaux dans la pièce et où deux pistolets tiraient. Il y eut alors du sang éclaboussé comme de la peinture dans toute la pièce, et la mort, et les gémissements de deux femmes à l'agonie, en proie à une souffrance profonde et éternelle. Enfin, une autre fenêtre brisée déclencha la sonnerie absurde et inutile de l'alarme. Des pieds couraient, des voix criaient, une sirène hurlait au loin. Hawkin arracha Kate à Lee, étouffant les sanglots de sa partenaire contre son épaule. La sirène, plus puissante maintenant, s'arrêta soudain en même temps que l'alarme, et dans le silence, les ambulanciers entrèrent. Hawkin tenait Kate à l'écart. Lee était partie, c'était terminé, fini. C'était fini.

Épilogue

La Route

Les œuvres d'art sont toujours issues du fait qu'on a connu le danger,
qu'on est allé jusqu'à l'extrême limite.

RAINER MARIA RILKE, Lettre

Il y avait aussi une nonne, une prieure...
Et elle portait une broche en or brillant
sur laquelle on avait d'abord tracé un « A » couronné,
puis Amor vincit omnia.

GEOFFREY CHAUCER, *Contes de Cantorbéry* (Prologue)

33

LA ROUTE DE TYLER présentait un visage très différent sous le soleil de juin. Même les séquoias entre lesquels Kate avait couru pendant cette nuit répugnante d'humidité semblaient bienveillants. Des roses ornaient la clôture de leurs couleurs glorieuses, le toit rouillé du hangar disparaissait sous la verdure et sur chaque hampe des drapeaux lumineux flottaient, frappés de heaumes, de cors, de tours ou d'aigles, délimitant le périmètre de la fête médiévale de la Saint-Jean.

Quelques camions de la presse étaient encore là, remarqua Kate avec amusement, mais ils étaient de loin surpassés en nombre par les cars, camionnettes, vans, breaks et autres simples voitures des participants qui, même à cette heure matinale, s'alignaient des deux côtés de la route étroite sur plus d'un kilomètre de part et d'autre de la Grange. Elle gara sa propre voiture selon les instructions d'un jeune homme à cheveux longs déguisé en bouffon multicolore et se laissa guider à pied par les sons et bientôt les odeurs de la Grange de Tyler. Les participants, à l'allure de hippies, et dont les costumes allaient des robes de moines aux tenues de cour, arrivaient en un flot continu. Quelques familles, un peu gênées par leurs shorts et leurs T-shirts, étaient venues regarder et photographier. Kate, pour sa part, arborait des vêtements d'époque, grâce aux encouragements autoritaires d'une patiente de Lee, mais en jeune homme, avec tunique et collants ; pas de dentelle ni de coiffe pour elle, merci.

En approchant de l'entrée, elle sortit de la bourse de cuir pendue à sa ceinture le carton d'invitation qui lui était parvenu par la poste et le tendit au garde, une femme qu'elle crut reconnaître, en robe brune rustique, qui lui tamponna la main avec un symbole qu'elle ne put déchiffrer — pieuvre ? instrument de musique ? Derrière elle se tenait une silhouette imposante en tunique verte et collants, appuyée sur une masse d'armes de la taille d'un petit arbre, un walkie-talkie crachotant à la ceinture. Kate regarda de plus près et identifia l'homme avec certitude grâce à sa boucle d'oreille.

— Mark Detweiler ?

Il la dévisagea d'un air incertain.

— Kate Martinelli, dit-elle, Casey.

— Casey Martinelli ! s'exclama-t-il en lui écrasant la main dans les siennes. C'est bon de vous revoir. Je ne vous aurais jamais reconnue. Comment allez-vous ? demanda-t-il en se souvenant soudain du passé. J'ai été désolé d'apprendre ce qui était arrivé à votre amie, nous l'avons tous été. Est-ce qu'...

— Non, merci, tout va bien. Savez-vous où se trouve Tyler, ou Vaun Adams ?

— Vaun n'est pas loin, dit-il en se penchant pour murmurer dans son oreille. Elle aide Amy pour les tours en carriole, ou bien elle maquille les enfants, je ne sais plus bien. Tyler est par là, dit-il avec un vague mouvement englobant le tourbillon humain multicolore. Vous voulez savoir qui j'ai vu ? demanda-t-il d'une voix de nouveau tonitruante tandis que Kate s'éloignait après l'avoir remercié.

— Qui ? demanda-t-elle, pour mettre fin à l'attente qu'il se plaisait à faire durer.

— Votre collègue. Votre partenaire, répéta-t-il devant son air incrédule. Al Hawkin.

— Al est ici ?

Elle n'en revenait pas. Ce n'était vraiment pas le genre

de manifestation où elle l'imaginait à l'aise, mais peut-être était-il venu pour des raisons semblables aux siennes.

— Il est arrivé il y a près d'une demi-heure, avec la plus splendide damoiselle — oh, désolé, on n'est pas censé les appeler « damoiselles » cette année. Comment faut-il dire, déjà ? s'interrogea-t-il en se grattant la barbe, ce qui inclina son chapeau à plume d'une drôle de façon. Ah, oui ! « gente dame », c'est comme ça qu'il faut les appeler cette année. En tout cas, c'est une bombe ! Ils sont allés vers les tentes blanches, là-bas, où on a installé le buffet.

Elle le remercia à nouveau et partit loin de l'éclatante toile blanche en contrebas d'où s'échappaient de délicieuses odeurs. Elle n'était pas certaine de désirer le voir, pas encore. Plus tard dans la journée, peut-être, après qu'elle aurait parlé à Vaun.

Mais le destin pervers en décida autrement, et le premier visage connu qu'elle vit fut celui d'Al Hawkin, en chemise à col ouvert et pantalon de coton écru, tout seul sur la pelouse en train d'écouter un quatuor de trois flûtes à bec et une viole de gambe. Elle ne l'avait pas vu depuis près de deux mois, depuis le soir où il était venu chez elle dans l'intention, elle ne l'avait compris que récemment, de s'excuser pour ne pas avoir envoyé le tireur d'élite dans l'arbre du voisin assez tôt pour sauver la colonne vertébrale de Lee. Kate n'était pas en état de le recevoir, avec son sentiment de culpabilité, tant elle était épuisée et folle d'inquiétude à cause d'une infection qui tentait d'emporter ce qui restait de Lee, si bien qu'elle l'avait jeté dehors avec des paroles amères et blessantes.

Ces paroles sonnaient à ses oreilles, maintenant, et elle hésita, tentée de se cacher derrière un stand, mais elle en fut dissuadée par l'absurdité de son attitude. C'est alors qu'il la vit et leva timidement la main pour la saluer, attendant qu'elle vienne vers lui avant de bouger. Ils se retrouvèrent à mi-chemin.

— Salut, Al ! dit-elle, sans originalité.

— Kate ! comment vas-tu ?

— Je vais bien, l'assura-t-elle en se rendant compte, un peu surprise, que c'était vrai.

— Et Lee ?

— Tu l'as vue il y a une quinzaine de jours, je crois ?

— Dix jours. Elle devait quitter l'hôpital le lendemain. Comment cela se passe-t-il ?

— Elle est beaucoup plus heureuse à la maison. Elle dort bien. Dans l'ensemble, elle semble aller mieux.

Toujours aussi intuitif, il sentit une nuance d'espoir dans sa voix.

— Des changements ?

— Les médecins n'arrivent pas à se prononcer, mais tu connais les médecins. Elle dit qu'elle sent un peu son pied droit, et l'autre jour, elle l'a bougé par réflexe.

— Oh, Kate, ce sont de très bonnes nouvelles. Je suis ravi de les entendre.

Elle sentit la sincérité derrière les phrases toutes faites, et porta son regard vers les musiciens. Quelques couples s'étaient mis à danser.

— Al, je suis désolée de mon accueil, la dernière fois. Je ne pensais pas ce que j'ai dit, j'espère que tu le sais.

— Oui. J'avais choisi un mauvais moment pour venir. Oublie ça. J'aimerais passer la voir un jour, est-ce possible ?

— Elle en serait ravie.

— Dis-lui bonjour de ma part, et que je suis heureux d'apprendre qu'elle va mieux.

— Elle est sûre qu'elle pourra faire du jogging d'ici Noël ! Elle qui n'en a jamais fait !... Je ne sais pas ce qui la pousse.

Il lui sourit, conscient de ce que cachait ce ton badin.

— Je t'offre une bière ?

— Un peu tôt pour moi.

— Il faut te mettre dans l'ambiance médiévale. Ils en buvaient toute la journée. Pas de café, tu te rends compte ? Ni de thé. Rien que les infusions qu'ils prenaient comme médicaments. Ils tiraient une grande partie de leurs vitamines et de leurs calories de la bière. Sais-tu que les archives montrent qu'on fournissait aux servantes — aux femmes, imagine un peu ! — dans les dix litres par jour ?

— On devait être gai, au château ! dit-elle en s'interrogeant sur les sources de sa science.

— A propos, je me demande où peut être Jani. Oh, elle nous trouvera bien.

Il entoura paternellement du bras les épaules de Kate, ce qui l'étonna tellement qu'elle ne sut que s'appuyer sur lui tandis qu'ils descendaient la colline pour se joindre à la file de ceux qui attendaient qu'on leur donne un gobelet en carton imprimé, censé imiter le bois, rempli d'une bière brune d'une qualité surprenante.

Ils trouvèrent un coin tranquille au sommet d'une pile de caisses en bois et s'assirent pour regarder la foule vibrante et de plus en plus nombreuse de joyeux drilles médiévaux. La bière descendait bien, à l'ombre des arbres, en cette matinée déjà chaude qui avait déposé sur leur langue un goût de terre. Kate but et se détendit, elle sentit céder des petites poches de crispation dont elle n'avait pas eu conscience. C'était la première goutte d'alcool qu'elle buvait depuis ce qu'elle appelait *La Nuit.* Jusqu'à maintenant, boire eût été un signe de lâcheté.

Elle ne s'aperçut pas qu'elle avait soupiré avant que Hawkin se tourne vers elle.

— J'ai failli ne pas venir, dit-elle comme pour s'expliquer.

— J'ai été un peu surpris de te voir, admit-il.

— Des patients de Lee se relaient à son chevet aujourd'hui, dont Jon Samson, justement — un de ses plus fidèles. C'est idiot de les appeler « patients », je suppose. Pour le moment, ce sont eux les thérapeutes, tant pour le physique que pour le psychique.

— On devrait dire « amis », peut-être.

— Oui, des amis. Je ne sais pas ce que j'aurais fait sans eux.

— Est-ce que tu vas revenir, Kate ? demanda-t-il tout à coup.

— Tu sais, il y a dix minutes, je n'en étais pas encore certaine.

— Et ?

— Oui. Oui, je crois que je vais revenir.

— Bien, dit-il en hochant la tête avant de vider son verre. Bien. Quand ?

— Il faut que je trouve quelqu'un pour s'occuper de Lee. Jon a proposé de s'installer chez nous pour un temps, dans le cabinet de consultation. Il faudra que j'achète un lit, et que j'organise la relève pour qu'il ait du temps libre. Quelques jours. Quatre. Peut-être trois. Pourquoi ?

— J'aurais bien besoin de toi.

Il joua avec le bord cireux de son gobelet, le déroulant, parcourant la foule des yeux sans que son visage trahisse rien.

— N'est-ce pas le moment où tu allumes une cigarette ? demanda Kate d'un air soupçonneux.

— Je ne fume plus.

— Pourquoi as-tu besoin de moi maintenant ?

— On m'a donné l'affaire Raven Morningstar.

— Oh, Seigneur, Al, lâche-moi un peu !

La semaine précédente, on avait retrouvé Mme Morningstar, à l'évidence assassinée, dans sa chambre d'hôtel en ville. La liste des ennemis de Mme Morningstar aurait rempli un annuaire. Elle était une des féministes lesbiennes militantes les plus médiatiques, les plus éloquentes, les plus adorées, les plus haïes des États-Unis.

— Tu pourrais nous aider considérablement.

— Oh, je l'imagine bien ! Tu pourrais me clouer sur les portes du palais de justice et laisser la foule me lyncher pendant que tu t'échapperais par l'arrière.

— Personne ne te lyncherait, dit-il gravement. Il faut reconnaître une certaine notoriété à une femme officier de police qui a contraint ses supérieurs à lui accorder un congé afin de s'occuper de sa maîtresse blessée, et qui de plus prétend que les contrats d'assurance de la brigade devraient inclure ce qu'on pourrait appeler les « conjoints officieux ».

Il la regarda finalement, un sourcil levé, pour juger de sa réaction. Elle le fixa, bouche ouverte, pendant une longue minute, jusqu'à ce que monte en elle une sensation qu'elle pensait ne plus jamais ressentir : un gros ballon rond de rire gonfla en elle et finit par éclater, superbe. Elle rit et gloussa de façon si convulsive qu'elle fut contrainte de s'allonger sur les caisses, des larmes roulant dans ses cheveux. L'air de plus en plus inquiet de Hawkin rendait la chose pire encore, et il fallut un moment avant qu'elle puisse donner une explication cohérente.

— Quand j'ai... ce premier jour, dans ton bureau... Il était tellement évident que tu ne voulais pas que je vienne t'encombrer... Non, j'ai compris. On m'avait promue à cette place parce qu'il s'agissait d'une affaire d'enfants, dit-elle en baissant la voix. Dans toute affaire concernant des enfants il faut une petite dame, et la chère petite Casey Martinelli serait cette petite dame, qui aurait l'air si gentille et caresserait la tête des petits enfants. Et maintenant, dit-elle en recommençant à rire, maintenant, à la brigade, je suis la représentante des gouines. Eh bien — elle sécha ses yeux et se moucha tandis que son rire se désintégrait en un profond soupir —, eh bien, oui, comme on dit : il n'y a qu'à San Francisco...

— Alors, quand peux-tu venir ?

— Seigneur, Al ! Tu ne renonces donc jamais ? On est samedi. Je serai là-bas mardi.

— Lundi.

— Non. Il y a des gens que je ne peux joindre pendant le week-end. Il faudra que je le fasse lundi matin.

— Lundi après-midi, alors.

— D'accord ! Lundi en fin d'après-midi.

— Je convoque une conférence de presse pour quinze heures.

— Une conf... Espèce de salaud ! jura-t-elle, furieuse.

Tout à coup, elle se rendit compte qu'elle insultait celui qui restait son supérieur hiérarchique. Il se tourna vers elle, fixa ses yeux gris-bleu dans les yeux bruns de Kate, leurs nez à quelques centimètres l'un de l'autre, et sourit d'un air de brute.

— C'est ce que disent toutes les filles, ma chère.

Une voix se fit alors entendre derrière eux, une voix basse mais pénétrante, celle d'une femme habituée à parler en public.

— Je m'éloigne. J'attends une demi-heure, une musique anachronique dans les oreilles, pour le privilège douteux d'utiliser des toilettes chimiques déguisées en chaise percée. A mon retour, je découvre que mon cavalier a disparu, et quand j'arrive enfin à le débusquer, je le trouve sirotant de la bière, le regard perdu dans les yeux d'une autre femme.

En dépit des mots, la voix ne semblait pas du tout troublée, et le visage, quand Kate réussit à se retourner pour le regarder, ne montrait qu'un léger amusement. Kate compatit avec un grave hochement de tête.

— Il est impossible de trouver de bons cavaliers, de nos jours, affirma-t-elle.

— Ma chère, s'écria joyeusement Hawkin, voici Casey Martinelli. Kate, je te présente Jani Cameron.

— Kate, dit fermement Kate en tendant la main.

Une autre main, plus petite, émergea de derrière les caisses, tendue dans la direction de Kate, et celle-ci étira le bras pour aller la serrer aussi.

— Et voilà Julie, ajouta Hawkin.

Il descendit de son siège improvisé en jurant contre les échardes et aida Kate à s'en extraire sans dommages.

— Jani est une grande spécialiste mondiale de la littérature allemande du Moyen Âge, et Julie va devenir le plus jeune procureur général de San Francisco. Tu n'as pas à t'en faire pour Kate, Jani, ajouta-t-il tout à coup. Elle est lesbienne.

Kate enfouit son visage dans sa tasse, qui était déjà vide, si bien qu'elle rata la réaction de la femme, mais quand elle regarda à nouveau ses interlocuteurs, l'enfant l'examinait avec grand intérêt. Finalement, avec l'air professoral d'un spécialiste discutant de l'évolution historique de la cédille, elle demanda :

— Êtes-vous tout à fait lesbienne, ou plus précisément bisexuelle ? Je lisais un article l'autre jour qui expliquait...

Il y eut une rapide dispersion du groupe, qui se dirigea vers les tentes. Julie et sa mère, engagées dans une intense conversation consistant en murmures fermes ponctués de « *Pourtant, Mère...* », suivant Hawkin et Kate, lui arborant un grand sourire, elle franchement rose, à cause de la bière et du soleil, sans aucun doute, mais souriant aussi, bien que plus discrètement.

Devant le buffet, Kate dédaigna sans scrupules les mets de Cornouailles (bœuf, plats végétariens ou tofu), les tempuras de crevettes (originaires du Japon médiéval, sans aucun doute) mais s'arrêta devant la pancarte qui indiquait « grenouille dans le trou ». Il s'avéra qu'il s'agissait d'une saucisse épicée dans un petit pain caoutchouteux ; pourtant, quand elle l'eut fait descendre avec une autre bière, quand elle l'eut fait suivre de fraises à la crème (liquide, non fouettée, et sucrée au miel — l'authenticité régnait au stand des fraises), elle fut rassasiée.

Les trois adultes s'assirent sur un banc à l'ombre d'une toile bigarrée tandis que Julie s'éloignait pour s'essayer à un jeu qui avait bien l'air de ressembler au tour des trois gobelets où les badauds aiment se faire plumer. Hawkin eut un sourire presque paternel en regardant l'enfant se concentrer intensément sur les joueurs du moment, petit page aux dents métalliques parmi les seigneurs et leurs gentes dames qui allaient et venaient à travers les stands d'artisanat, de victuailles ou de jeu. Ils bavardèrent agréablement, parlant de Tyler, de la fête, de petits ragots concernant la brigade, de l'évolution de la musique et de la production de bière. Au bout d'une demi-heure, Kate se rendit compte que Jani était une personne avec qui elle aimerait être amie, et elle vit aussi que Hawkin était très amoureux d'elle. Tranquille, et discrète dans son attitude, elle écoutait pourtant fort attentivement les autres et, quand elle prenait la parole, c'était toujours avec précision. à propos et, comme sa fille, avec plus ou moins de diplomatie. Hawkin et Kate se taquinèrent et rirent comme de vieux compagnons et, à part un petit pincement au cœur en pensant à Lee dans son lit à la maison, elle était contente. Jani finit par se lever, rassembla sa jupe de brocart et partit à la recherche de sa fille après avoir pris rendez-vous avec Hawkin sous la bannière dorée, une demi-heure plus tard, pour assister à une démonstration de combat à l'épée.

Ils la regardèrent s'éloigner.

— Je l'aime bien, dit Kate.

— J'en suis content. C'est une femme remarquable.

— Quant à sa fille...

— C'est quelque chose, hein ? dit-il en riant. Elle terrifie le pauvre Trujillo.

— As-tu vu Vaun ?

— Plusieurs fois. Je suis venu lui présenter Jani et Julie lundi dernier. Nous sommes montés en voiture.

— Ah oui ! le lundi, les voitures sont autorisées. J'en déduis que les interdictions de Tyler sont à nouveau en vigueur.

— Légèrement modifiées. On a tiré une ligne de téléphone à travers la forêt, jusque chez Angie et les Riddle.

— Sacrilège ! Comment va-t-elle ? Vaun.

— Convalescente et fragile. Déterminée. C'est elle qui t'a envoyé l'invitation.

— C'est ce que j'ai pensé, dit Kate.

Elle regarda la foule sans la voir jusqu'à ce que la question jaillisse d'elle :

— Est-ce qu'il a gagné ?

Tout cela avait-il été vain ? Des vies avaient-elles été brisées, Lee rendue infirme, trois enfants étaient-elles mortes — quatre — pour qu'Andrew Lewis obtienne finalement sa vengeance ? L'avaient-ils piégé et tué pour finalement éteindre une des rares étincelles qui auraient pu justifier tout cela ? Avait-il eu le dernier mot dans ce répugnant et monstrueux chaos ? Avait-il gagné ?

— Non, répondit Hawkin avec assurance, il n'a pas gagné. Elle peint à nouveau. Vaun Adams est un être humain plus admirable encore que l'artiste, même si on a du mal à imaginer que ce soit possible. Elle ne lui permettra pas de gagner.

— Dieu merci, dit Kate d'une voix dont elle perçut le tremblement. Lee... Lee en sera heureuse, ajouta-t-elle un peu maladroitement.

D'un regard, il lui indiqua qu'il comprenait.

— Il faut que tu la voies, dit-il en se levant.

— Sais-tu où elle peut bien être ? Mark Detweiler, à l'entrée, m'a dit qu'elle était ici, mais j'aurais plutôt cru qu'elle se cacherait.

— Elle se cache, comme la lettre volée.

Quelques minutes plus tard, Kate comprit le sens de cette mystérieuse expression quand Hawkin lui indiqua une silhouette assise et, avant de partir à la recherche de sa Jani, lui donna une tape dans le dos et dit qu'il l'appellerait le dimanche soir. Eva Vaughn s'était déguisée en peintre — en peintre de masques. Elle était vêtue d'une manière discrète — en religieuse — et son visage était transformé par la peinture en frimousse de chat. Non qu'elle eût de la fourrure, des oreilles ni des moustaches dessinées, mais les sourcils arqués, la bouche rétrécie et le petit menton étaient indubitablement félins.

Elle terminait le délicat feston soulignant les énormes ailes de papillon couvrant le visage d'une jeune femme, les yeux formant deux points symétriques au milieu des ailes supérieures, le nez noirci représentant le corps. C'était une image des plus déconcertantes, comme une superposition dans une photographie surréaliste, car les ailes frémissaient avec les mouvements du visage. La jeune femme paya et s'en alla, joyeuse, avec son ami stupéfait. Un enfant s'installa, impatient, sur le tabouret devant l'artiste. Vaun lui parla un moment, lui adressa un sourire félin et se tourna pour fouiller dans ses tubes de peinture. Kate la regardait sans bouger, mais soudain Vaun leva les yeux. Le sourire de chat trembla et Vaun se leva pour s'approcher de Kate. Elle tendit une main puis la posa sur le bras de Kate, la retira.

— Alors, vous êtes venue. Je voulais tellement vous voir,

mais je ne pensais pas que vous viendriez, à moins que peut-être la carte ne vous y pousse.

— Je voulais venir.

— Vraiment ?

— Peut-être pas au début, admit Kate. Mais je suis ici.

— Écoutez, laissez-moi le temps de terminer ce maquillage, et puis je fermerai boutique pour la journée.

Le masque demandé par l'enfant, celui de quelque monstre inconnu, progressa depuis le menton, avec des yeux qui s'exorbitaient quand il gonflait les joues. Il en vérifia l'effet en se regardant dans le miroir et fut ravi. Ses parents payèrent et Vaun ferma sa boîte, qu'elle glissa sous le juponnage de la table du tisserand voisin (qui n'était pas Angie, remarqua Kate). A nouveau, elle amorça un geste hésitant vers la manche de Kate, et à nouveau elle renonça, tandis que, de son autre main, elle montrait le sommet de la colline.

— Il y a une tente, là-haut, pour les résidents. Laissez-moi le temps d'aller retirer ça de mon visage.

La tente, verte, de la taille d'une maison, était entourée d'une petite barrière garnie de pancartes qui informaient le public que l'endroit était réservé aux résidents. Située très haut sur la prairie, sous les branches des premiers séquoias, la tente s'ouvrait en amont. Kate suivit Vaun dans l'espace intérieur frais et vaste, encombré de chaises, de tables, de cintres, d'enfants endormis et d'une douzaine d'adultes. Un jeune berger gardait l'entrée. Il prit sa houlette et s'avança vers elles avec un roulement d'épaules agressif. Vaun leva une main apaisante convenant très bien à une nonne.

— Pas de problème, Larry, c'est une amie.

Il s'arrêta, embarrassé.

— Oh, d'accord. Désolé. C'est juste qu'on a déjà eu une dizaine de personnes qui sont venues fouiner par ici, et Tyler a dit...

— Elles me cherchaient ? Et que leur as-tu dit ?

— Comme Tyler l'a dit ; vous êtes à New York. Il y en a un qui ne m'a pas cru, mais il a eu sa dose !

— Désolée de créer tant de problèmes, mais ce serait la

même chose si j'étais à New York. Si tu vois Tyler ou Anna, peux-tu leur dire que je suis remontée chez moi et que je ne sais pas si je redescendrai dîner ou non, que c'est inutile de me garder une assiette ? Merci.

D'un coup d'épaules, Vaun se débarrassa de sa robe, qu'elle accrocha avec le voile sur un des portants chromés d'où pendaient tout un assortiment de vêtements faits de rude toile tissée à la main ou de brocart brillant, ainsi que des dizaines de cintres libres. L'ancienne religieuse, maintenant en short, T-shirt et sandales, s'approcha d'une coiffeuse et entreprit de se frotter le visage avec la crème contenue dans un gros tube. Le tracé félin de ses yeux et de sa bouche disparut peu à peu, et Vaun reparut dans le miroir telle que Kate l'avait vue (était-ce seulement quatre mois plus tôt ?), boucles noires, yeux bleu glacier dans l'expectative.

Mais elle était différente, même si Kate ne savait pas encore en quoi. Vaun se détourna du miroir et croisa calmement son regard. Et Kate comprit : c'étaient les yeux.

Avant, les yeux de Vaun étaient inexpressifs, comme morts, et ne trahissaient rien de la personne cachée derrière eux. Maintenant, ils n'étaient plus vides ; ils ne semblaient plus simplement refléter le monde. Ces yeux étaient clairs, lisibles, fenêtres révélatrices donnant accès à une personne bien en vie. C'était une des choses que l'on devait à Andrew Lewis : il avait arraché Vaun à sa différence, à ses défenses. Elle ne se cachait plus. Elle se présentait nue.

Sur l'instant, Kate se détourna, troublée. Vaun reboucha le tube de démaquillant et se leva. Cette fois, sa main toucha le bras de Kate et y resta un moment.

— Avez-vous le temps de monter jusque chez moi ?

— J'ai toute la journée.

— Alors, allons-y.

Les deux femmes quittèrent la tente et s'enfoncèrent entre les arbres comme des élèves faisant l'école buissonnière, soulevant l'une pour l'autre les fils de fer barbelés, écrasant doucement la végétation sèche sous les lourdes branches, parlant peu, dans le silence qui s'épaississait au fur et à mesure qu'elles s'éloignaient de la fête, rompu seulement par les cris d'un geai et les aboiements d'un chien enchaîné. Ces six kilomètres n'étaient finalement pas si longs, et la promenade fit grand bien à Kate. Lentement, dans la chaleur et le silence, avec sa compagne si apaisante, sa décision prise, elle sentit les dernières aspérités du malheur la quitter et ne fut pas loin de ressentir une certaine plénitude.

Lorsqu'elles furent arrivées, Vaun la fit monter à l'atelier le temps d'aller à la cuisine chercher des boissons fraîches. La maison lui sembla comme une réminiscence d'une enfance lointaine, souvenir effacé mais incroyablement évocateur, et elle monta les marches, s'attendant à retrouver les volumes clairs de l'espace de travail de Vaun. En haut de l'escalier, elle reçut un choc.

La vaste pièce n'était que tourbillon de couleurs, moment figé d'une activité aussi intense qu'urgente. Les longues tables étaient enfouies sous des piles précaires de blocs de papier à dessin, de feuilles arrachées couvertes d'esquisses inachevées, de tubes, de coupelles d'eau, de pinceaux, de tasses de café sales, de restes de vieux sandwiches, de trognons de pomme brunis. Des cuillers s'enfonçaient dans des restes inidentifiables au fond de deux bols. Un serpentin de peau d'orange séchée plongeait dans un tiroir à demi fermé et des boules de papier froissé débordaient d'une corbeille pleine. Il semblait qu'au moins trois palettes et quatre chevalets étaient en activité.

Et les toiles.

Tout autour des murs, sur deux ou trois épaisseurs, reposaient des toiles qui vibraient et interpellaient le spectateur de façon saisissante, comme des cris. Des toiles énormes, en taille comme en puissance — des visages et des corps dans leur essence même, réduits au minimum, et plus de la moitié représentaient Andy Lewis. Andy Lewis en Tony Dodson, avec Angie. Andy Lewis nu devant un miroir, le reflet de son regard croisant celui du spectateur, l'air fier et furieux et aussi retors que le dragon s'enroulant sur son bras. Andy Lewis avec sa barbe, baissant les yeux d'un air calculateur vers une enfant aux tresses blondes. Andy Lewis glacé de rage, animal tueur qui donnait la chair de poule, forçait à détourner les yeux. Et enfin, sur une toile, Andy Lewis avec un pistolet, cow-boy devenu meurtrier.

Kate ne sut pas comment un verre frais arriva dans sa main. Elle se rendit soudain compte que Vaun se tenait près d'elle.

— Vous... Vous avez beaucoup travaillé, dit-elle d'une voix faible.

Vaun sembla ne pas l'entendre, son regard critique rivé sur le corps nu d'Andy Lewis.

— Il m'a aimée, vous savez, dit-elle. Là, il a dit la vérité. Et il avait raison aussi quand il a dit que je ne l'avais jamais aimé. Le seul homme que j'aie jamais aimé est doublement inaccessible : il est marié et il est mon psy. Peut-être suis-je sauvée par mon incapacité à aimer, réfléchit-elle tout haut, comme si Kate n'était pas dans la pièce. Je n'ai jamais compris comment les hommes, ni les femmes, pouvaient avoir une vie amoureuse tumultueuse et néanmoins continuer à peindre. De l'affection, oui, et certainement du plaisir ; ça, je le comprends. Mais pas de l'amour.

— Vous le peignez, protesta Kate.

— Non, dit Vaun après un coup d'œil à Kate. Quand je le peins, c'est en général lié à autre chose : une perte ou une menace. Bien que récemment, j'aie essayé... Je voulais qu'il me tue, déclara-t-elle tout à coup, après une longue minute de silence. Ce soir-là. C'était de la folie, mais ça m'a submergée, comme le plaisir, comme le sexe, mais plus fort. Quand il est entré, ça m'a semblé juste. Pas bien, mais la seule possibilité pour que cela cesse. Je savais qu'après toutes ces années, il était venu terminer son œuvre, et je voulais qu'elle se termine, qu'elle soit retirée de mes mains. Je voulais qu'il me tue.

— Je suis bien contente qu'il ne l'ait pas fait, dit doucement Kate.

— Oui, dit Vaun dans un soupir en regardant son verre.

Il y a des jours, maintenant, où je commence à ressentir la même chose. Parlez-moi de Lee.

Alors, Kate lui parla de Lee, des interventions chirurgicales et de la lente convalescence, de l'esprit et du moral de Lee, de leurs amis, de sa propre décision de reprendre le travail qui avait failli coûter la vie à sa compagne. Elles s'assirent dans la chaleur tranquille de la terrasse de Vaun jusqu'à ce que l'après-midi amène de la mer un souffle d'air frais, et elles finirent par retourner à l'intérieur. Kate s'agenouilla devant un des tableaux, qui ne montrait pas Andy Lewis mais une petite fille aux cheveux bruns courts à qui il manquait une dent sur le devant.

— Jemma Brand ? demanda-t-elle.

Vaun hocha la tête, sembla hésiter, puis prendre une décision. Elle fit basculer le tableau et en sortit un autre de derrière. Quand elle le fit glisser, Lee pénétra dans la pièce, Lee sur ses jambes mobiles et fortes au bastingage du ferry d'Alcatraz, Lee à demi tournée pour regarder par-dessus son épaule avec son rire qui s'écoulait de ses lèvres prêtes à parler, ses cheveux blonds caressant son visage dans le vent, la lumière qui l'habitait irradiant de ses yeux. Tout étranger aurait considéré qu'il s'agissait d'un portrait saisissant ; il fit réagir chaque nerf de Kate, et la laissa abasourdie et sans voix.

Elle se tourna vers Vaun ; ses yeux écarquillés se remplirent de larmes, sa bouche frémit, et elle éclata en sanglots contre l'épaule osseuse du peintre, sentant autour d'elle ses bras forts, écoutant la vieille litanie du réconfort :

— Tout va bien, Kate, tout va bien, maintenant.

Et même si elle savait que tout n'allait pas bien, que jamais tout n'irait tout à fait bien, elle sentit, pour la première fois, que, peut-être, ce serait possible de l'imaginer.

COLLECTION « THRILLERS » CHEZ POCKET

Bataille Thierry
Bruno Jean
L'empreinte du serpent

Beckett Simon
Le rêve de l'antiquaire

Brown Rosellen
Les quatre vérités

Bruno Anthony
Seven

Clancy Tom
Pieczenik Steve
Tom Clancy OP-Center

Collins Larry
Les aigles noirs
Dédale

Cook Robin
Mutation

Crichton Michael
Congo
Extrême urgence
Harcèlement
L'homme terminal
Jurassic Park
Le monde perdu
Soleil levant
La variété Andromède
Un train d'or pour la Crimée
Sphère

Cruz Smith Martin
Parc Gorki

Demille Nelson
Le déshonneur d'Ann Campbell
Je reviens te chercher
Retour de l'enfer

Dresden Thomas
Ne te retourne pas

Durand Loup
Daddy
Le grand silence
Le jaguar

Easterman Daniel
Le nom de la bête
Le testament de Judas
La nuit de l'apocalypse

Evans Penelope
La locataire

Fielding Joy
Ne pleure plus

Gallois Sophie
Genius

Grant Michael
Ascenseur pour un tueur

Grisham John
La firme
L'affaire Pélican
L'héritage de la haine
Non coupable
Le couloir de la mort
Le client

Hamsher J. August
Tueurs-nés

Harris Robert
Fatherland
Enigma

Harris Thomas
Black Sunday

Harrison Colin
Corruptions

Harry Eric
10 juin 1999

Hartov Steven
La fièvre du Ramadan

Jaham Marie-Reine de
Le Libanais

Katzenbach John
Juste cause

Kellerman Jonathan
Double miroir
Terreurs nocturnes
La valse du diable

Kelman Judith
Un dernier baiser

King Charles
Mama's boy

King Laurie
Un talent mortel

Koontz Dean R.
Prison de glace

La Galite
Mon nom est Kate Crow

Lapierre & Collins
Le cinquième cavalier

Lescroat John T.
Justice sauvage

Levin Ira
Sliver

Ludlum Robert
Le duel des gémeaux
L'illusion Scorpio
Le manuscrit Chancellor
La route d'Omaha
Les veilleurs de l'apocalypse
L'agenda Icare
L'échange Rhinemann
La conspiration Trevayne

Margolin Philip
La rose noire
Dernière chance

Mitchell K.
Blown away

Montécino Marcel
Crosskiller

Moore Susanna
À vif

Osborne Richard
Basic Instinct

Palmer Michael
Mesure d'urgence

Patterson James
Et tombent les filles
Jack et Jill

Pearson Ryne douglas
Code Mercury

Perry Thomas
Une fille de rêve

Prichard Hunter Jessie
L'assassin habite à la maison

Russo Enzo
Tous sans exception

Sandford John
La proie de l'ombre
La proie de la nuit

Smith Mitchell
La cité de pierre

Soussan André
Octobre II

Stein Harry
Victoire in extremis

Thierry Alain
L'étrange destin du docteur Tillac

Tine Robert
Bodyguard

Van Lustbader Eric
Le ninja

Weaver Michael
Obsession mortelle
La part du mensonge

Willocks Tim
L'odeur de la haine

COLLECTION « NOIR »
CHEZ POCKET

BERNARD ALLIOT
Eaux troubles

WILLIAM BAYER
Hors champ
Punis-moi par des baisers
Voir Jérusalem et mourir

ROBERT BLOCH
Autopsie d'un kidnapping
L'éventreur
L'incendiaire
La nuit de l'éventreur
Un serpent au paradis

JAMES M. CAIN
La femme jalouse
La femme du magicien

RAYMOND CHANDLER
Nouvelles (2 tomes)

ROBIN COOK
Mutation

MARTIN CRUZ SMITH
Blues pour un tsigane
Requiem pour un tsigane

MILDRED DAVIS
La chambre du haut
La voix au téléphone

NELSON DEMILLE
Retour de l'enfer

MARK FROST
La liste des sept

LOREN D. EASTLEMAN
Le pro

ARTHUR CONAN DOYLE
Les aventures de Sherlock Holmes
Le chien des Baskerville
La vallée de la peur

BRIAN GARFIELD
Poursuite

ELIZABETH GEORGE
Enquête dans le brouillard
Cérémonies barbares
Le lieu du crime
Une douce vengeance
Pour solde de tout compte
Mal d'enfant
Un goût de cendres
Le visage de l'ennemi

SUE GRAFTON
" A " comme Alibi
" B " comme Brûlée
" C " comme Cadavre
" D " comme Dérapage
" E " comme Explosif
" F " comme Fugitif
" G " comme Gibier
" H " comme Homicide
" I " comme Innocent
" J " comme Jugement
" K " comme Killer
" L " comme Lequel

MARTHA GRIMES
L'auberge de Jérusalem
Le vilain petit canard
Le crime de Mayfair
Les cloches de Whitechapel
L'énigme de Rackmoor
La jetée sous la lune
Le mystère de Tarn House

PATRICIA HIGHSMITH
L'art du suspense

ALFRED HITCHCOCK
Histoires terrifiantes
Histoires épouvantables

Histoires abominables
Histoires à lire toutes portes closes
Histoires à lire toutes lumières allumées
Histoires à ne pas fermer l'œil de la nuit
Histoires à déconseiller aux grands nerveux
Histoires préférées du maître ès crimes
Histoires qui font mouche
Histoires sidérantes
Histoires à claquer des dents
Histoires qui riment avec crime
Histoires à donner le frisson
Histoires à lire avec précaution
Histoires drôlement inquiétantes
Histoires percutantes
Histoires à faire froid dans le dos
Histoires à donner des sueurs froides
Histoires à vous glacer le sang
Histoires à suspense
Histoires à frémir debout
Histoires à vous faire dresser les cheveux sur la tête
Histoires renversantes
Histoires qui font tilt
Histoires à faire pâlir la nuit
Histoires noires pour nuits blanches
Histoires à vous mettre K. -O.
Histoires diaboliques
Histoires fascinantes
Histoires qui virent au noir
Histoires à vous couper le souffle
Histoires à faire peur
Histoires ténébreuses
Histoires à lire et à pâlir
Histoires ciblées
Histoires à rendre tout chose
Histoires en rouge et noir

WILLIAM IRISH
Concerto pour l'étrangleur
Une étude en noir
Lady Fantôme
Nouvelles (2 tomes)
Rendez-vous en noir

CHARLES KING
Mama's boy

DICK LOCHTE
Temps de chien

ED MCBAIN
Downtown
Escamotage
Poison

CAROL O'CONNELL
Meurtres à Gramercy Park
L'homme qui mentait aux femmes

JEFFERSON PARKER
Un été d'enfer

DAVID M. PIERCE
La neige étend son blanc manteau
Rentre tes blancs moutons
Le petit oiseau va sortir
Sous le soleil de Mexico

JACK RICHTIE
L'île du tigre

LAURENCE SANDERS
L'homme au divan noir

JOHN SANDFORD
La proie de l'ombre
La proie de la nuit

GEORGES SIMENON
L'affaire Saint-Fiacre
L'amie de Madame Maigret
L'âne rouge
Les anneaux de Bicêtre
Au bout du rouleau
Au rendez-vous des Terre-Neuvas
Les autres
Betty
La boule noire
La chambre bleue
Le charretier de la providence
Le chat
Chez les Flamands
Le chien jaune

Les complices
Le coup de lune
Un crime en Hollande
Le crime impuni
La danseuse du Gai-Moulin
Le destin de Malou
L'écluse nº 1
En cas de malheur
Les fantômes du chapelier
Les fiançailles de Monsieur Hire
Le fond de la bouteille
Le fou de Bergerac
La fuite de Monsieur Monde
Les gens d'en face
La guinguette à deux sous
Le haut mal
L'homme au petit chien
L'homme de Londres
Liberty Bar
Maigret
Maigret et les braves gens
Maigret au Picratt's
Maigret s'amuse
Maigret et le voleur paresseux
Maigret et la grande perche
Maigret et le corps sans tête
La maison du canal
Marie qui louche
Mémoires intimes
Monsieur Gallet décédé
La mort d'Auguste
La mort de Belle
La nuit du carrefour
L'ombre chinoise
Le passager clandestin
Le passager du Polarlys
Pedigree
Le petit saint
Le pendu de Saint-Phollien
Pietr-le-Letton
Le port des brumes
La porte
Le président
Le relais d'Alsace
La rue aux trois poussins
Strip-tease
Tante Jeanne
Les témoins
La tête d'un homme
Le train
Les treize coupables
Les treize énigmes
Les treize mystères
Un nouveau dans la ville
Une confidence de Maigret
Une vie comme neuve
Le veuf
La vieille

ROSAMOND SMITH

Œil-de-serpent

DOROTHY UHNAK

Victimes

ANDREW VACHSS

Blue Belle
Hard Candy

JACK VANCE

Charmants voisins
Lily street
Méchante fille
Un plat qui se mange froid

MINETTE WALTERS

Chambre froide
Cuisine sanglante
La muselière
Lumière noire
Résonances...

DAVID WILTSE

Terreur noire

HELEN ZAHAVI

Dirty week-end

LE LIVRE NOIR DU CRIME

Bonnes vacances
Histoires de crimes parfaits
Histoires d'agresseurs
Histoires d'arnaqueurs
Mômes, sweet mômes
Place d'Italie
Le Salon du Livre

Achevé d'imprimer en février 1999
sur les presses de l'Imprimerie Bussière
à Saint-Amand (Cher)

Achevé d'imprimer en février 1999
sur les presses de l'Imprimerie Bussière
à Saint-Amand (Cher)

POCKET - 12, avenue d'Italie - 75627 Paris Cedex 13
Tél. : 01-44-16-05-00

— N° d'imp. 250. —
Dépôt légal : novembre 1998.
Imprimé en France